李汉秋讲儒林

名家讲经典

李汉秋 著

東方出版中心

儒林外史基础研究

周谷城题

本书为李汉秋“儒林外史基础研究”系列之一种。

“儒林外史基础研究”系列为李汉秋精研《儒林外史》的心血结晶，共有四种，分别为:

《儒林外史汇校汇评》
《吴敬梓诗传》
《儒林外史研究资料集成》
《李汉秋讲儒林外史》

此系列显现了新时期《儒林外史》研究的重要进展。

《儒林外史》作者的手段何尝在罗贯中下，然而留学生漫天塞地以来，这部书就好像不永久，也不伟大了。伟大也要有人懂！

——鲁迅

《儒林外史》可视为认知中华传统文化的形象教材。

《儒林外史》教人如何对待功名富贵，也就是教人如何做人。

这是一部需要将自己所有的生命体验和小说的阅读相融通，

才能读出其意蕴、读懂其“伟大”的经典之作。

作者在全椒吴敬梓铜像前

目录

弁言

提示几个要点

一

孔子曰："富与贵，是人之所欲也；不以其道得之，不处也。"（《论语·里仁》）利益基于人们对生存条件的营求，"富"与"贵"是利益的集中表现。因应这种追求，每个历史时期都有其"利益驱动"的体制机制，包括通过各种选拔制度获取功利的等级体制，并产生相应的功利心、功利观。但利益驱动是把双刃剑，一方面它有正面效应，激励个人发挥积极性，从而推动生产力和社会的发展；另一方面它又有负面效应，为了追求功利，如果调适不当，唯功利富贵是求，价值观会偏颇，心理会失去平衡，造成人性的扭曲、人格的分裂甚或堕落。因此孔子强调："不以其道得之，不处也。"又曰："不义而富且贵，于我如浮云。"（《论语·述而》）这就是要求以道义原则来指引功利追求的方向，来制约和调适功利心。儒家并不笼统反对功利富贵，关键看是否"以其道得之"，是否合乎道义原则，这种"义利之辨"要求"义以为上"，"以义制利"。

《儒林外史》以明清时期的"士"为主体，在其中，功利追求集中在"功名富贵"，而道义原则则落实在"文行出处"的操守。如何处理好"功名富贵"与"文行出处"的关系，成为全书的轴心。

正统儒家认为"士志于道"，应当以"道"的承担者自居，以道自任，整个价值取向必须以"道"为终极依据。这样，在出仕的问题上，所当考虑的应是“道”的得失而不是个人的利害，即所谓“忧道不忧贫”(《论语·卫灵公》)，进退、出处的大节都应当以“道”为依归。儒家愿意接受“以其道得之”(《论语·里仁》)的富贵。孔子说：

> 天下有道则见，无道则隐。邦有道贫且贱焉，耻也；邦无道，富且贵焉，耻也。(《论语·泰伯》)

是“见（现）”还是“隐”，是出还是处，是取富贵还是守贫贱，都有个根本原则，都取决于邦是否有道、出仕能否行道。讲究出处之道成为正统儒家最基本的政治伦理，成为“真儒”立身行事的准则，如果舍弃原则一味去追求功名富贵，那就是假儒。

《儒林外史》的突出艺术成就在于：把唯功名富贵是求所造成的精神危机，表现得酣畅淋漓。这点成就比同题材主旨的欧美著名批判现实主义小说，早了一个世纪到一个半世纪。

但吴敬梓不肯单单停留在揭发精神危机层面，他还要探寻其产生的社会造因，探索疗救危机的药方。

利益驱动的体制和机制在可预见的历史时期内还无法退出历史舞台，人类必须在调控上狠下大功夫。整个社会的调控是个系统工程，在“治国平天下”方面，《儒林外史》提倡的仁义德政、礼乐教化，本书亦有论及。在士的“修身”方面，《儒林外史》则落实在“文行出处”，由此着重对人的精神现象作深刻解剖。既然等级结构以及考试制度在很长时间内还无法废止，为减轻或避免其负面效应，作为主体的人，就要调整好自己的心态，经营好自己的精神世界，努力追求精神超越。在竭力批判一些使人变成非人的否定性精神现象的同时，吴敬梓又努力探索如何把人的本真找回，《儒林外史》在这方面做了多方面的、可贵的探索，作为矫世变俗的方向，也写了很多肯定性的精神现象。

如何对待功名富贵，是人类恒久的课题。利益驱动对明清时代的士子来说就是功名富贵驱动，其时获取功名富贵的起步阶梯是科举考试，因此人性的种种弱点也围绕着如何对待八股科举而充分曝光。反过来说，不是只有科举制度才引发相应的人性弱点，在不以科举取仕的时代，人性的相应弱点也会围绕着当时获取功名富贵的体制机制而暴露，如天目山樵评所言“古来荣禄开而文行薄，岂特八股为然”。利益驱动的具体机制会因时代而异，但暴露出来的人性弱点却是相通甚至相同的。

吴敬梓痛恨势利。“势”就是权势地位高“贵”，“利”就是财利“富”厚，所以“势利”名词的本义，内涵大致相当于“富贵”。而一般说“势利”时，指的是势利眼、势利心、势利观。势利作为观念形态是阶级社会里等级体制的丑陋投影。功利心失调于社会，便会形成弥漫于社会的势利之风。势利眼们自己唯富贵是求，也以权势和财富的高低多寡为唯一标准来衡量人，不是把人当人来对待。只重权钱不重人，不以文行——德才来衡量人。造成不是由人来支配权钱，而是由富贵来支配人，人反被物役，失去主体地位，人格贬值，人的尊严贬值，最终就是使大写的“人”贬值。造成人的畸形和堕落，甚至异化。要恢复人的主体地位就必须从势利眼中解放出来，从名缰利锁中解脱出来，不能为追逐功名富贵而“把文行出处都看得轻了”(王冕语)。

人是人类社会的自觉主体，马克思把“人的自由的自觉活动”视为人的最高本质(《1844年经济学哲学手稿》)，又指出，将来理想的社会是“以每个人的全面而自由的发展为基本原则的社会形式”(《资本论》)。因此我们应当推动社会生产力和经济文化的全面进步、促进人的全面发展。人全面自由的发展，是新的社会形态的标志，不受势利的支配，按照善良的本性全面发展。文学作为人学，揭示人的精神是自己的天职，是否有利于促进人的全面发展应是个衡量器，也是个方向标，这目标也就给我们提供了一个标准——看是否对“人”的生存、发展有利，是否以人为本，是否将人向着人之为人的普遍性提升，是否向着人的全面而自由的发展前进。我们也要以此来衡量古今的文学，包括《儒林外史》。

匡超人传（程十发绘）

吴敬梓生活在漫长封建社会的最后一个“盛世”——清朝所谓的康乾盛世。这是“晚霞明处暮云重”（宋人诗）的时期。《儒林外史》对此时代中人的精神世界的某些方面，作了深刻的揭示，对准追逐偏私的功名富贵所造成的人性异化，把人类社会被功利所扭曲的欲望和性情表现得淋漓尽致，冀望有能够正确对待功名富贵羁縻的人出现，他的努力是符合历史前进方向的。《儒林外史》以自己独特的风姿领先开放在同题旨的世界文学百花园中，它的芬芳已穿越时空，成为表现这个世界性恒久课题的伟大小说。

二

《儒林外史》涉及的社会生活面虽然很广，但正如鲁迅所说，“机锋所向，尤在士林”。吴敬梓根据自己长期的体察和分析，描绘了一轴色彩斑斓的士林人物长卷，居于画卷中心位置的是形形色色的儒士和名士，可谓展现封建社会后期士林百态的浮世绘。

随着时代的发展和社会文明水平的提高，知识的力量和“士”（知识分子）的作用，越来越显示出来，越来越受到重视。大凡士的使命、士的命运、士与政权的关系、士的出与处、士的优势和弱点、士的前途和出路……诸多知识分子的问题，《儒林外史》多涉及到，多思考过。从这个意义上可以说，它是传统社会士的百科全书，也是新时代知识分子的历史参照。著名小说家张天翼在二十世纪四十年代说：《儒林外史》里的人物，“只要一记起他们，就不免联想到我自己所处的这个世界，联想到我自己的一些熟人……似乎觉得他们是我同时代的人。后来越想越糊涂，简直搞不清他们是书中的人物，还是我自己的亲戚朋友了”（《读〈儒林外史〉》）。

伟大的作品总是这样的，不仅深刻反映了当时社会生活的某些深刻方面，而且其中蕴含着人类社会的某些恒久起作用的因素，百代之下仍能触动人的心灵。《儒林外史》深刻批判了封建社会后期上层建筑的许多方面，当然具有巨大的认识价值，近百年来在这方面多有阐发，有不少精辟之见。但依鄙见，《儒林外史》的深刻性不仅表现在对制度文化层面的批判（如对八股科举制度的批判），而且更深入到精神文化的层面。众所周知，文化从表层面到深层面，由表及里依次为：器物文化、制度文化、精神文化。八股科举制度就属于制度文化层面。在文化的三层面中，《儒林外史》不属意于器物文化层，不停留于制度文化层，而是着眼于精神文化层，这就深入到人心人性的深层，从而超越制度层面，超越时空，给人良多启迪。这是伟大文学作品的重要标志。

吴敬梓笔端的千钧之力没有放在作品的故事情节上，而是放在对人性的深度解剖上、对生命意趣的深度探求上。他以散点透视的方式，深刻揭示形形色色士人在功名富贵面前的心态，这不啻是在做“士”的人性解剖。未获功名富贵，卑微的人性使人沦为奴才，高尚的人性激人葆有人格；拥有了功名富贵，可以使人性堕落变成魔鬼，也可以促人性升华臻于天使。以士人心态为基础，他探索着个体生命的精神。

中国的“士”虽随着历史的发展而不断有所变化，但有些基本属性和由其决定的特有性格，却长期绵延不断，他们的一些传统也长期承传不衰。《儒林外史》作为浓缩的“士史”，积聚着中国知识分子生命和生存状态的深刻历史内涵，不仅是吴敬梓之前“士文化”历史积淀的结晶，而且蕴含着作者身后知识分子性格和命运的历史基因。所以才如张天翼、吴组缃先生所说，现代人还可以从这面透视知识分子心态、灵魂的历史镜子里照见自己的某些历史构成元素，可以引起深思者的勇敢反思、锐进者的积极探求。

要开掘《儒林外史》的永久魅力，就不能局限于作社会历史的研究（当然这是基本的研究方法），要扩大研究思路，从多视角多方面进行考察，例如，运用心理学、文化学的成果对人物形象做心态分析，这是贯通古今的一条路径。因为，外在环境尽管不断变化，知识分子内心的一些情结和感应外部环境的一些心理方式，却具有共时性。这样做可以拉近《儒林外史》与当代社会，特别是与知识分子的距离，使它在当今世界中找到自己的位置。本书在这方面尤下功夫，力图将人们所熟悉的范进中举发疯等情事，作为一种精神现象，剖析其心态，探究其文化历史内涵。

三

《儒林外史》着重于知识分子的精神状态，写他们的热衷和迂执、贪欲和堕落、偏狭和迂腐、失落和牢骚、激愤和退隐、洒脱和超逸，达观和浑雅……作为文化的承载者，知识分子的精神状态中积淀着丰厚的历史文化蕴含。可以说，知识分子的性格，首先折射着它所承载的文化的性格，个人人格是外形，文化是内容。丹纳的名著《艺术哲学》说文学是“文化的最早而最优秀的成果”。《儒林外史》中形形色色的知识分子形象，折射着中国传统文化的方方面面，吴敬梓在努力进行文化反思，摒弃民族文化和心理结构中积淀很深的腐烂因素，整合民族文化中有价值的因素。从这个意义上说，《儒林外史》不啻是一部文化小说。虽然我们不能说，不读《儒林外史》就不懂什么叫中国传统文化；但我们却可以说，读了《儒林外史》就更懂什么叫中国传统文化。而文化是民族的灵魂和血脉，懂得中国文化才懂得中国，懂得传统文化的长处和短处，才懂得怎样守正创新、扬长避短来建设社会主义新文化。

《儒林外史》“楔子”之外的前三十回属前半部，其基调是劝醒功名富贵迷，基本上属喜剧性的；后半部基调是惋惜文化精英梦，基本上属悲剧性的。《儒林外史》的文化探索更明显地表现在肯定性人物的活动中，这方面是过去研究的薄弱环节，本书努力从传统文化来阐释。

过去的研究一般只强调《儒林外史》是以儒家思想来写的小说。随着文化研究的进展，我们的思路也拓宽了，注意到封建社会后期，形成以儒为主干、儒道佛三位一体的文化共同体，在进行文化反思和探索中创作出来的《儒林外史》，既主张以原本的儒家思想作为政教的基本方略，又在理想文士的生活情趣和处世心态中融入道家（包含佛禅的相通因素）的某些意趣。本书对此作了一些探析。《儒林外史》还有一些逸出传统文化范围的萌芽因素，本书辟专章试加阐释。

四

现实主义小说家塑造人物形象，一般都以某种生活原型做依据。感谢晚清诗人金和，他的母亲是吴敬梓堂兄吴檠的孙女，他把“闻于母氏”的二十几个《儒林外史》人物原型列出姓名或姓氏，写在苏州群玉斋本《儒林外史》的“跋”里。鲁迅同意他的说法，认为《儒林外史》所传人物，大都“实有其人”（《中国小说史略》第二十三篇。以下引鲁迅语而未出注者，均见此书）。一个半世纪来，再加上其他前贤时俊的考据，已知原型者逾五十人矣，这为《儒林外史》研究开辟了一个重要领域：考察从生活原型到艺术形象的过程，可以发现许多创作的奥秘。笔者发现，以吴敬梓自己及其亲朋为原型的杜少卿、杜慎卿、庄绍光、迟衡山、虞博士、余大先生、马二先生、季苇萧、武书、沈琼枝等形象，保留了原型的基本身世、经历和某些事迹的大致轮廓，小说后半部分在写杜少卿和与其相关联的情节里，基本上忠实于原生活的时间顺序，带有某些纪传体小说的纪历特征。这也为了解《儒林外史》的结构为什么是这样而非另样，提供了重要的观察点。吴敬梓还从笔记旧籍和社会传闻里，撷取逸闻趣事做情节素材，前辈学者已考出二三十条，笔者和时俊继续蒐求，已辑得六十多条，考察吴敬梓如何运用它们构筑小说情节，也是饶有兴味的。

鲁迅极推崇其讽刺艺术，盛赞："迨吴敬梓《儒林外史》出……说部中乃始有足称讽刺之书。"随着喜剧美学的发展，本书有条件从喜剧美学的角度来觇视《儒林外史》的讽刺和其他喜剧手法，并缕述中国讽刺小说的源流。

光讲讽刺不足以尽显《儒林外史》的艺术成就和历史地位，在《儒林外史》人物的漂泊里，我们找到中国小说走向近现代化的足迹，阐述其近代现实主义小说特征也是本书的内容。

笔者多年致力于《〈儒林外史〉汇校汇评》《〈儒林外史〉研究资料集成》（均由上海古籍出版社出版）和《吴敬梓诗传》（百花洲文艺出版社出版）三方面的书，周谷城先生生前已见到前二种的前身，为笔者题写"儒林外史基础研究"的总书名，希望能出成一个系列。多少年来笔者在努力，前三种都已经充实后作为"儒林外史基础研究"系列相继出版，现在这部《李汉秋讲儒林》作为"儒林外史基础研究"系列之四出版，这个系列在作品、作家、资料、阐释四方面庶几俱全了。

许多用语和简称已约定俗成，本书沿用，在此一并交待：卧闲草堂本简称"卧本"，其评点简称"卧评"；闲斋老人序简称"闲序"；黄小田评点简称"黄评"；金和《儒林外史·跋》简称"金跋"；齐省堂本评点简称"齐评"；天目山樵（张文虎）评点简称"天评"；程晋芳《文本先生传》简称"程传"。欲知其详可查上举三书。

鲁迅先生感叹："《儒林外史》作者的手段何尝在罗贯中下，然而留学生漫天塞地以来，这部书就好像不永久，也不伟大了。伟大也要有人懂。”（鲁迅《且介亭杂文二集·叶紫作〈丰收〉序》）《儒林外史》的伟大之所以不被人“懂”，我认为最重要的原因是它的传统文化内蕴很深，确不容易品出它的韵味。在疏离传统文化、“快餐文化”泛滥的时候，它难逃落寞的命运。这就需要一切关心文化建设、爱护优秀文化遗产、热爱《儒林外史》的人们，多做深入浅出的阐释和导读工作。不但要做“深入”的研究，致力于提高，而且要做“浅出”的阐发，致力于普及。愿与有识者共勉。本书如能有所裨益，当感谢东方出版中心暨梁惠、朱荣所、裴宏江，感谢全椒县政府、政协，感谢北大古典文学博士、中央民族大学叶楚炎教授以及我老伴朱蔚云女士。

2021年是吴敬梓诞辰三百二十周年，本人谨以此书和其系列，并以一首七律，权当一瓣心香，献祭伟大小说家文木老人的在天之灵：

蒲履青衫自啸吟，求索士运绘儒林。
淮南耆旧萦怀炽，江左烟霞绕梦频。
冷暖炎凉势利态，功名富贵俗子心。
文行出处义高远，悲喜交融亘古今。

李汉秋

廿一世纪廿年代第一春于北京

吴敬梓的生平和思想发展

康熙四十年（1701），当安徽全椒一带火红的石榴花染红这座江淮小城之时，哇的一声啼哭，一代文豪吴敬梓降生了。十来年后，另一位大文豪曹雪芹也降生了。在“晚霞明处暮云重”的乾隆朝前期，他们一个捧着《儒林外史》，一个捧着《红楼梦》，共同构筑了中国小说史的又一个高峰。中国古典长篇小说中鲁迅曾称过“伟大”的就是这两部。

吴敬梓（1701 ～ 1754），字敏轩，一字文木，幼名学栻，号粒民，安徽全椒人；斋名文木山房，迁居南京秦淮河后自称秦淮寓客，及老称文木老人。

吴敬梓出身于由科举而飞黄腾达的官宦世家，据吴敬梓《移家赋》，其曾祖“兄弟五人，四成进士”，“五十年中，家门鼎盛”。少年时他基本上生活在家风祖德的气场中。“十四随父宦”，随父吴霖起赴苏北赣榆县教谕任所，二十二岁陪侍病父回家乡。自幼聪慧的他，心高气傲，追求卓越，即使游戏也争强好胜不甘庸常。好读书，不仅“穿穴文史”，而且“窥秘函”，读了不少笔记小说类的杂书。二十三岁时父亲去世，其后家境日蹙。三十三岁移家南京。五十四岁就结束了穷愁困厄而坚韧不拔的一生。《儒林外史》之外，他还留下四卷本的《文木山房集》；近百年来陆续发现集外佚诗佚文四十篇，以及经学著作《诗说》四十三则，俱收入李汉秋著的《吴敬梓诗传》（本书所引吴敬梓暨其亲朋诗文凡不注明出处者均见该书）。据记载还曾有二十卷本《文木山房集》和尚未成书的《史汉纪疑》，惜未发现。

全椒吴敬梓纪念馆中的著作专柜

吴敬梓一生的思想发展有几个关键阶段：

愤而慕魏晋风度　蹇而嫉科举八股

吴敬梓自小受正统儒家教育，按常规会顺着“家声科第从来美”（《移家赋》）的传统道路走下去，但他却不然。他是怎么倾慕起魏晋风度来了呢？

二十三岁那年，父亲吴霖起逝世，吴敬梓的生活发生转折，从此逐渐跨上违悖的程途。方正不阿的吴霖起为恶浊的封建官场所不容，在苏北赣榆县度过八年苜蓿生涯，终不免被罢官，带着二十二岁的吴敬梓回到家乡，翌年抑郁而死。这使青年吴敬梓初步感受到，在当时社会里，“守规矩与绳墨，实方圆而枘凿”（《移家赋》），正直知识分子是难行其道的。

此后吴敬梓独担门户，种种矛盾丛集一身。首先是遭逢“家难”——族人欺他两代单传，蓄意侵夺其祖遗财产。由此，他从近亲身上发现了劣绅的贪婪冷酷，看到了争财夺产的丑恶、传统道德的沦丧、人情世态的炎凉。(《儒林外史》的“严贡生谋夺弟产”“五河县势利熏心”等篇章，反映了他对势利劣绅的切齿痛恨。）年轻人单纯而和谐的精神状态被打破了，处在青春躁动期的他，产生了逆反心理，不满和愤慨以极端的形态表现出来：你们嗜财贪富，我就轻财好施；你们虚伪狡诈，我就任达放诞。表面看来这时的吴敬梓一派纨绔习气，骨子里却另有蕴含。从兄吴檠、表兄金榘、金两铭为贺他三十初度而各写的贺寿诗（《为敏轩三十初度作》及和作，以下简称吴檠贺寿诗、金榘贺寿诗、金两铭贺寿诗)，对吴敬梓此前几年的心态情状有真切描述。吴檠贺寿诗说得很清楚：吴敬梓原先是“少年志卓荦，涉猎群经诸史函”的，何时发生转变呢？——“浮云转眼桑成海，广文（秋按：指吴霖起）身后何諳含！他人入室考钟鼓，怪鸮恶声封狼贪！”吴霖起逝后，面对如“怪鸮”和“封狼”的夺产族人，他由愤世嫉俗激而为纵情悖礼，放浪不羁，于是“一朝愤激谋作达，左騏史妠（秋按：乐人）恣荒耽”。金两铭的贺寿诗也说:“迩来愤激恣豪侈，千金一掷买醉酣。”这种“愤激”就是由对丑恶现实的强烈愤恨而激发出来的逆反情绪，吴敬梓成为那个时代的全椒“愤青”。

再加上斯时吴敬梓在科场受蹇，眼看才智不如己者反而得中，对他刺激尤大，愈觉八股科举无凭。对于“家声科第从来美”的“全椒吴”，振兴家族的唯一希望就是科第；对于一向恃才傲物的吴敬梓个人，能够证明自己价值的最有效办法就是科场告捷。二十九岁这年逢乡试年，按规定，为乡试作准备须先进行科考，这年五月，吴敬梓到滁州参加科考，他是抱着志在必得的心态，拼力一搏。谁知他已被谤“文章大好人大怪”，见情势不妙，竟不惜忍辱降志，向考官“匍匐乞收”，用极屈辱的方式挽救危机。结果科考虽然过了关，但到秋闱乡试时还是铩羽惨败！ 向来心高气傲的吴敬梓，何以面对族人？何以面

李汉秋在吴敬梓故居——遗园

对朋辈？何以面对乡里？真是情何以堪！这对吴敬梓的打击极大，他被震得天昏地暗，也被震得甩出科举轨道之外，现实逼他睁大眼睛看看历来惯走的科举之路到底值不值得信赖？三十岁时在《减字木兰花》第四首里质问："摸索曹刘谁信道？"盛传南朝徐陵自诩即便暗中摸索也能识拔曹、刘这样优秀的人才。吴敬梓从自身的乡试经历，打破了对科举抡才的信赖，"有瑰意与琦行，无捷径以窘步"（《移家赋》），"恩不甚兮轻绝，休说功名"（《内家娇》），这使他愈益走上违逆之路。后来他的好友程晋芳写的《文木先生传》（程晋芳《勉行堂文集》卷六，本书以下简称"程传"）说他由此发展到"独嫉时文士如仇"。

此后几年，逆反情绪随着接踵的不平事而日益增长，祖遗财产却随着逆反情绪的增长而加速散尽，家族长老跟吴敬梓的冲突就越来越尖锐。他对"长老""两眉如戟声如虩"（吴檠贺寿诗），于是被封建势力视作瘟疫的传染源加以防范排斥，"乡里传为子弟戒"。但他决不妥协，到三十三岁时怀着"逝将去汝"的决绝情怀，愤然离开故土。他自己经常以阮籍哭穷途自比，《移家赋》写移家南京时就犹如：

阮籍之哭穷途，肆彼猖狂。

阮籍是魏晋风度中愤激狂放型的代表人物。《晋书·阮籍传》说他："时率意独驾，不由径路，车迹所穷，辄恸哭而反。"又说他："志气宏放，傲然独得，任性不羁……博览群籍，尤好《庄》《老》。嗜酒能啸，善弹琴。当其得意，忽忘形骸。"他经常沉醉在自我的世界中，忘乎所以，追求的是"忽忘形骸"的境界，以此超脱于现实之外，使自己的内心获得舒放和自由。他独自驾车出游，不由径路地任意驱驰，也是为了追求放浪形骸的自我超脱。但当忽然走到车马无法前行的绝路时，阮籍"放浪形骸之外"悠游自得的幻境被打破，被重新拉回到现实的无奈与不自由之中，令他顿觉无路可走而恸哭流涕！

人身的机体有防御系统、免疫机制，白细胞就是其组成部分，如有病原微生物入侵，就会产生抗体，并通过吞噬等方式来抵御和消灭入侵者。人在精神方面也有类似机制，当精神受到伤害打击，就必然要产生抵抗力，要产生精神抗体，要给自己找到精神支撑力量。即便阿Q，受到轻贱时都会为抵御而找出自尊的理由。在吴敬梓就表现为：愤而慕魏晋风度，蹇而嫉科举八股。忧愤可以抑而为沉默郁闷，也可以激而为狂放纵恣，以阮籍、嵇康为代表的魏晋风度，就是后一趋向的突出表现，吴敬梓景仰他们，从嵇阮处找到同调，得到精神支持；乐于仿效嵇阮的放诞性行。他的放达任诞和愤世嫉俗，二十七岁至二十九岁间最厉害。从此他逸出常轨，以“看破”的清醒心态对待功名富贵，以批判眼光观察社会，以违逆心态感悟人生，以探寻精神摸索前行，以文学创作宣泄激愤；他狂狷而豁达，以白眼睥睨群丑，以嬉笑轻蔑流俗。正是这样的气质和禀赋，才孕育出《儒林外史》的讽刺艺术。

移家南京六代情　转益多师谙儒林

吴敬梓三十三岁时离开故土全椒，“百里驾此艋艇，一日达于白下”，去寻找新的天地。

《儒林外史》第三十二回“娄焕文临去遗言”对杜少卿说：“南京是个大邦，你的才情，到那里去，或者还遇着个知己，做出些事业来。”第二十九回通过杜慎卿之口说南京“真乃菜佣酒保都有六朝烟水气”。吴敬梓的挚友程廷祚序《文木山房集》说：六朝之都的“顾、陆、谢、王皆自他郡徙居”而来，吴敬梓和程廷祚从外地卜居于此，都是想“追往昔之流风余韵”。此处之“往昔”即指六朝。另一位他敬服的好友吴培源说“钟阜秦淮，喜坐啸六朝名郡，仿佛见：旧时王谢，风流东晋”（《会心草堂集·诗余》中词《满江红·除夕和敏轩韵》，清乾隆刻本）。在吴敬梓心目中，谢安是“旧时王谢，风流东晋”的突出代表。吴敬梓移家南京时，特地买宅秦淮水亭，“诛茅江令之宅，穿径谢公（秋按：指谢安）之墩”（《移家赋》），感受“乌衣巷口”的流风余韵。至少在潜意识里希冀着，这里能成为“养望”之所，能“遇着个知己”，说不定有类似谢安的际遇，“做出些事业来”。

程晋芳说：“敏轩生近世，而抱六代情。风雅慕建安，斋栗怀昭明。”（《寄怀严东有》）程晋芳这里的“六代情”涵盖魏晋六朝，包括从开一代宗风的建安时期（以“建安风骨”著称）至偏安江左的东晋和南朝（“昭明”指以梁昭明太子萧统为代表的南朝）。前文已提到移家南京前，阮籍等竹林名士的魏晋风度已成为吴敬梓“六代情”的重要内涵；南京是六朝故都，魏晋六朝的遗迹随处可见，不断强化着他对魏晋风度的企慕。搬进秦淮水亭，欢宴友朋，其《买陂塘》词序说：

身将隐矣，召阮籍嵇康，披襟箕踞，把酒共沉醉。

辛酉（1741）正月上弦，吴敬梓与吴蒙泉联句，吴蒙泉出句说：“狎客谁江总。”他对曰：“佯狂忆步兵。”（《会心草堂集·诗四》）忆念的是佯狂的阮籍（曾为步兵校尉），也隐隐以之自比。一直到临死前一两年，在《咏金陵景物图诗》写凤凰台时，他想到的还是：“凤凰台以李白之诗而名……台下有阮籍墓。”并以思慕这两位“酒星”作为全诗的主旨：

后先两酒人，千秋动欣慕。

真可谓拳拳服膺，终生不已。据粗略统计，在诗词文赋里，他或明或暗援引的魏晋六朝人物就有一百七十多人。魏晋风度的影响，渗透在吴敬梓的为人和《儒林外史》笔触中，同时又有时代的鲜明色彩和作家独特的创作个性。

吴敬梓的“六代情”还有另一含义：旧时王谢，风流东晋。

谢安是“旧时王谢”的代表人物，他的闻名，一仗门第，二靠声望。吴敬梓亦很以自己的门第自矜，《移家赋》说：“五十年中，家门鼎盛，陆氏则机、云同居，苏家则轼、辙并进，子弟则人有凤毛，门巷则家夸马粪。”“凤毛”指王导之子王劭才似其父。方嶟《〈文木山房集〉序》也说“全椒吴氏，百年以来称极盛……上江犹比之乌衣、马粪”。吴敬梓在《金陵景物图诗·乌衣巷》序里说：“东晋时，乌衣、马粪皆王、谢所居。”他和亲朋都夸其家门有似王、谢，这是当时荐扬人才的需要。那么，门第之外，吴敬梓如何彰显自己的声望呢？《移家赋》说“千户之侯，百工之技，天不予梓也，而独文梓焉”——只有靠文章来显扬声望。方嶟《〈文木山房集〉序》说吴敬梓“能以诗赋力追汉唐作者”。沈宗淳《〈文木山房集·词〉序》说吴敬梓“尤工骈体”。大概吴敬梓也意识到写赋最能发挥他从小“穿穴文史窥秘函”的功力，移家南京后他以有若焠掌、苏秦刺股的精神刻苦写作，希望自己精心创作的长达三千一百零一字的《移家赋》，能够得到“杨意之荐，达之天子”（司马相如因杨得意的推荐而得到汉武帝的赏识和任用）。吴敬梓经常以司马相如自比；对于《移家赋》，他也以《子虚赋》《大人赋》和相传为司马相如的《美人赋》自期，至少在潜意识里企望能像司马相如那样以文才受到赏识，获得谢安那样的际遇。

迁居南京后不久，吴敬梓的经济境况日益恶化，“田庐尽卖”后，社会地位也随之下降，继续被肥马轻裘的少年耻笑，有时寻找机会“卖文”度日，有时只好忍痛拿了心爱的藏书去换米，或拿衣服去典当。有次秋霖三四日，姻亲程丽山叫人持米三斗、钱二千来看他，他已经断炊两天了！在由富贵跌落到贫困的过程中，吴敬梓备尝了人情冷暖、世态炎凉，对社会的不平、政教的黑暗，有了更深切的感受，也更多地体会到贫穷的苦痛。这使他一方面更能同情民众的疾苦，在生活和思想感情上接近了普通民众，所以后来写《儒林外史》每以爱抚的笔触描写下层小人物，温煦之气直拂人面；另一方面吴敬梓也更迫切需要找到精神的支撑，用以克服生活的艰辛，砥砺前行。

南京吴敬梓纪念馆

吴敬梓一边逸出传统之路，一边在寻找精神归属，追求理想。

毋庸置疑，孔孟等原始儒家先贤的思想是吴敬梓从小浸染的底色，孔子的心怀仁爱、礼乐文明，孟子的仁义主张和强调士的人格精神，在吴敬梓小说中都有明显表现。从第一回王冕对朱元璋说仁义及辞征召等，到第三十六回泰伯祠大祭“习学礼乐，助一助政教”的礼乐大典，等等；比比皆是。

吴敬梓在跌落贫困生活的境况下，以“六代情”为驱动，以追慕魏晋风度为突破口，在南京一带，一方面广交士林，接触到时代的先进思潮；一方面转益多师，不断“笙簧六艺，渔猎百家”，广泛涉猎丰富多彩的传统文化。

> 中国传统文化，尤其是作为其核心的思想文化的形成和发展，大体经历了先秦诸子百家争鸣、两汉经学兴盛、魏晋南北朝玄学流行、隋唐儒释道并立、宋明理学发展等几个历史时期。（习近平《在纪念孔子诞辰2565周年大会上的讲话》）

吴敬梓涉猎非常广，举凡先秦的儒道诸家、两汉经学、魏晋玄学、唐季佛禅、宋明理学、晚明士风、明末清初“顾、黄、王、颜、李”诸人为代表的进步思潮、乾隆朝甫兴的经学考据等，吴敬梓都有所探测；对《史》《汉》、“南北史”、《明史》等史籍也相当熟悉。在习学和反思的基础上他试图进行整合，探索构建健康的文化精神。

清初进步思想家的理论和主张虽各不同，但大多批评八股科举的弊端，在不同程度和不同方面批评宋明理学的弊端。其中颜（元）李（塨）学派的旗帜最鲜明，他们把程朱理学和八股科举的弊端联系在一起进行批判。这无疑给吴敬梓提供了理论武器，启迪他去揭露互为表里的八股和理学的弊端。从吴敬梓的思想和交游考察看出，他受顾炎武以及颜李学派的影响比较明显。他的好友程廷祚，就是颜李学派在南方的重要代表人物。公元1720年李塨南游金陵，程廷祚屡过从问学，当时理学家骂他们“共诋程朱”，视为异端。程晋芳《文木先生传》说吴敬梓“与余族祖绵庄（廷祚）为至契。绵庄好治经，先生晚年亦好治经”，可见程廷祚对他的影响。

颜李学派提倡礼乐兵农，主张培养博学而有实践能力的“通儒”，这也成为吴敬梓提倡的正面理想。颜元说：“国尚礼则国昌，家尚礼则家大，身有礼则身修，心有礼则心泰。”《儒林外史》中至少有三次直接提到“礼乐兵农”这一颜李学派的核心观念：第三十三回迟衡山批评士林不良学风，“而今读书的朋友，只不过讲个举业……放着经史上礼、乐、兵、农的事，全然不问！”他标举的“礼乐兵农”成为《儒林外史》中真儒的政治理想。第四十四回迟衡山夸赞刘基：“青田命世大贤，敷布兵、农、礼、乐，日不暇给。”第四十七回叙述者赞扬虞华轩：“一切兵、农、礼、乐、工、虞、水、火之事，他提了头就知到尾……真正是个大家。”不仅在小说的高潮大写泰伯祠大祭的礼乐盛典，而且安排萧云仙全面践行礼乐兵农。在现实生活中吴敬梓也身体力行，与迟衡山等好友，在南京捐赀倡修先贤祠崇祀吴泰伯等先贤，经济艰难的他，为此把全椒的老屋都卖掉。

吴敬梓南京故居附近遗址

总之，从全椒移家南京，犹如汩汩溪水汇入浩浩大江，生活向吴敬梓敞开了广阔的天地。他的思想也随着恣肆汪洋，向纵深发展。在愤世嫉俗中滋长着悖逆情绪，在穷困潦倒中接近了下层人民，在广泛交游中接受了进步思潮，又在进步思潮的影响下发展了人民性：种种因素交错渗透，逐渐形成了吴敬梓的人生道路。

未竟博学鸿词试　弃绝功名富贵途

我国隋唐以降，虽主要实行科举制度，但察举、荐举、征辟等选才法仍相辅而行。为延揽人才和笼络汉族知识分子，清廷在定期的科举之外，于康熙十八年己未（1679）首次开博学鸿词科试。雍正十一年（1733）四月上谕再开博学鸿词之科，命推荐人才。十三年（1735）二月上谕严令朝内外大臣“再行遴选”。同年八月爱新觉罗·弘历即位后，于十一月继续申谕：“令直省督抚及在朝大臣各保举博学鸿词之士。”于是各级的保荐和地方考试纷纷开场。吴敬梓膺荐参加了乾隆元年（1736）丙辰科地方上的博学鸿词之试。

地方考试的程序是：先学院考试，次抚院考试，再次督院考试。地方考试毕，由督抚荐举赴京参加御试（廷试）。吴敬梓参加了在南京的学院考试，接着赴安庆参加了抚院考试，督院考试只留下一首试帖诗未留试帖赋，估计没参加完，当然也就未赴京参加廷试。吴敬梓参加了博学鸿词科的地方考试为何未赴廷试？历来有“因病辞”和“托病辞”两种说法，吴敬梓自己的诗作也没有说明确，且互有矛盾，这反映了他自己非常复杂矛盾的心情，也反映了其思想发展有个过程。

那个时代的读书人，不管是要“行道”也好，求显达也好，有效的“正途”只有纳入体制内的出仕做官。出仕之路，科举正途之外，博学鸿词科之试是难得一遇的旁途机会，对一般士子而言，被推荐也是殊荣。极想“天生我材必有用”的吴敬梓，对此不能不动心，虽然还心存犹豫，但还是半就半违地参加了分别在南京和安庆举行的地方考试，在试帖中不得不违心地写了一些颂圣的滥调，或许还遇上一些其他不顺心的事，或许还真有了“采薪忧”的小病，于是就半真半假地“因病”未赴廷试了。这在他的一生是个决定性的转折。

《易·系辞上》:“君子之道，或出或处。”对现实政治的态度，在“出”与“处”的选择上集中地表现了出来。封建时代正直知识分子一向讲究操守，用《儒林外史》三十四回里的话说就是“儒者爱身，遇高官而不受”。这就是重要的政治节操，能做官而不做，就意味着不与无道的当权者同流合污，就意味着对无道政治的不满和抵制。因此，“出”与“处”的抉择是对现实政治态度和人生取向的表现。在这方面，吴敬梓的抵拒态度是日益鲜明的。1736年他没有应荐到北京参加博学鸿词科的廷试，其中虽有身体不适的客观原因，但联系他本人前后的行动和诗作来看，在思想上他是有辞征辟的主观动因的。还在移家南京之初，在《买陂塘》《洞仙歌·题朱草衣白门偕隐图》等词里，吴敬梓就表示要像阮籍、嵇康那样借酒抗俗，隐于林下。赴安庆抚院考试，途中写《青玉案·途次怀王溯山》，想的是王溯山盼自己归去，一起过自然平静的安详生活。一到安庆，写《庆清朝·李啸村留饮园亭》，还是不把闱战放在心上。及至从安庆返程，写《百字令·天宁寺僧舍见青然兄题壁诗》《桂枝香·望九华》，前首才以“旁求岩穴”譬喻博学鸿词科，后首就表示自己“只思寻深洞岩壑”，与自由翱翔的沙鸟、社燕、云鹤为伍，像道家、魏晋名士那样与“丹炉锻灶”作伴，再休问靠近帝阙的“终南太华”，可见其志趣所在。返抵秦淮河干时写《西子妆·蒲剑方交》，感到西行真是一种“羁栖误。三月春光，抛掷如尘土”。现在好了，恨不得引江南的“几阵濯枝骤雨”，把征衫上的尘土洗得干干净净，终于可以与“狂朋怪侣，坐绿阴，听蜕蝉声断”。此后，他没有赴北京参加博学鸿词科的廷试，心情十分复杂；及秋，隐逸画家王溯山来访，以其“天怀澹泊”影响了吴敬梓（《儒林外史》称虞博士“天怀淡定”）。拙著《吴敬梓诗传》中吴敬梓有五首诗专写或提及他，其中《题王溯山左茅右蒋图》很重要，王溯山所依倚的茅山，是道家的名山，是道家名人葛洪、陶弘景的修炼处。这时候，王溯山挟带着道家清风来访：“手持绝妙倪迂画，画出逍遥庄叟园。”——手持的画显出像隐逸画家倪迂一样的画意，像庄子一样逍遥的神韵，这就已经点出王溯山的道家风神。在此诗里山与人已融为一体。观了画，听了“长者”的温言，在吴敬梓心中，“出”与“处”各占一边的跷跷板，自然、逍遥的一边大大加重了分量。犹如“一条寒玉溪光晓”，他心里闪过一道亮光：“高怀那许尘容扰！”后悔自己本来“著书仰屋差自娱，无端拟献金门赋”。于是立意要“浮云富贵非所好，爱山成癖乐其真”“祇此蓬瀛共瑶岛，休言绿野与平泉”！此诗说王溯山居处“两山翠色烟云绕”，顾国泰写《王溯山东庄幽居落成》也称茅山是“三峰出没烟云际，餐霞饵术隐仙人”（《金陵诗征》卷十三），在《儒林外史》末尾词里吴敬梓说自己小说着重写了“江左烟霞”，王溯山该在其属意之中。王溯山的精神气韵该被吸纳灌注到王冕、虞博士的形象塑造中。

1737年，吴敬梓写了《酬青然兄》《贫女行二首》，对应荐进京参加博学鸿词科试的吴檠寓有微讽。又写《伤李秀才》诗，对同次应荐赴考而死于京都的李岑淼表示哀悼。在《美女篇》里，他庆幸自己没有像被荐入宫的富家女见嫉受困，而能够像汉皋女一样保持着自由之躯。连续的一组诗表明，吴敬梓的抉择已经明晰：弃绝富丽朝堂，走向草野自由。这与《儒林外史》中杜少卿辞征辟时说的“麋鹿之性，草野惯了”是同一个意思了。

从此，吴敬梓索性连秀才籍也放弃掉，再也不参加科岁考、乡试等一切科举考试。顾云《盋山志》的“吴敬梓小传”记述当时有人责备他辞征辟，他回答说：“吾既生值明盛，即出，其有补斯世耶否耶？与徒持词赋博一官，虽若枚马，曷足贵耶？”话说得很委婉，其实“生值明盛”云云，只是为避免惹祸而用的饰词。《论语·泰伯》云“天下有道则见，无道则隐。邦有道，贫且贱焉，耻也”，若果“明盛有道”，岂能甘居贫贱藏而不用？这里所说出去无补于世，也就是《儒林外史》里以吴敬梓自己为原型的杜少卿说的：“走出去做不出什么事业”；就像庄绍光说的，在当时“我道不行”，因此拒绝与臧仓小人为伍，不愿充当御用文人去为统治者点缀升平。在这点上，金兆燕不愧是吴敬梓的知音，他概括这位前辈的风操说：“丈夫抱经术，进退触藩羝。于世既不用，穷饿乃其宜。何堪伍群小，颠倒肆诋欺！”（《甲戌仲冬送吴文木先生旅榇于扬州城外登舟归金陵》《寄吴文木先生》）金兆燕还记述：1751年当乾隆帝南巡在南京举行征诏，许多文人应诏迎銮献诗的时候，寓居南京的吴敬梓却像卓诡不伦的东汉狂士向栩一样，企脚高卧，不予理睬。在这里，儒家的出处原则中关于“处”的态度，已与道家的人生态度互融。

在社会地位下降、社会思想形成的同时，吴敬梓的批判精神又进一步发展，剖析的理路由家族移向社会，考虑的范围由个人命运扩至士林前途，逐渐对朝廷功令、社会风气、统治思想日益抵触不满，乃至于质疑、反对。中年以后的吴敬梓不仅是以恣情任性的个人生活态度与封建世俗相牴牾，而且发展成为在整个价值取向上与统治思想相乖离；他已不仅是自己家族富贵之路的违逆者，而且发展成为朝廷功名的违逆者。他的忧愤更加深广了。当许多士人都陷于时代的车轮下，追求功名富贵之风越来越炽，讲求人品学问之风越来越弱的时候；当富贵成为唯一的价值，很多士人把人格、理想、道德都作为博取功名富贵的筹码的时候；吴敬梓敢于斩钉截铁地宣称："讲学问的只讲学问，不必问功名；讲功名的只讲功名，不必问学问！"他蒲履青衫却器宇轩昂地屹立于天地间，昂起头傲然走上自己选择的道路。此际，他酝酿着挥动如椽巨笔创作《儒林外史》。

《外史》却成不朽史　儒道互补安精神

吴敬梓祖居西墅草堂书房门联下联云："秀才天下为己任，还期不朽著勋名。"用以激励子孙怀德建勋立名，实现"三不朽"。

吴敬梓这个不安的灵魂，自小志存高远，从来没有停止过人生的探索和实现人生价值的努力。生命之火如何延续？什么样人生的精神能够留芳千古？古人的回答是"三不朽"。《左传·襄公二十四年》："（穆叔曰）太上有立德，其次有立功，其次有立言。"立德居于太上、统帅的位置。毕竟不是每个人都有条件立功、立言，但"立德"是每个人都可以做而且必须践行的，古人把它置于"三不朽"的太上地位，以立德统帅其他。立德包含做人的风范，正己立身就是基本的风范。中年后的吴敬梓是很注重立身操守，讲究出处之道的。文天祥诗句"人生自古谁无死，留取丹心照汗青"，表达了中华民族的人生价值取向。"汗青"就是史书，青史留名就是对人生价值的最大肯定，成为"三不朽"最好的载体。这种"三不朽"的理念激励吴敬梓提升生命价值，延伸精神生命。

政界、军界人士，"立功"有现成的场域；文化界则擅长"立言"，正道的立言本身也就是立德。至今的新时代，我们在文化界仍然提倡"崇尚'士以弘道'的价值追求"，在"立德立言中成就自我、实现价值”（习近平《在哲学社会科学工作座谈会上的讲话》）。

吴敬梓对照自己的条件，“千户之侯，百工之技，天不予梓也，而独文梓焉”（《移家赋》），着重选择以“文”“立言”，以实现自己的人生价值。他在《玉剑缘传奇序》里，说李蘧门“穿穴百家，方立言以垂于后”，实则是反映了吴敬梓自己“立言”垂后的志向，“穿穴百家”，应包括小说，他正是这么实践的。秉承中华文化重“史”的传统，他采取撰史的传统方式，别出心裁，不是撰写以帝王将相为主体的“正史”，而是刻绘以普通士人为主体的“外史”，以“婉而多讽”的笔调写出迂儒沉溺于功名富贵场的悲喜剧；以冷峻的笔调鞭挞那些寡廉鲜耻、不择手段地去攫取功名富贵的无耻之辈；热情地褒美讲究“文行出处”、践行“礼乐兵农”而淡泊功名富贵的贤人君子和嵚崎磊落的奇人豪杰。《儒林外史》以活生生的形象劝诫世人要调节好功利心、士人要过好功名富贵关，这是人类长久的课题，具有立言传世的长远价值，正如金兆燕所赞“著书寿千秋，岂在骨与肌”（《送吴文木先生旅榇》）。

晚年的吴敬梓已沦为衣食难周、漂泊无定的文人，实际生存状态是颇悲惨的。程晋芳《文木先生传》记述：

> 余族伯祖丽山先生与有姻连，时周之。方秋，霖潦三四日，族祖告诸子曰：“比日城中米奇贵，不知敏轩作何状。可持米三斗，钱二千，往视之。”至，则不食二日矣。……
>
> 岁甲戌，与余遇于扬州，知余益贫，执余手以泣曰：“子亦到我地位，此境不易处也，奈何！”

“此境不易处也”！说的是同情程晋芳的话，其实是夫子自道，注满亲身的辛酸之“泣”，是倔强的吴敬梓难得一吐的悲辛，足见其凄惨的程度！

在如此艰难竭蹶之中，吴敬梓的精神如何支撑？一方面他秉承儒

李汉秋参观扬州琼花观（原为“后土祠”，吴敬梓常至之处）

家“贫贱不能移”的精神安贫乐道。另一方面，他在倾慕魏晋风度的基础上，进一步发展了儒道互补的倾向，儒主立身、道辅宽心。全椒吴敬梓纪念馆中有副对联略觇此境：“函盖要撑持须向澹宁求魄力；生平憎诡故聊将粗懒适形神。”

魏晋风度就是以崇尚自然的道家思想作为自己立身行事的重要理论根据，援道入儒是魏晋玄学的基本思想倾向，被列为魏晋玄学核心内容的“三玄”，既有儒家经典《周易》，又有道家经典《老子》《庄子》。魏晋玄学原有道家的血脉，以儒为根又深慕魏晋风度的吴敬梓，进一步发展儒道互补的倾向，是有其思想发展的内在脉络的。

如果说，魏晋时期，世族文人的政治和经济力量强大，在“儒家独尊”统制相对松动的情况下，汲取了道家思想中对人格本体追求的积极因素，有能力形成具有名士群体性特征的魏晋风度；那么，到了吴敬梓生活的清朝康雍乾时期，随着理学统治地位的强化和八股科举诱惑力的强大，从整体上说，文士已失去了保持群体人格尊严的定力、锐气和历史条件——这也是《儒林外史》借王冕之口说的“一代文人有厄”的重要内涵。吴敬梓却像王冕似的，是不愿意失去自我的“嵚崎磊落”之人，企盼恢复士人群体的自尊和独立人格。但他敏感的神经已感知到：正统儒家的礼乐仁政理想难于疗救礼崩乐坏的社会痼疾，他感到悲戚，但深入骨髓的信念也无法放弃。贫病交加艰难困厄中的吴敬梓，在执着地持守儒家人生“三不朽”的理念的同时，也需要寻求超越艰难尘世的精神宽解方和润滑剂，道家思想（也包括与道家相通的部分佛家思想）就应需而入。他同时汲取了道家崇尚自然、旷达任情的思想营养，用以纾解愤激、适性生存，这就构成了儒道互补的人生态度。

宁楷是和他非常亲近的好友，其《挽吴赠君敏轩四首》诗第一首前半云：

> 空羡扬州好墓田，断魂寂历返江天。烟花不待愁三月，云笈何尝补七籖（赠君方欲注《云笈七籖》，未果）。

《云笈七籖》是宋张君房辑的大型道教类书，几乎录尽宋以前的全部古道书，共一百二十二卷，一百五十三万多字，吴敬梓欲以一人之力注释之，可见热衷之深！应当说他已经能够以超脱的精神境界来宽解现实的困厄，才有心情来创作《儒林外史》，并以如何对待功名富贵作为全书之“骨”，塑造出王冕、虞博士等具有儒道互补情愫的人物形象。这种情愫，也反映到对一些小说人物结局的交待，如权勿用是被人诬告，终于洗刷；一些有污点的人物也参加了泰伯祠大祭。作者真有“疾恶不仇人”（周谷城语）的宽容心态。这同时也证见作者属意的是“一代文人”的整体命运，而非止于对某个体丑陋的惩戒。

人生立命亦治经　人格自立神自适

吴敬梓的世界观是复杂的，同时又是不断变化发展的。程晋芳说

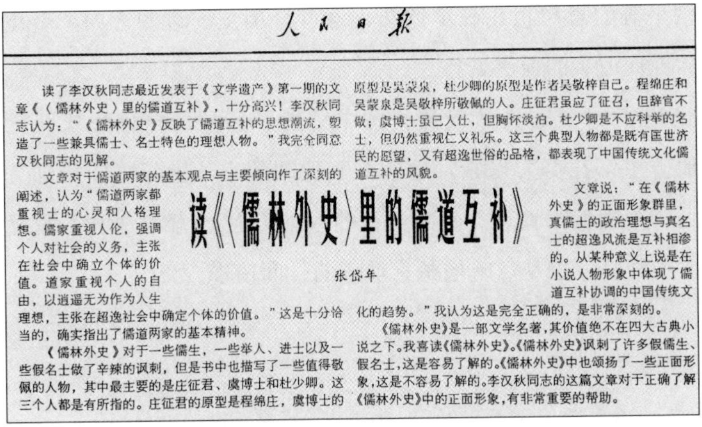

人民日报

读《〈儒林外史〉里的儒道互补》

张岱年

读了李汉秋同志最近发表于《文学遗产》第一期的文章《〈儒林外史〉里的儒道互补》，十分高兴！李汉秋同志认为："《儒林外史》反映了儒道互补的思想潮流，塑造了一些兼具儒士、名士特色的理想人物。"我完全同意汉秋同志的见解。

文章对于儒道两家的基本观点与主要倾向作了深刻的阐述，认为"儒道两家都重视士的心灵和人格理想。儒家重视人伦，强调个人对社会的义务，主张在社会中确立个体的价值。道家重视个人的自由，以逍遥无为作为人生理想，主张在超逸社会中确定个体的价值。"这是十分恰当的，确实指出了儒道两家的基本精神。

《儒林外史》对于一些儒生，一些举人、进士以及一些假名士做了辛辣的讽刺，但是书中也描写了一些值得敬佩的人物，其中最主要的是庄征君、虞博士和杜少卿。这三个人都是有所指的。庄征君的原型是程绵庄，虞博士的原型是吴蒙泉，杜少卿的原型是作者吴敬梓自己。程绵庄和吴蒙泉是吴敬梓所敬佩的人。庄征君虽应了征召，但辞官不做；虞博士虽已入仕，但胸怀淡泊。杜少卿是不应科举的名士，但仍然重视仁义礼乐。这三个典型人物都是既有匡世济民的愿望，又有超逸世俗的品格，都表现了中国传统文化儒道互补的风貌。

文章说："在《儒林外史》的正面形象群里，真儒士的政治理想与真名士的超逸风流是互补相渗的。从某种意义上说是在小说人物形象中体现了儒道互补协调的中国传统文化的趋势。"我认为这是完全正确的，是非常深刻的。

《儒林外史》是一部文学名著，其价值绝不在四大古典小说之下。我喜读《儒林外史》。《儒林外史》讽刺了许多假儒生、假名士，这是容易了解的。《儒林外史》中也颂扬了一些正面形象，这是不容易了解的。李汉秋同志的这篇文章对于正确了解《儒林外史》中的正面形象，有非常重要的帮助。

张岱年文章（《人民日报》1998年4月10日12版）

吴敬梓晚年把治经也当作"人生立命处"，这是脱自"为天地立心，为生民立命，为往圣继绝学，为万世开太平"的儒家理想。他正是从这宏阔的视阈出发矢志不渝从事著述，以立言实现"三不朽"。在古代中国人心中，天地是不朽的，个人"参天地之化育"立德、立功、立言，就可以融入天地而与天地同不朽。"参天地之化育"按我们现在的观念可以改造发展为：顺应历史发展的规律、融入人类进步的历史潮流。

其实吴敬梓之治经，如写《文木山房诗说》，并不自晚年始，在以经学为正宗学问的当时，他有意识地用治经对抗"于经生制举业外未尝寓目"的八股颓风，用经学批判"独好窃虚谈性命之言"的宋明理学流弊，所以他治经刻意要突破前人的窠臼，"不在宋儒下盘旋，亦非汉晋诸贤所能笼络"（吴敬梓《尚书私学序》），务要说出前人不曾说过的话，表现了探求真理的顽强努力，这是他追求人格自立、精神自适的一个组成部分。就像顾炎武和戴震等思想家一样，吴敬梓通过解经（如《诗说》）也确实表现了一些进步的思想因素。而吴敬梓的进步思想，更多形象地体现在《儒林外史》的杜少卿、沈琼枝、市井四奇人、王冕等人物形象里，这些人物形象表现出摆脱功名富贵的羁縻，自食其力，独立不羁，人格自立等思想成分，冲破封建束缚、争取精神自由人格平等的思想正在破茧欲出，这符合历史前进的方向，奏出了从传统向现代迈步的前进音符。

1754年54岁的吴敬梓在贫困中猝逝于扬州，一代文坛巨星陨落了。他一生都在努力探索，他的探索反映了十八世纪中国一部分优秀知识分子不断追求真理、不断前进的艰难历程。《儒林外史》既是他一生心血的结晶，也是反映他探索前进的一面镜子。

吴敬梓先生画像（程十发绘）

楔子：王冕形象如何「隐括」全书、敷陈大义

王冕（1287～1359），字元章，有会稽外史、闲散大夫、梅花屋主等十六个号，是元末的著名画家、诗人。

小说家是塑造人物形象，不是复制历史人物。吴敬梓是根据自己的创作意图，凭借自己所感受到的历史人物王冕的性格气质，采撷从现实生活中捕捉到的感性形象，发挥想象力，通过虚构、融汇、组合，来重新孕育、塑造、创作出自己小说中的王冕形象。与历史原型相比对，小说家采撷了什么、舍弃了什么，改铸了什么、如何改铸，增添了什么、增添何为……经过剖析，就更能显现小说家的创作思想、创作方法和人物形象的意义。

《儒林外史》开宗明义第一回，就“借名流（王冕）隐括全文”“说楔子敷陈大义”，那么就让我们就势论人，解读王冕这一形象的蕴义，来作为本书的楔子，隐括本书的大义。

改画梅为画荷　崇尚自然

作为历史上实有的画家王冕擅长画什么呢？元徐显的《稗史集传·王冕》说“善写梅花竹石”；明宋濂的《王冕传》说“善画梅，不减杨补之”，自题其庐为“梅花屋”；清朱彝尊的《王冕传》说“尤长画梅，以胭脂作没骨体”；清钱谦益的《列朝诗集小传·王参军冕》说“冕工于画梅，以胭脂作没骨体”；清张廷玉等修的《明史·王冕传》

说他“自号梅花屋主，善画梅”。流传下来的史料和载著，在在证明王冕爱梅；隐居会稽山后，以种梅、画梅为乐。唯独吴敬梓在《儒林外史》里别出心裁写他画荷，不画梅，这是何故？

梅与荷中国人都喜欢，都赋予正面的品格。从季节说，古人在冬季骑驴寻梅，放牛总是在春季、夏季。王冕少时为牧童放牛，不会在梅花季节。更重要的是：梅与荷的品格象征有很大差异。梅是“岁寒三友”之一，元吴昌龄赞为：“玉骨冰肌谁可匹，傲雪凌霜夺第一。”王冕誉之为：“冰雪林中着此身，不同桃李混芳尘。”“不要人夸好颜色，只留清气满乾坤。”梅通常象征高士、贞士、隐士、志士的品格。而吴敬梓写的是王冕的童年，在童年成长期吴敬梓最看重的是在大自然中自然地成长。这就选中了荷。李白早就称赞荷“清水出芙蓉，天然去雕饰。”苏东坡的《荷花媚·荷花》亦赞：“霞苞霓荷碧，天然地，别是风流标格。”周敦颐《爱莲说》谓荷“出淤泥而不染，濯清涟而不妖……香远益清，亭亭净植，可远观而不可亵玩焉”。荷花不沾泥秽心冰洁，不显妖媚溢清香，纯属自然。吴敬梓强调的就是纯任自然，为把王冕的童年塑造成人与自然和谐交融的范例，改为王冕画荷，让七泖湖畔的湖光荷色陶冶他幼小的心灵，并对他人生哲学的形成、人生道路的选择、人生境界的追求发挥启蒙性质的作用。吴敬梓写道：

> 王冕放牛倦了，在绿草地上坐着。须臾，浓云密布，一阵大雨过了。那黑云边上镶着白云，渐渐散去，透出一派日光来，照耀得满湖通红。湖边上山，青一块，紫一块，绿一块。树枝上都像水洗过一番的，尤其绿得可爱。湖里有十来枝荷花，苞子上清水滴滴，荷叶上水珠滚来滚去。王冕看了一回，心里想道：“古人说‘人在画图中’，其实不错。”（第一回）

日光“照耀得满湖通红”

“荷叶上水珠滚来滚去”

清新的语言描写云影、山色、湖光，细腻传神，洋溢出返归自然的气韵。吴敬梓有意摒弃传统章回小说中套引现成诗赋状景的路子，不仿诗赋典雅句式描景，亦不用诸如“滴圆滚珠清叶里，碧荷冰心无粉琢，凌波意态总超然”之类的典雅文字。他怎么写呢？他用纯白话写出景物的性灵，写雨后湖上的荷花，“苞子上清水滴滴，荷叶上水珠滚来滚去”，水珠真似珠子，晶莹剔透地在荷叶上滚来滚去，毫不沾黏，自然灵动，生气灌注，恬淡的诗意夹着荷的清香沁人心脾。普通常见的景致，表现得那么自然、淡雅，充满了生命的情趣和灵动的情志。这不仅使王冕爱上自然，也是其出淤泥而不染的高洁人格的写照。物的形象是人的情趣的映射，这种映射显现着王冕的人生境界：洁身自好，一生坦荡，一生清正。王冕认为景如“人在画图中”，其实不错，人与自然浑然相融，天人合一，这是作者创造的意境，也是作者赋予王冕的人格境界。人与自然交融的画面表达出的已不仅是一种人格理想，而且是一种理想的人生境界，透露出与老庄道家“道法自然”思想的契合。这种交融把功名富贵等异己力量所异化的人生，拉回到道家的“人的自然化”和儒家的“自然的人化”相融合的状态，葆全人的淳真本性：主体独立自足，情操高洁，又自由自在，超越特定社会性的限制，心灵与自然契合，在感性自然中体现了人与自然的和谐。儒家的贤人人格和儒道互补的魏晋名士风韵，就这样融汇在王冕形象里。（其后，贤人人格在虞博士身上得以展示；名士风韵在杜少卿身上得以呈现。）

吴敬梓采撷从现实人生中捕捉到的感性形象，熔铸到自己所感受到的历史人物王冕的性格气质中去。他的好友中至少有三个画家为其创作提供了感性形象：一个是王宓草（1649 ～ 1737）名蓍，擅长绘没骨花卉，吴敬梓的诗《挽王宓草》赞许他“高隐五十载”“缑岭空箫声”，似道家人物，称扬他的绘画艺术：“毫端臻神妙，墨晕势纵横。”《金陵诗征》卷四三有吴敬梓的朋友朱卉字草衣的《呈王宓草先生》诗说：“诸侯问政来花径（昔年陈长沙总宪、张武闻鹾使频过访先生以政事相咨）。”这就颇类《儒林外史》中吴王问政于王冕了。另一个是王溯山，为吴敬梓在南京交往亲密的隐逸画家，详情已在吴敬梓思想发展中叙及。与上述二人交往中吴敬梓熟悉、感悟了隐逸画家的气质，为塑造王冕形象积贮了实际生活体验。此外还有一个是李葂（1691 ～ 1755），字啸村，不仅工诗而且善画，是以“扬州八怪”为代表的“扬州十五家”之一，与“扬州八怪”中的李鳝并称“二李”，值得注意的是：他罕见的传世画作就有《墨荷》。

与自然环境相协调，王冕家庭和邻里生活的人文小环境也是淳朴自然的。孝悌是人类最天生自然的亲情，是仁义在内心的总根据，吴敬梓笔下的正面人物无不孝悌。小说第一回中，王冕就事母至孝，他的寡母靠做针线活供他念了三年书，无力继续，想让他去放牛，商之于他。他说："娘说的是。我在学堂里坐着，心里也闷；不如往他家放牛，倒快活些。假如我要读书，依旧可以带几本去读。"想方设法主动解除母亲的歉疚心情，小小年纪善体亲心如此。此后，"或遇秦家煮些腌鱼、腊肉给他吃，他便拿块荷叶包了来家，递与母亲"。赤子的孝心感动得评点者天目山樵"下泪"，华约渔"堕泪"，黄小田于此则评曰："盖未有不孝而可称名士者。"王家是母慈子孝。秦老对王冕母子，乡邻之间至诚相待，不杂势利的鄙念，不因对方的升沉荣辱而冷暖炎凉，表现得淳朴敦厚，古风可鉴，是作者理想的"三代之世"的世风。此风也吹拂到小说所写底层老百姓的形象中，开小香蜡店的牛老儿与开小米店的卜老爹鱼水相帮，情真意实，温煦之气直拂人面；鲍文卿和倪霜峰，同是市井贫民，危难相助，温情可掬。凡此都表现出吴敬梓对淳朴淡远的生活意趣和朴直敦厚的道德风貌的向往。

信奉仁义为本　人格自立

在社会理想方面王冕基本上是属于儒家的。

徐显的《稗史集传·王冕》、朱彝尊的《王冕传》都提到王冕拒绝绍兴理官申屠駉召见的事，但都没多讲拒召的理由，而在《儒林外史》里则大大丰富了。

小说第二回，诸暨县知县时仁命翟买办召见王冕，如果召那三个"戴方巾"的胖子、瘦子、胡子，这是他们趋奉县尊的绝好机会；而对王冕则不然，他辞曰："假如我为了事，老爷拿票子传我，我怎敢不去？如今将帖来请，原是不逼迫我的意思了；我不愿去，老爷也可以相谅。"翟买办道："你这都说的是甚么话！票子传着倒要去，帖子请着倒不去，这不是不识抬举了？"王冕的话含有深意，天目山樵初评时说：“此等说话，危老先生、时知县尚不懂，无怪翟买办发急。”天目山樵在“定评”里自己作了解说：“君召之役，则往役；君欲见之，则不往见之。”此话出自《孟子·万章下》：

> 万章曰：“庶人，召之役，则往役；君欲见之，召之，则不往见之，何也？”
>
> 曰：“往役，义也；往见，不义也。且君之欲见之也，何为也哉？”
>
> 曰：“为其多闻也，为其贤也。”
>
> 曰：“为其多闻也，则天子不召师，而况诸侯乎？为其贤也，则吾未闻欲见贤而召之也……取非其召不往也。”

孟子此语典型地表现了儒家的尚贤思想和关于贤人人格的理想。孟子认为，在位者必须师事贤人，如有事相商，就要亲自登门拜访，不可大模大样地召贤人来见自己。而贤人呢，则应当拒绝这种召见，“不以贤事不肖”——不拿自己贤人的身份去服事不肖之人。“以不贤人之招招贤人”，那是绝对不行的，“欲见贤人而不以其道，犹欲其入而闭之门也”。吴敬梓写王冕拒绝时知县的召见，就是儒家这种观念的具象表现。这里不仅是“非其召不往”——不是自己所应该接受的召唤之礼，就不去；而且是“不以贤事不肖”，决不屈身去听“酷虐小民”的“不肖”知县之召，王冕的趋避取舍，正是贤人理想人格的表现。不受权势的羁勒，在权势之外，坚守道义原则，保持人格的独立和尊严。道家的高人人格与此有相通处，有更甚者：不仅不睬，而且避之惟恐不及，有如段干木、泄柳。《儒林外史》写王冕的行动即如此，当时知县“屈尊”来访时，他就躲开，嗣后干脆“到别处去躲避”。

《孟子·公孙丑下》继续发挥尚贤思想：孟子原准备朝见齐王，一听说齐王命人召见他，他就反而不去了。为什么呢？——“将大有为之君，必有所不召之臣；欲有谋焉，则就之。其尊德乐道不如是，不足与有为也。”理想的君臣关系如“汤之于伊尹”“桓公之于管仲”，都是“学焉而后臣之”，都“不敢召”。

孟子这么做是否是对王的“不敬”呢？孟子曰：“齐人无以仁义与王言者……不敬莫大乎是。我非尧舜之道不敢以陈于王前，故齐人莫如我敬王也。”

徐显的《稗史集传·王冕》、朱彝尊的《王冕传》都写过王冕劝胡大海：“汝能为义，谁敢不服？汝为不义，谁则非敌！”都只提到“义”。而《儒林外史》写朱元璋得了金陵，自称吴王，破了浙江的方国珍后，到诸暨乡下拜访王冕，征询“浙人久反之后，何以能服其心”，王冕则如孟子所说“以仁义与王言”：

> 若以仁义服人，何人不服？岂但浙江。若以兵力服人，浙人虽弱，恐亦义不受辱，不见方国珍么？

这种思想与《孟子·公孙丑上》相同：

> 以力假仁者霸，霸必有大国。以德行仁者王，王不待大，汤以七十里，文王以百里。以力服人者，非心服也，力不赡也。以德服人者，中心悦而诚服也，如七十子之服孔子也。

孟子在政治上主张“王道”，反对“霸道”。行“仁义”“仁政”，是他王道的核心内容。

王冕形象的塑造，受孔孟儒家思想的影响至深，“仁义”就是显例。“仁义”，不仅用于政治，而且用于人伦。“仁”在孔子学说和儒家思想中既是至高的精神境界，又是社会理想，成为中华文明核心价值发展的首要概念。孟子继承发展了孔子的学说，不仅重视“仁”，还强调“义”。特别重视“义利之辨”。“义”和道义就是指道德原则，“利”

就是功利原则和私利要求。以义为上、以义为先，就是坚持道义高于功利，这成为中华文化的价值偏好。孟子已经把“仁”“义”并提，“居仁由义”，使“仁义”成为儒学里最突出的道德价值（后世已用“仁义道德”概指道德了），而且也是社会价值。向来称我中华为礼义之邦，礼义已成为中华文化的核心价值。至今我们都还强调要“深入阐发中华优秀传统文化蕴含的讲仁爱、重民本、守诚信、崇正义……等思想理念”（《新时代公民道德建设实施纲要》）。

正统儒家的“仁义”，还有礼乐，成为《儒林外史》中贤人社会理想的纲领，此处王冕未及礼乐，泰伯祠大祭则专重礼乐。

儒家特别重视“义利之辨”，如何处理“义”与“利”的关系成为价值观的核心问题，成为道德的试金石。“义”是道义原则（包含道德原则），“利”就是功利原则和私利要求。“义以为上”“以义制利”就是坚持道义高于功利，以道义坚守来制约功利追求，这成为中华文化的价值偏好。而此亦是《儒林外史》深蕴的最高主题。《论语·里仁》载孔子曰：

> 富与贵，是人之所欲也；不以其道得之，不处也。贫与贱是人之所恶也；不以其道得之，不去也。君子去仁，恶乎成名？君子无终食之间违仁，造次必于是，颠沛必于是。

在《儒林外史》里，功利追求具体化为唯功名富贵是求，道义原则落实在“文行出处”上。这也是儒家“修身”的具体化，可以说是上述孔孟思想的形象延展，而其中也含蕴着道家轻弃功名富贵的思想观念。这是全书的“大义”。

摆脱功名羁縻　精神自适

如果说在社会理想方面王冕基本上是儒家的，那么，在人格理想方面则是儒道互补的。

世间的功利机制体制，是一定历史阶段的必然产物。它是把双刃剑，既有促进生产力发展和社会进步的一面；又容易诱发物欲横流，使人过分热衷追求功利，造成人性异化的负面作用。于是就出现了抑制功利心膨胀的道德仰慕——淡薄功名富贵，与之联袂的是痛疾势利，正面高张的则是道义原则。吴敬梓就从功名场中跳出，并且反戈一击，遂写出“楔子”中的正反两方面人物。

《儒林外史》开篇引《蝶恋花》词之后说“世人一见了功名，便舍着性命去求他……自古及今，那一个是看得破的！虽然如此说，元朝末年，也曾出了一个嵚崎磊落的人”。这一开始就把王冕放在摆脱功名富贵羁縻的位置上。

小说第一回，就在王冕画荷的七泖湖畔，来了三个“戴方巾”的胖子、瘦子、胡子，三人在江南佳丽地，春郊冶游野餐，席毡而坐，把酒清谈，如此雅兴，岂非雅人？谁知一开口便俗不可耐：

> 吃了一回，那胖子开口道：“危老先生回来了。新买了住宅，比京里钟楼街的房子还大些，值得二千两银子。……前月初十搬家，太尊、县父母都亲自到门来贺……”那瘦子道：“县尊是壬午举人，乃危老先生门生，这是该来贺的。”那胖子道：“敝亲家也是危老先生门生，而今在河南做知县。前日小婿来家，带二斤干鹿肉来见惠，这一盘就是了。这一回小婿再去，托敝亲家写一封字来，去晋谒晋谒危老先生；他若肯下乡回拜，也免得这些乡户人家放了驴和猪在你我田里吃粮食。”……那胡子说道：“听见前日出京时，皇上亲自送出城外，携着手走了十几步，危老先生再三打躬辞了，方才上轿回去。看这光景，莫不是就要做官？”

这三顶方巾正是“楔子”之后全书所有势利士子的缩影，其谈吐正是“楔子”之后全书所有势利谈的模子：一是瞎捧富贵人物，对危素这个名节有亏的人，三人开口闭口都是“危老先生”多么富贵，“太尊”“县父母”地巴结他，皇帝和他竟“携着手走”！归结到：“莫不是就要做官？”二是挖空心思，不惜曲里拐弯攀扯上自己与富贵人物的关系，借炫耀攀结富贵人物，“拉大旗作虎皮”抬高自己。总之如闲斋老人的《儒林外史序》（本书此后简称“闲序”）所说：“倚仗功名富贵而骄人傲人。”此三人谈，与第五十五回所说“乡绅堂里，坐着几个席头，无非讲的是些升、迁、调、降的官场”，首尾相呼应。这是对此类势利谈设的照妖镜，经此定格无处遁形！返顾当时现实，势利之气遍被士林，怪不得卧闲草堂本评语（以下简称“卧评”）会说：“慎毋读《儒林外史》，读竟乃觉日用酬酢之间无往而非《儒林外史》！”

王冕观听了这充斥着势利心理的恶心一幕，“牵了牛回去。自此，聚的钱不买书了”。王冕正是逆其道而行者。这里的“不买书”，是指“闯学堂的书客”所贩卖的应八股考试的书，他决计与那三顶方巾划清界限，走自己的自学之路。“这王冕天性聪明，年纪不满二十岁，就把那天文、地理、经史上的大学问，无一不贯通”。随着好学勤学，他的天性不断为理性所充实，具备了理性觉悟的首要条件——有着广博的知识才能。惟其见多识广，博古通今，方能撷取多种思想文化养料，去破除“锢智慧”的八股制度的毒害，形成自己独特的人生观、价值观，严守其“文行出处”的理性依据。“楔子”之后展开的诸回里，虞博士、庄征君、杜少卿、虞华轩等正面人物，皆有此种博学特征。看来这也是称“贤”称“奇”的重要条件。

《楚辞》中称“制芰荷以为衣”“荷衣兮蕙带”，是屈原修养品德的自喻。本书首回，吴敬梓写王冕仿穿“屈原衣冠”却有另一种性格：

> 这王冕天性聪明，年纪不满二十岁，就把那天文、地理、经史上的大学问，无一不贯通。但他性情不同，既不求官爵，又不交纳朋友，终日闭户读书。又在《楚辞图》上看见画的屈原衣冠，他便自造一顶极高的帽子，一件极阔的衣

服。遇着花明柳媚的时节，把一乘牛车载了母亲，他便戴了高帽，穿了阔衣，执着鞭子，口里唱着歌曲，在乡村镇上，以及湖边，到处顽耍，惹的乡下孩子们三五成群跟着他笑，他也不放在意下。

这样的王冕颇有魏晋名士任诞的风致，与擎着金杯携手娘子游清凉山任人嘲笑的杜少卿同是一种“狂”。

徐显的《稗史集传·王冕》、钱谦益的《列朝诗集小传·王参军冕》、朱彝尊的《王冕传》都说王冕“尝一试进士举，不第，即焚所为文”。宋濂的《王冕传》说王冕“屡应进士举不中……竟弃去”，张廷玉等修的《明史·王冕传》说法略同。而在《儒林外史》里的王冕：“性情不同，既不求官爵，又不交纳朋友，终日闭户读书。”压根儿就“不求官爵”，不应科举，不求功名富贵，因而否定攀爬功名富贵的法定阶梯，批评八股制度：“这个法却定的不好！”

朱元璋成为皇帝后，“时常有人传说，朝廷……要征聘王冕出来做官”。这是功名富贵的稀世之遇！是那三个无名秀才所代表的士人巴望而不可得的幸运！而这位王冕是个“不为管仲者”，“并不通知秦老，私自收拾，连夜逃往会稽山中”，待到“朝廷果然遣一员官，捧着诏书”要授他官职时，他已是“久矣不知去向了”。与杜少卿之“辞征辟”异曲同工。他以段干木、泄柳为取法的榜样。泄柳是春秋时鲁人，鲁穆公就而见他，他闭门不纳；段干木是战国时魏人，魏文侯就而造其门，他逾墙逃走。王冕迹近逃避功名羁绊的隐士、高人，在其身上，贤者人格与隐者人格已融通了。

王冕形象恍若全书精神之所在。他拒“功名富贵”于千里之外，啸傲山林；又藉一技之长，养活自己，经济上能自食其力，便摆脱了对“势”的依附关系，便可像“市井四奇人”中的裁缝荆元说的那样，“不伺候人的颜色”，过着自以为快的日子。《儒林外史》长篇结构的篇首如初升之曙色，与篇末“市井四奇人”如美好的晚霞相互呼应。市井四奇人各有艺术爱好，合起来有“琴棋书画”的文化素养。第五十五回对荆元的“琴”、王太的“棋”、季遐年的“书”都有具体描写，惟独对盖宽的“画”只提一句“喜欢画几笔画”，而把“画”的具体描写落实在篇首的王冕身上。可见王冕与市井四奇人是同类互补。他们以“嵚崎磊落”的个性在一片淤泥之中犹如“净植”的荷花。他们是那么质朴干净，有足够的亮度、高度，愈发对比出陋儒的爬行、假儒的污浊、假名士的无聊。

正是这位寄托着作者的理想和追求的人物，可以“隐括”全书，有资格站在百年鸟瞰的时空之巅，充任“先知”和“预言者”的角色。在主干剧情展开之前，王冕站在大幕前点题：八股科举“这个法却定的不好！将来读书人既有此一条荣身之路，把那文行出处都看得轻了”。这成为贯串全剧的思想线索，确实起了“敷陈大义”的作用。王冕以深沉的语调预言：“贯索犯文昌，一代文人有厄！”这成为笼罩全书的悲凉基调。他又指着纷纷坠向东南的百十个小星道：“天可怜见，降下这一伙星君去维持文运，我们是不及见了！”在造成时空的推移感和距离感后，才缓缓拉开大幕，王冕隐到幕后，而他的话音回荡于全剧始终。

《儒林外史》不以正负两类人物的直接冲突构成情节，而是让两类人物在各自的世界里活动，以人物思想性格的内在呈现来承担情节及其容量，两类人物文化品格是互成反照的。

从单项要素机械整体的观念来看，《儒林外史》没有一个贯串全书的中心要素——人物和故事。若从有机整体的系统观念来看，《儒林外史》像是个“系统集成”。以系统思维、系统分析的方法就可以发现：《儒林外史》是以对待“功名富贵”和“文行出处”的态度为中心，在文本深层建构起一个褒贬对比的基本结构框架，两种人分居有机整体的两侧：一侧是钻营功名富贵不讲文行出处的人物，另一侧是淡泊乃至弃绝功名富贵、注重文行出处的人物；一侧是陋儒、假儒，另一侧是真儒、贤人；一侧是赝名士、假名士，另一侧是真名士、奇人；形成鲜明的对照，从而把主题思想凸显出来。

《儒林外史》的人物又常是成双成对地出现，居于同一侧的一双人物常是互补关系，其中很多是兄弟，如“二王”（王德、王仁），“二娄”（娄三、娄四），“二余”（余特、余持），“二余”（余敷、余殷）、“二汤”（汤由、汤实），“二唐”（唐二棒椎和唐三痰）……有的并非兄弟，如“二进”（周进、范进），伊昭和储信，隋岑庵和卫体善，辛东之和金寓刘，余美人和萧姑娘……他们多是相近而互补。居于不同侧的人物之间则多为对比和对照关系，贤人、奇人形象都是反光镜，反照出功名富贵场中狼奔豕突的丑态。如：同是科举出仕，虞博士之“难进易退”对比马二先生之“知进而不知退”，对比范进之中举发疯；同是兄弟，“二余”（余特、余持）间手足情深对比“二严”（严贡生、严监生）间的手足相残；同是知县，向鼎与汤奉形成对比；同是出身农村的青年，王冕与匡超人的人生道路形成对比；同是杜府少爷，杜少卿与杜慎卿的品行形成对比……

如果说前半部（“楔子”之外）主要是从贬抑面着笔，写出因热衷功名富贵而致的人性异化，在褒贬对比的深层基本结构框架中大多属于贬斥一类；那么，从第三十一回杜少卿出场起的后半部，基干情节是从正面描写礼乐事业的倡导及其衰落，主要写能够正确对待功名富贵的人物，在褒贬对比的深层基本结构框架中大多属于褒扬一类。两类之间又往往相互对比对照。从系统论的眼光观照，《儒林外史》的形象体系不仅是个体形象的机械组合或简单相加，这个体系对小说人物个体形象起着支配作用，“整体大于部分之和”，在形象体系里的个体，由于相互联系作用，产生了在独立存在的状态下所不显、而在系统整体中才显豁的功能性和质的新颖性。《儒林外史》里的有些贤人、奇人和各种正面人物形象，作为孤立的个体来看似不甚值得重视，但从形象体系的有机整体来看，他们却是举足轻重的有机组成部分。作为相互对比的两类中的一类，在与否定性人物的对比中，获得了在孤立状态下所不显的性质和功能，在全书的思想主题构筑中，他们的存在具有艺术安排上的必要性和合理性。离开任何一类都无法充分理解另一类。

“楔子”里站在王冕一边的有王母、秦老。与之成反照的有：朝廷大佬危素品行有亏而故作德高望重，是权势的代表；“时仁”知县，趋炎附势，巴结权贵，“酷虐小民”，是州县“父母官”的代表；翟买办是“狗眼看人低”的走狗奴才，因无知而把无耻表现得很直露，是“夏总甲”一流人物；胖子、瘦子、胡子，是“全部书中”势利士绅的“影子”，“其所谈论又是全部书中言辞之程式”（卧评），令人想起“五河县势利熏心”者的势利谈和西湖斗方诗人等假名士的自我吹嘘。这双方的对比，是全书总体结构的一个浓缩，是可以“隐括全文”的。

明清功名富贵体制统制下的精神危机

中国明清两朝的统治者积累了运用功利体制和机制的经验，把获取富贵之途与功名相绑。

“功名”，原指功绩声名、建功业而得名（如岳飞《小重山》“白首为功名”、《满江红》“三十功名尘与土”）；而在明清科举时代，常用以指称科第及由科第取得官职。“富贵”的含意本广泛，但当与“功名”的后一种意义连用时，也就与科举做官结下不解之缘。所以，“功名富贵”作为集合概念，在明清科举时代，它的核心是“做官”，有官位就有权势和钱财，就又贵又富，而八股科举制度就是获取功名富贵的官方阶梯。

明清时期，被大力强化了的八股科举制度，既是官员选拔制度又深刻影响了教育的内容和体制，特别注意把读书与功名富贵联结在一起，“学而优则仕”，成为士子的群体价值取向。如果说金钱资本是近代资产阶级围绕着旋转的轴心，那么，可以说，功名富贵是明清社会上层和士子围绕着旋转的轴心，而且主宰了世俗社会。对待功名富贵的态度是对明清文人的一个试金石，也是烛照他们灵魂的最佳角度，在这个聚光点上，足以烛幽索隐，显其灵魂，使其灵魂最深处的纹理都纤毫毕露，无所遁形。《儒林外史》通过对一代文士精神状态的生动描写，使他们声态毕现于纸上，从而深刻揭示出在封建的功名富贵体制和机制统制下，精神道德和文化教育存在的严重危机，并试图探求疗救的出路。

明清的八股科举是求官的“正途”，对待功名富贵的态度当然包括了对待八股科举的态度，但比后者的包涵要深，外延也广。以功名富贵为中心，既可以统领对科场士人的描写，也可以统摄对名士的剖析，而不必牵强地把名士说成八股的“副产品”；既可以包涵对士子灵魂的勾画，也可以连带对社会陋俗的掊击。盖宽说的“世情看冷暖，人面逐高低”也不外乎是对功名富贵的态度，像夏总甲、牛浦郎等三教九流人物，与八股科举没有直接关系，却可以包举在对待功名富贵的种种态度之中。

应当怎样对待“功名富贵”呢？作者正面提出的是“文行出处”。儒家思想是积极用世的，对于建功立名本身，并不持简单的否定态度。儒家讲究“义利之辨”，这首先关联着道义原则与功利原则的相互关系，儒家强调“义以为上”“以义制利”，功利的追求必须受道义的制约，“不义而富且贵，于我如浮云”（《论语·述而》）。针对功名富贵的功利追求，吴敬梓把道义原则具体化为“文行出处”，他反对的只是不讲“文行出处”的原则，不学无术却寡廉鲜耻地去追求功名富贵。萧云仙、汤奏功名心都很强，却都是正面人物。但是在“臧仓小人”当权的时候，庄绍光、杜少卿他们“走出去”都“做不出甚么事业”，逼得贤人君子只好以城市为山林，不受功名富贵的诱惑，不随俗浮沉同流合污，总算葆全了“文行出处”的操守。

《儒林外史》以“功名富贵”作为儒林的中心题旨，这不等于说它的主题思想是批判功名富贵。如以走马灯作比喻，功名富贵只是旋转的轴心，全盏灯围绕这个轴心展开了一代文人生活的风俗画卷，其中有批判的画面，也有褒美的画面。它所批判的八股腐儒、贪浊官绅、无耻假儒、赝假名士、无聊纨绔、刁滑讼棍、清客帮闲……固然表现了没落地主阶级精神道德和文化教育（包括八股科举和程朱理学弊端）的腐朽糜烂；而它所颂美的正面人物，有的沉抑不伸，有的愤激不平，理想终归破灭，客观上仍然反映了封建政教已经病入膏肓无可救治。这轴画卷的形象总体深刻表现了封建社会后期上层建筑的严重危机，这种危机反映在士林中，根子却在统治者推行的政教里。

如何对待功名富贵已成为士人人生观、价值观的核心，成为其人品、人格的试金石，从这角度看，《儒林外史》教人如何对待功名富贵，也就是教人如何做人。叶楚炎的《〈吴敬梓诗传〉与李汉秋“吴学”》一文说得好：“《儒林外史》……是一部需要全身心地投入，将自己所有的生命体验和小说文本的阅读相融通，才能读出其意蕴、读懂其‘伟大’的经典之作。”

《儒林外史》第一回借王冕的话说八股取仕“这个法却定的不好”！他是从什么角度出发批评的呢？——他认为：“将来读书人既有此一条荣身之路，把那文行出处都看得轻了。”——“荣身之路”也就是获取功名富贵之路，士人若唯“功名富贵”是钻是窥，那就会不讲“文行出处”，不讲学问和品行。这是王冕也是作者的着眼点。胡适的《吴敬梓传》说：“不给你官做，便是专制君主困死人才的唯一妙法。要想抵制这种恶毒的牢笼，只有一个法子：就是提倡一种新社会心理，叫人知道举业的丑态，叫人知道官的丑态；叫人觉得‘人’比‘官’格外可贵，学问比八股文格外可贵，人格比富贵格外可贵。”（《胡适文存》一集卷四）。

《儒林外史》就是以对待“功名富贵”和“文行出处”的态度为中心，建构起一个褒贬对比的深层结构框架，否定性人物与肯定性人物；陋儒、假儒与真儒；赝名士、假名士与真名士；分居于对比结构的两侧，形成鲜明的对照，从而把主题思想凸显出来。

儒士和名士纷然杂处，真伪并现，但各有自己的特征和文化渊源。儒士原指崇信儒家学说的士大夫，儒家是讲“经世”的，因而儒士指入世求仕的士子。名士则与道家靠近。本书以儒士与名士对举，先讲儒士。在褒贬对比结构的否定性人物一侧，吴敬梓首先成功地塑造了一批八股科举制度哺育的无智的陋儒迂儒。

通过一定的考试制度选拔人才和官吏，这本身是有合理性的。对于选拔制度和政策，首先要看它服务于什么样的政治和经济生态，其次要看它本身的合理程度，这一切都要根据其社会效果和影响进行检验。选拔和褒奖的制度对于读书人乃至整个社会的人心习尚，具有指示标的作用。《儒林外史》首先着力从八股科举对儒士精神的毒害着手，来解剖封建文化。

察举（推荐）和科举（考试）是中国封建社会先后出现的选拔官吏的两种主要途径。汉代实行察举制度，“乡举里选”的科目，就是求贤举士的标准，主要为贤良方正与孝廉；由州郡根据“乡曲”的“清议”（舆论）保荐。这种举荐，需要有良好的外部条件：公正的社会环境、健全的地方行政制度、正直的执行官吏等；否则就易被不正派者流上下其手而变形走样。到魏晋南北朝发展为九品官人法，选拔、任用官吏专重门第、身份，造成“上品无寒门，下品无世族”社会阶层固化的状况。

隋唐时出现了科举制度，按科目考试，优者举用为官，这给非贵族人士参与政权提供了一些机会。士人凭考试成绩可以跻身仕途，这至少在逻辑上肯定了士人的知识价值高于贵族的世袭身份，在客观上打破了世族地主对封建政权的绝对垄断，比起门阀制度来，无疑是历史的进步，在当时是相对合理的，被称为世界上最早的文官考选制度，延续了一千三百多年。但是历史上出现的选拔制度往往是有一利有一弊。利益驱动，是历史前进的杠杆，同时又是人格分裂或扭曲的诱因。读书、考试与获得地位名利挂上钩，从正面效应说，可以起激励作用，但同时又产生负面效应：一些人过分追求名利，功利心恶性膨胀，心理失去平衡，诱发出种种人格堕落。追求功名富贵的考选制度，对庸弱的人性形成炼狱般的折磨。何况明清统治者为了强化业已腐朽的封建制度，变本加厉地推行文化专制政策，镇压与愚弄双管齐下。科举制度对士人的品行本来就缺乏可信可靠的评估机制，对知识的评估一样如同盲人摸象。制定统一的标准，本是考试制度规范化的要求，但他们把科举制度套上八股制艺的僵硬躯壳，规定以《四书》《五经》的语句命题，以朱熹的注释解读为立论的根据。封建统治阶级愈是走下坡路，就愈要用严厉的办法禁锢思想，愈是腐朽，就愈不让知识分子接触现实、活跃思想。他们只准应考者按题阐述经文的义蕴，揣摩“孔孟程朱”的语气，“代圣贤立言”，既不许发挥自己的见解，又不许称引三代（夏、商、周）以后的事情，更不许联系现实社会的政事。文章的套路也有刻板的规定，一篇一定要分为八股，每一股乃至每一句都要死守固定的格式，明清统治者就用这样的八股制艺桎梏士子的思想，从而收到寓“武”镇压于“文”愚弄之中的效果，腐蚀和摧残着一代代文人。周进、范进、马二先生、王玉辉就是被戕害的典型。

沉迷功名富贵之儒士

对于科举时代的士子，取得功名是攀登富贵金字塔的大路、正路。封建统治者利用功名富贵的体制机制，引诱士人“入我彀中”（唐太宗语）。因此，要冲破封建束缚，就要摆脱功名富贵的羁縻。可惜太多士子往八股科举的彀中是钻是窥，沦为八股科举制度的沉迷者。

（一）周进撞号板：哭的四幕剧

这是小说正文的首回。从表层看，《水浒传》开头写“二进”：王进与史进师徒；《儒林外史》开头也写“二进”：周进与范进师生。从深层看，“进”之取名很有寓意：《易·乾卦》：“上九，亢龙有悔。”《易传·文言》曰：“亢之为言也，知进而不知退……知进退存亡而不失其正者，其唯圣人乎！”古人把“进退”与“出处”同列为大节，两者之间含义有交叉重叠，如：“‘穷则独善其身，达则兼济天下。’……进退出处，何往而不自得哉？”（白居易《与元九书》）；“于出处、进退、取予之大节，未尝敢陨越也。”（吴定《紫石泉山房记》）。所以，“知进而不知退”，在特定领域则只知一味求进出仕而不知退处。周进、范进这“二进”与马二先生一样，在八股科举的人生道路上，都是只“知进而不知退”，是沉迷者。同他们相对照的虞博士是“难进易退”“天怀淡定”，这才是“知进退存亡而不失其正者”（《梁书·列传第四十六·止足》）。

且看上述三个沉迷者。先看周进。

天下之大，一开始为何选在山东汶上县？原来这是孔子惟一担任过地方官——中都宰的地方，当年经孔夫子兴行教化，此处庶几成礼乐之乡，还出现过大孝子闵子骞。

孔子化行中都

自明朝成化年间始行八股科举，如今“成化末年”，礼乐之乡已成了势利之乡。且看此“四幕剧”渐次展开（每幕主要有一个地点、二三主角）：

第一幕：乡村的势利世界　小说第二回，薛家集的“元老院”开会议决大事，头面人物齐集敬候“大人物”主持。大人物一到，“一屁股就坐在上席”，目中无人，只吩咐把他的“坐驴”喂饱，因为这里议完事还要赶到“县门口”差役的班长家吃年酒呢。原来他就是县衙的差役又当了本地的总甲夏某，到乡下来他就是象征权力的贵要，他的亲家倚仗他的权势在此“为头”，代表他领导首富荀老爹集资办公事。

这就是乡里的功名富贵的体制。夏总甲以委屈的口气吹嘘自己作为大人物如何忙得不可开交，活灵活现地刻画出“倚仗功名富贵而骄人傲人”（闲序）的丑态。正如卧评所云：“起首不写王侯将相，却先写一夏总甲，夫总甲是何功名，是何富贵？而彼意气扬扬，欣然自得，颇有‘官到尚书吏到都’的景象。”

最低的“富贵”就肆意骄人傲人，最低的“功名”更是残忍地骄人傲人，且看下文。

第二幕：梅三相公戏侮周童生　科举制度是多等级的阶梯，在明清两代，最基本的等级有四级：童生、秀才、举人、进士。这些科举的等级，在很大程度上也成为社会地位的等级。秀才是指已被录取进入县学、州学、府学的生员，所以获得秀才资格叫“进学”（不能像“中举”那样称“中秀才”，也不能像胡屠户说的那样“中了相公”）。秀才已被承认算是知识分子，可以戴方巾，称“相公”，在政治、经济方面开始享有一点特权，如可以免掉一些差役，可以到县衙门见官、言事，等等。就是去当塾师，馆金（工资）也比童生高。更重要的是，秀才有资格到省城的贡院参加乡试考举人。童生是最低的一级，指还没有录取进学的考生，没有资格进贡院考举人。本回写周进考到六十多岁还是个童生，当不上秀才，因此到贡院时非常伤心，撞号板痛哭。秀才再爬上一个阶梯，中了举人，叫作“发解”，可称“老爷”，这是承认他已具有“官”的身份了；即使不做官，也已挤入特权阶级的范围，那就到了“范进中举”后的境遇了。举人经过会试中式者称为“贡士”，就有资格参加殿试。殿试是皇帝主试的考试，优秀者就有机会像马二先生拜御书时所幻觉的那样面君参拜了。参加殿试的贡士取中后统称为进士，为以后进一步飞黄腾达铺平道路。

小说第二回以精准细腻的白描，展示周进在薛家集的塾师生活，用以概括这个老童生的困顿和辛酸。

薛家集的“元老院”听完夏总甲关于繁忙的吃酒工作的报告后，作出关于闹龙灯问题的“决议”，最后一项“议程”是教育：商议聘请一位塾师。夏总甲见多识广，既是县衙门的忙人，又是薛家集的绝对权威。经他推荐，议定聘请周进，过了灯节开馆。

开馆那天，薛家集的头面人物在观音庵照惯例设宴招待塾师。在一阵狗吠声中，周进出场了："头戴一顶旧毡帽，身穿元色绸旧直裰，那右边袖子同后边坐处都破了，脚下一双旧大红绸鞋，黑瘦面皮，花白胡子。"一副落拓、古板的穷塾师肖像，连衣裳的补丁都有鲜明的坐冷板凳和批仿的职业特征。这是多么精确的细节描写！

地主们特地请了集上的新秀才梅玖作陪。这个少年得意的新秀才找到了一个极好的对象做衬托来夸耀自己。他的"新方巾"与周进的"旧毡帽"恰成鲜明的对比。虽然按年龄，他该是周进的孙辈，但在科举制度的等级上，他却比周进高一等，他的新方巾是周进巴望梦想了几十年而得不到的。梅玖便抓住这个致命的弱点残忍地耍侮周进：入席时就用"老友（秀才）从来不同小友（童生）序齿"的"学校规矩"——制度的力量，压低周进。席间他恶作剧编一首宝塔诗："呆，秀才，吃长斋……"用反挑的方式挖苦对方还不是秀才。就"吃长斋"又引发出"丁祭的胙肉"（每年春秋两次在丁日参加祭孔，并在祭祀后分领供肉，是秀才的权利和荣誉），旁敲侧击地讽刺周进之所以能保持吃斋，是因为没有资格像秀才一样享用"丁祭的胙肉"。他貌似恭维实则挖苦地说："俺这周长兄，只到今年秋祭，少不得有胙肉送来，不怕你不开荤哩。"——开空头支票貌似很慷慨，实则笑你现在穷！

周进是个豁出全部生命博取科举功名的人，"苦读了几十年书，秀才也不曾做得个"，这是他平生最大的憾恨。梅玖的每句话都像一把尖刀，刺着了他精神上最敏感的创伤！偏偏众人说梅玖"发的利市好，同斟一杯，送与周先生预贺，把周先生脸上羞的红一块白一块，只得承谢众人，将酒接在手里"——终不曾喝下去。明知是苦酒，但又不能不接，接了又无法下咽，眼泪只能往肚里吞。说不出的哑巴苦，其苦更苦！

果戈理的小说《外套》也写一个老受人欺虐的小人物抄写员："年

轻的官吏施展全部公事房的聪明才智来讥笑挖苦他”，可是他——“阿卡基·阿卡基耶维奇却一声不响，仿佛他面前无人似的；这甚至不影响他的工作：当人们逗他的时候，他没有抄错一个字。如果玩笑开得太难以忍受：老碰他的胳膊，妨碍他写字，他才说：‘让我安静一下吧，你们干吗老欺负人？’”作者不仅让受欺虐的人物提出可怜的哀求和抗议，而且议论道：“在这两句话里面，在讲这两句话的语调里面，有一种奇异的感情，使人听起来不由得发生一种怜悯心。”紧接着作者又写一个青年，参加欺虐阿卡基，但听到这两句话后良心受到责备，感到：

> 从这两句刺人肺腑的话中，使人听见另一句话：“我是你的兄弟啊。”一想到这里，这个可怜的青年就用手盖上脸。后来，他一生不知战栗过多少次，因为他看出人身上倒有多少非人的东西，在斯文的有教养的上流社会里面，噫，我的天啊，甚至在上流社会认为高贵正直的人身上，倒隐藏着多少残暴粗野的行为！

这是世界文学中最富有人道主义的篇章之一。果戈理以自己的议论和烘托渲染，突出这个主题。吴敬梓写周进则纯用白描，不动声色地精确描绘主要人物的言行，“直书其事，不加论断，而是非立见”（卧评），作者既不直接出面议论，也不添枝加叶从旁衬托，但通过梅玖对老童生的欺虐，同样写出了上流人物身上“隐藏着多少残暴粗野”。吴敬梓也没写周进的求怜抗议，甚至一句辩解的话也没有，但从“把周先生脸上羞的红一块白一块”这一细节，读者已可窥见人物心中的甜酸苦辣。阿卡基只是单纯地老实可怜，而周进心存执着的追求，迂执地幻想着自己也爬到梅玖那样的位置上去。多次的科场失意，只是造成他浓厚的自卑感，森严的等级制度，只是使他养成自轻自贱、逆来顺受的麻木心理。对梅玖的欺凌，周进不敢反唇相讥，因为他把科举制度看得十分神圣，决不敢亵渎这个制度和这个制度下的尊卑等级。但他感到“羞”，说明他的自尊心并没有完全泯灭；“羞的红一块白一块”，说明他也深感屈辱的重量。他无法发泄，只能默默忍受，而忍受越久，心理所承担的压力就越大，他的精神消耗就越厉害。

第三幕：王举人踩压周童生 取得最低科名的秀才就可以把周进踩在脚底下，“发了”的举人老爷王惠，在周进面前就更加飞扬跋扈了。他拿班做势，神气十足，借评论梅玖的梦自吹自擂，夸耀自己的举人身份，从政治地位上压迫周进；他故弄玄虚，说神道鬼，把自己的中举说成是福有独钟的“天命”，以高人一等的优越感，从精神上压垮周进；他趾高气扬，摆尽阔绰，“鸡、鱼、鸭、肉，堆满春台”，自己大吃大喝，让周进在一旁，用“一碟老菜叶，一壶热水”下了饭，进一步从吃喝气派上压倒周进。周进完全被压扁了。

如果说，受庸妄子梅玖凌虐时，周进心犹不甘，还敢于僭他先就座，那么，在这位作威作福的王举人面前，他怀着敬畏之心和不可言喻的自卑感，就只有驯顺怯懦，心悦诚服了。王惠走了，“撒了一地的鸡骨头、鸭翅膀、鱼刺、瓜子壳”，让“周进昏头昏脑，扫了一早晨”，这真不愧是神来之笔！王惠不仅留下残渣剩屑让周进打扫，还留下穷塾师和阔举人两种生活的鲜明对照，让周进去仔细咀嚼、回味。此时周进的内心感受如何？作家没作心理剖析，从后来周进撞号板的举动，读者可以自己窥视他此时的辛酸。

像周进这样清寒迂拙的腐儒，如果在科场中爬不上去，不仅精神上要受到无穷的折磨，甚至连塾师的饭碗也难保住。在薛家集勉强维持了一年，他终于被解聘，“在家日食艰难”，走到了山穷水尽的末路。这样的人物，如果再活170年，就会变成鲁迅笔下的孔乙己，成为科举制度的殉葬品。但在当时，封建社会和科举制度还没有寿终正寝，穷愁潦倒的周进，还把自己一生的荣辱完全押在它上面。

第四幕：撞号板是高潮 当周进来到贡院，见到因为自己不是秀才而无权沾边的号板时，不禁万感俱发，“长叹一声，一头撞在号板上，直僵僵不省人事”。被灌醒后，又连续猛撞号板，“满地打滚”嚎啕痛哭，“直哭到口里吐出鲜血来”。周进为何如此痛不欲生？作者不作议论，读者联系他在薛家集的遭遇，就可以自己找到解答：长久郁结在他心头的辛酸、苦楚、屈辱和绝望之情，此时像冲决堤坝的洪水，倾泻出来，一发而不可收。通过撞号板这一不寻常的举动，作家把犀利的笔锋一直伸进人物隐藏最深的精神褶缝里去，以震撼人心的艺术力量，揭露了科举制度害人之深！

话说“自古无场外的举人”。当几个商人答应出钱替他捐一个监生的资格，以便同秀才一道进场乡试时，他不顾羞耻，“爬到地下就磕了几个头”，说：“若得如此，便是重生父母，我周进变驴变马，也要报效！”于是“再不哭了，同众人说说笑笑回到行里”。在一“磕”一“笑”之间显露了作者对他的鄙夷。

从此周进就中举人，中进士，授了部属，升了御史，钦点广东学台，又升国子监司业，真是一路飞黄腾达。到这时，当初残忍地作践他的梅玖却冒认是他的门生，并命令观音庵的和尚，把昔日周进贴在观音庵的对联郑重地裱一裱，妥善收藏起来。真是“三十年河东，三十年河西”！在这里只是略微点一下，得功名之后，与之前的天悬地隔，这方面更生动的情节，表现在范进中举的故事中。

（二）范进中举：笑的三重奏

《儒林外史》里的人物经常成对出现，构成多种不同的组合。周进、范进这“二进”，实是互补而增强。周进，着重写其进学前的辛酸；范进，着重在中举前后的对比。

鲁迅说：“悲剧将人生的有价值的东西毁灭给人看，喜剧将那无价值的撕破给人看。”（《再论雷峰塔的倒掉》）《儒林外史》首先善于对现实作喜剧性的讽刺批判，表现假恶丑的可笑可鄙可悲。

喜剧的审美效果是笑。优秀喜剧引发的笑，不仅是在欣赏者的生理上引起反应，而且具有深刻的社会内涵。因为喜剧是对社会生活矛盾的一种特殊反映，它让人在大笑之中受到震撼，让人在笑声中看到旧世界、旧事物内在的空虚和无价值，同时也增强追求美的愿望，继而引起对人生、对社会的严肃思考，并从中有所领悟。

喜剧性的笑，多产生于对不和谐状态的尖锐揭露中：本质与现象的不一致，内容与形式的不协调，动机与效果的适得其反，前后态度的自相矛盾等，都可以是不和谐的表现。金色苍蝇表面上金灿灿，好像有价值，把它“撕破”，原来金光闪闪的外表里面却是一肚子肮脏：外表和内容不和谐，用艺术的方法把它揭穿，就可以使人蓦然之间发现不和谐，从而用笑表示对它的鄙弃。这种笑，是作家引导读者进行社会评价、审美评价的结果，不是单纯的生理反应。

由于喜剧对象的性质和作者的态度不同，喜剧的笑也是多种多样的。《儒林外史》是一部喜剧交响乐，只要我们仔细品味、细心聆听，就可以从这部交响乐中听出“笑的多重奏”。让我们从《范进中举》这一著名章节入手，领略一下这部小说的喜剧风貌。

《范进中举》篇大家都很熟悉了，中学课本里都有。它从《儒林外史》的第三回延续到第四回，其中出现了三种不同音调的笑，组成了笑的三重奏。

第一重奏　滑稽的笑：势利而滑稽可笑的胡屠户

“胡屠户”是非常成功的形象刻画。从喜剧艺术层面上看，他是滑稽的典型；从精神气质层面上看，他是势利的典型。

1. 前倨后恭

倨，傲慢。前倨后恭，之前很傲慢，后来很恭敬，同一个人对待同一件事情，前后态度尖锐地不和谐，就显得滑稽。而这也恰是最能凸显势利嘴脸的聚焦点。

“前倨后恭”典出战国时期。《史记》卷六十九就记载：战国时著名的纵横家苏秦，起初到各国游说好几年，都不被接受，“大困而归”，受尽家里人包括嫂嫂的轻贱和嘲笑。后来他的“合纵”对付秦国的谋略被六国采纳，遂“佩六国相印”衣锦还乡，他嫂嫂“匍匐在地”“不敢仰视”。苏秦笑问其嫂：“何前倨而后恭也？”其嫂“以面掩地而谢曰：‘见季子位高金多也。’”——这倒是大实话，“位高金多”，一个权、一个钱，这二位一体，成为世俗社会衡量人成功与否唯一标准，这就是势利。“苏秦喟然叹曰：‘此一人之身，富贵则亲戚畏惧之，贫贱则轻易之，况众人乎！’”——同一个人，只要富贵贫贱转易，亲戚对他就截然不同了。可见标准完全不是人本身，不是以人为本，而是专看权和钱，这就是异化。苏秦之嫂成了“前倨后恭”也就是“势利”的典型。宋元南戏有《苏秦衣锦还乡》，明初传奇有《金印记》；元明传奇、杂剧以及近代不少剧种都有改编本，演出有关苏秦之嫂的折子戏尤多。历代舞台上鞭笞苏秦之嫂，反映出历代百姓都是很恨这种势利眼的。

这种现象不独中国文学中有，外国文学中也不少。在前资本主义社会，更多突显在权位官爵的“贵”。俄国短篇小说大师契诃夫的《变色龙》，写一条狗咬伤了一个工匠，巡官奥楚蔑洛夫到现场来处理。事实很清楚，怎么处理呢：奥楚蔑洛夫宛如“变色龙”，瞬间四变其态，关键只在一个字：狗主人的身份是否是将军——是否“贵”。随着他耳闻的狗主人地位贵贱的变化，他的脸谱不断变化，前倨后恭，前恭后倨，180度的大转变顷刻之间就上演了四次，翻来覆去，自己打自己嘴巴，活现出媚上欺下的势利嘴脸。在资本主义社会则突显在拜金主义的“富”。美国作家马克·吐温的小说《百万英镑》及据其改编的同名英国电影里的主人公亨利·亚当斯，当手执一张代表“富”的百万英镑支票时，人都百般逢迎，一切荣华都向他招手，仿佛都是为他准备的；而当失却这张支票时，周围倏的都翻脸不认人。以贫富不同情况下所遭遇的天悬地隔般“倨”“恭”截然相反的对待，尖锐揭示出拜金主义的社会，一切向钱看，“富”被捧上天，贫则被踩在地。

“胡屠户”堪称中国古典小说中势利眼的典型，在艺术上则是滑稽形象的典范。吴敬梓抓住这个喜剧人物性格里不和谐的特征，当场尖锐地撕破给人看。在范进中举前后，他对范进这个女婿的态度陡然发生了180度的大转变。中举前他骂范进说：人家中过举的张府、周府上老爷都是“方面大耳”，而:“像你这尖嘴猴腮，也该撒泡尿自己照照！不三不四，就想天鹅屁吃！”——举凡轻蔑人时，一般说:“你该拿镜子照照”，或进一步说:“你该找水面照照”，而胡屠户却说:“你该撒泡尿照照”，连在水面照都不够格，轻蔑至极，刻薄至极！奚落人时一般说:“癞蛤蟆想吃天鹅肉”，而胡屠户说:“想天鹅屁吃”，这又是极尽鄙薄挖苦之能事，癞蛤蟆还能想吃天鹅肉，而范进只能想吃天鹅屁，连当癞蛤蟆的资格都不具备，根本就不把范进当作人——有尊严的人。而知道范进中举后胡屠户就立即变脸:“我每常说，我的这个贤婿，才学又高，品貌又好，就是城里那张府、周府这些老爷，也没有我女婿这样一个体面的相貌！”同一个范进，中了举人就嘴也不尖了，腮也不像猴了，比“方面大耳”的张老爷、周老爷更有福气。这种尖锐、鲜明的对照，就是典型的揭破不和谐。

中举前胡屠户指着范进骂道:“我自倒运，把个女儿嫁与你这现世宝穷鬼。”中举后却向邻居夸耀道:“得罪你们说，我小老这一双眼睛却是认得人！想着先年，我小女在家里长到三十多岁，多少有钱的富户要和我结亲，我自己觉得女儿像有些福气的，毕竟要嫁与个老爷，今日果然不错！”说罢哈哈大笑，众人都笑起来。其实众人是笑他前一刻自怨“倒运”选错人，后一刻就自夸慧眼识人，自己打自己嘴巴！

中举前胡屠户把范进当作辱骂的对象，动不动“一口啐在脸上，骂了一个狗血喷头”；中举后“现世宝穷鬼”一下子变成“贤婿老爷”。“贤婿”是老丈人称女婿，“老爷”是奴才对主子的称呼，把这两样不伦不类地加在一起，本身就极不和谐，怪不得有人嘲笑胡屠户是“造词能手”。

前倨后恭是势利的突出表现。为什么而“倨”、为什么而“恭”呢？刚刚中举，范进的才学没有变，品德也还来不及变。什么变了呢？是地位的贵贱，可见胡屠户衡量人的唯一标准是对方的地位。待人处事没有一个道德评价作底蕴，只以势利作标准，这就把自己人格中最卑劣的品性暴露得一清二楚。这种人在奴才面前是主子，表现就“倨”；在主子面前是奴才，表现就要“恭”。不是一般地“倨”和“恭”，要“倨”得可恶，“恭”得肉麻，前后才能形成鲜明、尖锐地对照。对照越鲜明，不和谐就越尖锐，讽刺就越有力、越深刻。“恭”得肉麻就表现出一种奴性，所以奴性便成了势利的影子，在有权有钱的富贵人面前，势利小人会把奴性发挥得淋漓尽致，丑态百出，充分表现出人格的低贱。势利小人缺少对大写的“人”的起码的尊重，在人之上时，不把别人当人；在人之下时，不把自己当人。自轻自贱，是一副贱骨头，患了严重的软骨病，把人的尊严丧失殆尽。所以在舞台上这种角色总是小丑。

在中国人的观念里，辈分是很重要的，女婿官做得再大，在岳父面前仍是晚辈，只能女婿尊敬岳父，不能岳父对女婿毕恭毕敬。岳父称女婿“老爷”，就像父亲称儿子“老爷”一样，是天大的笑话。这一句称呼就把胡屠户的奴性、势利，讽刺得体无完肤。

接着，胡屠户还有绝妙的表演：他毕恭毕敬地跟在范进背后，表现得特别机灵，服务特别周到，“见女婿衣裳后襟滚皱了许多，一路低着头替他扯了几十回”。真是神来之笔。范进的破麻布长衫在泥潭里一滚，湿淋淋脏兮兮，何止是皱？扯几十回又怎能扯平？即使不皱了又怎能改变又脏又湿的狼狈相？写他这样做正是表现他千方百计地讨好、巴结、献殷勤、献媚取宠。就像哈巴狗，看到有钱有势的人就摇头晃脑拼命邀宠。到了破茅屋前他还拉长脖子高声唱叫："老爷回府了！”戏台上的仆人、跟班就是这么吆喝的。老爷的府第总该是气派的好房子吧，而小说里三次交代范进住的是茅草房。破茅草房而称“府”，这又是一个不和谐。这种违背常识的不和谐进一步揭示：胡屠户是在挖空心思地巴结讨好，一副奴颜媚骨。胡屠户不是鲁钝憨直的人，这种小市侩有他的小机灵、小狡狯。如果说，前倨后恭的变化，衬托出他的势利，那么，变化得这么快、这么“灵”，正显示出他势利之深。

2.“嘲弄”手法

为了使不和谐进一步尖锐化，吴敬梓巧妙地运用戏剧性的嘲弄手法。嘲弄的关键在于造成特定的情势，犹如安排下一个陷阱“请君入瓮”，被嘲弄者按自己的性格逻辑尽情表演，却把不和谐表现得淋漓尽致。正当胡屠户对新贵人怀着无比敬畏之心，胁肩谄媚唯恐不及的时候，作家故意难其所难，针对他的市侩心理出个难题：为了使发疯的范进恢复常态，需要胡屠户亲手去打这位老爷一巴掌。这样的情势给胡屠户提供了绝妙的喜剧舞台。如果在过去，他眼睛不眨就可以打下去，但在今天，这简直是要他的命！他说得很坦白：“虽然是我女婿，如今却做了老爷，就是天上的星宿。天上的星宿是打不得的！我听得斋公们说：打了天上的星宿，阎王就要拿去打一百铁棍，发在十八层地狱，永不得翻身。我却是不敢做这样的事！”但情势使然，这个光荣的使命非他莫属。没办法，他只得连斟两碗酒喝了，借酒力壮了壮

范进中举发病挨胡屠户一巴掌（程十发绘）

胆，这才勉强“将平日的凶恶样子拿出来”，冒着被发到十八层地狱的危险，硬着头皮去把范老爷打了一下。说也灵，果然立刻觉得“菩萨计较起来了”，顿时手就发颤。不想不打紧，越想手越疼，竟至于弄得“把个巴掌仰着，再也弯不过来”，不得不“向郎中讨了个膏药贴着”。势利眼心里的菩萨也跟自己一样势利。当然不是菩萨起作用，而是他的心理：一方面是愚昧迷信，相信菩萨要护佑新贵人，惩罚自己；另一方面，更重要的是势利，怕得罪老爷，所以特别紧张。疑神疑鬼正是因为心里有势利鬼。在这里，眼前的表现同惯常的行径，自我感觉同客观实际，都极端不和谐，作家在嘲弄中使矛盾冲突达到最高度的尖锐性，从而产生了绝妙的喜剧效果，使人忍俊不禁。

3. 丑自炫为美

丑乃是滑稽的根源和本质。丑如能守拙，就不可笑，而当丑不安于本分，力求自炫为美的时候，就显得滑稽。这时自我感觉同客观实际尖锐地不和谐，越炫耀就越暴露其愚蠢，就越显得滑稽可笑。范进进学后，胡屠户一面搬出一些“学校规矩”“体统”，“教导”新秀才不要与“平头百姓”“平起平坐”，“否则连我脸上都无光了”；一面大大咧咧地说：“比如我这行事里都是些正经有脸面的人……你怎敢在我面前装大？”在他那个时代，屠户本来是很被人不齿的，他却偏要“装大”，夸耀自己是“正经有脸面的人”，以为比种田的平头百姓高贵。在老爷们面前他却害了软骨病，就像老鼠以为猫是世界上最强大的动物一样，在这个小集镇上的小市侩心目中，县城里买肉的主顾张老爷、周老爷已经是高贵的极品：“他家里的银子，说起来比皇帝家还多些哩！”见到张静斋来到范进家，他“忙躲进女儿房里，不敢出来”。

但和小说第二回里的夏总甲以及鲁迅写的阿Q一样，总要在乡下人面前吹嘘自己进过城，见过大世面，是大人物。胡屠户装腔作势地说：张老爷、周老爷“只拉着我说闲话，陪着吃酒吃饭……我是个闲散惯了的人，不耐烦做这些事！”炫耀的往往正是现实中缺少而内心企望的。在这个小市侩眼中，能沾上张老爷、周老爷，就是至高荣誉；

但他偏要把这巴望而不可得的事，说成是不耐烦做而又摆脱不掉的事，以不屑的口气夸耀自己的非凡。这里的不和谐也是多重的。他越是吹得天花乱坠，就越显得愚妄可笑。吴敬梓把胡屠户的自居高贵和实际上卑微鄙俗之间的不相称尖锐地揭示出来，把他的自负言辞和愚蠢本质之间的联系尖锐地揭示出来，把丑如何自炫为美鲜明地突现出来，这就使人感到滑稽。

4. 自然流露

滑稽者总是不自知的，唯其如此才能无所顾忌地表现出来。他越是表现得心不在焉，就越滑稽，越是从人物的天性中自然地流露出来，滑稽效果就越大。卓别林就是这样的天才。侯宝林、马三立的表演也很自然。善于说笑话的人自己都不笑，看似漫不经心地说出来，听的人却笑得前仰后合。胡屠户的一切都表现得很自然，他愚昧庸俗而又自命不凡，他有自己的一套思想方式。在自我感觉里他始终是自满自足的，埋怨范进的时候是他有理，女婿中举了还是他有理：自己慧眼善选东床。世界上的事情他都已有圆满的解释、完整的答案，“中老爷的都是天上的文曲星”，打了文曲星就要被罚到十八层地狱等，就是他聪明睿智的例证。在寒酸的范进面前胡屠户显得特别高大，口口声声“我不得不教导你”，范进之所以能当秀才、中举人，也都是沾了他的光，所以他说：“不知因我积了甚么德，带挈你中了个相公”。这一切他都毫不怀疑，就像“猪肉好吃”一样是不容置疑的真理。

高度滑稽的话语，是赤裸裸地显示某一缺点的天真的话语，胡屠户的话语之所以具有高度的滑稽性，正是因为这是他思想性情的自然袒露，是“真诚”的表达。如果他遮遮掩掩，工于藏拙，其滑稽就不是现在这种程度了。阿Q也是如此。像阿Q、胡屠户这样没有文化、没有城府的人，不会掖着藏着，思想情感容易自然流露，知识分子就不大会这样。

对于胡屠户来说，他的自炫为美，他的坦然自炫，基于他的愚妄无知。《克雷洛夫寓言》说：“蠢材妄自尊大：他自鸣得意的，正好是受人讥笑奚落的短处，而且往往把应该引为奇耻大辱的事，大吹大擂。”正是由于无知，胡屠户觉察不到自己的鄙陋浅薄，敢于肆无忌惮地大吹大擂，殊不知越炫越丑。

5. 滑稽笑的特点和胡屠户形象的意义

当然并非所有的丑都是滑稽。一方面，丑与恶有界限：当丑使人感觉可怕时，人们会因其可怕而忽略其丑；当丑不致引起痛苦或伤害时，它就会唤起我们的理性嘲笑它的荒唐。胡屠户骂范进其实是爱范进，只不过他的气质决定了他的语言，仔细看看，其实也没有特别可恶的地方。胡屠户只是个普普通通的小市民，他的恶俗是阶级社会的炎凉世态濡染的结果，其人并不是阴险毒辣的大奸大恶，对他人并没有严重的损害，对范进更不存伤害之心，只不过在这个胸无城府的浅薄人物身上，丑陋表现得更为浅露直率罢了。

另一方面，滑稽艺术并不把揭示人物内心矛盾的全部深度及其社会根源作为自己的任务，它只要使人感到丑之可笑，就算达到了艺术目的。滑稽对象的愚蠢，人们可以一眼望穿，人们嘲笑他，同时觉得自己比他高明，优越感和自信心得到满足，以居高临下的心态去欣赏幼稚而可笑的表现，这时，对丑的嘲笑超过它对人的刺痛，不快的因素几乎被抛诸脑后。人们觉得胡屠户很可笑，就不去计较他对别人的伤害了。

英国哲学家托马斯·霍布斯在《人类本性》中说：“人们都不喜欢受人嘲笑，因为受嘲笑就是受轻视。”一方面它好像一把手术刀，帮助沾有恶习的人剜去毒瘤；另一方面又好像一支预防针，让健康人增强免疫力。

滑稽的笑是一种居高临下的笑，大家借助笑声，对胡屠户所凝聚的嫌贫爱富、趋炎附势的鄙俗心理给予了毁灭性的轰击，宣布它已经失去存在的权利，在笑声中愉快地同鄙俗低级诀别：这样的笑，颇像通俗喜剧里的笑，富有幽默的色彩，是明朗的笑。

鲁迅概括了一种精神现象，即阿Q精神，亦称精神胜利法。吴敬梓通过胡屠户也概括了一种精神现象：势利。这是嫌贫爱富、趋炎附势和谄上压下的鄙俗心理。这是阶级等级的体制机制下，人性的扭曲、异化。人们痛恨这种势利小人，但等级的森严又不断大量孳生这种势利，以至于“人情冷暖，世态炎凉”之风弥漫于整个社会空气中。对于科举时代的知识分子来说，这就形成一种社会压力、舆论压力、习俗压力。这种压力会压得人喘不过气来。吴敬梓在《哭舅氏》诗中说：“贵为乡人畏，贱受乡人怜。”其舅就是因为老考不上，最终“百忧摧肺肝，抱恨归重泉”。

势利眼能很准确地反映人的权力和钱财的级别，由对方的富贵程度来决定自己对他的态度。范进在科举上地位的每一点变化，在胡屠户那里都能像晴雨表一样鲜明地反映出来，甚至可以量化，用数字表示。范进当上秀才，他来贺喜的礼物是“一副大肠和一瓶酒”；范进中了举，他再来贺喜的礼物是“七八斤肉，四五千钱”，价码就提高了。更重要的是态度也因范进的身份而变化。范进刚做秀才时，他对范进一顿教训，把自己带来的猪大肠和酒都吃了：

> 胡屠户吃的醺醺的。这里母子两个千恩万谢。屠户横披了衣服，腆着肚子去了。（第三回）

胡屠户高傲自得的神情，跃然纸上，而范家母子对他“千恩万谢”。

范进中举后，胡屠户不但不敢训斥，还说尽肉麻的奉承话。范进赏他六两白花花的银子，“屠户把银子攥在手里紧紧的，把拳头舒过来”，假模假样地推辞。紧接着“连忙把拳头缩了回去，往腰里揣”，离开范家的样子是：

> 千恩万谢，低着头笑迷迷的去了。

这时候是他对范家母子“千恩万谢”了。

写胡屠户，作者是一石双鸟，一箭双雕。一方面是抨击鄙俗的社会风气，一方面是揭示造成范进悲喜剧的社会原因。也就是说，这个形象，一方面有他自身的独立的社会意义、艺术生命，另一方面对于塑造范进形象，他又具有不可或缺的意义。《范进中举》深刻性在于：范进的悲喜剧不是由哪一个特别有权势、特别坏的个人造成的，而是在当时社会的体制机制中形成的社会风气中产生的。胡屠户既不富更不贵，也不是什么大奸大恶，他只是由社会中弥漫的势利之风陶冶而成。由这样不起眼的小人物小市侩来显现压迫范进的社会风气，这就比只写由个别十恶不赦之人而造成范进狼狈模样，要深刻得多。

像鲁迅说的，由小康之家跌落的人，对炎凉世态感触最深。吴敬梓和鲁迅都是这样。吴敬梓屡屡以笔作刀解剖势利，无比犀利。《儒林外史》第一回、第二回就刻画了翟买办、夏总甲的势利嘴脸。第四十六回、四十七回，专写“五河县势利熏心”，对另一个势利人物成老爹进行无情的戏弄，使他出尽洋相；并写了因对此种世风“激而为怒”而产生出虞华轩那样的“愤怒青年”，实际上那正是青年吴敬梓自己心态的投影。

第二重奏　含泪的笑：可笑可悲的范进

在《范进中举》里，胡屠户只是最佳配角，真正的主角是范进。

与周进相比，范进还幸运一些，从20岁考到54岁总算考上秀才，有了去考举人的资格，当年又中了举。

对于科举时代的知识分子来说，中举是关键的一步。中了举人，叫作“发解”，可以称为“老爷”，这是承认他已具有“官”的身份了，即使还没做官，也已经跻身特权阶级的范围，完全改变了身份。《范进中举》就抓住这关键的前后，来写范进的可悲可笑。

对胡屠户的笑是滑稽的笑，对范进的笑则具有一种悲凉的色调，是含泪的笑，其中隐藏着深沉的哀痛。这是《范进中举》笑的三重奏中最深沉的一重奏。

1. 出洋相

中举对于封建时代的士子来说是鲤鱼跳龙门，是时来运转大翻身的天大喜事，但吴敬梓首先不是写范进中举后如何荣宠，而是写他如何发疯；不是写他如何脱下布衣换上官服，夸耀乡邦，而是写他洋相出尽贻笑邻里。请看他中举发疯的狼狈相：

> 走出门不多路，一脚踹在塘里，挣起来，头发都跌散了，两手黄泥，淋淋漓漓一身的水，众人拉他不住，拍着，笑着，一直走到集上去了……
>
> 范进正在一个庙门口站看，散着头发，满脸污泥，鞋都跑掉了一只。兀自拍着掌，口里叫道："中了！中了！"胡屠户凶神一般走到跟前，说道："该死的畜生！你中了甚么？"一个嘴巴打将去。众人和邻居见这模样，忍不住的笑。（第三回）

我们也忍不住笑：天大的喜事变成飞来的横祸，无上的荣宠却换来挨打挨揍，科举选拔的"真才"竟是一个疯子，"为国求贤"的"抡才大典"不过是一出令人捧腹的滑稽剧！从这些不和谐的音调里人们听到的是嘲笑。

2. 病理解剖报告

但吴敬梓并不以写出表面的可笑为目的，并不停留在写滑稽剧、闹剧，他从范进同周围人物之间的关系着眼，深入地揭示发疯的社会根据和心理根据，揭示了范进的病症历史，使《范进中举》成为一份精确的解剖报告。胡屠户就是围绕这个主题活动的，从他对范进的挤压，反映当时的社会以有形无形的巨大压力，催逼士子"舍着性命"去爬举业的阶梯，爬不上去，哪怕亲如翁婿，也要从精神上拳打脚踢，再把他踩在脚底。与胡屠户的趾高气扬恰成对比，几十年的科场蹭蹬造成范进浓厚的自卑感，社会习俗的折磨已经养成他自轻自贱、逆来顺受的卑怯屈辱和麻木不仁，他已经丧失自我，任凭胡屠户如何叱骂侮辱，他只有“唯唯连声”，捺定性子，以万劫不复的奴才性格默默忍受。与发迹前的周进一样，此时他的性格反映出科举重厄下落第文人的辛酸悲苦。

出榜那日，家里已经断炊，范进抱着仅有的一只生蛋的母鸡，手里插个草标，在集市上一步一踱的，东张西望找人买去，邻居找来报喜，他却怎么也不肯相信：

> 范进道是哄他，只装不听见，低着头往前走。邻居见他不理，走上来，就要夺他手里的鸡。范进道：“你夺我的鸡怎的？你又不买。”邻居道：“你中了举人，叫你家去打发报子哩。”范进道：“高邻，你晓得我今日没有米，要卖这鸡去救命，为什么拿这话来混我？”（第三回）

情况已经发生了根本的变化，范进的思维却在旧轨道上机械地运行，表现出僵硬的不协调，使人感到可笑，但同时却也使人感到可悲。他之所以固执不信，不是他不希望．而是他经历了太多的失望。这看似反常，其实很符合生活逻辑：就像久等公交车不来，等你坐上出租车，公交偏巧来了一样。范进从20岁考到了54岁，考了二十几次，希望的肥皂泡一次次吹起来，一次次破灭，他可不光是失望，在胡屠户的世界里，他更一次次受人戏弄、奚落、挖苦、嘲笑，他怕再一次遭受失望的痛苦，因此连希望之心都不敢萌生了。他可怜地哀求“高邻”怜悯他，饶过他，不要再开他的玩笑，不要再拿他开涮，不要再戳那淌血的伤口。作家正是从他的不信，写出他由累年的科场失意所造成的屈辱和痛苦，这是怎样一个饱受创伤的灵魂呵！

但范进没有料到这一次却是真的中了。对着中举的报帖，他变得痴狂：

看了一遍，又念一遍，自己把两手拍了一下，笑了一声道："噫！好了！我中了！"说着，往后一交跌倒，牙关咬紧，不省人事。（第三回）

高尔基曾经惊叹契诃夫只用一句话就足以创造形象。吴敬梓也有这样的本事，"噫！好了！我中了"一语是从范进几十年的甜酸苦辣中提炼出来的晶体，一句话就足以写活整个人物形象。几十年来郁结心头、热切盼望却又不敢置信的事蓦然实现了，在眼前突然冒出来的巨大惊喜刺激范进脆弱的神经不得不分裂了。心脑血管有病的人受到强烈刺激可能中风，范进是心理有病，受到强烈震动就"精神中风"——发疯。这种发疯，看似畸形的例外，实则具有无比真实的典型力量，反映出科举制度的真实本质。作家是从几十年的屈辱来写这喜极的一刻，从这喜极一刻的发疯写出历久以来的悲辛，这是高度浓缩、高度凝练的艺术。这种小说钻进生活和心灵的深处，能够把人物灵魂最深的隐秘挖掘出来，产生令人颤栗的艺术力量。范进自己说："我这半日，昏昏沉沉，如在梦里一般。"梦的本质是潜意识的象征性表现或曲折反映，它可以不像现实的常态那么平实，它的超常态的举止就被称作发疯。吴敬梓通过写发疯的夸张笔触，把犀利的笔锋一直戳进人物最深的精神褶缝里去，写出平常生活常态所无法触及的深度。

3. 喜剧往深一层写，可能成为悲剧

看到范进的狼狈神态，参透其猥琐心理，人们脸上会现出一缕笑痕，但这种笑却与快乐无关，作家写出的不是个别人物偶然的卑琐可笑，而是精神受到严重戕伤的生灵，他要揭发控诉不合理的科举制度把读书人折磨毒害成什么样子！这种对于可悲的人间喜剧的嘲笑，在笑影后面闪动着滚烫的眼泪，是含泪的笑。吴敬梓的嬉笑怒骂不是单纯的愤世疾俗，而是出于深沉的忧世之心。的确，像传统美学所说，嬉笑之怒甚于裂眦，长歌之哀过于恸哭，裂眦是表现愤怒到了极致。但有时候用嬉皮笑脸表达的愤怒，比裂眦之怒还要尖刻。恸哭是极悲

哀的，但有时以长歌的方式表达的悲哀比恸哭更悲哀。也就是说，用笑表现的悲，比用哭表现的悲，更加令人悲哀。用喜剧方式表现的悲痛比用悲剧直接表现的悲哀可能更加深沉。这是艺术辩证法。成功的含泪的笑、含泪的喜剧，就能达到这种艺术效果。鲁迅的《阿Q正传》是这样，吴敬梓的《儒林外史》也是这样。吴敬梓的笑饱含着对于儒林堕落所感到的痛苦和悲哀，是带血丝的笑。他的忧愤之情感染了读者，人们读后，笑罢低眉长叹息，不能不愤恨不合理的封建体制。

滑稽的笑人们容易接受，含泪的笑则更为复杂、更加深沉，需要发展了的、成熟了的思想才能领会。这种笑声，喜剧性和悲剧性交织在一起，融合在一道，在多重奏中，它虽不是嘹亮的高音，音色却十分洪厚沉郁，构成《范进中举》单曲的基调，也是整部《儒林外史》的基调。鲁迅称道作者"感而能谐，婉而多讽"，大概主要是指这种笑声吧。

4. 悲喜融合的形象创造

中举发疯，这并非作家杜撰，在科举时代这是确实有的事（一直到现在，还有接到大学录取通知书而发疯的呢），刘献廷《广阳杂记》卷四记了一则中举发疯的故事，情节如下：

> 子孺言："明末高邮有袁体庵者，神医也。有举子举于乡，喜极发狂，笑不止。求体庵诊之。惊曰：'疾不可为矣！不以旬数矣！子宜亟归，迟恐不及也。若道过镇江，必更求何氏诊之。'遂以一书寄何 。其人至镇江，而疾已愈，以书致何。何以书示其人。曰：'某公喜极而狂。喜则心窍开张而不可复合，非药石之所能治也。故动以危苦之心，惧之以死，令其忧愁抑郁，则心窍闭。至镇江当已愈矣。'其人见之，北面再拜而去。"吁！亦神矣。

袁体庵不愧称"神医"，他的处方符合中医所讲的"情志转移，五志相克"的原理，《黄帝内经》就说"喜伤心""恐胜喜"。袁医生正是以

“恐胜喜”来治疗狂疾，这就是以情胜情。吴敬梓也谙熟医道，发挥医理，以天才小说家的高妙，创造出胡屠户“掌吓喜疯”这一经典情节。

科举时代类似“中举发疯”之事绝非仅有，在儒林中也作为趣闻到处流传，但到了吴敬梓那里，它却像一块强磁石落进记忆的仓库，把平素积贮的对于科场士人的种种观察和感受吸附到周围，迅速排列组合形成一个完整的艺术结晶体——“范进中举发疯”的故事。

这类科场逸闻当然不是范进故事唯一的素材来源，作家在创作里放进了自己对八股儒生可怜可悲生活的大量观察和思索。吴敬梓出身科举世家，又在举业发达的苏浙皖等地与文人广泛交游，自己也亲身饱尝了科场的苦辣，他的好友程晋芳说他“独嫉时文士如仇”，特别讨厌热衷八股的人，对八股制度的腐朽有深刻的认识和体验。有感于中，必发于外。吴敬梓的许多诗词对此就已有抒写，像前文提及的《哭舅氏》就满怀忧伤写了他舅父——一个科场老儒的悲剧:“弱冠为诸生，六十犹屯邅。”虽然久困科场心力俱衰，而一遇乡试就不顾病痛，带病奔考场，但结果依然是铩羽而归，泣涕涟涟。屡受打击之后，精神萎顿，内心熬煎，“酌酒不解欢，饮药不获痊”，心病岂“药石之所能治”？终于“百忧摧肺肝，抱恨归重泉”，悲伤忧郁而死。究竟是什么造成他如此沉重的心病？作者深沉地感叹道“贵为乡人畏，贱受乡人怜”——科场的成败就决定老儒在乡人（社会）中的地位，胜则受人敬畏尊崇，败则被人轻贱欺侮——这岂不就是范进中举前后的实际遭遇，这岂不就是逼迫范进发疯的社会原因！

但《哭舅氏》的基调是悲剧性的，而“中举发疯”的故事却有强烈的喜剧色彩，更适合吴敬梓的创作要求和创作个性，因为它提供了这样的契机：把八股举业的反常性、可笑性尖锐地揭露出来。由是作家灵感的源泉找到了一个很好的喷射口，经长期观察孕育于心的八股儒生可怜可笑的印象，犹如弥漫空中的水汽找到了凝聚的核心，获得了确定的形态：一个出身寒微的八股士子，由于长期不能考取，受尽社会的挤压，精神濒临崩溃；而一旦意外得中，脆弱的神经经不起刺激而发疯。在作家重新铸造的这个范进中举故事里，喜剧性与悲剧性有机地融合在一起，再也分拆不开了。

“中举发疯”，作为情节支柱和核心具有巨大的潜在容量，能够容纳典型的生活内容。要使这潜在的可能性变为艺术的现实性，需要深刻的思想，需要概括和典型化的创作能力，需要作家重新熔铸素材。逸闻没有展示发病的社会原因，重心放在表现“神医”袁体庵诊断和治愈心病的高明。而吴敬梓的成就恰恰在于，用现实主义的精确图画，展现八股士子晦暗的社会环境和悲剧性的生活命运；举业上的失败者，连至亲骨肉也要在他心尖上剜一刀，在他心灵的伤口上撒一把盐。精神上的压力使范进变得怯懦自卑，物质上的困顿又把他逼到了绝路，举业之神把他捺到深渊之后又突然抛到天上，他如何经受得起这样的簸弄？他的猥琐迂呆是功名富贵所致，他的疯狂失态同样是势利世风捉弄的结果。中举的范进是笑了，但笑得那样瘆人，笑声传到别人心中已经变成哭声，仿佛用绝望的哀嚎控诉八股对他的戕害。不是吗，你看，他一笑，他母亲就哭了，他妻子也“哭哭啼啼”，都在埋怨：“中了一个甚么举人，就得了这个拙病！”在这里已经分不清到底是喜剧还是悲剧了，而“八股摧残人”“势利吃人”的主题却再鲜明不过地显现了出来。

治疯病的办法也受逸闻的启示，报录人分析他的病是由于“欢喜狠了”“迷了心窍”，如今需要让范进吃一唬以便惊醒。这道理，与袁体庵医生处方讲的如出一辙。但在施以心理的惊唬之时还要添加上胡屠户的一巴掌，这一巴掌却是天才的神来之笔。小说里的胡屠户取代了逸闻里的医生，医生只代表一种医理，胡屠户却集中体现了社会环境的某一特征，他与范进的相互关系，典型地反映了当时势利环境与贫寒儒生的相互关系，典型地表现了当时社会中人与人之间相互关系的某些本质特征。胡屠户不会用温情脉脉的面纱遮掩势利的面目，人与人关系的实质在他那里通过赤裸裸的语言直截了当地表现出来，范进身价的变化他可以用猪肉斤两的数字精确地估量出来。然而正当新举人身价骤增，他急需加倍地讨好举人老爷以偿还过去欠下的欺虐债的时候，人们却要他用加倍的力气去打举人一巴掌，他想巴结的却要他去得罪，如此尖锐的矛盾，怎不令他作难！喜剧的锋芒透过胡屠户直刺向那个逼人发疯的病态社会，趣闻逸事终于发展成为包含了深刻社会主题的出色小说。

第三重奏　严冷的笑：范进与张静斋沆瀣一气，从可悲转而可憎

除了滑稽的笑和含泪的笑，第三回末出现了笑的第三重奏：严冷的笑。那是随着张静斋的出现而奏出的音响。如果说范进中举前，主要从胡屠户对他的轻贱表现他的辛酸，流露了作者对范进的哀怜；那么，中了举变成老爷后，作者则主要写在张静斋的教唆下，范进如何一步步蜕变，笑声里哀怜的音调就逐渐消失，代之而起的是严冷的讥讽，特别对于欺压平民的张乡绅，作者满怀憎恶，向他喷射讽刺的烈焰。

张静斋拉拢新举人，就像投机商抢夺奇货，从县城到范家四五十里地，他“闻报即来”，动作之迅速，使人竟以为是作者疏漏了。他慷慨解囊，又是赠银又是赠屋，貌似好交游敦友谊的样子。然而，作者不声不响地夹写了张静斋为侵占田产而设计讹诈僧官的阴谋，其品行为人就已昭然若揭了。他今日之不惜重价，只不过是在新贵人身上投资，为了他日可以从中牟取暴利。他对范进的提携指点，实际上是腐蚀教唆，把原来尚不失拙朴的八股腐生，俘虏到官僚劣绅阵营中来，漂染成他们的同类。

范进也真真没有辜负他的引路人，居丧期间张静斋教唆他去高要县知县汤奉处打秋风。如果说，一开头他尚有犹豫：“不知大礼上可行得？”那么，经过张静斋的一番言传身教，他的脸皮很快就厚起来了，在张静斋的“礼有经，亦有权”的理论指导和实际导演下，他出色地扮演了一出吃大虾元子的丑剧：按照当时的丧制，居父母丧应当不饮酒、不吃荤、穿孝服、不远出，范进在母亲刚刚去世的热丧期间，不

但远出打秋风，而且脱下孝服穿着吉服去见汤知县。这已经是严重违制了，但在知县的宴席上，看见摆着银镶杯子和筷子，他却要退前缩后扭捏作态不肯用。知县不解其故。张静斋笑道：范进遵制丁忧，不能用镶银的杯子和筷子。知县连忙叫人换了一个瓷杯子、一双象牙筷子来。范进还是扭扭捏捏不肯举筷。张静斋解释说：象牙筷子也不能用。知县叫人换了一双白色竹筷来，范进才肯用。知县心里着急：他居丧这样严格尽礼，如果不吃荤菜就糟了，还没准备素菜呢！后来看到范进“在燕窝碗里拣了一个大虾元子送在嘴里”，这才放了心。鲁迅激赏这段描写：“无一贬词而情伪毕露，诚微辞之妙选，亦狙击之辣手矣。”（《中国小说史略》）

接着，张静斋在汤知县面前谈古论今信口雌黄，把元朝至元年间的进士、明朝开国功臣刘基（当时妇孺皆知的人物）说成明洪武三年（1370）才中的第五名进士，其无知不言自明。范进也不甘寂寞，为显示自己有学问，偏偏要凑上去插嘴说：“想是第三名？”这时他已经学会胡吹瞎扯而大言不惭，与张静斋沆瀣一气同流合污了。作者向他们射出尖利的讥刺之箭，进行无情的鞭挞。

高要县的回民推举一老师傅做代表，送给汤知县50斤牛肉，张静斋叫知县抓住这个机会出个“清官”的大名：取一面大枷将老师傅枷了，再把牛肉堆在枷上，推在县前示众：“上司访知，见世叔一丝不苟，升迁就在指日。”汤奉按照这个以酷刑邀清名的高招，如法炮制，结果把无辜的老师傅活活枷死。作者安排了回民围攻县衙要打死张静斋的情节，逼得张静斋和范进穿着草帽草鞋，翻墙逃窜，狼狈不堪，“惶惶如丧家之狗，急急如漏网之鱼”。这在讽刺艺术中称为惩创，故意设一个局，重重惩罚你一下，突出地表现了吴敬梓深恶痛绝的愤恨之情，在严冷的笑里听得见作家的切齿之声。

吴敬梓的讽刺艺术至今仍值得我们学习借鉴。鲁迅曾批评清末的谴责小说缺乏“度量技术”，够不上讽刺标准：吴敬梓恰具此等技术，很好地掌握了讽刺的分寸。其讽刺，非泄私愤、投时好，而是出于公心，对胡屠户，对范进，对张静斋，态度各有不同；对同一个范进，以其发迹蜕变为界，前后感情也不一样。他能够度量讽刺对象的质地和尺寸，分别用不同的态度和感情，轻捻重拨，弹奏出不同音调，不同性质的笑声，组成笑的多重奏。读罢《儒林外史》，闭目回味，仿佛可以听到这位古典作家用心弦弹奏的讽刺交响乐，听出他的愤恨和鄙夷、抗议和悲哀，并在自己的心底引起深深的共鸣，不由地赞叹：这是一位多么伟大的艺术家呵！

周进、范进的每一根神经都被“功名富贵”牵动：一个为科场偃蹇，深感绝望，撞号板大哭，寻死觅活；一个为科场侥幸，喜出望外，见报帖大笑，发疯发狂。二者互相衔接，构成一个互补的结构系统，显示出：在科举制度下，不管儒生们的具体遭际如何不同，他们都已被簸弄得神魂颠倒，失去正常的人性，表现了“不合理制度把人变成鬼”的悲剧。作者虽也刻画了他们灵魂的空虚麻木和猥琐丑陋，但对于吴敬梓来说，揭露庸俗是洞察社会的结果，他的批判矛头始终是指向造成人性异化的社会和制度。在“马二先生”形象里，批判的锋芒进一步指向其根源。

（三）马二拜御书：功名欲迷心窍

现代大文学家鲁迅、张天翼、何其芳等人，都对《儒林外史》里马二先生的形象塑造，评价很高。何其芳认为，古典小说创造的人物形象中，够得上“典型”水平的，没多少个，马二先生算得上一个。这个形象蕴含着深刻的历史性课题，至今仍有现实意义。

1. 教育本质被曲解

一出场，马二先生对举业就有一套贯古通今的宏论，他对蘧公孙宣教：

> “举业”二字是从古及今人人必要做的，就如孔子生在春秋时候，那时用“言扬行举”做官，故孔子只讲得个“言

寡尤，行寡悔，禄在其中”，这便是孔子的举业。……到本朝，用文章取士，这是极好的法则。就是夫子在而今，也要念文章、做举业，断不讲那“言寡尤，行寡悔”的话，何也？就日日讲究“言寡尤，行寡悔”，那个给你官做？孔子的道也就不行了。（第十三回）

鲁迅称赞这段议论“不特尽揭当时对于学问之见解，且洞见所谓儒者之心肝”（《中国小说史略》）。1942年张天翼俏皮地设想，如果马二先生在现代，就会说：“……就是夫子在而今，也要进小学、进中学、进大学、留洋。断不讲那‘言寡尤，行寡悔’的话，何也？就日日讲究‘言寡尤，行寡悔’，那个给你官做？孔子的道也就不行了。”（《读〈儒林外史〉》）

马二先生的宣讲，精辟地道出了选拔功令对知识分子所起的指挥棒的作用：做举业，就是为了做官。只要能做官，朝廷叫做什么样的举业，就做什么样的举业。至于这种举业是否科学、是否合理，那他是根本不去想的。他创造性地把宋真宗的《劝学诗》与当时的八股文章结合起来，到处宣传说：“书中自有黄金屋，书中自有千钟粟，书中自有颜如玉，而今甚么是书？就是我们的文章选本了。”他说的“文章”就是八股文，他就是专门选每次科举考试的中式文章，加以评批，作为范文，让考生模仿，功能与现在范文讲评之类相近。在他看来，他的八股选本就是官场的入场券。所以他诚心诚意地劝流落杭州的乡村青年匡超人：“你回去奉养父母，总以做举业为主。”

马二先生的这些思想究竟错在哪里呢？首先，他把做官看作人生的唯一价值，而按朝廷功令做举业，则是做官的唯一正途。他的人生观、价值观是偏狭的。其次，教育的导向不能是太短视的功利化。教育是百年树人的事业，是提高人的素质的事业，要培养一代一代健全的人，现在我们叫做德、智、体、美、劳全面发展的人。在过分功利的导向下，教育就会被扭曲，失去原来的意义，走上不健康的道路。

古代如此，现代仍然如此。

通过一定的考试制度选拔人才和官吏，这本身是无可非议的，搞得好，相对而言是较公平的。但是历史上出现的考试制度往往都是有一利有一弊。读书、考试与获得富贵挂上钩，从正面效应说，可以起激励作用；但同时又产生负面效应，一些人过分追求名利，心理失去平衡，诱发种种人格堕落。功名富贵的制度，对庸弱的人性形成炼狱般的折磨。这成为一个历史性的难解的悖论，至今犹然。

2. 敬业诚笃被错用

马二先生是八股制度的虔诚信徒，也真把儒家思想，包括立身做人的一些积极因素，溶入血液，所以宅心仁厚。他资助萍水相逢的匡二返乡，极其慷慨。匡二说只要借一两银子，他却拿出十倍，连路上御寒衣物、回乡后营生之资都奉送。还携着手，一直送到江船上，看着上了船，才辞别。

他自己却一直清贫自守，即使几十年科场不利也毫无怨言，既不走歪门邪道，也不搞投机取巧，一丝不苟地秉承八股的正宗衣钵，恪守制艺的真精神。作者对他的针砭具有特殊的重要意义。对于弄虚作假的科场骗子、装腔作势的八股选家，我们还可以把他们视作个人的品性问题，也许他们是借八股以行骗邀名者，对他们的批判不一定就是对八股科举本身的批判。可是马二先生不同，他是沉迷八股科举的正宗代表，针砭了马二先生就是针砭了八股科举的正宗精神，就是针砭了八股科举制度本身！

明清统治者把科举制度套上八股制艺的僵硬躯壳，初衷不无规范化、标准化的因素，又规定以《四书》《五经》的语句命题，以朱熹的注释为立论的根据。这一套把经书内容与选拔人才统一起来的机制煞是厉害！它只准应考者按题阐述经文的义蕴，揣摩孔孟程朱的语气，结果扼杀创造精神，造成鲁迅所说“八股原是蠢笨的产物”（《伪自由书·透底》），腐蚀和摧残着一代代文人。

八股科举的危害，已为明末清初的进步思想家识破并广加揭露抨击，可以说八股已失去存在的价值。但马二先生却依然由衷地称赞八股取士“是极好的法则”，过去的岁月已在科场中虚掷，未来的生命仍无保留地交付给八股选政，死心塌地地做八股拜物教虔诚而狂热的传教士，用极严肃的态度对待已失去严肃性的事情，强不美以为美，强不智以为智，拿着一篇八股文，可以摇头晃脑地“讲了许多虚实反正、吞吐含蓄之法”，以为这就是做学问的真谛，以为这就是人生价值的体现。这种不和谐是可笑的，也是可悲的。

马二先生操选政“批文章”（选中式的八股文加以批点评说）极其认真严肃，一丝不苟，“时常一个批语要做半夜，不肯苟且下笔”，既不肯误人子弟，又“不肯自己坏了名”，高度认真负责。所以“三百篇文章要批两个月，催着还要发怒”，不肯为牟利的书商赶时间粗制滥造，不肯为商业利益而放松学术操守，表现了醇儒的诚笃秉性。

而由马二先生引入举业的匡超人（匡二），没有足够的儒学学养，根性未稳，被商品市场的风气所熏染，为“趋利”而不讲学术责任心。他摭拾宴席间议论选政的一些话，“敷衍起来，做了个序文”，变成自己的见解，用以指导士子。如此剽窃滥造的作品，居然投合市场胃口。匡二成了畅销书的名家。并且忘恩负义地在众人面前肆意贬低对自己恩重如山的恩人——恩师马二先生。文品是人品的有机部分，当原本孝悌敦睦的乡村青年堕落成文痞时，也同时全面蜕变为缺德的小人：当枪手、造假证、停妻再娶，无所不为。匡二的堕落宣告马二先生教育道路的破产。马二先生无私资助、竭诚指引的匡二，结果成了既有害社会，也有损自己的人，这对马二先生是不小的讽刺。不过匡二也反衬出马二先生不随浊风俯仰的敦厚拙朴品性。巧人乖人会讥其迂拙，贤人君子会悯其朴厚。

3. 审美情趣被窒息

鲁迅特别推许马二先生游西湖能够写出“迂儒之本色”。

那么，就让我们跟随马二先生游西湖的足迹来体悟《儒林外史》讽刺的特色吧。

小说第十四回，马二先生开始游湖时，作者先把沿湖的美景介绍一番：

> 这西湖乃是天下第一个真山真水的景致！且不说那灵隐的幽深，天竺的清雅，只这出了钱塘门，过圣恩寺，上了苏堤，中间是金沙港，转过去就望见雷峰塔，到了净慈寺，有十多里路，真乃五步一楼，十步一阁。一处是金粉楼台，一处是竹篱茅舍，一处是桃柳争妍，一处是桑麻遍野。

从钱塘门起正是马二先生第一天的游湖路线，至今仍是西湖一日游的主要游程，驰名遐迩的"西湖十景"沿湖相接，美不胜收。作者介绍马二先生所经历的胜境，正是为了与他的感受作鲜明的对照，用审美客体的美，反衬审美主体的腐。

马二先生早就知道"西湖山光水色，颇可以添文思"。这一日，他"独自一人，带了几个钱，步出钱塘门"，大有轻装赏名胜的闲情逸致。可是他跑了一天，遍历十景，陈腐的心田却唤不起半丝美的涟漪。从"断桥残雪"到"平湖秋月"，在可远眺湖光潋滟的白堤上，他不是望着酒店肴馔咽口水，便是看着那一船一船的女客，从她们的服饰辨识她们的贵贱，其他什么湖光山色都"不在意里"。"苏堤春晓""六桥烟柳"一带，游人到此流连忘返，他却觉"走也走不清，甚是可厌"，急不可耐地问行人："前面可还有好顽的所在？"到了"花港观鱼"，他无心观鱼赏花，却被御书吓得魂不附体。直到雷峰塔，暮色渐起，"孤峰犹带夕阳红"的"雷峰夕照"，也无法映入他的眼帘。赶到净慈寺，他横着身子冲过妇女的队伍，什么也不敢看。在"南屏晚钟"，他也无心谛听引人遐思的钟声，忙着不加选择地乱买杂七杂八的东西，填一填饥肠辘辘的肚子。然后"直着脚，跑进清波门，到了下处关门睡了"。

隔天，马二先生游吴山。在吴山，可"胸前竹石千层起，眼底江湖一望通"，自古就是登高揽胜的佳地。在山冈上，马二先生"左边望着

马二先生游西湖（程十发绘）

钱塘江，明明白白”，“右边又看得见西湖、雷峰一带，湖心亭都望见”，眼睛倒没有近视，但吸引他的是什么景象呢？钱塘江上“过江的船，船上有轿子，都看得明白”“西湖里打鱼船，一个一个，如小鸭子浮在水面”——水天开阔波光粼粼的钱塘江景，他搜索到的只是贵人乘坐的轿子；堆青泼黛丰姿绰约的西湖景色，他想象到的只是长大后能吃的小鸭子！但不管怎么说，他毕竟是有所见了，受感染了，于是极力想吟咏两句，搜索枯肠，终于嗫嚅了一句：“真乃‘载华岳而不重，振河海而不泄，万物载焉！’”——却是从举业必读书《中庸》里找出的写“地”的一句话，简直驴唇不对马嘴！足以看出八股迷头脑的迂腐僵化。语言是思想的家园，圣贤书把他的语言都限定得僵死了，他哪里还有自己？哪里还有活人的生动情趣？他的脑海再也吹不进一缕春风，唤不起半丝涟漪，任何“有碍于圣贤口气”的东西他都绝对排斥，以防“坏了心术”。

审美情趣是同各种复杂的观念和思想联锁在一起的，对于个人来说，是长期环境感染和文化教养的结果，是他的文化素养和精神面貌的一种标志。一个人在精神上、感情上、智力上越是发达，审美经验越是丰富，他所感知的自然美越能够唤起各种联想，他的审美感就越丰富、越深刻、越精细；反之，他的审美感就是贫乏的、浅薄的、鄙陋的。八股科举是摧残人才的制度，马二先生就是从八股科举的模子里铸造出来的典型产品，他顽固地仇视、排斥一切优美文学，凡是“有些风花雪月的字样”，他就认为会使后生们“坏了心术”，凡是“带词赋气”，他就认为“有碍于圣贤口气”。封建的蒙昧主义窒息了爱美的天性，戕伐了审美的功能，造成人性的严重异化。再美的景色和乐音对马二先生也没有任何美学意义。他或者视而不见，听而不闻，或者只能引起鄙俗猥琐的反应，丝毫也引不起美感愉悦和审美想象。吴敬梓如实地描写马二先生对西湖美景的麻木不仁，把八股迷灵魂的庸陋，精神世界的枯朽，准确地揭示出来，加以针砭和讽刺。

美感实际上包含着功利的社会性质。马克思说：“焦虑不堪的穷人甚至对最美的景色也没有感觉；珠宝商人所看到的只是商业的价值，而不是珠宝的美和特性：他没有珠宝的感觉。”（《一八四四年的经济学哲学手稿》）在吴敬梓看来，只有像王冕、庄绍光、杜少卿、虞博士那样摆脱八股科举的羁绊、淡泊功名富贵的文士，才具有美好的情操，能够领略七泖湖、玄武湖、清凉山的自然美，伴随他们，出现清新的写景美文。马二先生则不然，他身处西湖胜境，心里系念的却仍是功名富贵。在“片石居”，他不欣赏花园楼阁，只想请仙问一问“功名大事”。及至听见请的是什么李清照、苏若兰、朱淑真，他想道：“这些甚么人？料想不是管功名的了，我不如去罢。”与八股功名无关的人，不管你是什么才女，他不但茫无所知，而且压根儿就拒绝理睬。到了丁仙祠，他又想“求个签，问问可有发财机会”。看到书店发卖自己的八股选本，他心花怒放，又是问价格，又是问销路，只是在这时候，他枯寂的心田才掀起“欢喜”的波澜。

4. 正常人欲被压抑

八股与理学是相互为用、互为表里的，在八股迷的灵魂里不仅弥漫着君臣大义，而且充塞着男女大防。马二先生执拗地不与女性打交道，恪守男女授受不亲的礼教箴规。在吴山，走渴了想喝茶，“见茶铺子里一个油头粉面的女人招呼他吃茶。马二先生别转头来就走，到间壁一个茶室泡了一碗茶”。柏格森说过，“取笑灵活的罪恶难，取笑执拗的德行易”（《笑：论滑稽的意义》，下引柏格森语同出此书）。马二先生的执拗很富有喜剧性。他独自一个，像清教徒似的穷酸落寞，同众多女客花团锦簇的繁华景象，又形成格格不入的不和谐色调：

> 那些富贵人家的女客，成群逐队，里里外外，来往不绝，都穿的是锦绣衣服，风吹起来，身上的香一阵阵的扑人鼻子。马二先生身子又长，戴一顶高方巾，一副乌黑的脸，腆着个肚子，穿着一双厚底破靴，横着身子乱跑，只管在人窝子里撞。女人也不看他，他也不看女人。（第十四回）

他既不认识别人，也不认识自己，不合环境而心不在焉，我行我素，颟顸自守，表现出机械而僵硬的喜剧特征。

但吴敬梓伐隐攻微之笔并没有仅仅停留在这一层，他不仅写马二先生不看女人，而且写了马二先生看女人。一到西湖沿，他就看“那一船一船乡下妇女”，而且看得很细：“都梳着挑鬓头，也有穿蓝的，也有穿青绿衣裳的，年纪小的都穿些红绸单裙子；也有模样生的好些的，都是一个大团白脸，两个大高颧骨。也有许多疤、麻、疥、癞的。”就像用非审美的庸陋眼光观察自然美一样，他又用病态无趣的非审美眼光打量游湖女客，两者异曲同工，各逞其妙，对于马二先生的智能结构都是精确的定性分析。只不过走了里把多路，他又看起来，“看见西湖沿上柳阴下系着两只船，那船上女客在那里换衣裳……那些跟从的女客，十几个人，也都换了衣裳”。真不够君子！竟细细地看一个个女客换衣裳。吴敬梓没有写马二先生心底的感情波澜，更没有写他有什么邪念。他毕竟只是迂腐之人，而并非像有些人（如杜慎卿）口称不近女色却挖空心思接近美色的伪君子。但作者通过对马二先生（还有后来的王玉辉）客观描写告诉我们：即使是被“天理”戕伐的灵魂，“人欲”也不可能完全泯灭。对马二先生来说，“男女”之吸引只能是下意识地流露出来。在远处，他不妨仔细端详妇女，及至她们到了跟前，“马二先生低着头走过去，不曾仰视”，他又遵循“非礼勿视”的理学教条“存天理灭人欲”了。

马二先生的自我抑制，不仅因为在精神上有无形的拘钳，而且因为在物质上也有实际的困难。他食欲好，食量大，但久困场屋，羞涩的钱袋无法满足胃囊的庞大需求：

> 望着湖沿上接连着几个酒店，挂着透肥的羊肉……滚热的蹄子、海参、槽鸭、鲜鱼……马二先生没有钱买了吃，喉咙里咽唾沫，只得走进一个面店，十六个钱吃了一碗面。肚里不饱，又走到间壁一个茶室吃了一碗茶，买了两个钱处片嚼嚼，倒觉得有些滋味。（第十四回）

以茶充饥，越喝越饥。到了花港，看着“那热汤汤的燕窝、海参，一碗碗在跟前捧过去，马二先生又羡慕了一番”。傍晚到南屏，实在熬不住了，又到茶亭喝一碗茶，看见“柜上摆着许多碟子：橘饼、芝麻糖、粽子、烧饼、处片、黑枣、煮栗子。马二先生每样买了几个钱的，不论好歹，吃了一饱”。山珍海味引得马二先生垂涎三尺，但酒店菜馆他根本无钱问津，不得已求其次，吃点零食，但这又怎能填满他那缺少油水的肠胃？每样几个钱的小吃，只能暂时压一压浇不灭的饥火。对西湖风光“全无会心”，对各色食物馋涎欲滴，这本来是很可笑的，但“焦虑不堪的穷人甚至对最美的景色也没有感觉”，在马二先生的可笑里，不是也浸透了无言的辛酸么？如果对照前面他为替蘧公孙销赃解厄而慨然罄囊相助，一下子掏出九十几两银子，我们又不能不从心底油然生出一种敬意。马二先生此时的拮据，正好反衬出彼时的慷慨，这样的“血心为朋友”，确乎颇有“古君子”之风。想到此，我们就再不忍心嘲笑他的酸腐相了。

5. 功名富贵观已深植潜意识

吴敬梓不是用论文论证，而是以人物形象塑造显现八股科举对人的毒害。写周进、范进那样的八股迷，写足了功名等级和势利风气对寒士的煎迫；写马二先生呢，则写足了功名富贵欲念造成士子精神世界的迷乱。写“二进”是从外在层面着笔，写马二先生是从内在角度下手。当功名富贵的观念已植入深层的潜意识，便病入膏肓了。

八股迷的灵魂完全陷入举业的功利王国。马二先生的举业宣传渗透着功利的说教，开口讲的就是“中了举人、进士，即刻就荣宗耀祖”“日日讲究‘言寡尤，行寡悔’，哪个给你官做？”之类的举业做官论、功名富贵观。

八股世界是蔽锢人智的黑暗王国，科场士人遨游于其中，与人民群众的社会实践相脱离，与革新政治的进步思潮相隔绝，既不接触自然科学，又不学习实际技能，连社会知识也贫乏可怜，往往成为不通世务迂腐朽拙的“老阿呆”。而功名富贵的观念却像癌细胞似的扩散，成为既敏感又迷乱的欲念独霸精神世界。马二先生游西湖对自然美、人文美都全无会心，唯独对有关功名富贵的事却非常敏感十分关心；在“片石居”，马二先生想道：“这是他们请仙判断功名大事，我也进去问一问。”

正是由于渴求功名做官——“贵”的潜意识作怪，奇事发生了。在花港御书楼，蓦然撞见仁宗皇帝的御书时，马二先生的心病大发作，居然像梦游病患者似的如梦如幻：

> 马二先生吓了一跳，慌忙整一整头巾，理一理宝蓝直裰，在靴桶内拿出一把扇子来当了笏板，恭恭敬敬，朝着楼上扬尘舞蹈，拜了五拜。（第十四回）

“靴桶内拿出一把扇子来当了笏板”，忒像孩童玩“过家家”游戏，有模仿的道具，有模仿的举动，做得特别认真，这哪是正常人的行为？吴敬梓只写奇异的动作，不置一语，评点家天目山樵补上台辞写道，马二先生念念有词地说："历考一等案首，臣马纯上见驾，愿吾皇万岁，万岁，万万岁！"天评是合理的发挥，显豁了马二先生迷幻的真谛。（本书所引清人评点皆据李汉秋《儒林外史汇校汇评》本）

"马二先生拜御书"，这是可与"周进撞号板""范进中举发疯"鼎足而三的绝妙情节。马二先生蓦见御书，就像周进悲见号板、范进喜见报帖一样，郁积的情结一下子被击中，神经受震而不由自主地出现迷幻。但此三人的遭际和性格迥异，作为知名的八股选家，马二先生不像"二进"那么悲苦，作为虔诚的八股信徒，马二先生无怨无悔，乐呵呵地到处宣教，等待着"出头"之日到来。

西班牙塞万提斯创作的堂吉诃德，脑袋里充满了对游侠骑士的憧憬和幻想，由幻想产生幻觉，鬼使神差地把许多现象想象成行侠仗义的对象。在马二先生的脑袋里充满了对功名富贵的憧憬和幻想，潜意识中艳羡的"朝为田舍郎，暮登天子堂"的憧憬，因偶遇的与"天子"有关的御书，相关的潜意识被激活，就迷幻成真登"天子堂"行礼的因由，几十年梦寐以求的隆遇，深入潜意识的"功名做官梦"，一触即发，他便如白日做梦一般施行了起来，马二先生出现了堂吉诃德似的精神幻觉：把潜意识中的欲望和感情，"投影"在外部事物上，面对偶遇的天子御书，把潜意识中憧憬的面君大礼，加到自己身上，竟至于达成幻觉和现实共存的迷境。犹如堂吉诃德把羊群当作千军万马，在迷幻中煞有介事冲锋陷阵；马二先生在迷幻中一本正经地朝拜天子。真有点庄周梦蝶的味道："不知周之梦为胡蝶与，胡蝶之梦为周与？"（《庄子·齐物论》）

这里由不和谐构成的可笑是多重的：第一，他面对的只是前朝皇帝写的字，且并非皇帝本人，而他就像当面朝圣一样跪拜如仪。第二，他是爬不上金銮殿的穷秀才，但却俨然像朝廷大臣一样，整冠带，秉笏板，仿佛真的在面君参拜，扬尘舞蹈。第三，他的"官帽"不过是又破又旧的秀才头巾，他的"官服"不过是褴褛不堪的长布衫，他的

马二先生拜御书碑邮票

“笏板”不过是靴桶里拔出来的一把纸扇。他仿佛是玩“过家家”的三岁孩童，一本正经地玩着面君的游戏。可事实上他已年过半百，而且是知名选家，他如此诚惶诚恐地行着叩见大礼就越发显得不和谐。他的姿势是那样僵硬机械、滑稽可笑，具有很强的喜剧性特征；他的动作是那样习惯成自然地熟练，那都是他在幻想中演习过多少次而没有机会实践的君臣大礼，做官梦已深入骨髓，几十年梦寐以求的隆遇，此时突然遇到行礼的机缘，一触即发，一发而不可收，他便如白日做梦一般施行了起来，他是恍惚于功名做官梦，在迷幻中过了一把“功名做官”的瘾。

“拜毕起来，定一定神”，注意：是“定一定神”才回到了现实，“照旧在茶桌子上坐下”。在幻觉与现实的巨大差异中，饱含着马二先生多少凄怆和悲哀！

富与贵相连，到了丁仙祠，他想“求个签，问问可有发财机会”，正是由于“富”的潜意识升腾起来，他高高兴兴地又钻入洪憨仙的圈套。“马秀才山洞遇神仙”，居然相信自己见到的洪憨仙是活了三百多岁的“仙”，相信这样的神仙有“缩地腾云之法”，相信神仙给他的黑煤可以烧出银子，相信神仙有点铁成金之术，心悦诚服地冒充神仙的表弟，客观上成了人家行骗的工具。不过，马二先生并非唯利是图或苟且贪利的小人。君不见：此前他为蘧公孙销赃弭祸，倾囊使自己陷于困窘而不辞；此中他已知受洪憨仙之骗后，仍慷慨掏腰包为其料理后事。

6. 讽刺的生命是真实

话又回到吴敬梓艺术才能的特色上。鲁迅认为“讽刺的生命是真实”(《什么是“讽刺”》)。强调要按照生活本来的面目再现生活，使讽刺艺术具有广泛的典型意义、社会意义。他要求作家客观冷静地描写现实，让讽刺从场面和情节中自然地流露出来，他赞扬《儒林外史》里范进吃虾元子的一段描写，“无一贬词，而情伪毕露，诚微词之妙选”。鲁迅认为“讽刺小说是贵在旨微而语婉的”，赞赏“不尚夸张，一味写实”的讽刺。吴敬梓就有这种高超的“自然讽刺”的艺术，其要点正在于如实描写，不采取过分夸张、漫画化的手法。他用准确而客观的白描，按现实生活本来的样子，把马二先生当作八股世界芸芸众生中的一分子来描写，不仅写出他的庸俗迂腐，还写出其人性中所蕴含着的温暖。对匡超人，虽萍水相逢，而真心实意地劝导、帮助；对蘧公孙，虽是初交，却不顾自己钱囊羞涩，不惜罄囊为之销赃弭祸；对洪憨仙，明知受骗，仍捐资为之装殓、送殡。真不愧是“有意气、有肝胆”的“正人君子”。如前所引鲁迅语：“悲剧将人生的有价值的东西毁灭给人看，喜剧将那无价值的撕破给人看。”吴敬梓对马二先生这种忠厚诚笃的君子风是赞许的，而对其愚昧朽拙的迂腐气是嘲讽的。前者说明马二先生本来可以是有价值的人，后者表现他实际上已成为无价值的人，撕破无价值的，具有喜剧性，是对八股的批判；原有的价值被损伤，又具有悲剧性，也是对八股的批判。喜剧性和悲剧性的融合，表现了作者对这个人物典型意义的深刻把握。

熟知的喜剧性格惯常是孤立地突出性格的某一基本特征，把它极端化，作为喜剧性的基础，仿佛它就是整个的人，而不再顾及人类情欲的复杂万端。莫里哀笔下的吝悭人、伪君子等就是这样成为某一种劣根性的类型化代表。《牡丹亭》里的陈最良，经历遭遇很像马二先生，但也是类型化的形象，他的基本特征就是被封建教条毒害而迂腐僵化，汤显祖把这个特征加以突出、夸张、漫画化。他开口就是“诗云”“子曰”，闭口就是《礼记》《孟子》，恪守孟夫子“收其放心”的圣训，顽固地禁绝感情的微澜和美感的引诱，“从不晓得伤个春，从不曾游个花园”。连替妻子做鞋，也要引经据典，“依《孟子》上样儿，做个‘不知足而为履’罢了”，这同吴敬梓所用的准确而客观的白描很不一样。吴敬梓几乎没有多少夸张，他只是如实地按现实生活的样子，把马二先生当作深受八股之害的普通读书人来描写，不仅写出他身上的庸俗迂腐，还写出他身上本来蕴含的人性的温暖；不仅写庸俗迂腐的本身，还深一层写出庸俗迂腐的社会原因。对吴敬梓来说，揭露庸俗迂腐是他洞察社会生活的结果，他的批判矛头始终指向社会，指向造成人性异化的封建蒙昧。透过喜剧性的外部效果，挖掘到深植的性格内因和社会造因，喜剧就有可能向悲剧转化。由于对现实的深刻洞察力，吴敬梓在描绘马二先生的喜剧性形象时，揭示出了悲剧性的社会本质，从而使喜剧性和悲剧性不可分割地融合在一起，这就构成了马二形象的基本色调，应该说这也是《儒林外史》的基本艺术色调。

功名富贵体制孵化的贪劣官绅

(一) 信仰丧失的高翰林暨贪官猾吏黑网

在古代和近代小说中“刺贪刺虐”之作甚多，而刺入其心，写出其丧失信仰之心者，高翰林形象尤为典型。马二先生尚知晓孔子做官为要“行道”，高翰林已没有了这种信仰。

在《儒林外史》研究中有一种见解，认为“在小说中施以无情鞭挞的反面形象，从不以任何实有人物为原型”。这不符合《儒林外史》的实际，也不符合现实主义小说的创作规律。问题在于，肯定性人物的佳言善行容易在传记资料中找到对应的记载，否定性人物的恶德恶行自难在亲朋载记中流传下来，这就为考索否定性人物的生活原型增加了困难。《儒林外史》否定性形象写得既多且好，如果也能像肯定性形象那样找出生活原型，对于了解吴敬梓的创作方法是大有裨益的。在高翰林形象塑造上我们可以作点尝试。

吴敬梓的侄孙女婿金和指出，高翰林的原型姓郭，可惜未言名字，留下疑案。清末考据家平步青在《霞外捃屑》卷九认为高翰林原型应是郭长源，理由是："《秋灯丛话》卷十六云：长源入闱，一字未成，邻号老叟以鼻衄盈卷，以文授郭，遂冠多士。书中云：发解云：'三艺无一字杜撰。'盖即讥其事。"以后论者，如何泽翰《儒林外史人物本事考略》等，都沿此说，似成定论。

按《秋灯丛话》所说，"江南诸生郭某"乡试时，邻号老叟梦见神责他"前世负郭某三千金，当酬以三艺""惊寤而鼻衄盈卷"，遂以自己的试卷授郭，使郭冠多士。这本是当时流行的说科场神鬼的小说家言，根本不是记载事实，不足为论据。至于《儒林外史》第四十九回"翰林高谈龙虎榜"中，高翰林说："'揣摩'二字，就是这举业的金针了。小弟乡试的那三篇拙作，没有一句话是杜撰，字字都是有来历的，所以才得侥幸。"这里的"三艺无一字杜撰"是高翰林用以说明他善于"揣摩"，按八股制艺的要求代圣贤立言，所以紧接着就说："若是不知道揣摩，就是圣人也是不中的。"另外，封建时代文人也喜欢用字字有来历云云夸耀援古用典多、有学问。这与《秋灯丛话》所说用了邻号老叟的试卷，根本扯不上边。

大约当时就有人认为所谓姓郭者是全椒的郭肇鐄，平步青不同意，批驳说："若全椒郭运青侍讲肇鐄，乾隆丁巳进士，《随园诗话》卷六有'诗虽工，气脉不贯，其人殆不能时文者'一条，与此不同。"——盖谓郭肇鐄是"不能时文者"，与"此"善时文的高翰林"不同"。查

《随园诗话》的这段话根本不是评骘郭肇鐄的，相反是郭肇鐄看别人诗时评骘别人的，恰恰表现了郭肇鐄以时文家的眼光衡诗的特征，与《儒林外史》里视八股时文为圭臬的高翰林的声口相肖。小说中另一个八股幸运儿鲁编修说得更明白："八股文章若做的好，随你做什么东西，要诗就诗，要赋就赋，都是一鞭一条痕，一掴一掌血；若是八股文章欠讲究，任你做出甚么来，都是野狐禅、邪魔外道！"正是按照这种逻辑，《随园诗话》所记的郭肇鐄品诗，认为诗的气脉不贯，是由于作者"不能时文"，如果八股时文做得好，诗就不会"气脉不贯"。

考郭肇鐄（1713～1753或稍后），字韵清，一字奉墀，全椒人，乾隆丁巳（1737）进士。卢见曾《郭韵清侍读诗集序》说他："年二十四登甲科，选入翰林，历侍读，授皇子经，盖骎骎通显，自少及壮，未尝历羁穷之境。"是个少年登科，骎骎通显的八股幸运儿，确是高高在上的"高翰林"。

在翰林院，他虽是闲官，却是"天子近臣"，是颇为得意的御用文人。《全椒县志·文苑传》说他："两与礼闱分校。甲子，上幸翰林院联句，肇鐄得与焉。己巳，平定金川，进诗，受上赏，选入《方略全书》，赐'凤池良彦'四字。肇鐄为某邸序太夫人寿，邸赠'师门懿范'额。"

全椒丘良任先生曾从郭肇鐄的《佛香阁诗存》中检出几首1752年和1753年他回乡丁忧时与吴敬梓、吴烺父子赠答的诗，诗称吴敬梓为"故人"，证实早年在全椒即有交往。郭肇鐄常往来于扬州、南京，同那里的卢见曾（雅雨）等文士有广泛交游，这些都与高翰林的经历关合。笔者1990年整理吴烺《杉亭集》，其中有《送郭侍讲奉墀先生新纳姬人归里》等三首有关郭肇鐄的诗，由是知道，1753年，正是郭肇鐄回故里丁忧守孝期间，他却从南京或扬州携新纳姬人归故里，这使作为晚辈的吴烺，在字里行间都不能不有微词，由此也可以窥见这位翰林侍讲的人品于一斑。可见吴敬梓以郭肇鐄作为否定性人物高翰林的原型，即使在人品上，也不是没有客观依据的。尽管在这两年郭肇镄赠答“故人”吴敬梓的诗颇为亲热，但吴敬梓如果继续写《儒林外史》是不会轻饶他的。吴敬梓不但恨随意纳妾，尤恨丁忧期间不守礼，范进于丁忧期间外出打秋风、吃大虾元子，荀玫匿丧不报等，都受到《儒林外史》的抨击，高翰林丁忧纳妾发生在《儒林外史》完成之后。如发生在《儒林外史》完成之前，岂能逃过吴敬梓的笔伐？

从“独嫉时文士如仇”的心理出发，令吴敬梓反感的首先是八股幸运儿的酸气傲气。与吃尽苦楚备尝辛酸的周进、范进不同，高翰林少年登科，春风得意，八股举业是送他上青云的好风，他以科甲正途出身为荣为傲，他吹嘘举业就是吹嘘自己。迟衡山说“这举业二字原是个无凭的”，这简直是挑他的筋。他立即跳起来反驳：“迟先生，你这话就差了。我朝二百年来，只有这一桩事是丝毫不走的，摩元得元，摩魁得魁。”齐省堂本于此评点曰：“想见得意声口。”他瞧不起马二先生那样毕生讲举业而不得中的老秀才：“此中的奥妙他全然不知。他就做三百年的秀才，考二百个案首，进了大场总是没用的。”他认为八股就是学问，举业腾达就是“有学问”的唯一标志，说到杜少卿，他说：“他果然肚里通就该中了去。”说到迟衡山、武书，他说如果他们“有了学问倒不做老秀才了”。总以科第英雄骄人傲人。

八股制艺只准考生揣摩“孔孟程朱”的语气，把儒家的经书按八股格式编串在一起，“代圣贤立言”；既不许称引三代（夏、商、周）以下的事情，更不许联系现实社会的政事，乖乖做统治思想的应声虫！这就是高翰林所美化的，“‘揣摩’二字，就是这举业的金针”；这就是高翰林所标榜的，“没有一句话是杜撰，字字都是有来历的”；这就是高翰林据以讥笑庄绍光的依据，怎么能“把一个现活着的秀才拿来解圣人的经”？！

对最后一点，吴敬梓故意开了一个小小的玩笑，他让武书反驳道：“要说活着的人就引用不得，当初文王、周公，为甚么就引用微子、箕子？后来孔子为甚么就引用颜子？那时这些人也都是活的。”问得高翰林狼狈不堪。迟衡山进一步作判断：“讲学问的只讲学问，不必问功名；

讲功名的只讲功名，不必问学问。若是两样都要讲，弄到后来，一样也做不成。”这就是说，功名与学问是互相矛盾的两途，追求功名的人不讲学问，功名上飞黄腾达的不一定有学问；这也就否定了八股举业是学问，讲学问的人不能一头钻到科第功名套里，钻到科第功名套里就会弄得没有学问。对于高翰林之流的倨傲和吹嘘，这无异是釜底抽薪，从规律性的认识上予以否定。

杜少卿抛弃科第正途，不为封建家族光耀门楣，不走封建阶级子弟被规定的人生道路，在高翰林看来，自然是“杜家第一个败类”。杜少卿的行止对高翰林的道路和价值观是不恭的违悖和挑战，是一种“异端之尤”，高翰林自然要嫉之如仇（杜少卿也“独嫉时文士如仇”），并戒饬子侄“不可学天长杜仪”。他敏锐地警觉到，杜少卿这种思想倾向的蔓延，会在本阶级子弟中产生极大的离心力，会加速封建意识形态的崩解。

其实，到封建社会走下坡路时，传统的儒家伦理政治道德观念已经失去兑现的能力，高翰林很知道这一点，他嘲笑杜少卿的父亲：“还有本事中个进士，做一任太守，已经是个呆子了。做官的时候，全不晓得敬重上司，只是一味希图着百姓说好；又逐日讲那些‘敦孝弟，劝农桑’的呆话。这些话是教养题目文章里的词藻，他竟拿着当了真。惹的上司不喜欢，把个官弄掉了。”这个八股宠儿在自诩时说漏了天机，露出真面目，原来他认为：第一，“敦孝弟，劝农桑”等传统儒家大道理是“呆话”，只是说着好听的“教养题目文章里的词藻”，只能说说哄人，不能当真，当真了“上司不喜欢”；第二，做官时“敬重上司”与“希图百姓说好”二者之间是矛盾的，做官的诀窍是不要希图百姓说好，只求上司喜欢。他已经不信儒“道”，没有信仰，没有操守，没有治国平天下的抱负，平日“最好顽要”，乐与优伶钱麻子厮混，“说说笑笑，并无顾忌”，面前坐着“制礼作乐之才”迟衡山，他不以为雅，听说钱麻子不能来就大叫：“没趣！没趣！今日满座欠雅矣！”“雅”与“俗”竟倒错到这般程度！这些话语竟出于本应讲究礼乐道统的天子近臣翰林侍读之口，而且说得那么自然，仿佛已是天经地义的社会公论，可见仁义礼乐之道已经崩坏到什么程度！他只是随波逐流，讨好上司，安富尊荣，尸位素餐，是甜得发腻的御用文人。他既不同于王惠式的酷吏，又不同于“太保公”式的奸臣，是八股科甲孵育出来的又一个品种：庸官。吴敬梓撕下他假风雅的外衣，还他个本来面目：庸俗。

按正统儒家理想，出仕之士应当奉大道、行仁义、兴礼乐，可是实际却大不然。高翰林已经不伦，更甚者还大有人在：南昌知府王惠，在小说中拉开的时间线很长，他就是在第二回就出场以排场气势压扁周进的王举人。十几年后，果然前梦应验了，他与比自己小十几岁的荀玫同榜进士。不巧此时荀玫的祖母去世，按制荀玫准备报丁忧，他却劝“同科”匿丧不报，已显出此人的品行，日后降附宁王朱宸濠不是偶然的。待选了南昌知府，刚到任就打听：“地方人情，可还有什么出产？词讼里可也略有些甚么通融？”——这让人想到，严贡生在关帝庙里，急于想通过范进和张静斋，向高要县新知县推销自己的本领也就是：如何在“钱粮耗羡”各项“出产”的税收以及“词讼”里，找“通融”，做手脚，捞油水，一年可以“不下万金”。他与严贡生倒真是心有灵犀一点通，贪官猾吏正可以沆瀣一气，他们本来就是易位而皆然，出则为贪官猾吏，处则为土豪劣绅。王知府就这么抱着“三年清知府，十万雪花银”的宏伟目标，决心让自己衙门里充满“戥子声，算盘声、板子声”，一边“钉了一把头号的库戥”，用戥子、算盘聚敛财富，一边“用的是头号板子”，以酷刑张威，“衙役百姓一个个被他打得魂飞魄散。合城的人，无一个不知道太爷的利害，睡梦里也是怕的。因此，各上司访闻，都道是江西第一个能员”。请注意：不是个别上司看中他，而是“各上司……都”，说明他是那个官僚藤架的正宗毒瓜，是体现了那个官僚体制本质的，那个官僚体制所需要的，所以，“做到两年多些，各处荐了”。如果不是“适值江西宁王反乱”，他在这个体系中是前程未可限量的。那位在朝廷当权的太保，欲收应征辟的庄征君为“门墙桃李”，拉拢新进，结党营私；庄绍光不识抬举不肯就范，如果换上王惠，不正好可以“同寅协恭”，共掌朝纲了吗！上有权臣太保，辅以王惠，下有严贡生，乃至潘三（带挈匡超人者）、宦成、夏总甲、翟买办等众多公差爪牙，这张天罗地网，竟被区区吴敬梓识破天机，漏泄了出来！

（二）严贡生骨肉、严监生姻亲间的利害算计

《儒林外史》属社会小说，以社会为大舞台，而在严贡生、严监生兄弟及其姻亲王德、王仁这一板块，把笔锋伸进宗法制家庭内部，掀开帷幕的一角，曝出兄弟间、妻妾间、姻亲间的矛盾，写出赤裸裸的利害关系如何撕破温情脉脉的面纱。这里当然积贮着作者早年以来对自己家族中种种矛盾的痛切感受。

1. 攀附官僚藤架的毒瓜严贡生

对一些品性恶劣的官僚乡绅，吴敬梓认为他们是打着儒家仁义道德纲常伦理旗号的假儒，他对他们的讥笑是严冷辛辣的。

地主出身的士人，在乡间本来就有相当地位，再在八股科场中取得贡生、举人之类的头衔，或游幕游馆于官府公卿之门，甚或做过官，再回到乡梓，就成为高人一等的乡绅贵人。按照正统儒家的要求，他们应当承道统、行仁义、兴礼乐；但实际上许多人却弃道而嗜势、忘义而贪利，成为横行霸道的土豪劣绅，自挖封建统治的墙脚。南海县的张静斋用“礼有经，亦有权”做幌子，教唆新中举的范进悖礼，在丁忧期间去“打秋风”；又与行仁义背道而驰，唆使汤奉知县用酷刑枷死回民代表。五河县的方乡绅、彭乡绅、唐二棒椎、唐三痰之辈，像蛆虫一样张皇，以至余大先生慨叹：“礼义廉耻，一总都灭绝了！”他们依仗权势为非作歹，礼乐仁义抛诸脑后，是儒林中腐朽的一部分。对他们，吴敬梓不掩饰自己的愤怒，满怀憎恶向他们喷射讽刺的烈焰。这号人的恶德恶行表现得最充分的是严贡生。

吴敬梓笔下，“坏人完全是坏的”为数很少，严贡生是难得的一个

毒汁四溅的毒瓜。他运用乡绅贡生的势力、钱谷“师爷”的刁钻，刑名讼棍的狡诈、无赖无耻的手段，工于心计，一门心思作恶，每个毛孔都渗出罪恶的毒汁。

其一，钱粮师爷的伎俩：

要作恶就必须倚官仗势。严贡生自己还没有挣到乌纱帽，他想方设法千方百计攀结官府，为“父母官”的贪赃枉法出谋划策，充当心腹和爪牙。当新中举的范进由张静斋带着，到高要县汤知县处打秋风，在关帝庙候见时，不知从哪里闻风钻出一个严贡生来，素昧平生就献上一桌酒菜，显得十分殷勤慷慨。严贡生自我介绍“与我这汤父母是极好的相与”，凭空杜撰出一个“汤父母”慧眼识英雄的故事：汤知县初到任那日，“几十人在那里同接，老父母轿子里两只眼只看着小弟一个人”。后来“叫小弟进去，换了两遍茶，就像相与过几十年的一般”。

替自己佩戴上用谎言编织的花环，赢来对方表示敬意后，严贡生开始显露“师爷”的真本领，他说：

> “我这高要，是广东出名县分，一岁之中，钱粮耗羡，花、布、牛、驴、渔、船、田、房税，不下万金。”又自拿手在桌上画着，低声说道：“像汤父母这个做法，不过八千金；前任潘父母做的时节，实有万金。他还有些枝叶，还用着我们几个要紧的人。”（第四回）

严贡生对一县的“钱粮耗羡”了如指掌，对各个县太爷的“做法”和“枝叶”看得透，估得出，深谙衙门内幕，很像当过衙门钱粮、刑名幕僚的“师爷”。这类师爷是“父母官”贪赃枉法盘剥百姓的“要紧的”帮凶，岁脩也比别种幕僚高出许多。（前面提到，王惠一到南昌太守任上就急于打探这些事。）他以前任“父母”身边“要紧的人”的身份，指出新任“父母”的“做法”不到家——可以捞万金的只捞了八千金。此时，他显示师爷干才的意图也就显豁了：希望借重范进和张静斋向汤父母推荐，使他成为汤父母身边“要紧的人”。至此，这个一向吝刻的人，为何慷慨破费设宴款待素昧平生的异乡客人，也就不言自明了。对于当权的父母官，他要想一切办法，往上靠，往上贴，往上攀，他是攀附在封建官僚制度藤架上的一只毒瓜，离开官府衙门，他就失去凭恃和依靠，即便汤父母并不认识他，他也要冒充是“极好的相与”，并以此吓唬人、威胁人。

其二，计赚邻居猪：

作为劣绅，严贡生不是一般地横行乡里，鱼肉百姓，而是时时刻刻无孔不入地用最刁钻、最卑劣的诡计榨取别人的血汗。他具有恶讼棍的阴险，满肚子的狡诈，却要装出一脸的率真，谦逊地向范进、张静斋作口头的自我鉴定：“实不相瞒，小弟只是一个为人率真，在乡里之间，从不晓得占人寸丝半粟的便宜。”话音刚落，他家的一个小厮走来告急：“早上关的那口猪，那人来讨，在家里吵哩。”原来不久前他家刚生下几天的小猪走到隔壁王小二家，他借口“猪到人家，再寻回来最不利市”，硬逼王小二拿出八钱银子把小猪买去，等猪养到一百多斤，他抓住猪错跑到他家的机会，把猪扣住，说“猪本来是他的”。王小二的哥王大来讨猪，家里小厮来告急，从而戳穿了他的自我鉴定。好在他久惯老成，脸不红心不跳，仍以极诚恳的口气向范、张解释：“二位老先生有所不知，这口猪原是舍下的。”同时，运筹帷幄，让训练有素的几个儿子，“拿拴门的闩，赶面的杖”，把王大“打了一个臭死，腿都打折了”。他还有杰作：以虚钱实契讹诈农民黄梦统，拿着空借约，丧心病狂地要人家的利钱，硬是把黄梦统的“驴和米同捎袋都叫人短了家去”。

其三，迎亲的吹打乐：

严贡生刻薄鄙吝成性，损人利己之心已深入骨髓，无时无刻不想着如何从别人的钱袋里掏一把。“为出了一个贡，拉人出贺礼，把总甲、地方都派分子，县里狗腿差是不消说，弄了有一二百吊钱，还欠下厨子钱、屠户肉案子上的钱，至今也不肯还，过两个月在家吵一回。”做任何事他都要占点便宜，锱铢之利，在所必争。他最喜欢二儿子，可二儿子的娶亲大事他也极尽刻薄。他摆出个“即补县正堂”的牌子吓唬人，八钱银子还叫不动的一班吹手，他只肯给二钱四分低银子，“又还扣了二分戥头”，搞得“直到日头平西，不见一个吹手来”，新郎官“披着红，簪着花，前前后后走着着急”，严贡生“在厅上嚷成一片声，叫四斗子快传吹打的”。直到上灯时候还没有吹手来，客人说“也不必等吹手，吉时已到，且去迎亲罢”。无奈周亲家不肯迁就，回复说：“有吹打的就发轿，没吹打的不发轿！”最后好歹来了一个吹箫、一个打鼓，“在厅上滴滴打打的，总不成个腔调。两边听的人笑个不住”。通过这一喜剧场面，作者狠狠嘲笑了这个贪鄙得出奇的小人。

其四，装病讹船家：

娶了亲，雇两只船送新人回高要县，与船家立契到高要后付银。快到目的地时，他按部就班开始表演：首先突然头晕起来，口里哕出许多清痰，要“来富同四斗子，一边一个，架着膊子，只是要跌”“一声不倒一声的哼”。病情有人可证后，接着就取出一方云片糕来，“吃了几片，将肚子揉着，放了两个大屁，登时好了”。然后将剩下的几片故意放在舵工身旁，“半日也不来查点”，好像不要了，引诱舵工顺手拈来，“一片片的送在嘴里”，“严贡生只作不看见”。最后，船拢码头，他命令着速将新郎新娘先送家去，待船家水手来讨喜钱时，他忽然眼张失落地要找“药”。众人不解，说：“何曾有甚药？”他说：“方才我吃的不是药？分明放在船板上的！”舵工老实，说：“想是刚才船板上几片云片糕。那是老爷剩下不要的，小的大胆就吃了。”吃者既已当众承认，这就可以摊牌了：“好贱的云片糕！”那是“费了几百两银子”合成的一料药！不信么？刚才我患晕病已经有目共睹，此药立即治好我晕病的疗效也已经亲见。有那么贵重么？那是：“省里张老爷在上党做官带了来的人参，周老爷在四川做官带了来的黄连！”都是稀罕之物，得来不易，钱是小事：“只是我将来再发了晕病却拿甚么药来医？”你这不是要害我的命吗！说到这里，不能不怒发冲冠，命令四斗子开拜匣，

严贡生讹船家（程十发绘）

写帖子，称："送这奴才到汤老爷衙里去，先打他几十板子再讲！"

戏演到这里，不是药也得认作药，船家只有自认倒霉，谁叫你吃下去？又不能开膛破肚来化验，是药是云片糕如何辨得清！最重要的是人家有"巢县正堂"的金字牌子，有老爷衙门的板子，船家不但不敢要那十二两船钱和喜钱，还要"求严老爷开恩，高抬贵手"。搬行李的脚夫看在眼里，过来说道："方才若不如是着紧的问严老爷要喜钱、酒钱，严老爷已经上轿去了，都是你们拦住那严老爷。才查到这个药。"表面上是在责备船家，其实是旁敲侧击，戳穿严贡生挖空心思装病闹船家，只不过是为了赖掉十二两船钱。

从严贡生诓船家的纯熟谋划和炉火纯青的表演可以看出，他惯于讹人。讹人，在他就像呼吸一样自然，他可以不假思索，眼睛一眨就有一个计谋产生。讹船家对他来说只不过是略施小计，与此同时，他已经制订好上岸后如何吞并二房严监生遗产的非凡“韬略”了。

其五，吞夺弟产的非凡“韬略”：

小说第六回写严贡生到家时，他妻子为给新郎新娘腾房子，“正在房里抬东抬西，闹得乱哄哄的”。严贡生莫测高深地问：“二房里高房大厦的，不好住？”她一点儿也跟不上丈夫的思路，说：“他有房子，为甚的与你的儿子住？”严贡生回答：“他算是个甚么东西！”严贡生夫妇所议论的是二房的当家人赵氏。赵氏原是严贡生唯一的亲弟弟严监生之妾，生了个儿子。正室王氏无子，她弥留之际，赵氏经过处心积虑的营谋，终于由妾扶正。不久严监生病逝，赵氏之子是合法继承人，赵氏掌管十万家私，严贡生虽虎视眈眈却也无计下手。天遂人愿，突然赵氏之子适时夭折，在“母以子贵”的宗法家庭里，赵氏的地位又岌岌可危了。严贡生立即抓住时机，首先从“宗嗣大事”下手，要让自己的二儿子过继二房承嗣。又在“正名分”上大做文章，否认赵氏已扶正的填房地位，一口咬定“赵新娘是没有儿女的，二相公只认得他是父妾……称呼他‘新娘’”，俨乎其然地宣称：“我们乡绅人家，这些大礼，都是差错不得的。”在“务必要正名分”的冠冕堂皇旗号下，施展鬼蜮伎俩夺产夺权。严贡生是个假纲常名教以行恶的衣冠禽兽，比起市井无赖来，要高明得多，也可恶得多。在谋夺弟产中，他之所以如此气焰嚣张，那是因为，按传统的宗法观念，比起赵氏来，“他到底是个正经主子”。他也正是依仗这种宗法关系，终于把十分之七的弟产攫夺到手。他这只毒瓜不仅攀附在封建官僚制的藤架上，而且植根于封建宗法制的土壤里，沐浴着封建衰世的妖风毒雾，长得毒汁饱满，味浓性烈。

2. 守财懦弱的严监生

严贡生（严大）、严监生（严二）的“二严”成对之组合，与“二王”“二娄”成对组合之意义完全不同。“二严”有共性又有正相对照之一面：严大奢纵，严二节俭；严大心狠手毒，严二畏葸怯懦；严大是贪婪强掠型，严二是守财愔弱型。

兄弟析产后比邻而居，严二克俭守财，家业不匮，但多年无子嗣，直到临死前三年方得妾生一子；严大奢侈纵欲，家产日蹙，而子息繁衍，“吃在碗里，看在碟里”，对弟产长存觊觎之心，虎视眈眈。严二惯受“大房里的气”，与虎为邻，造成极大的心理威胁，更加忧心忡忡。他胆小而无能，对老大赔尽小心，包括白赔银两为老大了结官司，直到临终前都还不忘敬奉老大二百两白银、两套新衣。一面巴结讨好老大，乞求怜悯而饶过自己这房；一面向两位大舅（二王）托孤：“我死后，二位老舅照顾你外甥长大，教他读读书，挣着进个学，免得像我一生，终日受大房里的气。”说得多么悲伤可怜！

按常理，像这样被欺凌的弱者，作者应给予更多的怜恤，写成值得同情的正面人物，在善恶更鲜明的对照中，更可以加强对恶方的鞭挞。但吴敬梓却不肯给予严二更充分的正面品性。这是为什么呢？

严监生是吝啬的典型吗？关于他的著名情节：因灯盏里点了两茎灯草而“临终竖二指”不肯瞑目，直待赵妾挑掉一茎，才肯断气。只因此一情节，他被有些论者抬入法国莫里哀笔下的阿巴贡、巴尔扎克笔下的葛朗台等世界文学中著名的“吝啬鬼”形象之列。

然则，《儒林外史》里的严监生，却不是像莫里哀小说中的阿巴贡那样只有悭吝一种感情，不复顾及人的复杂万端的七情六欲；他更接近莎士比亚笔下的夏洛克，具有由他的社会关系所决定的多种多样的情感：对贪兄严贡生的埋怨，对幼子前途的操心，对妾赵氏的迁就，对妻王氏的悼念。严监生是个愔弱郁闷、软善可欺、孤僻多愁的活生生的人。

吝啬是不该节省的也强要克扣，已经鄙吝到了不近人情甚至丧失人性的程度。纵观对严监生的全部描写，作者写其性格特征尚不在突出吝啬，该花的钱他还是很愿意花：严大惹了官司，一走了事，是他在衙门使费打点，花钱糊弄过去。为了讨好两个大舅，他主动寻找机会塞钱，在议立偏房时，把“二王”请到密室，拿出两封白花花的银子，每位一百两（周进在薛家集教馆一整年馆金才十二两），还答应要出资修“岳父岳母的坟”，把王氏的首饰留与两位舅奶奶作遗念；待到“二王”答允，立刻“又拿出五十两来交与”；到“二王”赴乡试时，又拿出几封银子，让“每位怀里带着两封”。为举办赵妾扶正仪式，大办酒席，“遍请诸亲六眷”。为王氏办丧事，更不惜破费，竟“用了四、五千两银子”！

严监生为何如此？他绝不是轻财乐施的杜少卿，相反，他的性格与杜少卿是恰成对照的。杜少卿是慷慨任性豪爽大方；严监生是一向省俭，恨不能一个铜板掰作两瓣用，“日逐夫妻四口在家里度日，猪肉也舍不得买一斤，每常小儿子要吃时，在熟切店内买四个钱的哄他就是了”。自己病得“饮食不进，骨瘦如柴”，也“舍不得银子吃人参”。临终时他舍不得油灯点两茎灯草，这是他日常省俭的积习，是数十年来习惯成自然的惯性表现。省俭养成习惯沉入潜意识后，往往会不假思考，不分巨细、轻重，贯彻到各种物事；未遑分辨时机场合，贯彻到各个时空。小说正是从他临终的奇特表现反照他日常的癖性。然而，一家人省吃俭用从牙齿缝里省下的钱，却要大把大把地拿去喂“生狼般”的严大父子和妻舅“二王”，这是迫不得已的自虐，他内心要承受多大痛苦，他会多么心疼，精神要承受多大的折磨！他的一生为守住这份家私，苦心积虑，如卧评云：“时时忧贫，日日怕事，并不见其受用一天。”他临终还顾及两茎灯草而强竖两指，表明他并没有“生不带来、死不带去”的幻灭悲哀，他对家业还无限牵挂，对现实世界还充满留恋。说他是守财奴，才说到了第一层；更深一层看，他的人生态度，畏畏葸葸，窝窝囊囊，猥猥琐琐，伏低做小如小妾般卑微自虐，什么也舍不得、放不下，这才是严监生形象的特质。与杜少卿之洒脱豪爽嵚崎磊落正相反照。以杜少卿自况的吴敬梓，“性复豪上，遇贫即施”，“未尝为来日计”（程传），能够对这种愔弱的人格有好感吗？能够为他捧上一掬同情泪吗？吴敬梓赞扬的是正与严监生相背反的沈琼枝的性格：不甘“伏低做小”、不甘为妾，颇有侠气、不惧不怕！

世界文学中著名的吝啬鬼形象往往已经吝啬到只重金钱而泯灭人性的程度，如法国莫里哀的戏剧《吝啬鬼》（或译名为《悭吝人》）中的阿巴贡，他不顾儿女各有自己钟情的对象，强迫女儿嫁给不要陪嫁的老头子，执意要儿子娶有钱的寡妇。当他处心积虑藏埋的钱被人取走后，他呼天抢地，痛不欲生。法国巴尔扎克小说《守财奴》（原译名为《欧也妮·葛朗台》）中的老葛朗台，对金钱的渴望和占有欲几乎达到了病态的程度："临死之前还让女儿把金币铺在桌上，长时间地盯着，这样他才能感到暖和。"为了金钱，不择手段，甚至丧失了起码的人伦之情，在他眼里，女儿、妻子还不如他的一枚硬币，丝毫不念父女和夫妻之情：当他获悉女儿把积蓄给了恋人，他暴跳如雷，竟把她软禁在冷屋，"只以面包和清水度日"；当他妻子因此而大病不起时，他首先想到的是请医生要破费钱财；当他听说妻子死后女儿有权和他分享遗产时，立即改变态度，与母女媾和。

与他们相比，严监生还不是那么吝刻，他自己舍不得吃人参，而对王氏生病，"每日四五个医生用药，都是人参、附子"；他更非只重银钱而忘亡人，请看除夕家宴时的情景：

> 吃了几杯酒，严监生吊下泪来，指着一张橱里，向赵氏说道："昨日典铺内送来三百两利钱，是你王氏姐姐的私房。每年腊月二十七八日送来，我就交与他，我也不管他在那里用。今年又送这银子来，可怜就没人接了！"（第五回）

睹银思亲，悲悼不已，人比钱亲，亲情感人！而且回溯：典铺每年送来的三百两利钱，都任由王氏用，他并不攫为己有。及至猫儿把王氏放在床顶的篾篓搞掉下来，一看：

> 一封一封，桑皮纸包着。打开看时，共五百两银子。严监生叹道："……像这都是历年聚积的，恐怕我有急事好拿

> 出来用的。而今他往那里去了！”一回哭着……同赵氏放在灵前桌上，伏着灵床子，又哭了一场。因此，新年不出去拜节，在家哽哽咽咽，不时哭泣，精神颠倒，恍惚不宁。（第五回）

不是为得钱而喜，而是为失人而悲，忆念夫妻情义，悼亡情深，竟至于一病不起！这些都是与“吝啬鬼”相悖的情愫。如果只想把他写成悭吝人，吴敬梓不会写这些。

严监生形象有双重性：以其受欺，鞭笞欺他负他的严大、“二王”，揭示宗法家庭中和亲族间人际关系的异化；同时，鄙弃其为守财而畏葸的生活态度。

3. 假道学王德王仁

对于理想、信念、道德，自古就有真信仰还是假信仰、真服膺还是假服膺的不同。包括进步的理想、信仰、道德精神在内，其追随者也是鱼龙混杂、良莠不齐的。鲁迅在《聪明人和傻子和奴才》里就描述过这种情况。真信仰、真服膺往往是要付出代价的，需要禀性笃诚的人，有一股如卧评所说的“呆”劲和鲁迅所说的“傻”劲，笃信不疑，笃行不苟，守死善道，不惜以身殉道“临大节而不可夺”，在讲究五伦的时代，才能“参与五伦中慷慨决断，做出一番事业”。而一些“乖人”“巧人”“聪明人”，品性儇薄，佻达善变，以利为趋，不讲操守，他们不准备为信仰做什么牺牲或付出什么代价，只是利用它做牟利沽名的敲门砖，什么理论行得通时，就打出什么招牌；等而下之者，则打着官方理论的旗号售奸，以冠冕堂皇的词藻文饰个人的私欲和卑鄙。

理学官学化并被著为功令之后，士子便以修持理学为进身之阶。那些品性诚笃之士，记诵理学教条，迂腐不切实用，“平时袖手谈心性，临危一死报君王”。而那些儇薄奸诈之士，口头上高谈纲常伦理，背地里狗苟蝇营。明朝中叶后，由于市场经济的发展和人们价值观念的变化，更出现一大批“假道学”，败坏了理学的名声。李贽怒斥他们:“阳为道学，阴为富贵，被服儒雅，行若狗彘。”(《三教归儒说》)吴敬梓最恨势利和伪妄，所以塑造了一系列势利眼人物，又刻画了一些伪君子假道学人物。

王德、王仁的姓名就体现了作者对其典型意义的设计。“王”与“亡”谐音。王（亡）德字于据，王（亡）仁字于依，典出于《论语·述而》:“子曰:‘志于道，据于德，依于仁，游于艺。’”朱熹《四书章句·论语集注》解说:“据者，执守之意。……依者，不违之谓。”于据、于依，表面上执守于德和仁，道貌岸然；而实际上“亡”之——无之，失之，死之，灭之——一句话，是其反面。这“二王”成对而出，实为一个整体（如同以后的娄三娄四）。

理学家把纲常说成是天理，“二王”打着这面大旗:“我们念书的人全在纲常上做工夫，就是做文章，代孔子说话，也不过是这个理。”齐省堂本评:“好大口气。”说得大言不惭。他俩能“铮铮有名”，看来就因擅打大旗，但实际所为反差越大，讽刺就越尖刻。作者有意夸饰他俩言与行之间的尖锐矛盾。

家国一体的宗法社会，讲究名分、严嫡庶之大防，确是纲常名教的重头戏。正室侧室名分不同，政治地位、经济地位就有很大的差别。正室只能有一个，正室未死就将侧室扶正，这简直就是“篡逆”，是对纲常名教的大不敬。“二王”之妹是严监生的正室，病重之时，严监生不等她死就急于要把赵妾扶正，这必须得到王氏亲党的认可。商之于“二王”,“二王”先是“把脸本丧着，不则一声”，既不首肯，也不抗议，这是在等待，看对方出多少价。

严监生请他们吃饭，又请他们“到一间密屋里”，答应要出资修“岳父岳母的坟”，答应把王氏“积的一点东西，留与二位老舅做个遗念”，答应把王氏的首饰留与两位舅奶奶作遗念，并且立即打开橱柜，拿出两封白花花的银子，每位一百两，递与二位。这时候，“二王”忙不迭“双手来接”。接了之后，变戏法般的效果马上就出现了，严监生回头只见：

> 二位舅爷哭得眼红红的。王仁道："方才同家兄在这里说，合妹真是女中丈夫，可谓王门有幸。方才这一番话，恐怕老妹丈胸中也没有这样道理。还要恍恍忽忽，疑惑不清，枉为男子！"王德道："你不知道，你这一位如夫人关系你家三代。舍妹殁了，你若另娶一人，磨害死了我的外甥，老伯老伯母在天不安，就是先父母也不安了。"王仁拍着桌子道："我们念书的人全在纲常上做工夫，就是做文章，代孔子说话，也不过是这个理。你若不依，我们就不上门了！"严致和道："恐怕寒族多话。"两位道："有我两人做主。但这事须要大做，妹丈，你再出几两银子，明日只做我两人出的，备十几席，将三党亲都请到了，趁舍妹眼见，你两口子同拜天地祖宗，立为正室，谁人再敢放屁！"严致和又拿出五十两银子来交与。二位义形于色去了。（第五回）

赚到高价就主动把纲常名教搬出卖了，但还必须打着纲常的旗号，装作义形于色，说得振振有词。

首先，王仁以血性男子见义勇为的慷慨激昂，称赞"舍妹真是女中丈夫"，"批评"老妹丈"还要恍恍忽忽疑惑不清，枉为男子！"这比一般的"首肯""认可"要加重多少倍；而且老谋深算地作退一步考虑，事先为老妹丈开脱了罪责，主动的是"舍妹"，妹丈犹豫中还是他们俩激励着才"胁从"的。

接着，王德从宗法家庭的嗣续大计来立论，不这样做双方父母都会"在天不安"，为扶正找到孝义伦理上的依据。王仁再次慷慨陈词，"拍着桌子"义正辞严，从纲常天理的最高范畴和读书人的神圣使命的高度，上纲上线，完成了全方位的论证。

我们今天厌恶的不是"二王"违背纲常名教，而是他们打着"行道”的旗号营谋龌龊私欲的卑鄙嘴脸。这种外仁而内诈、假善而为恶、巧舌如簧而行若狗彘的衣冠禽兽，比起单纯的作恶者又多了一层诈伪，用心更深、更奸，更有欺骗性、更危险，对道义的亵渎更深巨，对人们的愚弄更可恶。戳穿他们，就是讽刺。真诚是儒学的生命，吴敬梓嫉伪妄如仇，他用笔如刀，夸饰的语言，巧妙的反话，犀利的笔锋，直剜“二王”的狼心狗肺。黄评一再惊叹：“作者之笔厉害如此！”“嫉世之深一至于此！”天评也曰：“极力摹写，甚于杀，甚于剐！”作者的诛心之笔，淋漓尽致，卧评曰：“余之恶王于依更甚于恶严老大。”天评响应说：“我亦云然。”

演了一出“二人转”，“二王”意犹未足，进一步主动出谋划策：“趁舍妹眼见，你两口子同拜天地祖宗，立为正室。”病危之人，一要保持安静的环境，二要得到精神上的安慰和鼓励，才能聚集最后的力量与病魔抗争。亲人总要为此而尽最后的努力。“二王”倒好，恰恰反其道而行之，毫无骨肉之情，不顾亲妹妹的死活，一味巴结能给钱的主顾：“索性讨好，送佛送到西天，银子宝贝哉！”（天评）为了银子，偏偏要在病危的“王氏床面前写立王氏遗嘱。两位舅爷王于据、王于依都画了字”。这无异于告诉王氏：你的位置已经卖出去了。这会给她多大的刺激！紧接着严监生与赵氏披红挂彩行婚礼拜天地祖宗，“王于依广有才学，又替他做了一篇告祖先的文，甚是恳切”。这无异宣告：王氏回生之门已经关上了。这又给她多大的刺激！及至赵氏行完大礼要拜王氏做“姐姐”时，“王氏已发昏去了”。正如天评、黄评语这是：“催死”“催命”“忍哉，忍哉！”正当新婚夫妻大宴宾客，“吃到三更时分”，酒酣耳热之际，奶妈慌忙报告：“奶奶断了气了！”断气后：

赵氏定要披麻戴孝。两位舅爷断然不肯，道：“‘名不正则言不顺’。你此刻是姊妹了，妹妹替姐姐只带一年孝，穿细布孝衫，用白布孝箍。”议礼已定，报出丧去。（第五回）

又能正名分像做时文“代孔子说话”，又能“议礼”，连用什么质料的孝衫、什么颜色的孝箍，都烂熟于胸，一丝不苟，看来真不愧“全在纲常上做工夫”，但却是做着伤天害理的事。

此时“二王”扶立赵氏，极尽讨好之能事。赵氏也“死命的巴结两位哥哥”（天评），凡事都不忘馈赠：田上收了新米，送每位两石，连腌冬菜，也不忘送每位两石；第二年是科举年，头年就为两位准备好“盘程”。她的意图很明显，为自己找个靠山。但她的见识毕竟有限，像“二王”这样没脊骨的人，岂肯仗义执言、扶助弱小？连做买卖时郑重许下的承诺都抛到爪哇国去！他们只知道趋炎附势，见风使舵，连一点亲情戚谊都没有，有的只是冷冰冰、赤裸裸的利害关系。为了一些银子，他们可以打着纲常的旗号，冷酷地出卖亲妹妹于病危之际；同样，为了一己私利，他们仍然可以打着纲常的旗号，毫不犹豫地出卖赵氏于危难之时。

宗法家庭的家产之争，常常是在正名定分的旗号下进行的。严贡生要谋夺弟媳之产，唯一的理由说赵氏是妾，不是“正经主子”。这正是她的心病。她之所以不惜破费资财收买“二王”，就是要他们同意她扶正；她之所以费尽心思巴结“二王”，就是要他们在关键时刻站出来证明她已扶正。“二王”在主动倡议并亲自导演赵氏的“扶正大典”时，严监生曾有意提起：“恐怕寒族多话。”“二王”拍着胸脯，“义形于色”地说：“有我两人做主……立为正室，谁人再敢放屁！”但是，在严贡生蛮横地否认赵氏已扶正的事实，意在夺产的关键时刻，也正是“二王”兑现“做主”诺言的时候，他们怎么样呢？面对“敢放屁”的严老大，“二王”连屁也不想放，喝杯茶，扯个淡，借故推脱，一溜烟走了，任凭严老大挤兑赵氏。昔时的慷慨激昂“义形于色”不知都到哪里去了！在关键时刻关键问题上寒盟出卖了赵氏。赵氏告到县衙，知县批“仰族亲处覆”。在族亲会议上，“二王”该可以澄清事实了吧，他们却“坐着就像泥塑木雕一般，总不置一个可否”。任凭屏风后的赵氏“数了又哭。哭了又数，捶胸跌脚，号做一片”，他们也不动恻隐之心，不赞一词；任凭严贡生威胁赵氏，要把她“揪着头发臭打一顿，登时叫媒人来领出发嫁”，他们也无动于衷，做了亏心事，半丝愧疚感都没有！连怕事的族长都写履呈说“赵氏本是妾扶正，也是有的”，“二王”却推说：“身在黉宫，片纸不入公门。”不肯列名。原来自明洪武时起，明伦堂之左的《卧碑》就立有一条：“生员不许干预他人词讼，亦不许牵连生员作证。”“二王”依然说得冠冕堂皇，仿佛他们之寒盟背叛是为了遵守洪武圣谕，仿佛他们是最遵守圣贤之道的生员，从来不干预词讼，“片纸不入公门”。但人们何尝能忘，他们如何为严二出谋划策，包揽严大的词讼。干任何卑鄙龌龊的事，都要打出仁义道德的幌子，干任何亡德亡仁的事，都要装出于据于依的道学模样，这就是“二王”假道学、伪君子的典型意义。

追逐异路功名之赝名士

（一）莺脰湖的堂吉诃德娄三娄四暨其幻觉的高贤名士

吴敬梓是洞悉人物心理的大师，鲁迅说吴敬梓写马二先生“洞见所谓儒者之心肝”，这种“洞见”在《儒林外史》里比比皆是。只是他秉承史传文学和魏晋小说的创作传统，不肯作开膛破肚式的心理剖析，只客观地白描人物的举止，以表现复杂的精神心理活动，形成中国式的心理表现方式。

“虚拟”作为人类精神活动的一种能力，是普遍存在的，人们总是从自己所向往的文化境界、道德人格来虚拟自己的超我形象，有时候这种虚拟的超我与客观实在的自我有相当大的距离，但他不是有意骗人或自骗。堂吉诃德是这样，娄三娄四、杨执中也是这样。我们需从这种精神现象来解读这些人物形象，否则就会误读、误解。

1. 娄三、娄四公子——莺脰湖的“堂吉诃德”

西班牙作家塞万提斯创作的堂吉诃德，脑袋里充满了对游侠骑士的憧憬和幻想，由幻想产生幻觉，鬼使神差地把许多现象想象成行侠仗义的对象；堂吉诃德成为世界文学中的经典艺术形象。

《儒林外史》里的娄三娄四两公子，脑袋里充满了对礼贤下士声誉的憧憬和幻想，由幻想产生幻觉做起白日梦，鬼使神差地把一些现象想象成礼贤下士的对象。其叙写成为描述精神、心理现象的精彩篇章。

娄三娄四两公子是道地的豪门贵族，其祖为太保公，其父为执掌朝政二十余年的中堂，长兄是炙手可热的“通政司大堂”。作为相门公子、现任通政的胞弟，信陵君等“战国四公子”是适配自己身份地位的偶像。以贵胄的身份荣归湖州故里“休假”，因时因地总要做些既符合自己高贵身份、又能够为自己增添荣誉的“养望”“养誉”的事，机缘凑巧，他们便处心积虑地模仿起晏婴、信陵君“礼贤好士”的美举来。

每个时期常有一些话题为人们所乐谈乐议，有的人只把它作为茶余酒后的闲谈，有的人却把它作为显示自己才识和卓见的机会。明洪武朝后发生了燕王（后为永乐帝）举兵“靖难”、建文帝“逊国”的重大事变。顾炎武认为“洪武、永乐之间”是“世道升降之会”（《日知录》卷十八“书传会选”条）。小说第八回、第九回娄三、娄四、邹吉甫等人也谈洪武、永乐。这一事件的巨大阴影不仅覆盖了其后有明一朝，有关它的评说和争论，还延续于清朝乃至更漫长的历史研究中；不仅明朝中叶以后，士人好谈“逊国”之事，南明弘光朝还追上建文谥、追谥建文之忠臣，而且在清初的明史馆中还不断争讼、难于委决，如被认为对永乐有所回护的朱彝尊就无法折服徐嘉炎辈。近代后更有明确肯定永乐者，如商鸿逵《述孟森先生》就说“设使无永乐之经营，明代尚难达成统一之局”。

对于娄三娄四两公子，荣华富贵已是不求自有，所差的只是“不得早年中鼎甲，入翰林，激成了一肚子牢骚不平”，于是酒酣耳热之际，便就本朝的热门话题，故出惊人之语：非议“永乐篡位之后，明朝就不成个天下！”以表明自己有超凡的见解。天目山樵评得好：“假使中鼎甲、入翰林，又是‘尧舜之世’了。”

现实处境既然不理想，那就要想出个理想的境界以供神游，作为对现实缺憾的补偿。可惜他们没有新思想，提不出新境界，那就只有把以往的某段历史、某些历史人物加以美化、理想化，幻化为自己的幻游之境，以愉悦精神。

归湖州故里，他们不但要显示自己的高贵身份，而且要显露自己的卓识高见。偶然的机会听到其家看坟人邹吉甫也怀念洪武时期而鄙薄永乐时期，本来那只是老人的怀旧情绪，他们却将其视作自己高见卓识的佐证，而欣喜雀跃！

对邹吉甫毕竟太熟悉，很难展开想象的翅膀，而当从这位怀旧老人嘴里听到有一个杨执中，同自己有相似的议论，真是草野遇知音，喜出望外！人们常愿意把将遇的对象想象为自己所希望的样子。二娄立即调动虚幻的想象力，根据自己梦寐以求想当信陵君的主观需要，编织了一个稀世贤才的幻影，并且决计抓住这个能显扬自己识拔贤才、“礼贤好士”的好机会。他们立即行动起来，不声不响地为这位被押在牢中的贤士还债赎罪，出名保释，施予莫大的恩惠，并细心地嘱咐办事的家仆晋爵：“那杨贡生出监来，你也不必同他说什么，他自然到我这里来相会。”那样就完成了一部“晏子赎越石甫”式的识贤、礼贤的杰作。从而有了一笔“养望”的存款、心灵愉悦的资源。纵使这只是个“幻象”，他们也已认幻为真了，活在幻象中领略着无限的精神胜利。但是，皇天不肯从愿，过了一个多月也不见此人前来道谢。反常事象的背后常隐存着不寻常的动因，“弟兄在家，不胜诧异。想到越石甫故事，心里觉得杨执中想是高绝的学问，更加可敬”。反常的现象更加刺激了他们的幻觉，在他们的主观想象中，这个杨执中果真俨然成了春秋时受晏婴之恩而不称谢的越石甫。西汉刘向《新序·节士·晏子赎越石甫》以及《史记》《晏子春秋》等中均载有晏子赎越石甫的故事——晏子（晏婴）家世有似二娄自己显赫。公元前556年，其父晏弱死后，晏婴继任齐卿，历任灵公、庄公、景公三世，是春秋后期一位重要的政治家、思想家、外交家，在诸侯和百姓中享有很高声誉。有一次：

> 晏子之晋，至中牟，睹弊冠、反裘、负刍，息于途侧者，以为君子也，使人问焉曰："子何为者也？"对曰："我越石父者也。"晏子曰："何为至此？"曰："吾为人臣，仆于中牟，见使将归。"……晏子曰："可得赎乎？"对曰："可"。遂解左骖以赠之，因载而与之俱归。至舍，不辞而入。越石父怒而请绝。晏子使人应之曰："吾未尝得交夫子也。子为仆三年，吾乃今日睹而赎之，吾于子尚未可乎？子何绝我之暴也！"越石父对之曰："臣闻之，士者诎乎不知己，而申乎知己，故君子不以功轻人之身，不为彼功诎身之理。吾三年为人臣仆，而莫吾知也。今子赎我，吾以子为知我矣；向者子乘，不我辞也，吾以子为忘；今又不辞而入，是与臣我者同矣。我犹且为臣，请鬻于世。"晏子出，见之曰："向者见客之容，而今也见客之意。婴闻之，省行者不引其过，察实者不讥其辞，婴可以辞而无弃乎！婴诚革之。"乃令粪洒改席，尊醮而礼之。越石父曰："吾闻之，至恭不修途，尊礼不受摈。夫子之礼，仆不敢当也。"晏子遂以为上客。君子曰："俗人之有功则德，德则骄，晏子有功，免人于厄，而反诎下之，其去俗亦远矣。此全功之道也。"（《晏子春秋·内篇第五》）

越石甫正沦为奴仆，齐相晏婴用自己拉车的马将他赎出来，请回府去。按常理，越石甫感激涕零还来不及，可是他却因为晏子对自己礼数不周而要求绝交。晏子于是赔礼道歉并立即改正，待他为上客。这故事既体现了晏子的尊贤礼士，又突显了越石甫坚持自己人格的自尊自重精神，两者相得益彰。在娄公子主观需要的支配下，幻觉中的杨执中就不能不担任当今越石甫的角色！如此这般自己也就成了当今晏子。

施恩访贤的事《儒林外史》里写了好几种类型：一种如第一回，诸暨县知县时仁想要讨乡民王冕的画来巴结大僚危素，只得下乡，况且此举更有重大意义："屈尊敬贤，将来志书上少不得称赞一篇。这是万古千年不朽的勾当！"——很明确要沽名钓誉。一种如虞博士，第三十六回写他救起跳水的农民，并助以葬父之资。人家询问他姓名，他也照实回答，压根儿就没想到要造就"施恩不留名"的美誉。一切都做得安详自然，毫不张皇，仿佛至性所至，毫不经意。

而"二娄"却要复杂得多。既要遮掩像时知县那样沽名钓誉之心，因而也就不敢像虞博士那样坦然告人姓名；既巴望杨执中来报谢，又要遮掩起来不露痕迹，以博取施恩不图报的美誉，真是煞费心机！小说活脱脱写出一颗矫情干誉的复杂心理。接着写道：

> 一日，三公子向四公子道："杨执中至今并不来谢，此人品行不同。"四公子道："论理，我弟兄既仰慕他，就该先到他家相见订交，定要望他来报谢，这不是俗情了么？"三公子道："我也是这样想。但岂不闻'公子有德于人，愿公子忘之'之说？我们若先到他家，可不像要特地自明这件事了？"（第九回）

他们所引的话出自《史记·魏公子列传》："公子（魏公子信陵君）为人仁而下士，士无贤不肖皆谦而礼交之，不敢以其富贵骄士。士以此方数千里争往归之，致食客三千人。"信陵君出兵解救赵国后，赵王要封五座城给他，他觉得自己功所应得，他的门客则规劝他："夫人有德于公子，公子不可忘也；公子有德于人，愿公子忘之也。"这话代表了施恩不图报的高风亮节。娄家弟兄一心想博取这种施恩不图报的美誉（命家仆晋爵去保释杨执中时就特嘱不要"同他说什么"），同时又垂涎晏子、信陵君礼贤下士的美名。鱼与熊掌皆吾欲也，怎可因鱼而失熊掌？如能两全其美不是更足“养望”？于是：

> 四公子道：“相见之时，原不要提起。朋友闻声相思，命驾相访，也是常事，难道因有了这些缘故，倒反隔绝了，相与不得的？”三公子道：“这话极是有理。”当下商议已定，又道：“我们须先一日上船，次日早到他家，以便作尽日之谈。”（第九回）

好了，既找到“朋友闻声相思”的下访理由，又找到“相见之时，原不要提起”的避嫌办法，总算给自己解了套。面对如此高贤，他们决计学晏婴和信陵君，礼贤下士，倜傥慕义，不惜屈尊去登门求贤，准备像赵公子平原君那样与贤者作尽日之谈、十日之饮。

谁知水乡跋涉，连宵达旦，辗转寻路，步行来到茅庐，却遭到聋老妪的闭门羹。求贤不易，这是考验诚心。“过了四五日，又叫船家到镇上，仍旧步到门首敲门”。老妪恶声恶气地说杨老爷不在！

> 两公子道：“前日你可曾说我们是大学士娄府？”老妪道：“还说甚么！为你这两个人，带累我一顿拳打脚踢！今日又来做甚么！”（第九回）

两顾茅庐，还见不到这位当世孔明。归途中从卖菱小孩手中看到杨执中署名的诗作：“不敢妄为些子事，只因曾读数行书。严霜烈日皆经过，次第春风到草庐。”读罢为高士之“襟怀冲淡”赞叹不已。其实这只是流传颇广的一首元朝诗，被杨执中冒署己名。这里，“二娄”在才疏学浅的境界下，确实存在着堂吉诃德似的精神迷乱、精神幻觉：把潜意识中的欲望和感情，“投影”在外部事物上，把主观愿望中想要发现的高贤，套到偶遇的客观对象上；把下意识中艳羡的人物声誉，加到自己身上，甚至于幻想和现实已经混淆在一起了。想象中的高贤愈显高大，也就逼自己渴慕愈殷，叹道：（这位先生）“其实可敬！只是我两人怎么这般难会？”幸好，返程路遇的世交鲁编修道：“老世兄，似你这等所为，怕不是自古及今的贤公子？就是信陵君、春申君，也不过如此。”这正搔着弟兄俩的痒处！他们要的就是这种艳羡已久的声誉，哪怕那是仰仗在迷乱的幻觉中的演出而获得，那也在所不顾了，毕竟它能满足潜在的心理欲求。

此后穿插着“二娄”忙于为蘧公孙操办婚事。过年时看坟老人邹吉甫来访，说明杨执中压根儿就不知“二娄”相救之事，根本不是出于越石甫式的自尊。邹吉甫说要唤“他来见二位少老爷”。——那怎么行？那岂不坏了尊贤的美名！少老爷当然坚持“还是先去拜他才是”。

第三访终于踏进了杨执中的草房，月色朦胧之中，“两公子看了，不胜叹息，此身飘飘如游仙境”。眼见的世界又在幻觉的支配下幻化成想象中的世界。经过三顾茅庐，终于把高贤请回相府尊为“上客”。他们的主观妄动有似那位西班牙骑士堂吉诃德。堂吉诃德诚然是不切实际的迷幻者，但在他的迷幻精神里，一方面针砭时弊，揭露批判社会的丑恶现象，一方面执意扶贫济弱、惩恶扬善，代表着高度的道德原则、无畏的正义精神，以及对黄金时代式的社会理想的憧憬。虽然没有多少实际的业绩，却有一种高尚的精神。而在“二娄”身上却难看到类似的高尚精神。

娄家公子也在自己主观的幻觉中完成了一桩“礼贤下士”的伟业，志得意满仿佛自己已成了晏子、信陵君，或者三顾茅庐恭请诸葛亮出山的刘备。从而，在内心获得极大的安慰，可以纾解些不得志的怨怼；在外，以屈尊访贤的忙碌掩盖无所事事，仿佛可以收到“养望”的功效。殊不知，“战国四公子”为对抗强秦，充实力量，礼贤下士，延揽门客，做了一番事业，成为叱咤风云的人物。而“二娄”没有实际的行动目标，只凭虚幻的诱导，谋取虚幻的声誉，作出虚幻的表演，终于落得虚幻的下场。

2. 杨执中的三重性格

“二娄”的偶像杨执中是个相当复杂的特定人物。要说明他，需要了解其时谋取功利的机制体制。

如前所说，在古代，功名富贵是社会上层围绕旋转的轴心。功名富贵的目标成为科举干禄之士的集体无意识，它的核心是做官，有官就会有权势和钱财，变得又贵又富。

获取功名富贵，逐渐形成一套机制体制，它有巨大的正面效应、激励效应；但它是一把双刃剑，也有极大的负面效应，如果功利心失调，就会心理失衡、人格分裂、心态失常、性情扭曲、人性异化，人被变成“非人”。因此，很早就产生一种抵拒和制衡的意识：不屑功利，远离甚至鄙弃功名富贵。世界上的事物往往是成对出现的，相生相克，一个社会常常存在着互相矛盾而又互相制约的两方面，只是这种结构中的两种因素的比重、组合方式、消长情况，呈现多样的差别性。

反映在社会中的人，也就有了不同的类型。大部分士人受朝廷功令的牵引进入功利体制，走禄士贵人的“正途”。也有一部分人士，不被朝廷功令所驱使，不为权势所笼络，保持独立的人格，令人颇有举世皆浊唯其独清之感，因而博得清誉，被赞为清高的逸士高人。这种“逸士高人型”与“禄士贵人型”成为古代士林的两端。马克思指出：个人都是“在一定历史条件和关系中的个人，而不是思想家们所理解的‘纯粹的’个人”(《费尔巴哈》,《马克思恩格斯选集》第一卷)。个人意识也往往会反映着互相矛盾的目标意愿，性格世界往往存在着正与反两种性格力量既互相矛盾又互相渗透、互相制约的张力场。

处于功名富贵两端的士人，又分别从儒家和道家获得理论支持。孔孟儒家思想和老庄道家思想是中国传统思想的两大支柱，在汉以后的中国文化中起主导作用。儒家以经世致用为特色，道家以自然、超脱为特色，表面上彼此相悖而对立，实际上却又互相补充而协调，成为历代士大夫入世、出世的两大精神支柱。士林中有儒士和名士两大支，大体上分别与儒、道思想有渊源关系。

对于干禄之“儒士”，朝廷铺设科举制度这个“正路功名”之阶，羁縻他们；对于高蹈之“名士”，朝廷则另设有一套机制。

古代的名士，指已知名但不求仕的知识分子。到了汉代，名士蜂起，那时还没有科举制度，所以绝不能把名士说成是“科举的副产品”；那时的名士是由察举所促成的。察举制度由“乡举里选”荐举选拔官吏，标榜以德行为标准，“荐举征辟，必采名誉”。与之相配合的有所谓“清议”，博得清议的赞许，获得社会声誉，就是进身的阶梯、做官的捷径，于是好名之风大炽，大批“名士”应运而生。“扬名养誉”唯名是求者既多，“纯盗虚名”的假名士也就成为伴生物而层出不穷。

隋唐以降主要实行科举制度，但察举、荐举、征辟等办法一直相辅而行并没有绝迹，清朝统治者更是兼容并收，用各种办法笼络士人为朝廷政治服务。例如，清代把汉代的“孝廉”和“贤良方正”两科合并为“孝廉方正科”，雍正元年（1723）诏令各级地方机构进行荐举，赐六品服备用，以后每遇新皇帝即位就荐举一次。汉代中央和地方的高级官吏可以直接“征辟”名士授予职务，清代也沿例经常实行征辟，《儒林外史》里的庄绍光就是应征辟的“征君”。汉代开始设置临时性的制科（制举），宋高宗以后设博学鸿词科，清代也沿设，康熙十八年（1679）、乾隆元年（1736）曾两次举行博学鸿词科，网罗和笼络有声誉的学者、名士。吴敬梓自己在乾隆元年就受到荐举，并把这种亲身经历写入杜少卿故事里。就在八股科举制度中，也有贡举、经明行修、优行等含有荐举因素的名目，匡超人在温州被学政“题了优行，贡入太学”；马二先生也被学道保题了优行，万中书羡慕地说：“这一进京，倒是个功名的捷径。”可见以名取士这条路，即使在实行八股取士的清代也没有中断，这就为形形色色“名士”提供了夤缘的阶梯，他们想造成虚假的声望，沿着名士这条“终南捷径”，谋求“异路功名”。

不仅于此，中国的幕府制度秦汉时已渐形成，明清时期更为普遍，清朝许多由科举出身的官员实务能力差，尤其旗人不谙政务的更多，更需要幕僚。雍正初年朝廷明发上谕，要节度观察皆征辟幕僚；乾隆初年有兵部侍郎疏请：督抚设七品幕僚二员，布按两司设八品记室二员，府州县设九品掾司一员。文人游幕获利颇丰，而要获得幕职也需有名气。不仅游幕，由于经济和文化的发展，未仕文人谋生之途径也多了起来，在吴敬梓的时代，文士替官吏富人代撰往来文牍及酬赠文字、序跋、碑铭、诗文等以获取酬金“润笔”，已成为公开的带有一定商业化的行事，并非不体面的事，名气越大润笔资越高。其他诸如坐馆授徒、书院谋职等莫不如此。扬州府和苏杭二府等江南名城，不仅势要豪门，就连巨贾富室，都以与文士相交标榜高雅，“喜招名士以自重”（《清稗类钞·师友类》），养士养客之风很盛。文人有了名望，高则可以为官作幕，机缘凑合甚至可平步青云；低则可以依附权门、富室，充僚佐，作食客，当帮闲。牛浦郎就艳羡与“相国、督学、太史、通政以及太守、司马、明府”等“现任老爷们”往来，“何等荣耀！”这些“附庸风雅小名家”（蒋士铨语）只求猎取名士之声誉以获得功利，与名士的真正精神内涵背道而驰，是赝名士和欺世盗名的假名士。于是士林中，在儒士（也有真假之分）、名士之外又有了一批假名士。怪不得《板桥杂记》谑之:“名士是何物？值几文钱？”

杨执中属于哪一种呢？当今学者见仁见智，异说纷呈：台湾学者乐蘅军的《古典小说散论·杨执中的铜炉及其他》一书中认为他善于伪饰，乖巧地表演了狂诞，因此受到吴敬梓不宽容的挞伐；河北学者杨栋的《杨执中其诗与其人》（《明清小说研究》1989年第3期）认为他还不失为一个正派耿直的读书人，保持着传统知识分子的人格和节操，吴敬梓特别赞赏和同情他从呆气中产生出来的倔强和骨气。

杨执中这个精神现象很难用“非真即假”一句话判定。弗洛伊德的精神分析学把人的精神活动或心理活动分为三个领域：意识、前意识、潜意识（无意识）。它们分别处于精神活动的表层、中间层和最底层。杨执中形象就包含着这三层：意识中的科名干禄、前意识中的名士高人、潜意识中的粗鄙俗人。三者互相杂糅，争相呈现，其多面性叫人莫衷一是。邹吉甫说他“为人忠直不过”，卖菱小孩说他是“和气不过的人”，盐店里人则称他“老阿呆”，而在娄公子的幻觉里他是越石甫式的高贤。一人竟有如此多面相。

作为爱读书的乡镇读书人，杨执中虽然知悉有禄士和名士两途，但他像大多数读书人那样，接受了集体无意识，选择了要沿着科举求仕干禄的“正途”，进学成秀才之后又补廪、考举人，一次二次，竟至于乡试过十六七次，堪与周进、范进、马二先生比匹。不幸都未能中举，科举之路渺茫，为生计所迫只好到盐店管账。深秉“士农工商”等级观念的士人杨执中，对此总是心有未甘，有意无意地总想遮掩、至少冲淡“商人”的身份，他无心商务，“只是垂帘看书”。读着读着，文化历史和朝廷功令所呈现之两途，在一个“老阿呆”身上产生了梦幻：既然走科举正途前景渺茫，储存在前意识里朦朦胧胧的高人名士的梦幻，被召唤到主意识上来——高人名士也有望改善社会地位，即使没被荐举也可以享有一定的社会声望受到尊重，可以用其作为一种心理补偿。

人一旦想成为某种角色，无意中自己的思维意识也会随着角色的要求而跟着改变，行为举止也会跟着仿效。杨执中想成高人名士，于是自号“枫林拙叟”，将呆就呆，将拙就拙，颇以古拙自赏。虚拟中的高人首先要有学问。于是杨执中“便袖口内藏了一卷（书），随处坐着，拿出来看”。于是便到处“说甚么天文地理，经纶匡济”的话，虚拟名士高人的形象是“处则不失为真儒，出则可以为王佐”，仿佛自己也“真有经天纬地之才，空古绝今之学”。于是不时也要露一露惊人之论，“到稻场上，或是柳阴树下”，向邹吉甫那样怀旧的老人说一通“本朝的天下要同孔夫子的周朝一样好的，就为出了个永乐爷就弄坏了”。只可惜他不肯以自己“管、乐的经纶”管理盐店，弄得亏空了七百多两银子，锒铛入狱。难怪他的“经纶匡济”之说，在别人看来只不过是“混话”，在梦幻之中他自诩为名士高人，在别人看来只是个

“老阿呆”。

虚拟中的高人要清高旷达。于是他也努力做出安于清贫、淡泊功名的样子，冷月疏梅临窗，摩弄铜炉过年，颇有高士的文化意趣。这种文化追求是无可非议的，是他生存状态的文化向往，对他的生存环境是一种精神超越。一方面，周围务实的“精明人”把他视作异类“老阿呆”；另一方面，在患有同样梦幻病的“二娄”面前，他逢到知音。你看，在“二娄”幻觉中的他：自尊自惜不轻谢恩人，自矜自重不轻接贵人，自吟自表不妄称读书人。及至“二娄”三顾茅庐一看，果然高雅：客座壁上有写着“三间东倒西歪屋，一个南腔北调人”的联语，这原是明朝著名画家徐渭《青藤书屋图》的自题，多么洒脱达观，仿佛徐渭式的高人；但上面偏偏却贴着“荣选”县学教谕的报帖，露出了不能脱俗的干禄意识的尾巴。遇上把自己视作高贤的“堂吉诃德”，他的潜意识又趁机回到意识，调动起虚幻的想象力，把自己辞却沐阳县学教谕的事大加渲染，说得颇有点不为五斗米折腰的陶潜气概，“二娄”听得肃然起敬，景仰他的“品高德重”。但清醒的吴敬梓写得却让人一看就要生疑：既然辞官，为何又要把封官的报帖长久地高悬在客座？这岂不是“云弃未必弃”，仍然把芝麻大的小官看得千钧重，岂不是把辞官当作卖弄高蹈的资本？《儒林外史》的闲斋老人序，列举对待功名富贵的四种人中，“有假托无意功名富贵，自以为高，被人看破耻笑者”，我常思忖谁该对号入座？这不，杨执中不就露出尾巴，“被人看破耻笑”！

再看杨执中书房内满壁诗画，中间一副笺纸联，上联是“嗅窗前寒梅数点，且任我俯仰以嬉”，颇有超尘脱俗的逸兴清韵；下联却是“攀月中仙桂一枝，久让人婆娑而舞”，期盼的仍是蟾官折桂荣华富贵！再回想他那首借用来自况的诗，前三句“不敢妄为些子事，只因曾读数行书，严霜烈日皆经过”，看起来还是清贫自守的前意识；到最后一句“次第春风到草庐”，联系他蟾宫折桂的期盼来看，仍不脱春风得意、飞黄腾达的欲望。

在客座里，杨执中要展示如何治学为人，在书屋里，他努力表现诗情画意，招待客人赏月观梅，烹茗清谈，随处表现极清雅的艺术趣味，对内，用表面的雅致舒缓内心的焦灼，对外，以装饰的超脱遮掩功名的欲念，俨然一介极高洁的清寒雅士。

但作者偏偏要破杨执中的法相，先让他的蠢儿子杨老六嗑得稀醉闯进家来，不由分说从锅里捞肉吃，急得杨执中拿火叉赶着，又骂又打，出尽洋相；再让他对家中聋老妪动辄“打了几个嘴巴，踢了几脚”，所显现的粗鲁凶狠，这些家内的日常行迹是未经遮饰的潜意识本能，反映了人的自在人格和原始欲望，透露出这个家庭本来的粗鄙面目，这就揭露出杨执中不仅未脱俗气，而且未脱戾气。染上这样粗俗的底色，人们再看一切高雅的表演，其效果就犹如在杨执中的书房看梅，“一庭月色，照满书窗，梅花一枝枝如画在上面相似”，笼罩在似幻似真的朦胧之中。但是，如果再联系三顾之前的真相，驱散朦胧的虚幻，剥落黏贴在当今越石甫脸上的金纸，剩下的终只有一钱不值的土偶木梗。杨执中非议永乐帝的高论，原只是三家村迂叟不知深浅的嚼舌和科名不遂的牢骚，他之不登门谢恩是出于“老阿呆”的糊涂和慵惰，二顾茅庐时他的回避只是因为惧怕县里原差来讨债——无怪乎作者设计他的姓名——杨允字执中。传统文化中有著名的“十六字心传”：“人心惟危，道心惟微；惟精惟一，允执厥中。”这被认作圣人一脉相传的道统心法。杨允字执中，名与字皆出最后四字。按朱熹《四书章句集注》的说法：“中者，天下之正道。”“执中”肯定是好话属褒义，可惜却是杨——佯！这就完全反其义了。

杨执中没有匡超人的乖巧，他的呆性限制了他，使他不至成为乖巧刁钻的骗子；他的呆性成全了他，使他产生了某种假象，让人误作高人名士；他的呆性又怂恿着他，使他沉迷在名士的梦幻中自以为真。他是不自觉装伪的伪，伪中有真，真中有伪。

要说象征，也不乏其例：杨执中在家里初出现时，“手里捧着一个炉，拿一方帕子在那里用力地擦”。他说，除夕之夜家里没有柴米，有人出二十四两银子来买这铜炉，他要卖三百两，没有成交。说着，拿起铜炉要邹吉甫看："你看这上面包浆，好颜色！"铜炉本无甚实用价值，天晓得是何时神器，只是久经杨执中摩弄发出古玩的光泽，希图得到鉴赏，就可以待价而沽。在这里，杨执中其人与其炉融为一体，铜炉的象征作用也透露了杨执中形象的深层意蕴：以古拙为表征待价而沽。恰好遇上中国式的堂吉诃德，于是假古董成了无价之宝。

3. 权勿用与张铁臂

杨执中甫进娄府，为了显示自己的价值，报答"二娄"的知遇，看准"二娄"的精神需要，作为进见礼，"叠着指头"隆重推出一个人："这人真有经天纬地之才，空古绝今之学，真乃'处则不失为真儒，出则可以为王佐'。"具有"管、乐的经纶，程、朱的学问。此乃是当世第一等人"。说得娄公子大惊道："有这等高贤！"立即派"晋爵的儿子宦成"（"晋爵"和"宦成"的取名泄露了"二娄"的潜意识）赴萧山请高贤。

但萧山"戴方巾的"胡子秀才听宦成要访权勿用，却鄙夷不屑地说，此人"可笑的紧"！并且知根知底地向宦成介绍权勿用的出身历史：

> 他在山里住，祖代都是务农的人，到他父亲手里，挣起几个钱来，把他送在村学里读书。读到十七八岁，那乡里先生没良心，就作成他出来应考。落后他父亲死了，他是个不中用的货，又不会种田，又不会作生意，坐吃山崩，把些田地都弄的精光。足足考了三十多年，一回县考的复试也不曾取。他从来肚里也莫有通过，借在个土地庙里训了几个蒙童。（第十二回）

接着说了一段关键的话：

不想他又倒运，那年遇着湖州新市镇上盐店里一个伙计，姓杨的杨老头子来讨账，住在庙里，呆头呆脑，口里说甚么天文地理，经纶匡济的混话。他听见就像神附着的发了疯，从此不应考了，要做个高人。（第十二回）

这是了解杨执中和权勿用奥秘的一把钥匙。原来是经过杨执中的“点化”，像杨执中一样，既然走科举干禄之路无望，何妨试走名士高人之路，权勿用潜意识里的“高人”梦被唤醒为主意识。但他生在僻壤，做高人的环境还不如杨执中：

自从高人一做，这几个学生也不来了，在家穷的要不的，只在村坊上骗人过日子，口里动不动说：“我和你至交相爱，分甚么彼此？你的就是我的，我的就是你的。”这几句话，便是他的歌诀。（第十二回）

派宦成去请高贤后，为了表现望贤若渴的高致，“二娄”赶忙收拾好轩敞的亭子，并挂上“潜亭”的匾额，恭候权潜斋的光临。在如此悬隔的台前介绍之后，这位“潜龙勿用”的权潜斋，怎样登场呢？与一般浅薄风流的名士果然有点异样，他标榜的是道德学问，并在名教所最推重的守孝尽礼上大作文章。送走宦成后他并不马上启行，而是要待居丧百日满后才进城赴娄府，但一进城就表现得土头土脑：他“衣服也不换一件”，依然“穿着一身白，头上戴着高白夏布孝帽”“左手掮着个被套，右手把个大布袖子晃荡晃荡，在街上脚高步低的撞。撞过了城门外的吊桥，那路上却挤，他也不知道出城该走左首，进城该走右首，方不碍路。他一味横着膀子乱摇”。作者运用嘲弄手法跟他开个小小的玩笑，写他的高白孝帽被卖柴的扁担尖横挑了去，“他就把手乱招，口里喊道：‘那是我的帽子！’………他本来不会走城里的路，这时着了急，七首八脚的乱跑，眼睛又不看着前面，跑了一箭多路，一头撞到一顶轿子上，把那轿子里的官几乎撞了跌下来”。权勿用被“一条链子锁起来”，出乖露丑，大出洋相。幸遇张铁臂救了驾，于是呼朋引类带张侠客同进娄府。“杨执中看见权勿用这模样，吓了一跳，愁着眉道：‘你怎的连帽子都弄不见了？’叫他权且坐在大门板凳上，慌忙走进去，取出一顶旧方巾来与他戴了”，方进府。在娄公子的宴席上，权勿用装作翼翼尽礼的样子说“居丧不饮酒”。杨执中说你刚才荤菜肴馔照吃不误，用点酒又何妨？他连忙引经据典强为之辩，说“葱、韭、芫荽之类”蔬菜才是居丧必戒的“五荤”，鱼肉等肴馔不算“五荤”，吃多少都不算悖礼。这与范进吃虾元时的装腔作势，如出一辙。在娄府的另一次高宴上，这位上客竟被县里的差人“一条链子锁去了”，原来人家告发他把兰若庵的小尼姑奸拐霸占在家。事后虽然查明系出诬赖，但此时毕竟是作者对权勿用及其贤主人开了一个不客气的玩笑。

“潜龙勿用”，出自《易经》第一卦《乾卦》的象辞，意指要像潜藏的龙那样，藏锋守拙，待机而动。“勿用”不是不用，而是指具有巨大的潜力，权且隐伏，待机而用。从小说的具体描述来看，“权勿用”的命名寓意与杨执中一样，是明显的反讽。真是一对难兄难弟。杨执中向“二娄”推荐时，故意说得耸人听闻；而当“二娄”真把权勿用置于自己之上时，杨执中又心生不忿，演出勾心斗角的老把戏。

权勿用还没有什么自吹自擂，他的特征是山里人未见世面的土气和不知天高地厚的硬气的奇妙结合，都是杨执中的“呆”气给他套上过分耀眼的光环，使他陷入名不副实的可笑境地。而侠客张铁臂可是走江湖的铁嘴，经过自我吹嘘让娄公子赞叹他具有“英雄本色”，也被尊为上客。如果说杨执中、权勿用是娄府的“侯嬴”，那么张铁臂俨然就是“朱亥”了。娄府的门客虽不及信陵君门下的三千之众，但毕竟文武俱全，也算小具规模了。娄公子要率领这般文武干什么事业呢？他们压根儿没有行动的目标！小说十二回中，娄公子只是兴冲冲地举办个莺脰湖胜会，炫耀礼贤好士的巨大成绩：

两公子请遍了各位宾客，叫下两只大船，厨役备办酒席，和司茶酒的人另在一个船上；一班唱清曲打粗细十番的，又在一船。此时正值四月中旬，天气清和，各人都换了单夹衣服，手持纨扇。这一次虽算不得大会，却也聚了许多人……牛布衣吟诗，张铁臂击剑，陈和甫打哄说笑，伴着两公子的雍容尔雅，蘧公孙的俊俏风流，杨执中古貌古心，权勿用怪模怪样：真乃一时胜会。两边船窗四启，小船上奏着细乐，慢慢游到莺脰湖。酒席齐备，十几个阔衣高帽的管家，在船头上更番斟酒上菜，那食品之精洁，茶酒之清香，不消细说。饮到月上时分，两只船上点起五六十盏羊角灯，映着月色湖光，照耀如同白日，一派乐声大作，在空阔处更觉得响亮，声闻十余里。两边岸上的人，望若神仙，谁人不羡？（第十二回）

当时的文士聚会多以写诗显其高雅，即如杭州的斗方诗人也以蹩脚的诗相标榜，可这次莺脰湖“胜会”却无诗人高致，以至于小说的第五十四回，丁言志还为此与陈和尚辩论说：“我不信。那里有这些大名士聚会，竟不做诗的。”但确实就是没有做诗，炫耀的只是“食品之精洁，茶酒之清香”，场面之阔绰；凸显的只是帮闲们言不及义的“打哄说笑”“怪模怪样”。作者以现场描写的似褒实贬，皮里阳秋，揭了“胜会”的老底。

梦还没有破。没过几天，在一个月色未上、万籁俱寂之夜，张铁臂手提血淋淋的革囊，从屋檐飞身而下，向“二娄”禀道：“我生平一个恩人，一个仇人。这仇人……已被我取了首级在此。这革囊里面是血淋淋的一颗人头。但我那恩人已在这十里之外，须五百两银子去报了他的大恩，自今以后，我的心事已了，便可以舍身为知己者用了。”仇必雪，恩必偿，言必信，行必果，一副匕首杀仇、明珠报德的气概，令“二娄”肃然起敬，不由得不立即慷慨解囊奉给五百两银子，

娄公子和张铁臂的人头会（程十发绘）

并广招宾客举办“人头会”，准备欣赏这位侠客使人头化水的奇术。一切办备，谁知左等右等，直到革囊发臭，还不见英雄踪影，解开一看，却是六七斤重的一个猪头！讽刺的矛头穿过张铁臂命中娄公子。

娄家两公子“半世豪举，落得一场扫兴”。如果说，处在地主阶级上升时期的信陵君之辈，还有番抱负和作为，演过悲壮的历史剧里的英雄角色，那么，处在地主阶级没落时期的娄府公子，模仿前人的举动，演的就不过是荒诞剧里的傻角了。他们的求贤养客全为矫情干誉，完全不是为了实现什么理想，完成什么抱负和事业，而仅仅是因为关于这种声誉的幻想可以使他们愉快。吸引他们的不是事情的本质，而是想象的游戏。对他们来说，华美的外表比内容重要得多，邀名的雅事本身就是目的，可以满足对虚荣的渴望，填补无所事事的空虚——毕竟是在做着高尚的事情吧！这正好可以角色上的自我虚拟和用作精神上安慰。于是，用高雅的外表包裹猥琐，用无所事事的忙碌点缀空虚，他们成了堂吉诃德式的白日梦患者。他们梦游在实际生活的进程之外，虚构着虚无缥缈的梦幻世界，用纸糊的花环给杨执中、权勿用、张铁臂戴上，作为贤士、高人、侠客的桂冠；又由他们簇拥着“二娄”腾云驾雾般登上信陵君、春申君的宝座，终于成就了遐迩驰名的空前“豪举”——笑话，表现了精神道德的空虚。但比起张静斋、严贡生、王德、王仁之辈，“二娄”毕竟有文化追求，有礼贤下士的摹仿欲望，作者对他们是温和宽容的，所以既不肯把杨执中写得太坏，又写他俩在某些方面比杨执中还要厚道些：当萧山县的两个差人来擒捕权勿用时，杨执中深怕怪罪他作为推荐人的干系，也不究权勿用案情的真假虚实，就急忙说：“三先生、四先生，自古道：‘蜂虿入怀，解衣去赶。’……我去向他说，把他交与差人，等他自己料理去。”只顾切割关系，不顾朋友死活，出奇的冷漠绝情。倒是两公子临变对权勿用“不肯改常，说了些不平的话；又奉了两杯别酒，取出两封银子送作盘程。两公子送出大门，叫仆人替他拿了行李，打躬而别”。清朝的“堂吉诃德”比较平和地告别了礼贤好士梦，主人和门客，都逃不过“一代文人有厄”！

且慢笑话莺脰湖“名士”，到了小说的第五十四回，在陈和甫之子陈思阮（陈和尚）一辈眼里，那可是“大名士聚会”！是历史意义巨大的盛会，是他们已经可仰望而不可即的辉煌，陈思阮就以其父是那次“胜会”的参与者而无比骄傲，以大名士之子而“摆出一副名士脸来”，丁言志妒嫉地骂他不配做陈和甫的“令郎”。另一位嫖妓的“名士”陈木南，自称娄公子“便是我的世伯”——以莺脰湖胜会主人亲属的后代的身份来劝架说：“要是陈思老就会摆名士脸，当年那虞博士、庄征君怎样过日子呢？”——真是一代不如一代呀！

（二）西湖斗方名士景兰江辈

杭州城斗方名士的“发言人”是景兰江，他虽开着一爿头巾店，但引以自豪的却是写诗。匡超人初见他埋头读诗，不解地问道：

> “老客既开宝店，却看这书做甚么？”景客人笑道：“你道这书单是戴头巾做秀才的会看么？我杭城多少名士都是不讲八股的。不瞒匡先生你说，小弟贱号叫做景兰江，各处诗选上都刻过我的诗，今已二十余年。这些发过的老先生，但到杭城，就要同我们唱和。”因在舱内开了一个箱子，取出几十个斗方子来递与匡超人，道：“这就是拙刻，正要请教。”（第十七回）

景兰江给人最初的印象是钟情诗歌，追求文雅，是不讲八股的名士。看下去虽知他写诗的水平欠佳，但其文化兴趣、文化情怀总是应当被鼓励的、总是不俗的吧。他与“杭城名士”——赵雪斋、浦墨卿、支剑峰、胡三公子，再加上“见习生”匡超人，经常结社诗会，拈韵联诗，颇具诗酒风流的名士作派。不过，请看他们“旗亭雅集”时煞有介事地讨论什么：

> 浦墨卿道：“三位先生，小弟有个疑难在此，诸公大家参一参。比如黄公同赵爷……一个中了进士，却是孤身一人；一个却是子孙满堂，不中进士。这两个人，还是那一个好？我们还是愿做那一个？”……
>
> 匡超人道：“……还是做赵先生的好。”
>
> ……
>
> 浦墨卿道：“读书毕竟中进士是个了局，赵爷各样好了，到底差一个进士……”
>
> ……
>
> 景兰江道：“众位先生所讲中进士，是为名？是为利？”
>
> 众人道：“是为名。”

景兰江道:“可知赵爷虽不曾中进士，外边诗选上刻着他的诗几十处，行遍天下，那个不晓得有个赵雪斋先生？只怕比进士享名多着哩！”说罢，哈哈大笑。

众人都一齐说道:“这果然说得快畅！”一齐干了酒。（第十七回）

通过这场诗名与功名关系的大辩论，统一了认识：诗名是异路功名！拥有了这种信念，对斗方名士来说是至关重要的：给自己的附庸风雅找到了最体面的价值，给“做诗”的忙碌找到了最光荣的补偿。不过在这阵喝彩声中，他们的卑琐和丑陋也露了马脚，原来在卖弄风雅的斗方后面，还是一颗艳羡功名富贵的心。

不仅如此，他们还找到作诗的“社会效益”。被景兰江举作旗帜、代表“杭城名坛”最高成就的赵雪斋，他吹嘘自己最高成就的标志是什么呢？——“前月中翰顾老先生来天竺进香，邀我们同到天竺做了一天的诗。通政范大人告假省墓，船只在这里住了一日，还约我们到船上拈题分韵，着实扰了他一天。御史荀老先生来打抚台的秋风，丢着秋风不打，日日邀我们到下处做诗。”——他自豪的标帜是“中翰”“通政”“御史”三顶官帽！这才是他垂涎的真实目标。景兰江忙向新入盟的匡超人提供旁证说：胡三本是冢宰公子，失去父恃后便被人欺蒙，“全亏结交了我们，相与起来，替他帮门户，才热闹起来，没人敢欺他”。其中的关键是因为:“我这赵雪斋先生诗名大，府、司、院、道，现任的官员，那一个不来拜他？人只看见他大门口，今日是一把黄伞的轿子来，明日又是七八个红黑帽子吆喝了来，那蓝伞的官不算，就不由的不怕。”——还是要依仗权贵，附庸权势才能让人“怕”，才能见社会效益。这就进一步露出了马脚，原来这批斗方名士还是像闲序说的:“有假托无意功名富贵自以为高，被人看破耻笑者！”他们仰望终身的最高境界还是脱不了功名富贵。足见功名富贵体制的法力无边！卧评直接点明:“斗方名士，自己不能富贵而慕人之富贵，自己绝无功名而羡人之功名，大则为鸡鸣狗吠之徒，小则受残杯冷炙之苦，人间有个活地狱正此辈当之，而尤欣欣然自命为名士。岂不悲哉！”（第十七回评）

这些欣欣然自命为名士者，把鸡鸣狗吠看成名震江南，把残杯冷炙看成宫廷大宴，从而有了一笔支用不匮的钱庄存款、一碗幸福度日的心灵鸡汤。他们颇似莺脰湖的“堂吉诃德”，游荡于自己编造的“幻象”中，在幻象中领略着无限的精神胜利。纵观一路叙来，吴敬梓都把自己的倾向尽量隐蔽起来，不加调侃，让斗方名士充满着自信地表演，只是让倾向性从情节的缝隙中自然地流露出来。他们越闹越有兴头，搞了个多达九人的“西湖宴集，分韵赋诗”，队伍扩大到卫体善、随岑庵，还有严致中（严贡生）！——严贡生是五毒俱全的角色，他们竟是与其同类！作者忍不住要给他们开个玩笑，嘲弄一下：他们“联欢”终日后：

> 进城迟了，已经昏黑。景兰江道：“天已黑了，我们快些走！”支剑峰已是大醉，口发狂言道：“何妨？谁不知道我们西湖诗会的名士！……放心走，谁敢来？！”正在手舞足蹈高兴……（第十八回）

不料忽然被“盐捕分府”撞见，把他“一条链子锁起来”。“景兰江见不是事，悄悄在黑影里把匡超人拉了一把，往小巷内两人溜了”。

放心，他们诗名威力的气球虽被作者戳个洞，但他们的“诗兴”并不会减，而且还要传宗接代蕃衍下去。君不见牛浦郎，本来好端端一个少年，只因偷看了《牛布衣诗稿》：

> 见那题目上都写着：“呈相国某大人”，“怀督学周大人”，“娄公子偕游莺脰湖分韵，兼呈令兄通政”，“与鲁太史话别”，“寄怀王观察”，其余某太守、某司马、某明府、

某少尹，不一而足。浦郎自想："这相国、督学、太史、通政以及太守、司马、明府，都是而今的现任老爷们的称呼，可见只要会做两句诗，并不要进学、中举，就可以同这些老爷们往来，何等荣耀！"（第二十一回）

牛浦郎不仅接过莺脰湖名士牛布衣的衣钵，而且同西湖名士心有灵犀一点通，一样想通过诗名攀结官府而获得异路功名。可惜他没有机会像匡超人那样跟随西湖名士见习，连景兰江式的拙诗也模仿不来，只能采用最下作的办法——"偷"！这未免太下作，不偷的下一代也有：第五十四回写莺脰湖盛会成员陈和甫之子陈和尚，在测字摊上摆本"莺脰湖唱和的诗"，"摆出一付名士脸来"。他的测字同行丁言志则继承西湖斗方诗人的衣钵，"通共念熟了几首赵雪斋的诗，凿凿的就呻着嘴来讲名士"，但他无法像赵雪斋、景兰江那样巴望与当道官员唱和谈诗，怎么办呢？他有去处——到妓院去献诗：

乌龟看见他象个呆子，问他来做甚么。丁言志道："我来同你家姑娘谈谈诗。"乌龟道："既然如此，且秤下箱钱。"乌龟拿着黄杆戥子。丁言志在腰里摸出一个包子来，散散碎碎，共有二两四钱五分头。乌龟道："还差五钱五分。"丁言志道："会了姑娘，再找你罢。"

丁言志自己上得楼来，看见聘娘……上前作了一个大揖。聘娘觉得好笑……问他来做甚么。丁言志道："久仰姑娘最喜看诗，我有些拙作，特来请教。"聘娘道："我们本院的规矩，诗句是不白看的，先要拿出花钱来再看。"丁言志在腰里摸了半天，摸出二十个铜钱来，放在花梨桌上。聘娘大笑道："你这个钱……不要玷污了我的桌子！快些收了回去买烧饼吃罢！"丁言志羞得脸上一红二白，低着头，卷了诗，揣在怀里，悄悄的下楼回家去了。（第五十四回）

西湖斗方诗人的继承者已经堕落到这步田地！不仅不能像才子佳人小说写的那样与小姐佳人作伴，而且连晚清“狭邪小说”的主人公都不配当了。

景兰江辈带挈出来的“当代英雄”匡超人又如何呢？

（三）匡超人：一步步蜕变成“非人”

《儒林外史》第十五回后半回至第二十回前半回可谓匡超人传。现已节选进中学语文课本。

青年人的精神走向很能反映时代的文化状况。世界文学名著塑造了些“被引诱者”“从善良走向堕落”的青年形象。法国巴尔扎克的小说《高老头》里的拉斯蒂涅，作为外省青年，本有淳朴的道德观念，来到巴黎逐步蜕变，是经历了著名的“人生三课”：鲍赛昂夫人“教导”他：要把别人当做驿马一样去骑，除了自己，一切都微不足道。要利用女人的关系挤入上流社会。恶棍伏脱冷言传身教说：“在这个互相吞噬的社会里，清白老实一无用处，（对上流社会）如果不像炮弹一样轰进去，就得像瘟疫一般钻进去”。高老头之死的悲哀向他显示，一切人伦情感都抵挡不住金钱的邪恶力量。经过富贵层社会的腐蚀和浊流文化熏染，拉斯蒂涅为追逐名利而堕落成不择手段的极端个人主义者。法国作家司汤达的小说《红与黑》，主人公于连出身下层，被人歧视，他生活的社会一切都由富贵主宰，不甘贫贱的他，不择手段要钻入富贵的上流社会，遂使人性被黑染缸越染越黑。

在拉斯蒂涅和于连形象出现前近一个世纪，中国文学就出现了“被引诱者”“从善良走向堕落”的同类青年形象先驱——《儒林外史》中的匡超人。

匡迥字超人，本是温州府乐清县乡下的贫寒农村青年，“自小也上过几年学”，是小知识分子，跟商人到省城杭州谋出路求发展，结果流落街头，衣食无着，又无盘缠回家，靠测字算命骗钱度日。艰难时刻，马二先生主动向他伸出援手，资助盘程，赠予棉衣、鞋子，连回乡后做小生意的本钱都倾情相送。匡超人感激涕零："两泪交流道：'蒙先生这般相爱，我匡迥何以为报。'"

匡超人"为人乖巧"，自小就"乖觉"，易受习染，可塑性极强。年纪轻轻就经历"社会大学"六门课程的习学与考核：乡土人伦——科举做官——名士招牌——商品赢利——黑道伎俩——官场厚黑，场场名师指引，场场好学速成，场场成绩优异，步步超越升级，终成"当代英雄"——"从善良走向堕落者"。作者仿佛着意以他的经历把本章所写的主要三类人串连起来，作个小收束。

1. 超人的"孝养""孝敬"

匡超人的起点是乡土人伦文化。在马二帮助下他得以回乡，"大柳庄孝子事亲"，他的孺慕之诚出于至性，淳朴可爱：

> 匡超人望见自己家门，心里欢喜，两步做一步，急急走来敲门。母亲听见是他的声音，开门迎了出来，看见道："小二，你回来了！"匡超人道："娘，我回来了。"放下行李，整一整衣服，替娘作揖磕头。他娘捏一捏他身上，见他穿着极厚的棉袄，方才放下心。……他父亲匡太公在房里已听见儿子回来了，登时那病就轻松些，觉得有些精神。匡超人走到跟前，叫一声"爹，儿子回来了！"上前磕了头。（第十六回）

于此黄评曰："此处一'娘'字……一'爹'字，出于血诚，（反观后来）愈令人惜之恨之。"小说就围绕自然人性的"孺慕之诚"——孝，展开匡超人在乡土人伦文化里的表现。

传统美德中的孝，起点是"孝养"，赡养父母是为人子女者尽孝的起码责任，要求应当尽力满足父母的基本物质需求，父母长亲生老病死时都要悉心照护。在这方面匡超人做得很到位，他勤勤恳恳经营起赡养父母的小营生，养猪卖肉，磨豆卖豆腐，从早到晚不辞辛劳。服侍父亲匡太公出恭一段尤其难能可贵：

太公过了一会，向他道：我要出恭……（匡超人）连忙走到厨下端了一个瓦盆，盛上一瓦盆的灰，拿进去放在床面前，就端了一条板凳放在瓦盆外边，自己扒上床，把太公扶了横过来，两只脚放在板凳上，屁股紧对着瓦盆的灰。他自己钻在中间，双膝跪下，把太公两条腿捧着肩上，让太公睡的安安稳稳，自在出过恭；把太公两腿扶上床，仍旧直过来，又出的畅快，被窝里又没有臭气。他把板凳端开，瓦盆拿出去倒了，依旧进来坐着。（第十六回）

传统孝道不仅要“孝养”，而且要“孝敬”，不仅要尽量供给父母的基本物质需要，而且要努力满足父母的精神需求。衣食无忧后，精神安抚越来越更加需要，因为有代沟，故也越发难能可贵。古人就说孝道难在“色养”——承欢膝下对父母和颜悦色。脸色是内心感情的外在表露，真心爱父母、时时心存感恩，才能“色养”。

匡超人能够做到孝敬父母，凡有好吃的都先要盛一碗送予父母先吃。“早半日做生意，夜晚伴父亲，念文章”，父亲要折腾到四更鼓，他就陪到四鼓才睡。陪护久病在床的父亲，不仅为父亲调理身体，而且努力“娱亲”，为父亲调节心情：

见太公烦闷，便搜出些西湖上景致，以及卖的各样的吃食东西，又听得各处的笑话，曲曲折折，细说与太公听。太公听了也笑。（第十六回）

在这方面，他哥匡大是个衬托：匡大为弟接风买了一只小鸡子兄弟消受，嘱弟不要告诉老爹。匡超人不肯，把鸡先盛一碗给父母，剩下的才轮到兄弟俩。本村失火，烧到他家，兄弟俩的表现大异：

他哥睡的梦梦铳铳，扒了起来，只顾得他一副上集的担子。担子里面的东西又零碎：芝麻糖，豆腐干，腐皮，泥人，小孩子吹的箫，打的叮当，女人戴的锡簪子，撻着了这一件，掉了那一件。那糖和泥人，断的断了，碎的碎了，弄了一身臭汗，才一总捧起来朝外跑。……那火光照耀得四处通红，两边喊声大震。匡超人想，别的都不打紧，忙进房去抢了一床被在手内，从床上把太公扶起，背在身上，把两只手搂得紧紧的……把太公背在门外空处坐着；又飞跑进来，一把拉了嫂子，指与他门外走；又把母亲扶了，背在身上。才得出门，那时火已到门口，几乎没有出路。匡超人道："好了！父母都救出来了！"且在空地下把太公放了睡下，用被盖好。母亲和嫂子坐在跟前。再寻他哥时，已不知吓的躲在那里去了。（第十六回）

匡超人的"敦伦"孝道相当感人，对哥和嫂也恪守悌道。在伦理氛围浓厚的乡村传统社会里，他是孝悌后生，不仅博得乡亲称赞，而且赢得好官赏识，成为后来膺荐的资本。如果能在虞博士倡导的仁义礼乐环境里成长，他会成为正人君子。可惜不是。

2. 超人变成"非人"

匡超人初遇的导师是八股时文选家马二先生。马二专事挑选每届科场的中式文章加以评批称为选本发行，作为辅导考生的范文。他从事这种"选事"多年，是驰名科场的八股时文选家。这位名师古道热肠，他看到匡超人"乖觉"而且有礼，流落杭州，因无钱回家奉养年迈双亲而伤心落泪；况且衣食无着之际还手持他新选的《三科程墨持运》在念。马二先生心生怜恤，就把他带回寓所，百般关爱：

当下开箱子取出十两一封银子，又寻了一件旧棉袄，一双鞋，都递与他，道："这银子，你拿家去；这鞋和衣服，

恐怕路上冷，早晚穿穿。”匡超人接了衣裳、银子，两泪交流道：“蒙先生这般相爱，我匡迥何以为报。……”（第十五回）

马二先生着意要给这个可教的后生指点一条出路。于是循循善诱，循其孝心，把孝养引导到显亲扬名的大孝上，他说：

“奉事父母，总以文章举业为主。人在世上，除了这事，就没有第二件可以出头。……只是有本事进了学，中了举人、进士，即刻就荣宗耀祖。这就是《孝经》上所说的‘显亲扬名’，才是大孝，自身也不得受苦。古语道得好：‘书中自有黄金屋，书中自有千钟粟，书中自有颜如玉。’而今甚么是书？就是我们的文章选本了。贤弟，你回去奉养父母，总以做举业为主。……”说罢，又到自己书架上细细检了几部文章，塞在他棉袄里卷着，说道：“这都是好的，你拿去读下。”（第十五回）

匡超人捧着马二先生的举业读本回乡苦读。一个贫寒的乡村青年，想通过读书上进，改变命运“出头”，从理论上说这是无可非议的，也有过众多成功的先例，是应当受鼓励的。当地知县李本瑛得悉他勤勉夜读，就着实奖掖他。但马二先生的举业诱导有个致命的毛病：读书做官论。他用宋真宗的《励学篇》诗来诱导：“书中自有黄金屋，书中自有千钟粟，书中自有颜如玉。”科举时代的封建统治者就是用功名富贵——核心是做官，来羁縻读书人，也是腐蚀读书人，使他们“入我彀中”，为其所用。读书、考试与获得地位名利挂上钩，从正面效应说，可以起激励作用，但同时又产生负面效应，一些人过分追求名利地位，诱发出种种人格堕落。有鉴于此，匡超人的父亲，以乡村老者的见识，临终郑重叮嘱儿子：

“……功名到底是身外之物，德行是要紧的。我看你在孝弟上用心，极是难得，却又不可因后来日子略过的顺利些，就添出一肚子里的势利见识来，改变了小时的心事。我死之后，你一满了服，就急急的要寻一头亲事，总要穷人家的儿女，万不可贪图富贵，攀高结贵。”（第十七回）

一条是父亲叮嘱的路，一条是马二先生指引的路，这两条是截然不同的路，何去何从？匡超人也不是一下子就选定的，像他父亲所预言，他是经历了“添出一肚子里的势利见识来，改变了小时的心事”而一步步蜕变的。

如果把匡超人的沉沦都归因于马二先生的举业诱导，那既不符合现实生活也不符合作品实际。他回乡后还是遵马老师之教，把逐功名与行大孝相统一，而且如前所述，“孝养”“孝敬”（包括“色养”）种种孝行都优秀。

匡超人第二次来到文化名城杭州，不幸遇上第二类导师：景兰江等斗方名士热心带挈他进入“杭城名坛”见习，经过“旗亭论辩”——进士、名士孰优辩，他“才知道天下还有这一种道理”：并不像马二先生说的，“除了这事（指刻苦举业），就没有第二件可以出头”。原来还有通过写诗浪得虚名、攀结上层的“异路功名”。凭着乖巧匡超人学得很顺手，虽然原来没写过诗，拿本《诗法入门》看了看，写出来的也不见得不如那些斗方诗人，他很可以“青出于蓝而胜于蓝”，脚下的牟取功名富贵之路也不是“难于上青天”。花花世界令他大开眼界，牟取功名富贵之心更加跃跃欲试，“有奶便是娘”，他饥不择食，不加选择，违背道德良心与触犯法令之事都可以做，只要有利可图他就干，谁带他他就跟谁走。

当时的杭州已是商品经济发达的大城市，沉浸在“流行文化”浊流中，匡超人受到的功利诱惑太多了，开始目迷五色失去方向，失去定力，道德防线最先失守。他谋生于书坊，为市场提供举业文化商品，商品经济很快让他懂得，“选本总以行（行销）为主，若是不行，书店就要赔本”。要行销就要投合市场口味，随机应变，人家要什么你就给什么。要投入少、产出快，他的竞争力强就在比马二先生快得多。马二先生凡事认真，把选事当学问，有时一条批语要斟酌半夜，而他一个半夜“就批出五十篇”；马二先生“三百篇文章要批两个月，催着还要发怒”，而他“屈指六日之内”批完同样的数，这六天中他做诗、参加诗会还费了不少时光。除了举业本身无价值外，选事本身原不一定会使人品变坏，马二先生的品德就不亏，但匡二却不像马二先生那样笃诚，他学会的是以牟利为目的而东拼西凑，粗制滥造。商品经济的负面影响很快让匡超人迷失方向，书坊为他铺设了一条牟取钱财致富之路，加上斗方名士教他的“异路功名”，他也可以巴望功名富贵了。他从这里领悟的处世秘诀可以在其后的生涯中“发扬光大”。

匡超人的第三任导师是在布政司衙门当衙吏的潘三。潘三倚仗官府，广结地痞恶棍，织成一个黑社会网。《儒林外史》写人，大多都不是一坏到底。潘三固是黑恶势力，但对匡超人这个进城青年却甚是爽快。在他看来，匡超人相与的那些斗方名士只是“呆瘟”，他教唆这个知识青年要干就要干“有想头的事”。匡超人照样不分黑白“有奶便是娘”，作潘三哥的手脚从中分得一杯羹。从此匡超人的功利心恶性膨胀，迅速失调失范失控，继道德防线失守之后，法律底线也失守了。他怎样牟利呢？充当潘三的帮凶，作奸犯科，一应作案来者不拒：雕假印信、造假公文，把一个青春年少的女性荷花拐卖了，不管荷花姑娘是否掉入火坑是死是活，他“欢喜接了”二十两白花花的银子，从此“身上渐渐光鲜”。这只是二十两，为了二百两，他就冒坐牢之罪，潜入学道考场，替“一字不通的”童生考取一个秀才。潘三哥分给他这笔钱，帮他典房，帮他娶了抚院衙门差人郑老爹之女为妻。匡超人不久生女，有妻有女有房，当稳城里人。而按黄小田的评点，昔日的孝悌人这时已异化堕落成“非人”。施展“非人”之心术，“自丧其天良”，“巧取人间之富厚”（卧评）。吊诡的是，正是他“丧其天良”之时，他被“题了优行，贡入太学”！

按当时的体制，府、州、县各级学校的秀才具备成绩好或资历深等条件，可以通过推荐以“出贡”的方式进入国子监，并能够获得参与选官的资格。这样的士人称为“贡生”，出贡因标准和方式不同可分为好多种，匡超人的“题了优行”是指优贡，标准是“品学兼优”，这名额极少，省级的学政三年任期满了才能经考选，一省推选几个人。

匡超人的堕落与“优行”竟是同时到来，这无异于说明当时的考选制度乃至社会体制，黑白颠倒了，堕落就是“优行”，“优行”就是堕落，这是尖刻的讽刺。他顺着这个攫取功名富贵的浊流凫泳（不是像王冕那样抗逆浊流），滔滔的浊流把他推涌成“当代英雄”。

3. 失德则失人

匡超人迅速飚升，混到京城，进入官场，来到一个更高的名利场，来修“官场厚黑”的课。他嫌岳父的身份太低，如果如实“说出丈人是抚院的差”很不体面，于是谎称并未娶妻。李给谏派管家探询，拟招他为外甥女婿，他乍听“吓了一跳……要允他，又恐理上有碍”。“恐理上有碍”时，品德好的人就会守住道德红线不逾理；守不住道德底线的人，就会有意无意地寻找借口为自己开脱，如以“大家都这样”“某名人也这样”等为理由，以消解罪恶感。这在心理学上称为“防卫机制”。匡超人就是这样，凭着乖巧品性他悟到，要钻入官场必须投权门作靠山，这送上门的机会哪能放过？凭着他在书坊取巧牟利的经验，凭着他跟着潘三什么坏事都干的惯例，他立即“又一转念道：‘戏文上说的蔡状元招赘牛相府，传为佳话，这有何妨！’”——这“又一转念”就找了个欺心的“理”。

其实，如《南词叙录·宋元旧篇》著录，早期的《蔡伯喈琵琶记》“即旧伯喈弃亲背妇，为暴雷震死”，在匡超人生活的温州一带，民间戏文和说唱里蔡伯喈结局或遭“暴雷震死”或遭“雷轰”，原是挨千古骂名的；匡超人明知自己也“弃亲背妇”必遭唾骂，居然横下一条心，颠倒黑白强辩之为“佳话”，这是昧着良心找歪理给自己开脱！于是，他遗弃结发妻子，停妻再娶，当上给事中的外甥女婿。他在京城这边“珠围翠绕，燕尔新婚”，拥着“瑶宫仙子，月下嫦娥”，得意忘形；在老家那边，被抛弃的发妻活活吐血闷死，正如老岳母血泪控诉的：“把我一个娇滴滴的女儿生生的送死了！”

匡超人刚刚考取个内廷教习，还没上任呢，回到杭州取结，景兰江老师陪蒋刑房来访，他就以昔日景兰江等西湖斗方名士的口吻胡吹：“（我的）学生都是荫袭的三品以上的大人，出来就是督、抚、提、镇，都在我跟前磕头。”既然势力这么大，景兰江等顺势提出，落网的潘三巴望见他一面。他一听立即变脸，毫不顾念潘三哥曾慷慨施恩于己，而是按官场文化，唯恐受牵连，赶忙切割，划清界限，振振有词地宣称，“（我）既替朝廷办事，就要照依着朝廷的赏罚”“便是我做地方官，我也是要访拿他的”。然后又安抚来替潘三求助的景兰江老师：“（我）这回去就得个肥美地方，到任一年半载，那时带几百银子来帮衬他。”——虽原是搪塞老师的空头支票，却表露了他做官的信条跟王惠一样是“三年清知府，十万雪花银”。可以预料，他上任后的政绩，也会融汇诸种浊流文化的毒汁，超越从前一门门课的老师。

人异化成“非人”，失去了人之为人的道德底线，甚至法律底线，既丧尽天良，自然也就厚颜无耻，言谈举止不堪入目。匡超人一反农村青年原本淳良的天性，仅为炫耀一下自己，就不惜在众人面前叛卖恩师马二先生。马二先生曾指点他“文章才气是有，只是理法欠些”，现在他反讥老师：“理法有余，才气不足，所以他的选本也不甚行。……惟有小弟的选本，外国都有的。”——他唾沫四溅、得意忘形地吹嘘：中原五省读书人家家都供着“先儒匡子之神位”。不幸有牛布衣不识趣，当场揭破：“先儒”用指已死之人，你是活人何得称先儒神位！他还死撑面子要赖狡辩：“不然！所谓‘先儒’者，乃先生之谓也！”牛布衣见他如此说，也不和他辩。“不和他辩”者，不是辩不过他，而是辩也无益，他已不是无知而是无耻！凡人该有羞耻之心，一旦到了恬不知耻的地步，良知已经泯灭，是不折不扣的无耻无赖，适足表现了“非人”的丑陋。

“知子莫若父”，匡父的担忧一一成了现实。经过浊流文化的阵阵冲刷，乡村子弟所秉承的传统美德的底色，已被冲洗殆尽，“德行”“孝悌”抵挡不住“功名”“富贵”的“势利见识”，这种诱惑是制度性的，是当时整个社会的机制体制布下的天罗地网！作者精心设计让匡超人历经种种浊流文化的熏染，让人看看会染出什么结果，并且以匡太公的临终遗言点明立意。

古人谓“上孝养志，其次养色，其次养体”（桓宽《盐铁论·孝养》）。我们是从低讲到高，次序与桓宽相反，前面已讲了匡超人在乡时的孝养（“养体”）、孝敬（“养色”），现在看“养志”如何？养志也可叫孝志，指努力实现父母的善良合理的志向、愿望。匡父的愿望（临终遗言），匡超人都反其道而行之，而父亲所谆谆告诫的，匡超人反都一一实践了。此时的匡超人不仅不会再回乡为父母养体、养色，而且与养志正相反对，老父亲要他做好人之“志”，早被他抛到九霄云外去了，即使从传统孝道角度来说，他也已是彻头彻尾的不孝！

小说第一回王冕的母亲也有临终遗言，与匡父是异口同声：“这几年来，人都在我耳根前说你的学问有了，该劝你出去做官。做官怕不是荣宗耀祖的事……我儿可听我的遗言……不要出去做官。我死了，口眼也闭。”以我们看，当然不能一概否定“做官”，也有“为官一任，造福一方”者。作者是写一个农村老妇人朴素的直觉，她是针对那时代她所见的多是不好的官；而且，她是简单地把“做官”和“做好人”分列在对立的两极，一旦中了“读书做官论”的毒，一心追逐功名富贵，就会如匡父所说，“添出一肚子里的势利见识来”，人品蜕变了。王冕遵母嘱，葆住高洁的品性，成为嵚崎磊落之人，与匡超人相对照，贤愚悬隔不啻天壤。

匡超人的母亲初见儿子回家时絮絮叨叨地诉说：“自从你跟了客人去后，这一年多，我的肉身时刻不安！……一夜又梦见你来家望着我哭，把我也哭醒了。一夜又梦见你头戴纱帽，说做了官。我笑着说：

‘我一个庄农人家，那有官做？’傍一个人道：‘这官不是你儿子，你儿子却也做了官，却是今生再也不到你跟前来了。’我又哭起来，说：‘若做了官就不得见面，这官就不做他也罢！’”

《儒林外史》写梦多深含寓意，有的是隐喻。匡母的梦有多层含意，从有形的形迹来说，你儿子“做了官，却是今生再也不到你跟前来了”，这就是民间戏文里说的蔡伯喈式的“弃亲”，匡超人也是顾功名富贵，不顾酬报亲情；从无形的精神来说，“这官不是你儿子”，灵魂已经全非了，往日“在孝弟上用心”的儿子已经消失得无影无踪了。她“又哭起来”，不仅哭儿子的“肉身”回不来，而且哭儿子的灵魂永远丢失了！这就是匡超人形象以灵魂为代价留下来的教训：败德必失人！

匡超人看似步步成功的“当代英雄”，撕破其光鲜的表面，内里却是宵小无耻，是无价值的，这是讽刺，是喜剧性的；而实质上如开头所说，他是“被引诱者”，他的淳良天性被毒杀了，原有的价值被毁灭了，这是悲剧性的。这个形象也是喜剧性和悲剧性相融合的创造。乌之报恩会“反哺”，相反，豺狼会“反噬”。匡超人对一路上的恩人，客观上都构成反噬：对马二先生、岳父郑老爹、景兰江、潘三，莫不忘恩负义，确已成“非人”！

《儒林外史》第十三回至二十回实为“马二匡二合传”，匡超人被熏染的结果如何，也是对马二先生教育思想的一种“成果”检验，马二先生自不能负主要责任，但却也宣告了他设计的教育路线的失策、人生道路的失败。

（四）矫名士杜慎卿暨莫愁湖赝名士

吴檠的曾外孙金和《儒林外史·跋》云：“书中杜少卿乃先生自况，杜慎卿乃青然先生。”青然是吴檠的字，他是吴敬梓五服内的从兄，比敬梓大五岁，即康熙丙子年（1696）生，乾隆元年（1736）与敬梓同膺博学鸿词科考试黜落，旋入直隶督学刘公幕，乾隆六年（1741）中举人，乾隆十年（1745）进士及第，“官刑部主事，未竟其用。生平肆力于诗”（张其濬《全椒县志·人物志一·文苑》）。乾隆庚午年（1750）夏卒于任上。在吴檠、吴敬梓辈数十个族兄弟中，他俩才华最著、最活跃，时人比之为谢灵运、谢惠连族兄弟，他俩也以之自诩互喻，惺惺相惜，早年常同金榘、章晴川等诗酒唱酬于溪上草堂（参见金榘《寄怀吴半园外弟》、金兆燕《许月溪诗序》，均见李汉秋《吴敬梓诗传》《儒林外史研究资料集成》）。乾隆元年博学鸿词科之试黜落后，吴檠仍热衷功名富贵，终于做了京官，与吴敬梓志趣不同；而吴敬梓走上了弃绝功名之路，对吴檠的认识也有了变化。

《儒林外史》在杜慎卿出场之前，先写南京“选文章的名士”萧金铉、季恬逸以及诸葛天申的浅陋无识，以这些赝名士作衬，彰显杜慎卿的出现是“鸡群来皎鹤之翔”（第二十八回回末联语）：一则由此三人眼中写杜慎卿，“三人近前一看，面如傅粉，眼若点漆，温恭尔雅，飘然有神仙之概”。再则由作者亲自点赞：“这人是有子建之才，潘安之貌，江南数一数二的才子。”天目山樵于此评点曰：“叙事中忽下赞语，前所未有。”真是细心之评。三则由季苇萧当面夸赞：“小弟虽年少，浪游江湖，阅人多矣，从不曾见先生珠辉玉映，真乃天上仙班。”

杜慎卿风采极佳，外貌就令其自命不凡。才华如何呢？三人中的“文胆”萧金铉摆出自己的诗作：

> 杜慎卿看了，点一点头道：“诗句是清新的。”便问道：“这是萧先生大笔？”萧金铉道：“是小弟拙作，要求先生指教。”杜慎卿道：“如不见怪，小弟也有一句盲瞽之言。诗以气体为主，如尊作这两句：‘桃花何苦红如此？杨柳忽然青可怜。’岂非加意做出来的？但上一句诗，只要添一个字，‘问’桃花何苦红如此，便是《贺新凉》中间一句好词。如今先生把他做了诗，下面又强对了一句，便觉索然了。”几句话，把萧金铉说的透身冰冷。（第二十九回）

齐省堂本于此评曰："绝妙谈吐，此真深于诗词者，彼斗方诸公何足以知之！"天目山樵评也表赞同。这位"二十七州县的诗赋首卷"，看来作为风流才子是货真价实的。接下去就难说了。请看小说第二十九回：

萧金铉道："今日对名花，聚良朋，不可无诗。我们即席分韵，何如？"杜慎卿笑道："先生，这是而今诗社里的故套，小弟看来，觉得雅的这样俗，还是清谈为妙。"

杜慎卿要力避"雅的这样俗"的名士故套，挖空心思，别出心裁，要"雅"得出人头地。以言"清谈"，谈永乐、方孝孺、夷十族，要讲出独到的见解。以言"饮食"，他点菜点得雅洁时鲜，"清清疏疏"，对季恬逸那样"饿鬼道上名士"点的南京名产板鸭，他吃一口就呕吐，脾

扬州博物馆内"扬州十五名家"之一李葂（中为本书作者戏入）

胃又娇贵又脆弱。以言“男女”，“乡下人”诸葛天申辈显然不配作谈伴。以“扬州十五名家”之一李葂为原型的季苇萧，素以“才子佳人信有之”自诩，而且是善于投人所好的帮闲人物，差可作知音，于是略坦腹心：“妇人那有一个好的？小弟性情，是和妇人隔着三间屋就闻见他的臭气！”而实际上，杜慎卿一到南京就急于娶妾，而且还声称“这也为嗣续大计，无可奈何！”

向来论者均据此证其“伪”。确实《儒林外史》所写的杜慎卿，给人的印象是口不应心，矫揉造作。但从心理分析来看可能不仅于此。

近年经何泽翰、吕贤平等专家考知：作为杜慎卿原型的吴檠，夫妻确无生育，为续嗣而娶妾也是有的。而且“纳妾以后，悍妻争风吃醋，因此家庭破裂，闹出惨剧来了”（何泽翰《儒林外史人物本事考略》）。由此推理，他对妇人之反感以至偏见，可能也是心理创伤的一种映射。一个人想得到的情爱无法得到，或所得非所爱反生嫌时，有可能产生“酸葡萄”心理：“妇人那有一个好的？”当然，原型与小说形象不可画等号，但了解原型可以了解某些创作现象的出现原因，例如杜慎卿的婚姻情况不作交待，有可能是作者不便明写所致。

杜慎卿不仅家世清贵而且才貌双全，他风流自赏竟至于自恋。他在雨花台，“太阳地里看见自己的影子，徘徊了大半日”，是典型的顾影自怜。他好像是什么也看不上，什么也不惬意，什么都厌倦，像“多余人”那样慵懒无聊，实际上是内心精神空虚。请看他与季苇萧的一段腹心之谈：

> 杜慎卿微醉上来，不觉长叹了一口气道：“苇兄，自古及今，人都打不破的是个‘情’字！”季苇萧道：“人情无过男女，方才吾兄说非是所好。”杜慎卿笑道：“长兄，难道人情只有男女么？朋友之情，更胜于男女！你不看别的，只说鄂君绣被的故事。据小弟看来，千古只有一个汉哀帝要禅天下与董贤，这个独得情之正；便尧舜揖让，也不过如此，

可惜无人能解。”季苇萧道：“是了，吾兄生平可曾遇着一个知心情人么？”杜慎卿道：“假使天下有这样一个人，又与我同生同死，小弟也不得这样多愁善病！只为缘悭分浅，遇不着一个知己，所以对月伤怀，临风洒泪！”……“这事要相遇于心腹之间，相感于形骸之外，方是天下第一等人。”又拍膝嗟叹道：“天下终无此一人，老天就肯辜负我杜慎卿万斛愁肠，一身侠骨！”说着，掉下泪来。（第三十回）

鄂君绣被，典出西汉刘向所编的《说苑》：鄂君子皙在河中泛舟，有越人撑船经过，对他唱了一首表达爱慕之意的情歌，于是鄂君子皙将他拥到榻上，并替他盖上绣被。这是常用来表示男子之间同性恋的典故。汉哀帝要禅天下与董贤，据《汉书·董贤传》所载：西汉董贤相貌俊美，得到汉哀帝的宠幸。汉哀帝不仅让董贤位极人臣，而且还有效法尧传位于舜，将天下禅让给董贤之意。

吕贤平考察男风之癖的时代背景指出，“明清两代形成了中国古代男色之风的最高峰”“有清一代，情的内涵在继承的基础上又有新发展，以纯情为上，不以追求感官的刺激为要义，甚至认为同性之情比异性之情更易达到感情的纯粹深厚之高境界”。并说：“考察吴檠的生活经历，确实能够找到这种对应关系。”吴檠遭“家庭之变”也与此有关（《儒林外史人物杜慎卿本事考略——兼论吴敬梓与吴檠之关系》）。

《儒林外史》对此是什么态度呢？

杜慎卿坦露腹心时，季苇萧暗道：“他已经着了魔了，待我且要他一耍。”于是以“妙人”相诱，而杜慎卿渔色心切，竟然急不可耐地按这个帮闲人物设下的戏弄圈套，一步步去钻，跌入陷阱，演出了“爱少俊访友神乐观”的绝妙好戏：他兴冲冲“起来，洗脸，擦肥皂，换了一套新衣服，遍身多薰了香，将季苇萧写的纸包子放在袖里，坐轿子一直来到神乐观”。满以为意中人定是“少俊”“男美”，几经曲折，好不容易终于盼到楼梯声响：

只见楼上走下一个肥胖的道士来，头戴道冠，身穿沉香色直裰，一副油晃晃的黑脸，两道重眉，一个大鼻子，满腮胡须，约有五十多岁的光景。（第三十回）

连杜慎卿自己也忍俊不禁，“拿衣袖掩着口笑”！这是对“着魔”男风者的绝妙讽刺！戏弄手法一如娄公子举办侠客“人头会”，打开却是臭猪头；支剑峰正狂言谁敢管“我们西湖诗会的名士”，却被“一条链子锁起来”！诸如此类的玩笑还不少，看来吴敬梓是够调皮的，即使是对以自己从兄为原型的人物，也不吝辛辣的揶揄！由此反观前引谈男风那一段“情”，实在是故作高深的矫情。

杜慎卿作为纨绔子弟，是个玩家，不断寻找新刺激，越新奇不“俗”才越刺激。他“在神乐观看见斗姆阁一个太监，左边坐着戏子，右边坐着道士，在那里吹唱作乐”。这很新奇刺激，他受到启发，于是“要做一件希奇的事”——“呈风流高会莫愁湖”。请看：

杜慎卿道：“我心里想做一个胜会，择一个日子，捡一个极大的地方，把这一百几十班做旦脚的都叫了来，一个人做一出戏。我和苇兄在傍边看着，记清了他们身段、模样，做个暗号，过几日评他个高下，出一个榜，把那色艺双绝的取在前列，贴在通衢。”……

到初三那日，发了两班戏箱在莫愁湖。……

杜慎卿叫掩上了中门，让戏子走过桥来，一路从回廊内转去，进东边的格子，一直从亭子中间走出西边的格子去，好细细看他们袅娜形容。……

自此，传遍了水西门，闹动了淮清桥，这位杜十七老爷名震江南。（第三十回）

清代康雍乾时期，江南及扬州一带经济繁兴，促进了文人的文化活动。扬州的诗社唱酬活动其著者，前后有王渔洋、卢见曾的虹桥修禊，季苇萧的原型李葂曾创作《虹桥揽胜图》。同时戏曲演出繁盛，大者有乾隆下江南时举办的戏曲会演，小至士绅的宴集会饮也乐以戏班或梨园人物助兴。清初曾严禁官绅狎妓，一些官绅和纨绔子弟转而以优伶为狎玩对象，当时的梨园界率皆男伶，成为男宠的绝佳对象。士绅狎玩戏子，往往要捧戏子，优伶经名士品评也就身价百倍。吴檠的《题九青图并序》就很欣赏这类“风流放达”。

杜慎卿嫌诗酒聚会“是而今诗社里的故套……雅的这样俗”，于是别出心裁标新立异，寻求新的刺激，要做“希奇的事”——由“诗酒陶情”改办“花酒陶情”（第三十回回末联语），只不过这个“花”是男旦。此举在当时有士绅狎伶之风的背景，就杜慎卿而言，其实这还是“爱少俊访友神乐观”的延长和扩大，要补偿神乐观未遂之愿，是同性恋觅“男美”的延续。你看，发榜之后，“鲍廷玺拉了郑魁官到杜慎卿寓处来见，当面叩谢。杜慎卿又称了二两金子，托鲍廷玺到银匠店里打造一只金杯，上刻‘艳夺樱桃’四个字，特为奖赏郑魁官”。希望这位魁官不致“辜负我杜慎卿万斛愁肠，一身侠骨”！

杜慎卿自命不凡，高标要跳出名士“雅的这样俗”的故套，却始终拔不出庸俗泥沼，是“俗得这样雅”。他傲视普通的“雅的这样俗”，要将庸俗的情事乔装打扮成高雅的情事，这种化俗为雅的根本还是庸俗，是里俗外“雅”，乔装打扮就显其矫情，“雅”只是矫揉造作、寻找刺激的新花样，以矫情风雅的庸俗来取代平凡的庸俗。

接着有更深入的揭示：

> 杜慎卿做了这个大会，鲍廷玺看见他用了许多的银子，心里惊了一惊，暗想：“他这人慷慨，我何不取个便，问他借几百两银子，仍旧团起一个班子来做生意过日子？”……
>
> 杜慎卿道：“这也容易……这教班子弄行头，不是数百金做得来的，至少也得千金。这里也无外人，我不瞒你说，

我家虽有几千现银子，我却收着不敢动。为甚么不敢动？我就在这一两年内要中，中了，那里没有使唤处？我却要留着做这一件事。而今你这弄班子的话，我转说出一个人来与你，也只当是我帮你一般，你却不可说是我说的。”……

“我第二十五个兄弟，他名叫做仪，号叫做少卿……他不上一万银子家私，他是个呆子，自己就像十几万的。纹银九七他都认不得，又最好做大老官。听见人向他说些苦，他就大捧出来给人家用。而今你在这里帮我些时，到秋凉些，我送你些盘缠投奔他去，包你这千把银子手到拿来。”……“我这兄弟有个毛病：但凡说是见过他家太老爷的，就是一条狗也是敬重的。你将来先去会了王胡子，这奴才好酒，你买些酒与他吃，叫他在主子跟前说你是太老爷极欢喜的人，他就连三的给你银子用了。他不欢喜人叫他老爷，你只叫他少爷。他又有个毛病，不喜欢人在他跟前说人做官，说人有钱……他若是问你可认得我，你也说不认得。”（第三十一回）

这段“私房授计”颇有心灵独白的效能，划出了杜慎卿与杜少卿“二杜”间的界限。最重要的是：少卿弟有“毛病，不喜欢人在他跟前说人做官，说人有钱”——“官”“钱”，不就是富贵吗？通过科举做“老爷”，才能增益功名富贵，怎能总做没有功名、不能增益富贵的“少爷”呢！所以杜慎卿坚定信念，“我就在这一两年内要中”，必须走这条路，必须中，已经准备有几千现银子，就是要留着做这一件事！皇天不负有心人，不久果然进士及第，“铨选部郎”，当官了。而那个呆兄弟却越发呆得出奇，功名富贵都不要。果如所料，把祖遗也耗光了。

在生活原型中，乾隆元年（1736）的博学鸿词科后，兄弟俩志趣的不同判然昭明。吴檠廷试铩羽懊恼之后，仍持续攀功名富贵之梯，乾隆六年（1741）中举，再过四年进士及第当官了。而吴敬梓却“自此不应乡举”，不再走科举之路，淡泊功名富贵，对从兄的态度也有明显变化。请看博学鸿词科次年（1737）他写的诗《贫女行二首》：

> 蓬鬓荆钗黯自羞，嘉时曾以礼相求。
> 自缘薄命辞征币，那敢逢人怨蹇修？（其一）
>
> 阿姊居然贾佩兰，踏歌连臂曲初残。
> 归来细说深宫事，村女如何敢正看！（其二）

诗以贫女喻自己。贫女表面上以“蓬鬓荆钗黯自羞”，实际上以敢于辞却礼聘而自矜。以“阿姊”喻从兄吴檠，他居然像宫女贾佩兰那样，以曾入汉宫而自矜。对此，我这个贫女“如何敢正看”——根本就不给予正面看待！再看《美女篇》：

> 夷光与修明，艳色天下殊。一朝入吴宫，权与人主俱。
> 不妒比《螽斯》，妙选聘名姝。红楼富家女，芳年春华敷。
> 头上何所有？木难间珊瑚。身上何所有？金缕绣罗襦。
> 佩间何所有？环珥皆瑶瑜。足下何所有？龙缟覆氍毹。
> ……何若汉皋女，丽服佩两珠，独赠郑交甫，奇缘千载无。

像前首“居然贾佩兰”的“阿姊”似的，“红楼富家女”均以西施、修明之受帝王宠幸为价值取向，精心修饰自己，力图挤进宫去邀宠。吴敬梓摒弃了这种价值取向，塑造了一个独特的“汉皋女”形象，他以自己的性情赋予“汉皋女”独特的品格——自由解佩，保持一个自由自在自主之身，而不愿作仰君王鼻息的宫中舞腰。这个“自由女神”，是吴敬梓的独创，也是其自况，她与“富家女”的鲜明对比，表现了吴敬梓的抉择：弃绝富丽朝堂，走向草野自由。这也就意味着：他与“阿姊”分道扬镳了。

探究生活原型是为了加深理解创作背景，加深理解作者何以这样写而非另样写。话还回到“私房授计”。“己所不欲，勿施于人”，这为中外所公认，而杜慎卿却反其道而行之，把己所不欲，施于乃弟！而且以兄弟发小之深知，教唆鲍廷玺攻乃弟的软肋，且授以路径和方法，包括如何收买少卿身边“坏不过”的人为内应，其用心何其险贼！如此下作，还有脸把这种教唆视为施惠于鲍的功劳！而又怕鲍说出，一再嘱咐鲍不要说出自己——躲在背后捅自己兄弟一刀，还要百般遮掩痕迹这就相当于明知害人还要执意作恶。作者此处已是诛心之笔！

综论此形象，小说借娄太爷之口说“慎卿虽有才情，也不是甚么厚道人”，这说得非常客气，是吴敬梓笔下留情。刘咸炘的《校雠述林·小说裁论》评杜慎卿为“才而佻荡”，实际上是个有“文”无“行”的矫名士。至此，“二杜”组合的意蕴也就明白了：由似雅实“矫”的杜慎卿过渡到真名士杜少卿出场。小说也就进入了后半部。

礼乐文化和文行出处

品格的形象演绎

如何既保护和引导人的进取精神，又克服和消弭“功名富贵”下的人性异化？从古至今人们都在探讨。

孔子曰：“富与贵是人之所欲也，不以其道得之，不处也。”（《论语·里仁》）他认为关键看是否“以其道得之”，是否合乎“义”，也即是否遵循道义原则。《儒林外史》第一回借王冕的话说八股取仕“这个法却定的不好”！“将来读书人既有此一条荣身之路，把那文行出处都看得轻了”——“荣身之路”也就是获取功名富贵之路，如果唯功名富贵是求，那就会“看轻”“文行出处”。这是王冕也是作者的着眼点。天目山樵于此评点：“古来荣禄开而文行薄，岂特八股为然。”此评眼界很开阔，说得在理。王冕的话，特指的虽是八股科举，而着眼点却在统治者所设的“荣身之路”，亦即吴敬梓所一再点明的“功名富贵”之路，并清醒地意识到这是“爵禄之縻”（第三十三回末联语）。他提倡“修身”要看文行出处，“治国平天下”要行仁义、倡礼乐教化。

孔子提的“四教”是“文行忠信”（《论语·述而》）。文：概指文化、学问；行：品行，立德于行的德行。“文”“行”概指士的学问、品行，也就是通常说的道德文章。《周易·系辞上》：“君子之道，或出或处。”“或出或处”，各遵其道。“出”“处”之间的选择更要遵道。

在孔子生活的春秋末期，孔子举出的“德行”是忠信。吴敬梓探讨的课题是如何对待功名富贵，这首当其冲就要正确对待“出”和“处”，“出”和“处”要各遵其道，而且要舍得不“出”取功名富贵，而能够甘心“处”于无功名富贵地位。因此《儒林外史》以“文行出处”代“文行忠信”而与“功名富贵”相对应。这属于儒家的智慧。

传统文化积累的对待“功名富贵”的智慧，不仅存在于儒家传统思想中，而且存在于其他学说中，帮助吴敬梓出离功名富贵之累的还有道家思想。

鲁迅说《儒林外史》“机锋所向，尤在士林”，为何现成的“儒林”不用而用“士林”？ 笔者认为：吴敬梓以“史”名书，故沿用史书中常设的“儒林”一项，实际上小说所及不仅限于狭义的“儒林”，而且及于广泛的“士林”，儒士之外还包括名士等。明乎此，就不至视阈拘囿于狭义的“儒林”和儒家思想范围内。

吴敬梓欣慕的真名士，其名士谱系可以上溯到魏晋名士，其思想渊源可追寻到老庄道家。张岱年先生说：“道家是隐士之学。”（《张岱年全集》第六卷）道家思想的一种作用是教人摆脱功名富贵羁绊，达到一种超然物外的精神境界，对于不得意的或不愿与统治者合作的士人，提供了一副精神安定剂，具有精神调节的功能。道家向往的“自然”是一种超功利的境界，认为人如果能超出利害得失之上，就能保持自己人格的自由，不为外物所役，观玩于众妙之门，逍遥于万物之上，在内心超脱的基础上获得精神的自由和愉悦。为此他们把世俗所看重的功名富贵，弃如腐鼠。这很自然就导出，以隐逸不仕作为放弃功利追求的标志，以逃避轩冕为高人（如泰伯、仲雍、季札以及伯夷等）。道家的这种人生态度，对于入世的儒士，常常是精神上的一种调节和补充，而对于名士，则是达到精神自由的一种基本追求。

“儒道互补”的人生观 在人生态度上，汉魏后的士君子，一方面受儒家思想影响，有较强的历史使命感和社会责任心，持积极入世的态度，以天下为己任；另一方面又有许多人受老庄道家思想的影响，必要时持超然和通脱的态度，顺应自然而不刻意强求，能够安于平淡和自得。这两重素质使得士君子的生命富有弹性，在人生途程中，一面以儒家精神进取，一面以道家精神调节，两者互补，演绎着张扬和内敛两种力的平衡，从而对于“入世”和“出世”具有可以适应的平衡感。这样也可以适应顺境和逆境的转换。儒道交替为用，在曲折的人生中可以不失其精神依托，这种进退出处之道的学理根底，就是“儒道互补”。

“儒道互补”符合辩证法，是有其必然性的。一个人，作为社会的人要干事业、做事情，必须要有儒家“治国平天下”的进取心，但是同时作为一个自然人，又希冀相对独立和自由，要求超越尘世烦恼，以求得心态平衡。人在世上总得做事，但也要有超越，能“进得去”也要能“出得来”，钻得太深而跳不出，就像范进、周进那样迂执了；要能跳出生活，站在更高的地方俯瞰生活，这样才经得起失意和挫折，成为成熟的人。世间事，必待能看得透、看得破，方能想得通、化得开、放得下，方能舍得、方能跳出、方能超越，方能顺其自然、参天地之化育；也才有余裕来品味人生，领悟人生真谛而形于艺术。

从正反两面教人如何做人　对于明清科举时代的士人来说，如何对待功名富贵已成为人生观、价值观的核心，成为人品、人格的试金石。从这角度看，《儒林外史》从正反两面教人如何对待功名富贵，也就是教人如何做人。叶楚炎教授的《〈吴敬梓诗传〉与李汉秋“吴学”》（载《人民政协报》）说得好：“《儒林外史》之所以难以解读，是因为这是一部需要全身心地投入，将自己所有的生命体验和小说文本的阅读相融通，才能读出其意蕴、读懂其‘伟大’的经典之作。”

《儒林外史》的深刻性，不仅表现在对负面人物和文化现象的批判和讽刺很有深度（集中在“楔子”之外的前三十回），而且表现在对正面人物和文化现象的反思和哀婉很有深意（主要在从第三十一回起的后半部）。近几十年对《儒林外史》的研究，多偏重前者。其实，这两部分是相反相成的两面，是相得才能益彰的，必须从整体对照中辩证地把握，离开了一面，对另一面的理解也就停留于表层，难于深入底蕴。而且，正是文化精英（真儒士和真名士）的文化活动，其追求和失落，更直接地反映了吴敬梓的文化探索。在这方面，胡适的《吴敬梓传》，短短两千来字，既看到吴敬梓写周进的可怜、严贡生的可鄙，"又看他反过来写……一个武夫萧云仙那样可爱。再看他写杜少卿、庄绍光、虞博士诸人的学问人格那样高出八股功名之外——这种见识，在二百年前，真是可惊可敬的了"！究竟如何"可惊可敬"？以下试徐徐析之。

泰伯祠祭礼及其倡导人迟衡山

《儒林外史》第三十七回泰伯祠大祭，是全书的最大事件和高潮，是俯瞰全书的结构顶点，是掌握全书艺术构思的枢纽，具有重要的思想意义和结构意义，把全书的主导思想显豁出来。

（一）

儒家思想的核心是"仁"及与其相表里的"礼"。"仁"是"礼"的内核，"礼"是"仁"的外在体现。没有"仁"，"礼"就失去价值目标；没有"礼"，"仁"就无以发挥作用。儒家又把"礼乐"作为一对互为依存的范畴提倡。关于"仁义"，本书在"楔子"讲王冕一节已论及，此处就祭泰伯祠略讲一下儒家的"礼乐"传统。

儒家重教化，把"礼乐"作为治国的基本方略。如：

礼，经国家，定社稷，序民人，利后嗣者也。(《左传·隐公十一年》)

夫功成制礼，治定作乐。礼乐者，行化之大者也。孔子曰："移风易俗，莫善于乐；安上治民，莫善于礼。"(刘向《说苑·修文》)

乐至则无怨，礼至则不争。揖让而治天下者，礼乐之谓也。(《礼记·乐记》)

礼乐的意义包罗广大，不仅有外在方面的一整套秩序规范，并逐渐演化为特定的法规、制度；而且发展了与内在心性情感的联系，并越来越强调它是外在规范的基础，强调通过陶冶性情、调节情感，变原始性的生命为道德性的生命，达到人际和天人的和谐。

制礼作乐是儒士的本分。迟衡山的作为体现了儒士的这种本分，他是原本意义上的真儒。当正统儒家的理想已被假儒高翰林认为只能充当修饰文章的“词藻”、不能“当真”的时候，迟衡山仍然迂执地以制礼作乐为己任。在小说第三十三回中，他不满意“而今读书的朋友，只不过讲个举业，若会做两句诗赋，就算雅极的了，放着经史上礼、乐、兵、农的事全然不问”！他标举的“礼乐兵农”，是后儒们强化农业文明的模式，成为《儒林外史》中真儒的政治理想。在以农为本的时代，富国之路主要是发展农业。如果说“兵农”讲的是富国强兵，那么“礼乐”就是精神文明了，是传统的政治型文化。迟衡山说，朱元璋“定了天下，大功不差似汤武，却全然不曾制礼作乐”。庄绍光朝见时，小说通过皇帝之口，也把“士大夫亦未见能行礼乐”作为当世的两大不足之一。在礼乐式微之时，迟衡山秉承儒家的传统，继绝学兴礼乐。他决计弘扬泰伯精神，他说：

> 我们这南京，古今第一个贤人是吴泰伯，却并不曾有个专祠……要约些朋友，各捐几何，盖一所泰伯祠，春秋两仲，用古礼古乐致祭。借此大家习学礼乐，成就出些人才，也可助一助政教。（第三十三回）

习学礼乐、成就人才、俾助政教，这是儒家“为国以礼”的礼治思想的正宗，也体现了儒家“内圣外王”的总思路。

儒家的圣人贤人多得很。何故独独抬出泰伯呢？除了地方性和家族性的原因之外，是否还有其他因素？泰伯是西周太王的长子，按嫡长子继承制，理所当然地是王位的继承人。当泰伯觇知太王属意于三弟季历

无锡泰伯庙

之子姬昌（即后来的周文王）时，便主动与二弟仲雍一道出走，避到今无锡一带的吴地，按当地习俗断发文身，而把王位让给季历再传给姬昌，以此泰伯被历代儒家塑造成“揖让而治天下”的楷模。他是东南礼乐的奠基人，成为推行礼治的偶像。他弃冕旒而奔荆蛮的行为，同时又颇有点许由逃箕山式的高人风貌。看来是这样的贤人更符合吴敬梓的理想。

以泰伯为推行礼治的一尊偶像，也是其来有自的，从孔子开始，历代儒家都是如此。东汉糜豹的《泰伯墓碑记》说泰伯“尚端委以治周礼，数年之间人民殷富，教化大治，东南礼乐实始基焉”，称赞他是以礼乐化吴俗的圣人。明代周忱在《重修至德庙记》里讲了著名清官况钟的一个故事：他到苏州上任，百案不审，首先率吏属祇谒泰伯庙，认为修葺此庙，进行礼的教育是“郡守之先务”。在泰伯偶像的感化下，连系囚都愧悔而自服其辜。此故事突出地表现了“道之以德，齐之以礼，有耻且格”（《论语·为政》）的礼治德化思想。

《儒林外史》的泰伯祠大祭与儒家借泰伯推行礼治的传统一脉相

承。与祭典相呼应，小说描写了虞博士在南京国子监任上“以礼乐化俗”的种种实践。庄绍光、杜少卿都因“我道不行”而辞征辟，只能与迟衡山等贤人共同筹资建泰伯祠以兴礼乐。在这里，朝廷与泰伯祠正是遥遥相对的两端，庄绍光和杜少卿都是辞却朝堂，走向泰伯，既是“贤人在野”，又是“礼失而求诸野”。第三十三回末作者特别点明：“一时贤士，同辞爵禄之縻；两省名流，重修礼乐之事。”朝廷只行“爵禄之縻”，不能兴行礼乐，贤人就不出仕，宁可在野自行操持礼乐事业。在这样的对比中，借泰伯祠祭典批判现实政教、朝廷功令，提倡制礼作乐、匡正时弊的意图是不言而喻的。

古今论者对泰伯祠参祭者之良莠不齐颇有不解。其实那正是体现了礼乐教化之广泛性，化育之功有教无类普照世间。朱熹解释“导之以德，齐之以礼，有耻且格”，说民受德引导：“有所观感而兴起矣，而其浅深厚薄之不一者，又有礼以一之，则民耻于不善，而又有以至于善也。”（《四书章句集注·论语集注》）。像季苇萧、储信、伊昭那样品性不佳者，甚至像臧荼那样品行有亏者，都一体参祭，接受陶冶，使他们“耻于不善，而又有以至于善”，这正是礼的普泛效应，也是吴敬梓的“救世之心”。

（二）

在儒家思想体系里，“礼”与“德”不可割裂。德是人性所固有，是礼之所从出；礼是德之彰著于外者，是德之所流行。所以朱熹总是“德礼”联用，强调“德礼则所以出治之本，而德又礼之本也”（《四书章句集注·论语集注》）。“礼治”是就社会政治制度而言，“德治”是就伦理关系而言，而儒家是把政治伦理化，伦理政治化，所以礼治德治合二为一。

按照礼的精神，对己要主敬，对人要主让。如：

> 能以礼让为国乎，何有？不能以礼让为国，如礼何？

(《论语·里仁》)

让，礼之主也。(《左传·襄公十三年》)

礼义立，则耕者让于野；礼义坏，则君子争于朝。(桓宽《盐铁论·授时》)

礼义坏，集中表现在“争”，要治“争”，就要提倡与它相对立的“让”。

孔子赞美泰伯，特别强调他的“让德”：

泰伯，其可谓至德也已矣。三以天下让，民无得而称焉。(《论语·泰伯》)

明代陈音在《重修至德庙记》里阐发说：“惟天生民有欲，欲则易争，争在利与名耳。利莫大于有天下，名莫高于让天下，泰伯以天下让而泯其让之名，此其所以为至德而孔子称之。”朱熹说：“至德，谓德者之至极，无以复加者也。”(《四书章句集注·论语集注》)。孔子讲的“至德”就是“三以天下让”的“让德”，他认为大家都能让，能“克己复礼”，礼就能得到维护和发扬。宋代皇帝干脆就封泰伯为“三让王”。清人汪琬《重建泰伯庙碑记》说：“文者礼之迹也，让者礼之基也，伯之用文教治吴也，盖实以三让为之本。”汪士鋐《重修至德庙记》说：“夫子……曰‘以天下让’，所以教天下之让也。而俗之偷也，父子兄弟之间往往反唇戟掌于一钱……使民相习于礼让……因俗以成化，使父父子子兄兄弟弟，可不谓美乎！”他们推崇的都是泰伯的“让德”。

在阶级社会里，这种超阶级的“让德”当然只是一种空想，统治阶级既想以之调节内部关系，又想用它调和阶级矛盾，而他们的实践却从来都是大吃小、强凌弱、蚁争食、蝇争血。因此对世风不满者往往以理想中的泰伯古风比照丑恶的现实，寓讽刺批判之意。请看，王令《至德庙》诗云：

古庙郁崔巍，朱门傃道开。
今人不为让，间或乞灵来。

陆龟蒙《和袭美泰伯庙》诗亦赞：

故国城荒德未荒，年年椒奠湿中堂。
迩来父子争天下，不信人间有让王！

王诗还只是对世风的一般讥讽，陆诗则是对统治者争夺皇位致骨肉相残的尖锐讥刺。明初被叔父燕王（即永乐皇帝）夺去帝位的建文帝，据传也有一首《题泰伯墓东壁》诗，末四句道：

八百周基无足贵，千秋俎豆有余香。
深惭今日争天下，遗笑句吴至德邦！

这简直是以现身说法，对“兄弟争立，父子相夷”的最高统治者进行批判。这样的缅怀泰伯，实际上是借古讽今，悬泰伯为镜批判争名夺利的浇薄世风。

吴敬梓及其许多亲友都崇敬泰伯，他的“至契”程廷祚之父程京萼在《金陵祀典议》中就倡议在南京修泰伯庙，他“生平所至敬服者”吴培源（蒙泉），就是很敬仰泰伯的无锡吴氏。吴培源的老师杜诏写过《重修泰伯庙碑记》，后厘定《梅里志》并作序，认为泰伯“庙之兴废……风化系之”，兴建泰伯庙是“教化”的重要措施，对人可以起到“磨揉迁革于不自知”的作用，可以使“礼让兴行，风俗淳美”，杜诏是兴修泰伯祠的又一个积极倡导者。吴敬梓的族亲吴爱棠曾在无锡知县任上于惠山寺内建泰伯庙，1763年吴敬梓的长子吴烺瞻仰此泰伯庙，赋诗《过惠山寺憩听松庵同蒙泉、爱棠作》，其中“千秋让德仰姬宗”一句，正说明了他与乃父及父执崇仰泰伯的主要原因就是推崇让德。1976年笔者正是看到《杉亭集》的这首诗才找到根据，并把它写入专书。

吴敬梓在南京，就是与类似这样的“同志”一起，重修雨花台先贤祠，“祀吴泰伯以下五百余人”（顾云《盋山志·人物上》）。为捐资修祠，他把仅存的全椒老屋都卖掉，真可谓不惜竭资罄囊，表现出对信仰的虔诚。《儒林外史》即以这件事为创作原型，大写杜少卿等人捐资建泰伯祠，把崇祀五百人的先贤祠改为独尊泰伯的专祠，这既是原有素材的合理发展，又突出了泰伯的象征意义。吴敬梓这样做，何尝不是借泰伯这面古镜照射现实社会的魑魅魍魉？《儒林外史》善于借崇高与丑陋的对照以加强批判的力量，严贡生、王德、王仁之流，岂不都是“父子兄弟之间往往反唇戟掌于一钱”的人物？他们正是泰伯“让德”的对立物，泰伯、王冕乃至虞博士，都是作者树以立品矫俗的

泰伯塑像

楷模。对于恶浊的士风，吴敬梓可以毫无讳饰地从正面尖锐批判，而对于包括当时盛传的雍正夺嫡在内的黑暗政治斗争，他就只能用泰伯等人物形象为反光镜加以照射，批判的锋芒隐含在背后。

（三）

现代论者每谓泰伯祠大祭细写礼乐仪式，味同嚼蜡，是吴敬梓“败笔”之处。殊不知，古代“礼”的基本特点便是以每个个体外在的行为、动作、仪式来标志和履行其特定的社会地位、职能、权利、义务。礼是神圣的仪式，礼的仪式本身具有重要的作用。“礼在主宰、规范、制约人的行为、动作、言语、仪容等人的各种身体活动和外在方面的同时，便对人的内在心理（情感、理解、想象、意念）起着巨大作用”（李泽厚《华夏美学》）。

孔子一般教学生以“六艺”，礼、乐、射、御、书、数，礼居其首，乐是配合礼的。孔子非常注重礼的形式（包括仪式、服制、器物等）的教育，赋予它以规范行为、陶冶性情的重要意义。这样的思想成了儒家的一个重要传统。孔子尤其重视祭祀，《周礼·大司徒》说“以祀礼教敬”。“泰伯祠大祭”一节不惜笔墨细写礼仪的全过程，正是体现了儒家重视礼仪尤其重祭礼的传统。祖籍靠近徽州的黄小田看后评曰：“此段看似繁重，其实皆（朱）文公《家礼》。吾乡丧祭所常用者也。”可见清末皖南还沿袭此礼。曲阜祭孔大礼也沿此传统，2000年笔者亲见香港孔教学院举行的孔诞2550年祭孔仪式还保存着类似的规范和程序。这种描写的目标和归宿虽落在“礼”上，而途径却重在“习”。迟衡山说建泰伯祠的目的是“习学礼乐”，泰伯祠前高悬金字一匾曰“习礼楼”，“习礼”包括对各种动作、行为、言辞及仪容、服饰、器皿等一系列外在规范的演习，强调的都是“习”。这样的思想与清初重“习行”、讲“实用”的颜李学派一脉相承。

明清统治者以八股和理学互为表里，作为加强文化专制统治的工具。颜李学派批判它们，旗帜鲜明，态度坚决。颜元说无论朱学、王学都是“杀人”道学，而“八股之害，甚于焚火”（《颜习斋先生言行录·不为》）。颜元把理学弊端和八股联系在一起批判：“宋家老头巾群天下人才于静坐、读书中，以为千古独得之秘，指办干政事为粗豪为俗吏，指经济生民为功利为杂霸，究之，使五百年中平常人皆读讲《集注》，揣摩八股，走富贵利达之场，高旷人皆高谈静、敬，著书集文，贪从祀庙廷之典……万有乃真空矣。”（《朱子语类评》）《儒林外史》则用活生生的艺术形象批判八股与理学弊端的混血儿。在小说里，有鼓吹“‘揣摩’二字，就是这举业的金针”的高翰林；有叮嘱门生“在寓静坐，摩揣精熟”的周进；有“垂帘看书”“咬文嚼字”的“老阿呆”杨执中……他们都一心一意“走富贵利达之场”，“疲精敝神”于八股和理学末端，不是无知无用之辈就是无德无行之徒。

针对理学的一味静坐诵读的弊端，颜元特别强调习行、实践。他说：“讲究礼乐虽十分透彻，若不身为周旋，手为吹击，终是不知。”（《四书正误》卷一）所以他以“习斋”命名自己的书斋。他主持漳南书院时以古器教学生跪拜如仪。《儒林外史》写“习礼楼”下的活动，也贯穿着注重习行的精神。在庄严的至德祠中，奏的是“至德之章”，舞的是“至德之容”，与祭者各安其位，各司其事，先后有序，进退有节，肃肃穆穆，诚诚敬敬，就像颜元所理想的那样，按照古礼古乐，“跪拜周旋，捧玉爵，执币帛，亲下手一番”（《四书正误》卷一），在和谐而神圣的礼仪中“尽其性，践其形”，接受规范和陶冶。连祭器、乐器也由迟衡山考核古制而制成，严格贯彻颜元的“见之事”“征诸物”的精神。

无论是虞博士的“以礼乐化俗”的种种实践活动，还是紧接祭泰伯之后的萧云仙实践礼乐兵农等，都表现了提倡“习行”反对“空言”的思想。这种习行，虽然其中心内容和颜元一样还是“习礼”“习乐”，仍有着复古的成分，但在封建文化根深蒂固的当时，要求得思想内容上的革新，在学术形式上往往不得不打着复古的旗号。梁启超曾说颜元是“以复古求解放”（《清代学术概论》），那么吴敬梓笔下的“复古”

是否也有从理学弊端和八股的桎梏中“求解放”的一面？

何况他们还不仅要求学礼。针对程、朱、陆、王唯务“空言”的“虚学”，颜元提倡“经世致用”的“实学”。他崇尚艺能，讲求功用，反对理学家崇道贱艺、排斥功利的思想；他主张扩大学的范围，“礼乐射御书数”六艺之外，“博学之，则兵农钱谷、水火工虞、天文地理，无不学也”（《四书正误》），主张培养具有“经天纬地之略，兵农礼乐之才”的“通儒”（《习斋记余》卷一）。吴敬梓在《儒林外史》里也提倡“礼乐兵农”，也主张培养有“经天纬地之才”的“通儒”。他笔下的理想人物王冕，“天文地理，经史上的大学问，无一不贯通”；虞华轩精通“兵、农、礼、乐、工、虞、水、火之事”；虞育德学习祁太公的“也知道地理，也知道算命，也知道选择”，还叫他儿子学医；萧云仙更是兵农礼乐、地理、水利的全面实践者。

在今天看来，这样的学问未免陈旧，但在科技不发达、科学思想体系不健全的当时，它们却是一种新学问的萌芽。刘师培就曾说：“近世以来……以为颜氏施教，旁及水火工虞，略近西洋之致用”（《非六子论》），后来周作人读《颜氏学记》甚至说：“‘兵农钱谷水火工虞’，这就是后来提倡声光化电船坚炮利的意思，虽然比较平淡，又是根据经典，然而也就足以吓倒陋儒，冲破道学的乌烟瘴气了。”（《苦茶随笔》之四）

（四）

一般小说借助贯穿全书的中心人物和主干故事来增强结构的完整性，《儒林外史》却是靠明确的中心思想来统驭各个自成起讫的短篇故事，并把它们组成一个正反相互观照，而且有上升、有顶点、有下降的完整结构。“泰伯祠大祭”一节就居于小说结构的顶点。

《儒林外史》前三十回（“楔子”除外）主要描写不能正确对待功名富贵的种种士子，像闲序所概括的：“有心艳功名富贵而媚人下人者；有倚仗功名富贵而骄人傲人者；有假托无意功名富贵自以为高，被人

杜少卿夫妇同游清凉山（程十发绘）

看破耻笑者”。他们都不讲“文行出处”，都不是“礼乐兵农之才”，他们的存在正说明举行泰伯祠大祭进行礼乐教化的必要性，解剖社会病理后，如何疗救呢？提倡礼乐正是作为治疗前述种种沉疴痼疾的药方。

如果说前半部是从反面着笔，写出“崇礼”的必要，那么，从第三十一回起的后半部，主要是从正面描写礼乐事业的倡导及其式微。

自杜少卿出场起，主要写能够正确对待功名富贵的士人，即闲序所说的“辞却功名富贵，品地最上一层，为中流砥柱”者。由杜少卿逐渐引出“真儒”迟衡山、庄绍光以及虞博士一班贤人，第三十一回至三十七回就以此四人为主角，以筹建泰伯祠为鹄的，正面铺写礼乐的理想。

这七回是一个逐渐上升的过程，泰伯祠盛典就是这批贤人活动的总汇合，犹如“千流万派，同归黄河之源；玉振金声，尽入黄钟之管”。贤人的礼乐活动登上了极盛的顶峰，成为后来人物不断缅怀的黄金时代。正是在这里鲜明地亮出了“礼”的旗帜，从而成为全书中心思想表现得最显豁的地方，犹如《水浒传》里“梁山泊英雄排座次”，树起了“替天行道”的杏黄旗一样。

越过了全书结构的这个顶点，就开始了下降的过程。卧评第三十七回说:“本书至此卷，是一大结束……譬之作乐，盖八音繁会之时，以后则慢声变调而已。”在以后的“慢声变调”里，泰伯祠大典的音符不断重复出现，但却如辽远历史的回音，越来越微弱，越来越凄清，勾起的是往事如云烟的无名惆怅。

大祭之后萧云仙靖边、劝农、兴学，全面践行礼乐兵农，但却落得削职破产，“广武山赏雪”已充满抑郁悲伤的气氛。到第四十六回“三山门贤人饯别，五河县势利熏心”，结束了下降的第一个阶段。此时，在秋风萧瑟的背景上，贤人们洒泪饯别礼乐事业的主持人虞博士，这具有浓厚的象征意义。所谓:“老叔已去，小侄从今无所依归矣！”杜少卿伤感的话语代表了贤人们的悲凉情怀，崇尚仁义礼乐的贤人都已经“无所依归”，犹如秋风里的黄叶，被吹得四散飘零。与此相应则是“五河县势利熏心”，世风日下，徒唤奈何。

王玉辉抱着礼书到邓尉山拜访“最爱这部书”的好友，那位好友已是柩内的僵尸，他只得把礼书与香纸牲礼“一同摆在灵柩前祭奠”——礼书只能作祭奠僵尸的祭品了。他拿着余大先生的信到南京找庄绍光、迟衡山诸贤人，寻求他们支持将礼书付刻，而“这些贤人君子，风流云散”，已经无人支持他了。他跑去瞻拜泰伯祠，那里又是尘封冷落，满目荒凉，“迟衡山贴的祭祀仪注单和派的执事单还在壁上”，但曾几何时，已经成了明日黄花，无人闻问。当年致祭的乐器祭器，也被锁在八张大柜里，被人遗忘。作者正是从这番“泰伯祠遗贤感旧”写出贤人礼乐事业的衰败。这是第四十八回的事，可以说是下降的第二阶段。

第五十三回，狎妓的陈木南和国公府徐九公子酒酣耳热之际谈论道：因为未及参加泰伯祠大祭，已经不知道“古人的制度了”——“礼”已失传了。到五十五回，盖宽和邻居老爹来到泰伯祠，那里更已是断壁残垣，破败不堪，连放乐器祭器的八张柜子也已无影无踪。瞻仰终于变成凭吊，无限伤感，“所谓曾几何时而江山不可复识矣！感叹苍凉”（齐评）。二人怏怏离开泰伯祠，登上雨花台绝顶，只见“那一轮红日，沉沉的傍着山头下去了”，仿佛一个时代已经到了尽头。

儒林之中礼已失传，“那知市井中间，又出了几个奇人”。不仅在朝的当权者不讲“礼”，连在野讲“礼”的贤人也“销磨尽了”，这不又要有一层“礼失而求诸野”么？“薪尽火传，工匠市廛都有韵”（小说五十四回结语），“市井奇人”虽有贤豪们的流风余韵却已有异质，他们与杜少卿、沈琼枝都有逸出儒轨之“奇”，但在当时尚无补于颓世，看来只有期待未来了。小说末尾，荆元的琴声虽然有时“铿铿锵锵，声振林木”，而高山流水知音者稀，终于“忽作变徵之音，凄清宛转”，于老者“听到深微之处，不觉凄然泪下”。这是笼罩小说三十七回以后的总情调。

这显然已经不是礼乐的颂歌，而是礼乐的挽歌。吴敬梓亲手编织起礼乐的花环，又亲笔记下它的萎败零落。既然明知要萎败，为何还要编织呢？这就是吴敬梓的悲剧了。18世纪上半叶的中国，虽然已出现了早期启蒙文化，但还处于中国文化转化的酝酿期，吴敬梓还没来得及迎来它的转化，他还只能像颜李学派学者那样，一方面对当时的官方哲学——程朱理学的弊端进行尖锐的揭露，另一方面又把古代儒家的一些政治理念和道德规范理想化，当作矫世变俗的良方，使自己的思想蒙上一层历史色彩。好在吴敬梓毕竟是个忠实于现实的小说家，一旦现实生活证明他毕生服膺的儒家理念无济于世，虽然含着无限哀婉和依恋，他还是毅然写出这种理念的无力挽救危机。也许这也算是一种“现实主义的伟大胜利”吧！吴敬梓以他诗人的敏感，已经觉察到，单凭以儒家为主干的传统文化已无力救治社会的沉疴痼疾，泰伯祠所代表的仁义礼乐理想的无奈幻灭，就是最明显的标志。

值得玩味的是：继1705年康熙南巡御书“至德无名”四字榜于苏州泰伯庙之后，1751年乾隆下江南时也“遣官祭周泰伯祠”，并“御书泰伯祠匾曰‘三让高踪’”(《大清高宗纯皇帝实录》《大清历朝实录》)，此时近在咫尺的吴敬梓不会不知此事，但在他逝世前还不断修改的《儒林外史》里，却仍然以泰伯祠的破败无人过问象征礼崩乐坏，从这里更可以体察到吴敬梓写泰伯祠的创作用心。

康熙、乾隆御书泰伯匾

庄绍光的文行出处

儒士指崇信儒家学说的士人。作为中国封建社会文化主干的儒家学说，讲的是一套治国安民的道理。从主体实践方面说，人伦道德是其核心；从社会效用方面说，经世致用是其主线。综合起来也就是内修圣德，外行王道，简称为“内圣外王”。“经世”是儒家不同于道家、佛家的最重要特色，讲人伦道德如果抽去了“经世”这个目的，那就不是纯粹的儒士；但“经世”如果离开了人伦道德这个核心，那就失去了儒士的真义，变成严贡生、王德、王仁那样的假儒。

不满于形形色色的假儒，与之相对照，吴敬梓描绘了一批真儒贤人。真儒形象只有从儒士的文化大背景中才能体会其真义，从儒道互补的文化大背景中才能觉察其变异的端倪。

儒家并不像道家那样否定功名富贵。正统儒家认为“士志于道”，应当以“道”的承担者自居，以“道”自任，整个价值取向必须以“道”为终极依据。这样，在出仕的问题上，所当考虑的应是“道”的得失而不是个人的利害，即所谓“忧道不忧贫”，进退、出处的大节都应当以“道”为依归。儒家愿意接受“以其道得之”的富贵。孔子说：

> 天下有道则见，无道则隐。邦有道贫且贱焉，耻也；邦无道，富且贵焉，耻也。(《论语·泰伯》)

是“见（现）”还是“隐”，是“出”还是“处”，是取富贵还是守贫贱，都有个根本原则，都取决于邦是否“有道”、出仕能否行道。讲究出处之道成为正统儒家最基本的政治伦理原则，成为“真儒”立身行事的准则和操守，如果舍弃原则一味去追求功名富贵，那就会成为假儒。

“道”的内涵是什么？在正统儒家看来，其核心是仁义。《孟子·尽心上》有一节说：

> 王子垫问曰：“士何事？”孟子曰：“尚志。”曰：“何谓尚志？”曰：“仁义而已矣。……”

仿佛特地设计一个人物体现真儒的“文行出处”之道，《儒林外史》写了一个“姓庄名尚志，字绍光”的贤人，他克“绍”儒士“尚志”之“光”，注重人格德行的操守和修为，讲究“文行出处”。庄绍光是讲学问的学者，尤其治《易》、治《礼》，不仅讲“文”，而且把“文”贯彻到“行”中去，他对卢信侯说：“读书一事，要由博而返之约，总以心得为主。”他确努力于此，治《礼》守礼，治《易》用《易》，曾以《周易》上的“亢龙”比喻马二先生的只知进不知退。他在离京途中夜宿遇到走尸，虚惊一场，又以《周易·系辞下》“吉凶悔吝者，生乎动者也”的话自解。南怀瑾解读此句，引老子《道德经》“天地之间，其犹橐籥乎？虚而不屈，动而愈出。多言数穷，不如守中”，并阐释其意：“天地之间，实在像一具风箱一样啊！没有人拉它，它便虚静无为……若是一旦鼓动起来，那风就汩汩涌出了。天地的或静或动也是这个道理。……实在说来，言论愈多，离道愈远，反而招致败亡，倒不如守住虚静无为的‘道’本身。”（南怀瑾《历史的经验》）

儒士能够不论穷达都以“道”为依归，这就自然在权势之外保持一种独立人格，形成一种不为权势所属的尊严感，衍生出道尊于势的观念。与此相联系的是尊贤、尚贤思想，战国时代，礼贤下士曾经成为一种风尚。“尊贤使能”“贤者在位”和野无遗贤，皆被视为政治清明的标志，也是君王圣明的表现；反之，“不信仁贤，则国空虚”“不用贤则亡”（《孟子·告子下》），贤人在野不为所用，标志着政治窳败、君王无道。

《儒林外史》第三十三回、三十四回写杜少卿托病辞征辟之后，第三十四回、三十五回又集中写“圣天子求贤问道”举行征辟大典，征辟庄绍光。对待征辟，迟衡山、庄绍光、杜少卿三个人表现出三个不同的层次。第三十三回中，迟衡山对少卿说：

> “少卿兄，你此番征辟了去，替朝廷做些正经事，方不愧我辈所学。”杜少卿道：“这征辟的事，小弟已是辞了。正为走出去做不出甚么事业，徒惹高人一笑，所以宁可不出去的好。”

卧评说二人“衡山之迂，少卿之狂”，道出二人性格区别。迟衡山又说，要“盖一所泰伯祠，春秋两仲，用古礼古乐致祭。借此大家习学礼乐，成就出些人才，也可以助一助政教”。于此，天目山樵评迟衡山“是真儒见识”。的确迟衡山还是一心一意要“替朝廷做些正经事”，“助一助政教”（小说三十三回）。杜少卿虽赞成兴祭泰伯祠的礼乐事业，但对“朝廷”“政教”已不存希望，看清楚“走出去做不出甚么事业”，所以宁冒欺君之罪装病辞征辟。

而庄绍光的态度则处于迟、杜二人之间，当被荐进京朝见时，他回答妻子的质疑说：

> 我们与山林隐逸不同，既然奉旨召我，君臣之礼是傲不得的。你但放心，我就回来，断不为老莱子之妻所笑。（第三十四回）

老莱子是春秋时楚国的隐士，据刘向《列女传》“楚老莱妻”载：楚王召他为官，他原应承，其妻表示不满，于是老莱放弃应召，与妻归隐江南。庄绍光虽愿像老莱子一样同妻隐居江南，但还是要尽一尽君臣大礼。这是治《礼》践礼的真儒士，与隐逸名士杜少卿的分界线正在此。

同是回答妻子疑问，杜少卿的内容与他全然不同：

> 娘子笑道：“朝廷叫你去做官，你为甚么妆病不去？”杜少卿道：“你好呆！放着南京这样好顽的所在，留着我在家，春天秋天，同你出去看花吃酒，好不快活！为甚么要送我到京里去？”（第三十四回）

虽是对妻子戏言，但符合他名士的身份和性情。

庄绍光进京朝见的结果是“辞爵还家”。第三十四回结语道：“朝廷有道，修大礼以尊贤；儒者爱身，遇高官而不受。”这实是理解这两回文字和庄绍光形象的钥匙。乍一看，这联语是对朝廷的颂辞，联系起来一推敲，真是“皮里阳秋”。既然朝廷有道尊贤，此正儒者“贫且贱焉耻也”，应当出仕兼济天下，何故庄尚志却要辞高官而趋隐遁？这种“爱身”，是只有在“邦无道”之时，儒者为洁身自爱、不与朝廷同流合污才采取的呀！作者写庄尚志辞征辟，由于其矛头是直指最高当局的，在“避席畏闻文字狱”的时代，吴敬梓不得不隐而不露地闪烁其词，甚至用象征手法和反语暗含讥讽。

且看庄绍光应征召到朝廷时，皇帝和权臣太保公的一系列表演：皇帝又是用“传胪的仪制”举行朝见大典，又是便殿召见亲自垂询，“特赐禁中乘马”，真是求贤若渴，旷典殊恩！这引起权臣太保公的重视，让人传语庄绍光：“欲收之门墙，以为桃李。”谁都知道这是朝中权臣拉帮结派培植亲信的重要方式，“竞进”之徒卖身投靠惟恐不及；但庄绍光却断然拒绝权臣的招致，他明知这无异断送自己的仕宦前程，但还是毫不犹豫地这么做了。作者采用象征手法，写他不能容忍螯头顶心的“蝎子”，决不与这种“臧仓小人”为伍，并由此悟出：“看来我道不行了！”贤人出山，为了行道，这是最高的政治理想；“我道不行”，则是最深的政治失望，话说得很含蓄、冷静，分量却很重，对于坚持出处操守的真儒，已别无选择，只有“恳求恩赐还山”了——被逼上“山林隐逸”之路，“坚卧烟霞”。

皇帝虽然认定庄绍光“学问渊深”，却听凭太保公所奏，“不由进士出身，骤跻卿贰，我朝祖宗无此法度”，于是降旨“允令还山”。这里的自相矛盾是显而易见的：既然要恪守必须由进士出身的“法度”，又何必煞有介事地搞什么求贤的征辟大典？可见这只是一种装潢、一种表演，是对尊贤理想的一种亵渎。“有道尊贤”是假，无道拒贤才是真。

在庄绍光进京和返里途中，作者用“背面敷粉”法写出：山东道上响马劫银、京师城门外老人贫病而死无人收殓、卢信侯无辜遭文字狱牵连，隐约含蓄地透露出导致贤人在野的社会危机和政治危机，这哪里像“朝廷有道”的升平景象？经过这一番不情愿的被动的“社会视察”，庄绍光的去意更决，对功名富贵的态度由更淡泊发展至厌弃，把官场的拜往周旋视为苦海。离京时“满朝官员都来饯送，庄征君都辞了”；到扬州需换江船，“岸上有二十多乘齐整轿子”来迎送，“总商凑齐六百两银子到船上送盘缠”，庄征君的船却早已远遁！这些都是又富又贵的光彩，是景兰江辈巴望终生而不可及的；回至南京，从布政司到府州县官员都来拜，“庄征君恼了……连夜搬到玄武湖去住”。躲到这块钦赐的与世隔绝的世外桃源里去，一边饮酒，一边读杜少卿写的《诗说》。至此，这位真儒已走到儒士与名士的交界线上，难怪他与名士杜少卿互相引为知己。“穷则独善其身，达则兼济天下”，一些士大夫，正是从儒家的这条“独善”之路，摸到了通往道家思想之门，在按照儒学出仕求治国平天下而受到挫折的时候，往往转向道家，以道家的人生哲学作补充，寻求一种解脱。“儒”和“道”就这样由对立走向了互补，相反而又相成。吴敬梓还让庄绍光保持着“处则不失为真儒”的完整性，只不过走到名士的篱笆跟前就止了步，让道家的思想血液流淌到真名士的形象里。

萧云仙礼乐兵农实践的挫折

（一）

《儒林外史》里萧云仙等情节是否出自吴敬梓手笔？聚讼已久。先是吾师吴组缃先生1954年发表的宏文《〈儒林外史〉的思想与艺术》，在第六节谈讽刺艺术时提及：“三十九回萧云仙救难、平少保奏凯，以至四十回上半劝农兴学，另外还有四十三回野羊塘大战……都没有实生活体验；作为艺术看，显得很低劣……有几处对话，那思想跟全书主题和作者的思想也正面冲突……可能不是原作者的手笔。”（李汉秋编《儒林外史研究论文集》）。继而吾友章培恒兄1982年发表专文《儒林外史原貌初探》，着重从小说情节前后时间的差错入手论证：“四十六回饯别虞博士时……倘若吴敬梓原本确有萧云仙等事，那么，他在祭泰伯祠之后还至少在南京做了十多年博士，为什么只说‘在南京来做了六、七年博士’？……吴敬梓……写这些句子的时候，根本没有计入萧云仙等故事的时间……书中涉及萧云仙之处，当都是后人窜入。”（李汉秋编《儒林外史研究论文集》）

组缃师品鉴眼力非凡，教导笔者要像鉴定家鉴定古董那样，有眼力来鉴别古代小说；培恒兄国学功力深厚，曾应笔者之请为笔者的研究生完整地讲授“中国小说史”一门课。1984年成立“中国《儒林外史》学会”时，笔者代表刘世德学长等筹备者，恭请组缃师任名誉会长、培恒兄任会长。对他们的学术成就笔者是很尊重的，对上述观点笔者虽心有疑惑，也不轻易献疑。1984年上海古籍出版社同时出版我的两本拙作时，笔者只是谨慎地探索着自己的认识：

> 以萧云仙、汤镇台为中心人物的一些章节，艺术质量比较差，这是为什么呢？有的论者以为那些章节是后人续作，所以与主要部分不一致。这固不失为探求答案的一条途径，但现在尚缺少充分可靠的证据。相反，今见增补齐省堂本（六十回本）以前的所有版本都已是五十六回，笔者发掘出来的“徐允临从好斋辑校本”跋说，他曾用“扬州原刻”复勘五十六回的苏州群玉斋本，却只字未提“扬州原刻”只有五十回或五十五回，只是说王承基来信认为，五十六回“末回蛇足，大可删去”；如果“扬州原刻”只有五十回，徐允临自不能不道及。其实，艺术质量较差的章节也未尝不可出于同一作者之手。……写郭孝子深山遇虎、萧云仙青枫城奏凯、汤镇台野羊塘大战，作者本人根本不熟悉那样的生活，缺少实际的观察和体验……同前半部的成功创造相比，几乎如出另手。……《儒林外史》有明确的中心思想和完整的艺术构思。第三十七回泰伯祠大祭是贤人们礼乐事业

的高峰……礼乐之外作者还提倡兵农，所以又着重写出萧云仙那样知书识礼、能养能教的人才，全面实践着礼乐兵农的理想。……萧云仙的失意和汤镇台的被黜正好证实杜少卿和庄绍光的判断："走出去做不出甚么事业"，"我道不行"，礼乐兵农的理念无法实现。(《儒林外史研究资料·前言》,《儒林外史会校会评》书首《儒林外史的版本及其沿递》)

2014年11月，中国儒林外史学会与全椒县合作在安徽全椒县举办"吴敬梓逝世260周年国际学术研讨会"，会上，北大中文系出身的美国哥伦比亚大学商伟教授在《〈儒林外史〉叙述形态考论》中重新申说了他的观点："本文从《儒林外史》叙述时间内部的不一致处着手，说明这类问题无法归咎于任何假想的伪作者，而只可能出在吴敬梓的笔下，与他小说的写作方式与写作过程有直接的关系。此外，由于时间的不一致通常出自人物对话，破解《儒林外史》的叙述时间之谜，也为我们理解《儒林外史》的叙述形态特征，提供了一个难得的契机。简而言之，吴敬梓在一个开放性的写作过程中，将取自当代笔记琐闻和个人阅历的各类素材编织成篇，渐次展现了以人物为中心的、与时推移的多重视角和多声部混杂的叙述形态。更重要的是，他通过小说叙述，切入当代文人的传闻网络（包括口头和书写的轶事传言），并为这个网络提供了一个文学镜像。"（该文发表于《文学遗产》2014年第5期）

同一会上，中国人民大学文学院郑志良副教授提交了论文《宁楷与〈儒林外史〉》，首次公布了吴敬梓挚友宁楷《修洁堂初稿》所收《〈儒林外史〉题辞》（下或简称"《题辞》"）。郑志良根据《题辞》有关内容判定，《儒林外史》第五十六回为吴敬梓原稿所固有，并非后人伪作窜入；并据《修洁堂初稿》有关作品判定，宁楷即是《外史》中"武书"这一人物的原型。（该文后以"《儒林外史》新证——宁楷的《〈儒林外史〉题辞》及其意义"为题，发表于《文学遗产》2015年第3期）

郑志良的发现和商伟的文章，引起对《儒林外史》原貌问题的重新热议。组细师亲炙的博士、北大刘勇强教授带出的叶楚炎博士，又发掘了宁楷等人的相关文献，撰成《〈修洁堂初稿〉及〈儒林外史题辞〉考论》一文，指出载有《〈儒林外史〉题辞》的《修洁堂初稿》一书的完成，不会早于乾隆二十八年（1763），即在吴敬梓去世至少十年后方才成书，郑志良判定该书成于吴敬梓去世之前的乾隆十八年（1753），还需商榷。叶楚炎还认为，以宁楷为原型塑造的小说人物“武书”在书中有种种超乎寻常的表现，而宁楷的诗文作品与第五十六回“幽榜”之间也充满了诸多微妙的联系，因此，宁楷很可能便是《儒林外史》“幽榜”等的增补者。（该文后发表于《文学遗产》2015年第6期）

2015年8月，在安徽大学文学院召开的“第二届清代文学国际学术研讨会”上，安徽大学耿传友教授提交了论文《〈儒林外史〉原貌新探》，捍卫乃师章培恒的观点：《外史》原貌应是程晋芳所说的五十回；并与叶楚炎不约而同地认为：宁楷很可能是《外史》萧云仙故事、“幽榜”等内容的窜入者。

而在同一研讨会上，郑志良提交了重要新成果《新见吴敬梓〈后新乐府〉探析》，首次公布了吴敬梓另一挚友严长明辑《八表停云录》所收吴敬梓《后新乐府》诗六首，并考证这六首诗约作于乾隆十四年（1749）。其中《青海战》一诗写的是吴敬梓友人李畇的生平事迹，李畇即是《外史》中萧云仙的人物原型，据此可知：《儒林外史》中萧云仙故事就是吴敬梓根据李畇的生平事迹写成的，章培恒先生等人认为萧云仙故事系后人窜入的说法，难以成立。

为给郑志良、叶楚炎、耿传友等新一代学者提供论辩讲坛以推进研究，笔者筹划召开了“《儒林外史》新文献研讨会”，2015年9月26日在北京大学开坛，北京大学、中国人民大学、中央民族大学、安徽大学、中国传媒大学、首都师范大学、中国青年政治学院等单位的20多位学者，“当面锣，对面鼓”地深入论辩切磋了一整天，中国人民大学的国外访问学者和有关高校研究生列席旁听。会议印发的论文，除了上面提到的四篇外，还有叶楚炎的新成果《匡超人本事考论》，郑志良的《吴敬梓家世新探——读吴国缙〈世书堂稿〉》。

（二）

据笔者看来，叶楚炎、耿传友关于《儒林外史》原貌及增补者之论，对所涉及的文献探索颇深，在其论及范围内，用功颇多，学力颇厚；可惜其说还缺少有力的文献支持，我们国学的传统是“无征不信”，如组缃师亲炙的两位博士张国风教授和刘勇强教授所言：需要“铁证”。

《儒林外史》文本之外，他们持论的主要依据文献是程晋芳的“五十卷”说。程晋芳确是吴敬梓的稔友，他明确提到吴敬梓《儒林外史》的至少有三次：其《怀人诗》十八首之第十六首是怀吴敬梓的，末四句说：

> 《外史》纪儒林，刻画何工妍。吾为斯人悲，竟以稗说传。

此诗写于1749年秋，他已读过“稗说”《外史》，我们据此可知吴敬梓的《儒林外史》至迟在此时已基本成书。过了五年许他又有《哭吴敏轩》三首，其三云：

> 促膝闲窗雨洒灯，重寻欢宴感偏增。
> 艳歌蜨蝶情何远，散录云仙事可征（自注：君好为稗说，故及之）。
> 身后茅堂余破漏，当年丹篆想飞腾。
> 过江寒浪连天白，忍看灵车指秣陵！（《勉行堂诗集》卷九《拜书亭稿》）

颔联的后句有把握是指《儒林外史》里的萧云仙情节。因为诗作者正是在“散录云仙事可征”下自注说“君好为稗说，故及之”，第一，这只能是指“君”——吴敬梓；第二，这只能是指吴敬梓的“稗说”；第三，“稗说”之称与前引《怀人诗》“《外史》纪儒林……竟以稗说传”相一致，吴敬梓的“稗说”只有这部《儒林外史》；第四，自注“故及之”，这个“之”准确无误直指“散录云仙事可征”——《儒林外史》里的萧云仙情节；第五，“云仙”就是指萧云仙。查今见最早的卧闲草堂本的第三十九回总评就有“云仙不过实授千总”之句。清人黄小田、天目山樵的评批也均称萧云仙为“云仙”，如第三十九回黄小田夹批有“云仙真是将才”等数处；第四十回天目山樵夹批有“云仙又经济，又风雅，又豪爽，我以为在虞、庄、杜三人之上。作者于大祭之后叙郭孝子、萧云仙，非无意也，而评者以为余波，岂其然乎”；等等。（均见李汉秋辑校《儒林外史汇校汇评》，上海古籍出版社2010年及2021年诸版，以下凡引小说原文和评批均据此本）

程晋芳与吴敬梓是有几度亲密交往的稔交，闻其噩耗往事浮涌，一下子写了三首《哭吴敏轩》，不是泛泛印象笼统之言，而是每首都忆及亲密交契的情景和细节，忆及印象深刻的具体诗句、具体情节，并加注点明，忆及《儒林外史》时，在诗里只能以点概面，“及之”颔联两句。

颔联的前句“艳歌蛱蝶”是“情何远”，而后句“散录云仙”是“事可征”——特别强调是足可征信的！据《拜书亭稿》下面的小注，这卷诗都作于乾隆甲戌（1754）、乙亥（1755）年间。这三首诗之后第六首为《除夕大雪用聚星堂韵》，当是在甲戌年除夕所写，其后便进入乙亥年所写的诗作。由前后诗看，《哭吴敏轩》三首的写作时间应在甲戌年除夕之前，吴敬梓正是逝于此年的十月廿八夜（据王又曾《丁辛老屋集》卷十二《书吴征君敏轩先生〈文木山房诗集〉后有序》），可见此《哭吴敏轩》写于吴敬梓刚逝世，别人“窜入”改写《儒林外史》也来不及。此诗句可证《儒林外史》的“原貌”就有萧云仙故事。

（三）

萧云仙故事在当时确乎“可征”。笔者在2011年出的两部书中就已指出：年羹尧案是雍正年间的大案，《儒林外史》中萧云仙故事即以此为背景。当年羹尧事功全盛之时，他的部下也升官，而当年羹尧被赐死之后，他的部下也倒霉。雍正十二年（1734）上谕“从前桌子山、棋子山征剿一案，乃年羹尧、岳钟琪张大其事，有意捏成者……凡桌子山、棋子山册内开官弁俱不准议叙；若从前有已叨议叙者，著该部查明注销”(《世宗谕旨》，廖寿丰据《四库全书》模刻本)。年羹尧案牵涉人员很广，无辜受牵连者不甘沉抑，时出申述。据袁枚《随园诗话》卷二载，岳钟琪曾命其子岳濬托南京文士编写其西征“行状”：

> 随园有对联云：“此地有崇山峻岭茂林修竹；是能读《三坟》《五典》《八索》《九丘》。”故是李侍郎因培所增，悬之二十余年。忽一日，岳大将军钟琪之子参将名濬者来谒。入门先问此联有否？现悬何处？予指示之。端睇良久，曰：“此后书舍，可有蔚蓝天否？”予问：“何以知之？”曰：“余在四川时，梦先大人引游一园，有此联额。且曰：‘将我交此园主人。’濬惊醒，遍访川中，无人知者。今来补官江宁，有人谈及，故来相访。”因出将军行状二十余页，稽首求传。予读之，杂乱舛错，为编纂七日方成。而岳又调往金川，不复再见矣。

“岳大将军钟琪”即《外史》中“平少保”的原型，萧云仙的原型即年羹尧和岳钟琪的下属，其命运也随年羹尧、岳钟琪的命运而浮沉。吴敬梓诗《赠李俶南二十四韵》写该将的“行状”：

赠李俶南二十四韵

行旌新岁至，候馆早春寒。梅蕊宵疑坼，椒花晓未残。
光风迎北户，淑气转东阑。晋接言辞洽，周旋礼数宽。
家声重仙李，功业著楼兰。忆昔横戈数，曾闻倚剑看。
秋风衰草白，落日大旗丹。羌笛声多怨，鸣笳梦岂安。
龙城夸万仞，虎旅凛三单。月朗辉银铠，沙飞染绣鞍。
革心有硐户，稽颡是呼韩。禹甸休传檄，尧阶庆舞干。
长才试盘错，壮志历艰难。自合膺专阃，还宜议筑坛。
边疆欣奏凯，薄海羡飞翰。虎豹娴韬略，蛟龙走笔端。
焚香炉鸭瘦，翻帙蠹鱼干。才子珠为唾，先生铁作肝。
高情惟觅句，雅韵若无官。适兴还挥麈，新诗拟弄丸。
油幢千骑上，鬃马万星攒。躬应升平运，交深寒士欢。
挥毫惊浩瀚，伸纸自汍澜，伫见颁纶綍，天阶奏凤鸾。

此诗写于乾隆二年（1737）早春吴敬梓在南京“晋接”李俶南后。从中可知：第一，李俶南是“边疆欣奏凯”的武将，从“功业著楼兰”看，在西北立过战功，从“革心有硐户”看，在西南少数民族地区也立过军功；第二，他不仅“虎豹娴韬略”，而且“蛟龙走笔端”，能武能文，与吴敬梓等文人“周旋礼数宽”；第三，此人本来“自合膺专阃，还宜议筑坛”，但是“长才试盘错，壮志历艰难”，却落得“伸纸自汍澜”，确属失意的岳钟琪部下。

作家把对失意的有功战将的同情倾注在萧云仙形象中，《儒林外史》第三十九回、四十回所写萧云仙，也在西南少数民族地区立了战功，也有武功文治，本堪大用，但却“屈在卑位”。他经过南京时，经武书介绍，请杜少卿等文士，将他的“半生事迹”“或作一篇文，或作几首诗”，“撰述一番”。以上数端都与此诗所写的李俶南关合，可见萧云仙形象与李俶南有关联。（《吴敬梓集系年校注》《儒林外史鉴赏辞典》）

贵州镇远县青龙洞口《儒林外史》主题雕塑

（四）

郑志良发现了《八表停云录》所收吴敬梓《后新乐府》六首，其中《青海战》一诗写的是吴敬梓友人李畝的生平事迹：

青海战 · 志边功也

西陲昔用兵，阃外太保制。军陷卓子山，我马尽奔踶。
桓桓李将军（自注：畝字俶南），肘后金印系。步卒三百人，
衔枚同执锐。
捣穴焚其巢，烽烟飏毡罽。偏拔什库尸，驼向高原瘗。
丑虏十万众，一朝尽失势。明年太保败，军功遂淹滞。
将军曾入赀，职受宣州卫。运丁何无良，驿路侵官税。
节使责长官，褫夺循成例。将军挽白须，筋力近已蹶。
我本锦江人，江上芙蓉丽。儿忆郫筒酒，妾挽抛家髻。
悠悠三十年，今年作归计。回思祖共叔，俱在沙场毙。

谁望铭燕然，谁思阾乌鳌。贱子身独全，喜极仍流涕。

此诗第五句后自注："畝字俶南"——原来李俶南就是李畝！郑志良考证，此诗约作于乾隆十四年（1749），也就是程晋芳已看到《儒林外史》书成之时。如果说《赠李俶南二十四韵》只写到李畝至乾隆二年（1737）初的经历，那么，这首诗就续写了其后十余年的经历及父祖辈家世，也与《儒林外史》中萧云仙故事完全关合：在小说中，萧云仙承办青枫城城工，被工部核减追赔，后被擢升应天府江淮卫守备；现实中的李畝，由于年羹尧、岳钟琪的关系，"军功遂淹滞"，后纳赀担任的职务也是宣州卫守备。由于手下运粮兵丁侵吞官税，李畝受到处罚，被褫夺官职，无奈只好返回四川成都府老家；萧云仙的籍贯也是四川成都府，被处罚后也回到成都。小说中萧云仙之父萧昊轩的情况与李畝之父李世芳的情况也关合。《同治奉新县志卷十人物志·武举》"李世芳"小传中提到李世芳的父亲和弟弟皆战死，与《青海战》中李畝述说"回思祖共叔，俱在沙场毙"亦相吻合，可见吴敬梓对李畝的生平与家世都很熟悉，非止一面之缘。李畝乾隆元年（1736）至乾隆九年（1744）任宣州卫守备，而吴敬梓收入《文木山房集》中的诗歌，最后几首《腊月将之宣城留别蘧门》《江上曲》《仙人矶晚眺》《雪后过采石矶》《白紵山》《曹跃舟留宿南轩》《入琵琶峡》《除夕宁国旅店忆儿烺》，就是记述乾隆五年（1740）腊月至除夕宣城之行的（见《吴敬梓诗传》），此时李畝正在宣州卫守备任上，驻扎宣城。吴敬梓此行，可能会拜访李畝。前有《赠李俶南二十四韵》，后有《青海战》，两人持续十几年的交情，吴敬梓以李畝为原型塑造了萧云仙形象是有迹可征的。

2017年北京大学中文系博士李远达考证出，青枫城的原型为青海大通卫。在《西宁府新志》和《大通县志》中找到了诸多李畝史实，与《儒林外史》第四十回的叙述十分相近，可以分为筑造城垣、兴修水利、祭祀先农和创立义学四个方面。李远达说："根据新发现的材料，可以勾稽出萧云仙原型李畝从征青海，尤其是桌子山之战和署理大通卫期间的诸多史实，结合《提督杨凯传》中对汤镇台原型杨凯的相关记载，将方志、传记与小说叙事相互参证，则可以证明吴敬梓笔下两场战争的诸多细节皆非凭空臆造，而是渊源有自。”认为“吴敬梓很可能从李畋那里获知了大量细节，并将这些素材写进了《儒林外史》”。(《文人“兵”梦的实与虚——〈儒林外史〉萧云仙、汤镇台本事补证》,《中国文化研究》2017 年春之卷)。凡此，正好证明“散录云仙事可征”确实可征！

同一个程晋芳，在《勉行堂文集》卷六有《文木先生传》，照该集编年，此传写于1770年至1771年间，末尾说：

> 所著有《文木山房集》《诗说》若干卷；又仿唐人小说为《儒林外史》五十卷，穷极文士情态，人争传写之。

“穷极文士情态”与二十余年前《怀人诗》说的“《外史》纪儒林，刻画何工妍”相一致，从“人争传写之”推测，此时《外史》尚无刻本问世，手抄本分卷也许还不是很清晰。毕竟此时距吴敬梓离世已十六七年之久，有些记忆已不清晰，连吴敬梓殁日他也记为十月十四日，比当日在扬州亲历其变的王又曾所记，差了十四天；连程晋芳重视的诗文集《文木山房集》、“治经”之作《诗说》，他也记不清卷数，只说“若干卷”；又何况他引为吴敬梓“悲”“竟以稗说传”的“稗说”呢，他只能举其整数“五十卷”。重要的是，即使“五十卷”，他也没说其中不包含萧云仙故事，怎能以“五十卷”之说为据来否定他曾经那么明确肯定“可征”的萧云仙情节呢？

（五）

笔者常想，推动学术进展的往往是学术史名篇中的一些“深刻的局部真理”：在某一点面上开掘很深、体悟很深、创意很新，给人启发很多，犹如聚光光束聚焦到某一点上，发出耀眼的光芒；但后继者不能只把该点面定格化，而忽略聚光以外的部分，不去照亮对象的全面。《儒林外史》研究史上的“讽刺小说”说，确乎推进了对这部小说的认知和研究，功不可没。但如果太局限于“讽刺小说”的定格而框住研究的视野，那就会让这种定格阻滞学术的进展。（1984年笔者曾以近代现实主义来拓宽“讽刺小说”的研究视域，在《光明日报·文学遗产》上，引起长达数月的论辩。）再加上20世纪中后叶只强调“批判”的潮流，在《儒林外史》研究视域，思想内容上偏重于解读其批判性、否定性的方面，艺术上偏重于阐释其讽刺艺术，而对此“定格”之外的思想和艺术，或视而不见，或一笔带过不予深研，成了“盲区”，甚至怀疑不合“定格”之域是否吴敬梓亲笔，并从他人“窜入”方面去寻求解释，阻窒了从作家作品的多面性多样性或发展变化方面去探讨的思路。

李畝参与西南平番、转战青海，虽起于康熙末年，而失意沉抑宣州卫并遭罚回成都，已是乾隆九年（1744）之后，“悠悠三十年”，作者把以他为原型而塑造的人物萧云仙，放在杜少卿、庄绍光、虞博士等在南京大祭泰伯祠之后，是对应于现实中原型人物活动的时序的，大结构没有错。“大祭之后萧云仙靖边、劝农、兴学，全面践行礼乐兵农的理想，却落得削职破产……把他融入贤人失意的环境中，以表现礼乐兵农理想的幻灭，表现对社会的深沉的失望情绪”（李汉秋《儒林外史研究》）。应当说这是符合吴敬梓《儒林外史》的总体思想和总体构思的。

沿此思路也可以解释汤镇台的情节。《哭吴敏轩》其三的颔联自注“君好为稗说，故及之”，是包括前后两句的。“艳歌蛱蝶情何远”，蛱蝶，南朝何逊《石头答庾郎丹》诗“黄鹂隐叶飞，蛱蝶萦空戏”，杜甫也有名句“流连戏蝶时时舞”，程晋芳此处以翩翩“蛱蝶戏”状翩翩“歌舞地”，隐指《儒林外史》第四十三回汤镇台的“歌舞地酋长劫营”。确实，“野羊塘将军大战，歌舞地酋长劫营”，并不像一般稗官写“大战”那样写两阵对圆兵来将往，而只着重写两次“歌舞地”的“艳歌蛱蝶”：第一次是除夕的苗寨，“罗列着许多苗婆，穿的花红柳绿，鸣锣击鼓，演唱苗戏”，汤镇台奇袭取胜；第二次是汤镇台设局，在苗婆中“拣会唱歌的，都梳好了椎髻，穿好了苗锦，赤着脚，到中军帐房里歌舞作乐”，引来苗酋劫营被歼。程晋芳以最突出的意象“艳歌蛱蝶”，隐括汤镇台用兵，是符合小说情景的，也符合写诗规律的。

1739年秋吴敬梓有真州（仪征）之行，拜会的重要对象就是汤镇台的原型人物杨凯（号江亭）。此时的杨凯，在历任湖广督标中军守备、辰州副将兼桑植副将、永顺副将、镇筸总兵、湖广提督等职，屡立战功之后，被弹劾革职，回到故乡真州，常与文士往来。常往来于南京、真州、扬州的吴敬梓成了他的座上客，此行拜会后，吴敬梓先写了《赠杨督府江亭》，继而又赋《雨夜杨江亭斋中看菊》，待了一段时日，在又一首《雨》的末二句还说：“明晨冲泥问杨子，妻儿待米何时还？”似有待杨凯应允什么。此行在秋雨连绵中，细听白发投闲的老将，回忆苗寨用奇兵、宦海屡浮沉的传奇经历，既感兴趣又多感慨，不久就以杨凯经历的野牛塘战役为素材基础，写成《儒林外史》中的汤镇台“野羊塘将军大战”的故事。诗中的“羊祜常角巾”也成了小说中的文字“今日角巾私第，口不言功”。

吴敬梓生前为筹资出版己作是煞费精力的，由此他也谙熟书商的要求，《儒林外史》第二十回中为书店编选本的匡超人说“选本总以行为主，若是不行，书店就要赔本”，对此吴敬梓当是心有所会的，他笔下的马二先生，游西湖时还不忘做“市场调查”，看自己的书行销如何。有可能吴敬梓是为谋求出书行销，投合一般读者口味，在晚年添加了一些行侠、历险、征战等吸引眼球的情节。清末的小说评点大家黄小田已看到作者的苦衷，在第三十八回总评说：“以前数十回淡淡着笔无人能解，聊以此数篇略投时好，且与从前演义人一较优劣。”在第四十三回总评又说：“传奇家嫌杂出冷淡，必有金鼓齐鸣之出，此篇与前青枫取城，亦此意也。”。时至今日，《儒林外史》学会副会长周月亮教授把此小说改编为电影剧本时，还不得不违心地添加吸引眼球的故事！ 搞得后来连他自己都不承认那是自己的作品了。由于吴敬梓缺少战争方面的生活体验和积累，虽然力求摆脱此类小说的窠臼，但还是未能写得有血有肉形象饱满，而且在与原先创作的衔接上还出现罅漏。细察的组缃师、培恒兄就此提出问题。二公虽已仙逝，但他们培养的学术后人和关爱的学术界，还在探讨他们提出的问题，薪火相传，继续着学术事业。

王玉辉礼学的悲音

《儒林外史》第四十八回《徽州府烈妇殉夫，泰伯祠遗贤感旧》通过徽州老秀才王玉辉怂恿三女儿绝食殉夫，塑造了一个颇为复杂的王玉辉形象，以至于二百多年来出现不同的评价和争论。

卧评曰："王玉辉真古之所谓书呆子也，其呆处正是人所不能及处。观此人，知其临大节而不可夺。人之能于五伦中慷慨决断，做出一番事业者，必非天下之乖人也。"我们如何理解此评？

朱熹《四书章句·论语集注》卷四注"曾子曰：'可以托六尺之孤，可以寄百里之命，临大节而不可夺也。君子人与？君子人也。'"云：

> 设为问答，所以深著其必然也。程子曰："节操如是，可谓君子矣。"

从孔子、曾子到程子、朱子，都把"临大节而不可夺"作为"君子"的试金石和标准。笔者引用只是说明卧评对王玉辉人品的评价是很高的，而并非说明笔者完全同意此评价。

约一个半世纪前黄小田在这段卧评后针锋相对地驳曰："此评大谬。""天下事有意'做'出，便非至情至性。王玉辉有心博节义之名而令女儿去'做'，此岂于至情至性耶？其女在家想习闻其迂执之论，故商量殉节。而玉辉谓之'好题目'，若深以为幸者，岂非以人命为儿戏而遂流于忍乎！夫节烈，美名也，然必迫于事势无可如何，不得已而出此。其女有翁有姑，再三劝阻，忍而为此，是亦谬种而已。"

“五四”时期，从陈独秀、钱玄同到鲁迅，都激赏王玉辉形象深刻表现了“良心与礼教之冲突”（详后文）。

近年有学者提出，王玉辉的“‘迂拙’只不过是其‘精明’的掩饰”，“他其实是个伪君子”（陈美林《〈儒林外史〉人物论》）。

这些不同观点都关系到如何把握王玉辉形象的典型意义，是“伪君子”呢，还是“书呆子”“古君子”？批判的锋芒是指向个人品质的虚伪呢，还是指向理学偏颇？讲清这个问题，不仅要了解宋明以来理学统治的大环境，而且要具体而微地透析产生王玉辉形象的徽州文化典型环境。

（一）“程朱阙里”的“迂呆君子”

理学，或称“道学”，是中国封建社会后期的官方哲学，成为社会的统治思想，其中除了明中叶至明末阳明学派风靡一时之外，以程颢、程颐与朱熹为代表的程朱理学，作为统治思想大体上与后期封建社会相终始。而徽州则被称为“程朱阙里”。

王玉辉是在余特（大先生）携弟余持（二先生）到徽州当府学训导时出现的。在吴敬梓笔下，这“二余”虽各有瑕疵但总体上还属孝悌君子，他们到徽州府当学官，要效法虞博士，推行礼乐教化。“二余”遇到老秀才王玉辉，作者是把它当作明师贤契的际遇来写的。王玉辉本是迂拙的老秀才，向来不跟学官套近乎，不愿奉承趋附，这次是出于真心仰慕，才来拜见二余。同声相应，同气相求，双方十分相得。王玉辉“志于道”的精神最令“二余”赏识。

王玉辉是一介寒士，抚养一子四女，生活相当艰难。当时秀才坐馆比童生（如周进）馆金高得多，秀才王玉辉何故舍去这坐馆教书谋生养家的机会？他平生立志要纂三部书，“因这三部书，终日手不停披，所以没的工夫做馆”。王玉辉是个“笃信好学，守死善道”的“正身士”，而不是“干禄士”。孔子说：“三年学，不至于谷，不易得也。”（《论语·泰伯》）王玉辉不是三年而是三十年在穷山村里，甘守清贫，默默无闻，孜孜不倦地为弘扬礼学焚膏继晷，有种不惜献身的宗教情怀和殉道精神。高翰林嘲笑杜少卿的父亲是呆子，“教养题目文章里的词藻，他竟拿着当了真”，王玉辉也“当了真”，也是类似“呆子”。

对三部书王玉辉虽未言其详，但从他所透露的端倪看，估计都是理学的布道书。第一部是礼书，“将三礼分起类来，如事亲之礼、敬长之礼等类。将经文大书，下面采诸经子史的话印证，教子弟们自幼习学”。孔子创立了以礼治天下的社会政治思想，以“礼”为核心的社会规范体系成为封建社会赖以巩固统治的重要手段。王玉辉所说的“三礼”，是最早记载古代礼制的三部礼书：《周礼》主要记载古代的典章制度，《仪礼》主要规定人们的行为规范，《礼记》主要说明古代的具体礼仪。历代儒家都希望通过对“礼”的整理和阐释，教化人心，发挥规范社会和个体的作用。朱熹就以《仪礼》为经，以《礼记》为传，整理和阐释“三礼”，纂有《仪礼经传通解》（未完成，由门人接续）。公元1198年，68岁的朱熹在身体和精神都很衰弱的情况下，仍然撑着病躯编写礼书，表示只有把礼书编好，死才瞑目。临终前一两个月，他还托付学生黄榦、范念德，收集礼书底稿，补辑抄写完成。王玉辉编纂礼书，显然是接续理学大师朱熹的事业和传道精神，甚至连编纂方法也是学朱熹的。这得到余大先生的极高评价：“这一部书该颁于学宫，通行天下。”

第二部是字书，“是七年识字法”，天目山樵评曰：“此亦紫阳（朱熹别号）《小学》之类。”可见也是沿着朱子的路子走。第三部是乡约书：“不过是添些仪制，劝醒愚民的意思。”看来是结合徽州乡间实际，把“礼”具体化、普及化，使乡约宣讲增强仪式感，以取得教化民众的最佳效果。为弘扬以“礼”为核心的道统，王玉辉是全身心地投入，寝馈其间，专注不怠，以至失去现实感。他这种“当真”的忘情状态，与“妄自尊大”不是一回事。

如果说吴敬梓对王玉辉迂执编纂礼书的态度是含蓄而复杂的，那么，对他怂恿女儿殉节的批评就溢于言表了。

王玉辉仰天大笑道“死的好”(程十发绘)

王玉辉以礼“教子弟们自幼习学”，果然卓有成效。大女儿年轻丧偶“守节在家”。三女儿出嫁不到一年就丧夫，哭得天昏地惨，要绝食殉夫。正如黄评所说:“其女在家想习闻其迂执之论，故商量殉节。”公婆听了泪如雨下，好言抚慰，加意劝阻；亲生父亲王玉辉非但不加劝阻，反而怂恿说:“你竟是这样做罢。”老妻痛哭流涕骂他呆，他反而说老妻呆。结果三姑娘饿了八日，硬是活活饿死。老妻大哭不止，他却仰天大笑道:“死的好！死的好！”

天底下有这样的为人父者，岂非咄咄怪事！但这样的人物决非凭空臆造，这是理学弊端的畸形产儿，是徽州这个“理学王国”典型环境里产生的典型人物形象。

王玉辉父女的原型出自徽州。何泽翰的《儒林外史人物本事考略》

已考出汪洽闻和他女儿的事是其原型，并引述金兆燕的《棕亭古文钞》卷八《汪阆洲七十寿序》称："槐塘有汪洽闻者，古君子也。"2017年，北京大学文学博士出身的井玉贵教授进一步从歙县人程襄龙（1701～1755）《澂潭山房古文存稿》卷一、卷十一中查获《唐烈妇传》《唐烈妇诗》，并论证其传主汪清志（1723～1744）即王三姑娘的原型（见《励耘学刊》2018年第1辑《王玉辉的追求与悲剧——程襄龙〈唐烈妇传〉的发现及意义》）。乾隆十年（1745年）"余大先生"的原型，吴敬梓的表兄兼连襟金榘携弟金两铭、子金兆燕到徽州府休宁县当学官，金兆燕知悉了歙县槐塘"古君子"汪洽闻和他女儿殉夫的悲剧后，写《古诗为新安烈妇汪氏作》记述此事，后在扬州等地金兆燕数与吴敬梓"昕夕相过从"时谈论此事。此诗与吴敬梓的创作关系极大，诗开头第三、四句说："荆山剖良璞，异光烛乾坤"，暗用卞和荆山玉的典故。荆山之璞蕴含着良玉，故名王蕴；剖开后"异光烛乾坤"，故字玉辉。吴敬梓对男主人公起名与字，盖即由此。该诗云：

> 我友汪洽闻，赋性朴且淳。养母能笃孝，孝名著一村。
> 一男三女子，食贫朝复昏。训之以古诫，教之以敦伦。
> 长女失所天，矢死不再嫁。……

此诗所云"赋性朴且淳"、家贫、家教敦伦、一男多女、长女遭际，都与小说关合。古诗接着叙说次女婚后不久，夫病而亡，女遂"绝粒卧空床""慷慨殉所天""瞑目遂长逝，奄奄赴黄泉"。她之所以能绝食殉夫，金兆燕首先归因于父教："乃知本庭训，身教已有年。"乃父不仅言教，"训之以古诫，教之以敦伦"，更重要的是"身教"，而且这种身教"已有年"——已经从小深植在她心灵中，她"早岁能诗书，手辑列女传"，礼教已经深入骨髓。写的虽是汪女殉夫，而其背后真正的主角是她的父亲。《儒林外史》则更强化了女父王玉辉的主角形象色彩。在殉夫原因方面，金兆燕的诗和《唐烈妇传》都还写到汪清志对丈夫的感情因素和家贫的经济因素，吴敬梓则力避之，而更加突出王玉辉的礼教和“青史留名”。请看《唐烈妇传》的叙述：

> 按烈妇讳清志……事夫子婉娩庄逊，于归六年，耐贫困，削衣贬食，纺绩不间寒暑。夫病瘵，昼夜侍汤药，不解衣带者两月。诣祖龛焚香泣祷，愿以身代，卒不起。既视殓，哭几绝，遂勺水不入口。宗党劝者踵至，妇从容谢曰：“吾志决矣。”去夫死十日，竟饿死，乾隆九年二月初九日也，年二十有二。……
>
> 程襄龙曰：芝草有根，醴泉有原，槎庵先生（即汪洽闻）以半岁孤儿，赖节母抚之有成，食饩郡大夫。博学著文，而事母至孝。虽女子咸习闻庭训，通晓大义。烈妇矢身从夫，一往不回，固其天性笃挚哉，亦流风余韵之渐涵者久矣。……吾有感于闺门风教之由来也，故并书之。

金兆燕的诗也说“醴泉必有源，芝草必有根”，都把根源溯到汪洽闻的“身教”。金兆燕进一步指明产生他们的典型环境：“我闻新安郡，自古产大贤。理学炳千载，瞽宗隆几筵。”这样的人物出现在新安——徽州，绝不是偶然的。出生于邻近徽州的芜湖而又长期侨居苏州、上海的黄小田，对徽州与江浙文化风俗之不同，深有体察，在评点中一再点出徽州人的特点。小说写王玉辉游苏州时他评曰：“盖徽州人至苏州，便无一事看得上眼。”可见了解徽州地域文化的特色有助于深入了解王玉辉及其女形象所反映的现实。

徽州位于今安徽省南部，晋太康元年（280）设新安郡，唐朝曾改歙州，自北宋宣和三年（1121）设徽州府，领有歙县、休宁、祁门、黟县、绩溪、婺源六县，一直到民国初年。徽州处于“山岭川谷崎岖之中”，比东面的苏杭沿海和北面的长江流域都相对闭塞，形成一个相对独立的自然地理单元。南宋以后以民族文化重心南移为契机，独具特色的徽州文化全面崛起，明清时达于鼎盛。

徽州人多于中原战乱之际由北方众多家族移民而来，到陌生地方，在生存竞争中，多“聚族而居”，因而宗法制度比较严密，宗族文化比较发达，敬宗重族形成传统。“新安有数种风俗胜于他邑：千年之冢，不动一抔；千丁之族，未尝散处；千载谱系，丝毫不紊。主仆之严，虽数十世未改，而宵小不敢肆焉”（赵吉士《寄园寄所寄》卷十二）。这种宗法制度是徽州习俗的社会结构基础。《儒林外史》第二十三回写扬州盐商万雪斋，已是家财万贯，娶翰林女儿为媳大摆排场之时，已败落的昔日徽州主子程明卿来了，万雪斋见到，“就由不的自己跪着，作了几个揖”，还要“当时兑了一万两银子”送程明卿。这就是徽州习俗的“主仆之严”，这是典型的封建习俗。

徽商在清时已居全国十大商帮之首，《儒林外史》书中对徽商也多处着墨。徽商的特点是“贾而好儒”，贾仕结合，强化宗谊，重视教育。他们赚钱后，热衷于置学田义田，办族学，建书院，资府县学；同时养文士，建会馆，办文会，修园林，印图书，蓄戏班。徽州的宗法制度以徽商财力为经济支撑，徽州的崇文重教以徽商捐资为经济后盾。《儒林外史》写余大先生到徽州当学官，秀才们纷纷来拜见，黄评曰：“是徽州，他处人不然，老师到任并无人知。”可见徽州之重教。徽州人在异乡的乡谊也很厚重。王玉辉流落南京，“盘费用尽”，食宿无着，遇到徽州同乡邓质夫，邓质夫二话没说，很自然地为他料理食宿，陪他瞻仰泰伯祠，为他料理盘缠，细致周到地安排王玉辉回徽州。

王玉辉与邓尉山里老友的情谊更加感人。邓尉山在苏州城西二三公里，嵌入太湖，是一个以春梅秋桂为特色、以山水组合见胜的湖山风景名胜区。因东汉大司徒邓禹曾一度游隐于此而得名。自元末明初以来，“香雪海”成了邓尉风光的标志，也是优雅的隐居之地。

当王玉辉来到邓尉山老友家，老友儿子挂着一身的孝，开门说道：“老伯如何今日才来，我父亲哪日不想你！直到临回首的时候，还念着老伯不曾得见一面，又恨不曾得见老伯的全书。”真有钟子期等待俞伯牙的情愫：

> 王玉辉听了……那眼睛里热泪纷纷滚了出来。……道："你引我到灵柩前去。"……恸哭了一场，倒身拜了四拜……又将自己盘缠买了一副香纸牲礼，把自己的书一同摆在灵柩前祭奠，又恸哭了一场。住了一夜……又在老朋友灵柩前辞行，又大哭了一场，含泪上船。（第四十八回）

连对王玉辉很有訾议的黄小田都被感动了："此则徽州人诚实处，不在迂呆之列。"天目山樵也评说："王玉辉非无性情，只是呆耳。然天下不呆者其性情必薄。"在他看来"呆"正是性情中人诚笃朴厚的一种表现，这同乖巧薄情的伪君子是异质的。给这样的"呆"君子戴上"伪"君子的帽子是戴错了！

徽州文化的学理内核是程朱理学。元代休宁籍学者赵汸在《商山书院田记》里已记述，南宋后徽州已被四方称为"东南邹鲁"。说也凑巧，程朱理学的创始人程颢、程颐和集大成者朱熹，其先祖都出于歙县的篁墩，故徽州称为"程朱阙里"(《雍正程朱阙里志》)，是程朱理学的发祥地。朱熹的九世祖从歙县迁至同属徽州的婺源（今属江西省），朱熹的祖父从婺源入闽，朱熹虽出生在福建，但强烈认同徽州，本人尝自称"新安朱熹""紫阳朱熹"，连《宋史·道学传》都称"新安朱熹"。他于公元1150年和1167年两次回婺源省墓，都讲学授徒，并写了《归新安祭墓文》《藏书阁记》《婺源茶院朱氏世谱后序》《罗氏宗谱序》等，留下不少文迹、墨宝。徽州人从士绅到商贾对朱熹更是强烈认同，引以为豪。他们自觉地"一以郡先师朱子为归"，甚至把他写入家典："我新安为朱子桑梓之邦，宜读朱子之书，服朱子之教，秉朱子之礼，以邹鲁之风自待，而以邹鲁之风传子若孙也。"（清休宁《茗洲吴氏家典·序》）连全国各地的徽州会馆都崇祀朱子。终于形成一种局面："朱子之学行天下，而讲之熟、说之详、守之固，则惟推新安之士为然。”（《道光休宁县志》）流风所及，遍于民间，使徽州成为受理学影响最深、体现理学伦理最典型的地区。王玉辉步朱子踵武，视编纂礼书为生命，正是徽州士子的典型性格，连黄小田都笑话他：“迂而无当，是徽州人著述。”在其他地方已不易找到生长土壤的“古君子”及其“迂而无当”的著述，在徽州仍有肥沃土壤。

（二）节烈牌坊下的女尸

“迂而无当”之尤者首推强加于妇女的节烈观。对于宗法家庭内部来说，“三纲”中关系最直接的是“父为子纲”“夫为妻纲”。与之相对应的行为规范，理学重视“孝”和“节”，前辈要后辈行孝，男子要女子守节，这是维系宗法家庭的两大纲维。王玉辉服膺的《礼记》就要求妇女“在家从父，适人从夫，夫死从子”。程朱理学大大强化了妇女的贞节观，程颐提出“饿死事极小，失节事极大”（《二程遗书》卷第二十二下），朱熹秉承师学并躬行之，当他获悉陈师中的妹婿逝世时，就写信要陈师中设法使其妹守节。宋之前，“刘向传列女，取行事可为鉴戒，不存一操。范氏宗之，亦采才行高秀者，非独贵节烈也”（《明史·列女传》）。宋之后所旌表者则大多为节妇烈女们守节殉夫了。理学的“模范区”徽州也成为受“节烈”毒害最深的地区，“新安节烈最多，一邑当他省之半”（赵吉士《寄园寄所寄》）。作为“儒商”的徽商，在这方面也不遗余力地提倡，这不仅与他们崇奉朱熹理学有关，而且与其经济生活方式有关。服贾四方的徽商多丢下独守空房的妻子在家里，自己在外可以像《儒林外史》所写的宋为富那样，“一年至少也娶七八个妾”，却要求家里的“拙妻”“丑妻”绝对安分，以保证自己有个稳固的后方和血统纯正的财产继承者。

徽州的宗法制度、宗族组织以血缘关系为纽带，以纲常礼教为准绳，强化对妇女的禁锢，对于推行理学伦理具有制度化、规范化的作用。宗族组织很严密，有族长主事，有的还设有“族副”“监视”“掌事”，形成以族长为核心的缙绅集团的族权统治，这是几千年专制政治

歙县棠樾村鲍氏宗祠敦本堂

的基础之一。《儒林外史》里严贡生谋夺弟产案，汤知县就批处："仰族亲处覆。"

徽州的一些大家族，到清末还保持着很严密的宗法制度。汪姓祖先自东汉建安二年（197）就为避乱南渡安家于歙，与西晋时迁歙的鲍氏家族世代联姻。汪洽闻住歙县西乡的槐塘村，其南面紧邻的棠樾村，就是鲍氏一族聚居的村落，至今还保留着丰富的家族史料和明清时代的建筑实物，可以说是徽州宗法社会的化石，也是了解产生王玉辉父女的典型环境的具体实物。例如，保存至今的祠堂"敦本堂"（俗称"男祠"），规模宏大，匾额为清代书法大家王文治手笔。后金柱间巨幅屏门上的隶书《鲍氏五伦述》是清代名书法篆刻家邓石如的擘窠大字。享堂后厅有嘉庆皇帝圣谕三道碑一座。寝堂二阶壁上嵌刻的《鲍氏义田记》三种书帖体式，撰写的名家有：大学士刘墉，户部尚书黄钺（《儒林外史》点评家黄小田之父），翰林院侍讲梁同书，吏部尚书、安徽巡抚朱珪，两江总督、兵部尚书陈大文。当时同他们过从甚密的还有著名诗人袁枚、大学士纪昀等。祠堂是宗族的象征和行使族权的重要场所。义田是保证行使族权的重要经济基础，是宗祠经济的重要成分。乾隆时学者沈德潜说，"尊祖敬宗收族莫善于此"（《陶氏义庄记》），所以鲍氏祠堂和义田制得到众多名公巨卿的支持。

很值得注意的是，这里还有别出心裁创建的专祀女主的女祠——清懿堂，将鲍氏历代贞节烈女和具有懿德阃范的妇女的木主神位，按照世系序列供奉在寝堂龛座上四时祭祀，奉为楷模，让后人顶礼膜拜，让妇女效法模仿，借以提倡封建女德女诫。他们不仅从精神上，而且从物质上鼓励贞节。女祠也专有祭田和义田，如何发放义田的赈济谷，也订有族规，如:“孀居母家者，准领；寄居亲戚者，不准领。”“孀居年少的不愿食谷，出村佣食，及至年迈归家，再行请领者，永不准给。”这是利用赈济手段钳制寡妇，只许居家守节，不许外出，尽力堵死与外界交往以致再嫁或失贞之缝隙，并藉以营造以居家守寡为荣的舆论和风气。

为宣扬贞节光荣的风气，统治者抓住一切机会，创造了各种办法，制定了种种仪制，节妇木主入祠这一环节，也被铺张得非常隆重风光。《儒林外史》写王三姑娘惨死后，学官立刻“备文书请旌烈妇”，“连夜详了出去”，“过了两个月，上司批准下来，制主入祠，门首建坊”：

> 到了入祠那日，余大先生邀请知县，摆齐了执事，送烈女入祠。阖县绅衿，都穿着公服，步行了送。当日入祠安了位，知县祭，本学祭，余大先生祭，阖县乡绅祭，通学朋友祭，两家亲戚祭，两家本族祭，祭了一天，在明伦堂摆席。（第四十八回）

写五河县方盐商的老太太入祠，就更加排场，更加风光。

对于节行突出的，入祠后还给予突出彰显。棠樾鲍氏女祠中，至今还保留有一块曾国藩手书的“贞烈两全”匾额，高悬于金柱梁枋之上。被褒扬的匾主鲍秀鸾，未婚夫夭折，她才十七岁，没有过门，就矢志为死人守节，认为“夫死守贞”是自己的本分。

更“荣幸”的则是被竖立牌坊。牌坊作为一种标榜教化性质的纪念建筑，被视为最高等级的表彰，是荣宗耀祖流芳万古的标志。棠樾

歙县棠樾村牌坊群

的鲍氏祠堂前还保留着一组七座石牌坊群，构成一个庞大的群体，标榜着封建教化的功德。其中有两座就是表彰节妇的，而且均建于乾隆年间：一座是鲍文龄妻汪氏节孝坊——又是一个汪氏！她从25岁开始守寡，用整个活泼泼的生命来“矢贞”“立节”。一座是鲍文渊妻吴氏节孝坊，她从29岁开始，以六十多年孤寂守节换来“节劲三冬”的荣显。

汪洽闻父女所在的槐塘村，现在保留有两座明代石牌坊。槐塘北面紧邻的稠墅村，现在保留有四座乾隆年间建的石牌坊，其中有汪廷瑞妻汪氏节孝坊、汪祖晖妻吴氏节孝坊，都属汪家。槐塘西北的蜀源现存牌坊三座，其中两座是节孝坊。就这样，一座座把封建礼教具象化的石牌坊耸立徽州城乡，向人们夸示节妇烈女的“荣耀”，召唤人们效法模仿。每座牌坊都有一份表文，树立一个礼教模范。有的甚至一坊几表，真是理学功绩的大展示，对老百姓特别是女性的大诱惑。

史乘方志也不甘落后，积极投入颂扬节烈的大合唱。自《后汉书》开始，正史都单立“列女传”，方志效之，变本加厉，越写越多。据道光八年（1828）修的《歙县志》，进入“列女传”的，明代尚不足688人（因有少量是明以前的）；而从清初到道光七年（1827），已旌的节孝、节烈、贞孝、贞烈就有1 107人，已入节孝祠和节烈祠而未旌的有2 226人，待旌的节孝、节烈、贞孝、贞烈还有3 792人，三项总共7 125人。《道光歙县志》总共12册，“列女”就占4厚册，密密麻麻写满姓名，令人怵目惊心！这一点，真像鲁迅所说，满纸都是“吃人”二字！在歙县的每一个村庄，每一代人中，都树立了节烈的样板，真是抬头见牌坊，低头见节妇。

礼俗形成的社会原因，大多不离三种要素：一是理性教化灌输，二是经济利益驱动，三是权力强制胁迫。在徽州，此三力俱强，在合力持续作用之下形成了浓厚的封建礼俗。礼俗一旦形成，就有一种巨大的力量。你看，偌多徽州女人，青春守寡，不惜“屏铅华，绝膏沐，足不户，口不齿，寡言笑”，“孤眠耿夜半，单立黯昏黄，茕茕影徘徊，鞅鞅情彷徨”（《弘治徽州府志》），凄凉地孤寂终身。更有甚者则或缢、或刃、或鸩、或撞、或坠楼、或绝粒……以各种悲惨的办法自戕殉夫，如汪洽闻第三女。就这样，在理学伦理的笼罩下，在舆论威力的驱使下，在宗法制度的驱诱下，在宗族权力的胁迫下，在礼俗风尚的匡囿下，贞节观念像毒汁一样渗入人心深处，养成文化心理和伦理自觉，徽州的一些妇女像着了魔似的，不惜牺牲青春，抛弃生命，赴汤蹈火，去换取贞节的“美名”，去赢得死后的哀荣。在“三从四德”观念中，节烈具有最大的张力，有幸被旌表为节妇烈女，方志载之，正史列之，祠堂供之，牌坊彰之，碑文镌之，墓志纪之，子孙崇敬之，文人歌颂之……这就是“青史留名”！这么一来，仿佛封建礼教不是压迫妇女的枷锁，而是妇女张扬自己的一个“好题目”，是流芳百世的一条光明大道，是无比美妙的东西。就是在这样的偏执理学的王国里，为王玉辉及其女儿的人物形象的塑造提供了生活原型。

《儒林外史》善于抓住人物最有文化意义和生命意义的特异言行加以凸现，写的虽然只是瞬间，却是以人物的整个生命为潜台词并且含有丰厚的文化内蕴。周进撞号板、范进中举发疯就是有口皆碑的范例，写出了客观环境和全部生命律动如何逼迫他们生悲发疯。回头看金兆燕的古诗和程襄龙的《唐烈妇传》显示原型女子对亡夫有缱绻难舍的感情，吴敬梓舍弃之。吴敬梓的小说虽略提到王三姑娘执词怕“累”上人“养活”自己，但旋即被公婆反驳掉了。作为“无才便是德”的女子，当然不能要求她讲出一番理学的大道理，也不能让她讲出对亡夫的缱绻，那么王三姑娘绝食殉夫的心理根据和文化环境该怎么揭示呢？作家以王玉辉的理念和身教作根源背景，把重心放到王玉辉形象上，女儿的惨剧是乃父迂执于理学弊端的躬行实例。王玉辉为什么会说出“青史上留名”的话呢？正像可以从八股科举的环境，来加深理解为什么周进生悲、范进发疯一样，可以从徽州文化，特别是从发掘出来的原型人物及其周围的文化背景材料，也即典型环境，来深入理解王玉辉形象产生的现实土壤以及作家的创作思想。

（三）良心与理学偏执冲突的典型

儒家的理想人物称为圣贤，自韩愈以来，成贤成圣逐渐成为儒士的理想。理学家周敦颐提出“圣希天，贤希圣，士希贤”（《通书·志学第十》），按照由低到高的层次，这三句的顺序应当倒过来。他还提出：

> 颜子“一箪食，一瓢饮，在陋巷，人不堪其忧，回不改其乐”。夫富贵，人所爱也，颜子不爱不求，而乐于贫者，独何心哉？（《通书·颜子第二十三》）

“寻孔颜乐处”成为宋明理学追求圣人精神境界的重要课题。照他们的说法，颜回之乐当然不是因为贫贱本身，而是因为他已达到了一种超乎富贵的人生境界，是超越了人生利害而达到“与道为一”的境界所自然生发的精神的和乐。这是一种属伦理又超伦理的极高精神境界。在《儒林外史》人物里，虞博士庶几近之。“遗贤”王玉辉不汲汲于谋衣食，而甘于守贫贱纂礼书，在表层上同于“孔颜乐处”，这是他达于“贤”的重要条件，但实际上境界不高，还未达到“与道为一”从而在内心实现一种高度的充实、平静和快乐的“天人合一”的境界。

儒家理想人格基本特征之一是注重气节和献身精神，儒家一向认为，人生中有比生命、生存更宝贵的价值，为了实现“仁爱”理想和“道义”原则必要时应当不惜牺牲生命，这就是孔子说的“杀身以成仁”，孟子说的“舍身而取义”“以身殉道”。“云希圣贤”的王玉辉自当以此为法，有这种精神才能“临大节而不可夺”。

如果把“节”宽泛地理解为气节、节义，那么，程颐的“饿死事极小，失节事极大”，是从儒家“舍生取义”的原则精神引申出来的伦理原则，这自是王玉辉应当服膺的。问题在于，在“夫为妻纲”的意义上，“节”成了妇女对丈夫的贞节，变成占统治地位的男性单方面强调女性义务的压迫手段，而且还要变本加厉地发展到极端，从“守节”发展到“殉节”，这就是惨无人道了。但从道德理想主义的立场上看，道德哲学只能强调法则（如“舍生取义”）形式上的纯粹性，如果强调道德准则本身有高下之分，对某些“义”应当“舍生”而对某些“义”可以不“舍生”，那就会造成道德法则的弱化，鼓励人寻找借口不履行道德义务。对于布道者来说，即使觉得有些殉道行为太过分，也只能硬着头皮从卫道的立场加以赞扬。王玉辉和余大先生的情况就接近于此。听到女儿说要殉节，王玉辉只能回答：“我儿，你既如此……我难道反拦阻你？你竟是这样做罢。”因为他不能违背自己所纂礼书的原则，不能违背平日用以教育女儿的理学大道理。余大先生听到王女殉节时，“大惊，不胜惨然”，但作为掌管教化的学官，他不能不遵奉教化原则对王三姑娘加以崇褒，而且还要很“隆重”。

王玉辉之妻听到女儿饿死，大哭不止。王玉辉劝道：“三女儿他而今已是成了仙了，你哭他怎的？”天目山樵敏感地指出：“‘成仙’非儒者之言，权辞以慰妇人耳。”是的，对于人生的归宿，儒道佛三家各有自己的语言，佛家认为人死后归于“涅槃”，道家理想的是“成仙”，儒家则有关于人生“不朽”之论。孔子之前，鲁国的叔孙豹提出立德、立功、立言“三不朽”之说（见《左传·襄公二十四年》），“立德”居首位。中国的史书很发达，“青史留名”就成为“三不朽”的重要实现形式。王玉辉认定他女儿殉夫:“是青史上留名的事”,“只怕我将来不能像他这一个好题目死哩!”他自以为深得理学精髓、深明生死大义,说老妻:“这样事你们是不晓得的。”黄小田于此针锋相对批评曰:“‘这样事’要有心‘做’出。可知你也不晓得。”同时指出“一‘做’字大谬,烈妇岂‘做’出来耶”“当死而死才是好”,“寻着题目做文章,文便不好”。

这还是涉及儒家的精神学说。从孔子开始,儒家精神的另一基本特征便是:以心理的情感原则作为伦理学、世界观、宇宙论的基石。原始儒家强调“仁,天心也”(董仲舒《春秋繁露》),人道就是“仁”道。朱熹认为“性即是理”,天理存于人心曰“性”,人们修心养性,“尽己之性”即可体现天理。要努力把外在的规范约束内化于心,提升为自觉的理念,成为人的内在欲求和自觉意识,从而使伦理规范与心理欲求融为一体。人世的伦常道德、行为规范来自“天理”,为人只管尽人道,做一天人就要尽一天“人道”。例如虞博士救跳河的农民,不是为博慷慨之名而刻意“做”出来,不是为积阴德图善报而寻题目“做”出来,不是为了立德不朽博“青史留名”才去救人,他只是自然而然地出于仁心本性,是“天理”使然。在另外的场合,需要他行孝他就会成为孝子,需要他尽节他就会成为烈士。这都是“尽己之性”,得之在己。这才是黄小田所讲,“有意‘做’出,便非至情至性”之意。

实际上,人类伦理生活实践常常交织着道德观念与感性自然欲求的冲突,用道德意识评判裁制感性自然欲求无时无刻不在发生,无论圣贤愚钝。宋明理学认为,“天理”是宇宙的规律,也是世人所必须遵循的人世伦常。他们强调“存天理,灭人欲”“饿死事极小,失节事极大”,都是为了突出“天理”本体的主宰作用。理论上,理学是肯定感性自然的生存发展,但实际上,历代封建统治阶级为维护绝对专制独裁之需,不重视礼学中“仁爱”的情感因素,把“理”抬到高于“仁”的至高无上的地位。一些理学家把封建统治秩序、行为规范当作“天理”,用来禁锢、压制,甚至扼杀人的正当感性自然欲求;并且要人们把这种“绝对命令”当作自我的主动欲求，变为道德自律，主动强制灭绝人的一些正常欲念，以完全适应封建秩序。这种偏颇被扭曲利用就产生了严重的弊端。黄小田指责“怂女殉夫”太残忍，就是王玉辉所偏执的理学弊端残忍，而不是王玉辉个性的伪妄。这种偏颇也使笃信者的精神陷入内心分裂和自我虐待之中，王玉辉身上就表现出这种心态。

据金兆燕古诗所说，汪洽闻知女立志“殉所天”时：

阿爷向女言："汝志既坚决；所悲颓龄叟，顿使肝肠裂。"

这里“汝志既坚决”的下半句话没说，按逻辑，吴敬梓在小说中合理地推衍出："我难道反拦阻你？”吴敬梓敏锐地抓住原型人物具有深刻典型意义的矛盾：作为程朱理学的笃信者，汪洽闻不能违背平日用以教育女儿的理学大道理；但作为“颓龄”的老父亲，亲情使他不能不“悲”得“肝肠裂”。《儒林外史》就从这一矛盾裂缝操刀抉剔，写出人物灵魂的颤栗。

在如何对待王三姑娘殉夫一事上，作者一直把王玉辉的态度与其妻和亲家的正常人情对比着写。其妻说他“越老越呆”，他说其妻才“真正是个呆子”。到底谁呆，读者自会思忖，作者却有意含而不露。待到女儿死讯传来，老妻哭得死去活来，他却：

仰天大笑道："死的好！死的好！"大笑着，走出房门去了。（第四十八回）

这使人联想到范进听到中举的喜讯，拍手大笑："我中了！”就往门外飞跑。这都是饱含文化意义与生命意义的特异言行。范进发疯了，难道王玉辉也是发疯了？

范进中举为何发疯？其缘由在中举后迥异于前的遭际中揭示；王

玉辉女死后为何大笑？其真意也在冷静后的常态中揭橥。他教女儿习礼、殉礼的理念实现了，但是，当三姑娘神主入节孝祠，阖县绅衿在明伦堂大张筵席，同声称赞他“生这样好女儿，为伦纪生色”时，他却“转觉心伤，辞了不肯来”。这表明他不是“礼教吃人”人肉筵上的食客，并不想以女儿的生命为自己沽名钓誉，与那些借名教以邀名或售奸的伪君子品性是不同的。王玉辉是真心服膺理学，不但以理教人，而且以理律己，即使这样做将损害自己的利益和感情，需要作出极大的牺牲，他也要“临大节而不可夺”，“于五伦中慷慨决断”（卧评），强制自己忍苦殉教，至虔至诚，结果成了中毒最深而又受害最烈的牺牲品！

女儿死后，在家见老妻悲恸，他的自然人性也逐渐苏醒，“心下不忍”，出外排遣，但怎么排遣也排遣不开：“一路看着水色山光，悲悼女儿，凄凄惶惶。”到了苏州，“见船上一个少年穿白的妇人，他又想起女儿，心里哽咽，那热泪直滚出来”。这真是“追魂摄魄之笔”！（天评）前面的“仰天大笑”和这里的“热泪直滚”是表和里两个层面的聚焦之点，“热泪”是自然真情的真实流露，“大笑”则是“以理灭欲”的理念强制。以封建理念来强制压抑自然天性，终难免于矫情，“仰天大笑”是强颜装笑，但仍然掩饰不住内心的痉挛。这种不自然是“以理灭欲”本身的不自然，而不是其人品质的虚伪：“矫情者决裂于一时，岂能持久？”（天评）当王玉辉回归常态时，人类天性也回归原位，热泪终于“直滚出来”，漫上强装的笑脸。从矫情的笑到真情的哭，从理学教条到人性真情，层层剥露，展现出人物道德观念与自然情感的反复搏斗。

“五四运动”时期的钱玄同，准确地掌握住王玉辉形象的典型意义，赞叹说：“描写王玉辉的天良发现，何等深刻！”（钱玄同《〈儒林外史〉新叙》）。鲁迅在《中国小说史略》里推崇钱序说法，并概括为：“描写良心与礼教之冲突，殊极刻深。”应当说二人对王玉辉形象特质的体认是正确的，吴敬梓正是抓住“良心与礼教之冲突”这一裂缝撕开去，通过王玉辉被扭曲的性格，通过王玉辉的痛苦痉挛，形象地、有血有肉地揭示，以“天理”灭“人欲”，以理学教条压抑真情，是违反人性的；正常人性、人情、良知是不当灭也灭不了的。明中叶后，“王学日益倾向于否认用外在规范来人为地管辖‘心’禁锢‘欲’的必要，……这样，也就走向或靠近了近代资产阶级的自然人性论”（李泽厚《华夏美学》）。吴敬梓的笔触跟时代前进思潮同步伸向下一个时代。

当看到王德、王仁打着纲常的旗号攫取私利时，我们感悟到的是伪君子言伪行污的喜剧性，恨的是其人品质的卑鄙；而当看到王玉辉忍苦殉教致女死亡时，我们感悟到的是毁灭“古君子”正常人性的悲剧性，恨的是他所笃行的理学礼教弊端的惨无人道。两种批判指向、两种审美范畴是不应当混淆的。二者的功能各有长短，应当说后者是更触及理学礼教本身负面的批判，所以钱玄同能以它“证明礼教是杀人不眨眼的恶魔”。

王玉辉是《儒林外史》最后几回的重要人物，其艺术形象处在主题结构的中心线上，他的辛酸经历，在小说的后半部是体现作者创作意图和构思的重要组成部分。为践礼而让女儿殉节了，忍苦书成而爱他书的朋友却死了，能支持他出书的贤人也散了，象征礼乐事业的泰伯祠凋敝了，为出书奔走异乡盘缠用尽濒临绝境了，他无可奈何但无怨无悔，如果让他重新选择，他还是会这样做，这是他迂呆品性决定的，因为别无选择！如前引卧评说，“其呆处正是人所不能及处”。道德的本质是克己的，道德践履是要付出个人利益甚至重大牺牲的。信仰更是如此，古今中外都有为信仰而杀身成仁、舍生取义者。天评说“然天下不呆者其性情必薄”，卧评、天评说他呆，在贬语中包含着褒意，赞他是迂呆的“古板君子”，而不是“伪君子”。在我们看来，王玉辉是有迂拙之病的，但那是理学的偏颇和弊端，不是他的“伪”的问题。小说称王玉辉为“遗贤”，“遗贤”与“古君子”属于一路人，其病不在伪妄而在迂拙和其他。围绕着他演奏的是礼乐的悲歌、挽歌，而不是讽刺伪妄的喜剧乐调。

难能可贵的是，吴敬梓在称扬虞博士等奉行的礼乐文化和礼乐化俗的实践的同时，不仅能批判王德、王仁那种伪道学的假纲常以行污，高翰林那种对儒学的不“当真”、不真信，而且还能够洞察并批判由王玉辉式的“迂”“呆”偏执所代表的理学弊端的祸害。王玉辉形象客观上显示：尽管他忍苦殉教，但他所偏执的理学，对礼乐文化是一种扭曲。指摘言伪行污的伪妄品性易，洞穿正经人所迂执的理念之误难，吴敬梓指摘的锋芒是透过王玉辉个体指向理学弊端这一客体。这同他在《诗说》中努力冲破以体悟人伦“天理”为指归的理学治学途径，在小说中让杜少卿说“只依朱注，这是后人固陋”，其思想认识是一致的。

如果说王玉辉形象所反映的这种理学偏颇，也是造成礼乐式微的内部原因之一，那么礼乐式微的外部原因之一则明显地表现在前述萧云仙的遭际中。吴敬梓思想发展至此，那就不能不突破礼学框架而继续探索。

虞博士的天怀淡定

中国古典小说一般都把主人公的来龙去脉交待得清清楚楚。《儒林外史》却把传统的写法打破了，它通常是在一些人物活动中，顺势牵挽出一个新主人公登场，“事与其来俱起”（鲁迅语），不作原原本本的交代。但对虞育德的写法却与全书惯例迥异。第三十五回末迟衡山与杜少卿等人商议大祭泰伯，说：“这所祭的是个大圣人，须得是个圣贤之徒来主祭，方为不愧。”众人道：“是那一位？”小说一路层层铺垫，至此悬念造足了，这才隆重推出第三十六回“常熟县真儒降生，泰伯祠名贤主祭”，并且从虞育德的源头里籍、家世写起：“话说应天苏州府常熟县有个乡村，叫做麟绂镇。”黄小田评曰：“虞博士是书中第一人，故另立传。‘麟绂’，言此人便可算得《外史》中之圣人矣。”确实，“麟绂”是有传说故事的：孔子未出生时，有麒麟停在阙里人家，口吐玉书云：“水精之子孙，衰周而素王。”孔子的母亲知其为神异，就

《孔子圣迹图》之三“麟吐玉书”

用绣绂系在麒麟的角上。隔两夜麒麟才飞去。孔母怀妊十一个月才生了孔子（据《孔子集语·曾子》引汉伏无忌《伏侯古今注》以及晋王嘉《王子年拾遗记》）。

吴敬梓煞费苦心地以孔子降生传说中的“麟绂”名虞博士的降生地，确是为烘托虞博士乃“《外史》中之圣人”。到虞博士主祭泰伯礼毕，南京的观众“欢声雷动”，“都说这位主祭的老爷是位神圣临凡”，更补足余波，渲染得“神完气足”（天评）。卧评、天评都异口同声地说“虞博士是书中第一人”，金和《儒林外史跋》则称虞博士是书中“上上人物”。纵观虞博士形象，既无神异，也无壮举，从作者到评者，为何偌许推崇？这是研究《儒林外史》必须回答的重要问题。

（一）两桩异事的文化蕴含

《儒林外史》的许多肯定性人物形象，都蕴含着丰富的文化内涵，常被一些对传统文化心理了解不多的论者所曲解。虞博士有两件事就是如此。

其一，虞博士的表侄借他的房屋住，竟然擅自把屋拆了变卖掉，居然还有脸再跑来向他索要银子租屋住。对此无赖之举，他非但不动气，反而点头道："是了，你卖了就没处住。我这里恰好还有三四十两银子，明日与你拿去典几间屋住也好。"

其二，一个秀才考试作弊，不小心把夹带的经文放在试卷里一起交给监考官虞博士。虞博士不揭破他。考毕，那秀才来道谢，虞博士佯推不认得他，说并没有这事。

旧时评点家对此多有訾议。当代则不止一个论者认为这是吴敬梓讽刺虞博士。果其然乎？《东观汉记》载有淳于恭的"让"德故事：

> 淳于恭以谦俭推让为节，家有山田橡树，人有盗取之者，恭助为收拾。载之归，乃知是恭，其盗还橡，恭不受。人又有盗刈恭禾者，恭见之，念其愧，因伏草中，至去乃起。

淳于恭的这两件事与虞博士的两件事何其相似！第一件，都是人家损害他们，他们非但不指责，反而帮助人家。第二件，都是人家干坏事，他们发觉了，不但不揭破，反而有意避开，装着不知。为什么呢？淳于恭是"念其愧"；虞博士自己解释得很明白："读书人全要养其廉耻，他没奈何来谢我，我若再认这话，他就无容身之地了。"二人行事完全一致。

二人的行为，在封建时代并不被认为具有讽刺意味，相反，是备受推崇的。《东观汉记》就以上述两件事说明"淳于恭以谦俭推让为节"；《后汉书·淳于恭传》也首列此二事褒美传主，并说它们使"里落化之"，起到了以礼让化俗的作用；《艺文类聚》也举此二事作为历代"让"德的典范。

"礼治"和"仁政"是儒家政治思想的核心。古代儒家讲"礼"，都重视"让"，讲"仁"，都提倡"忠恕"。"恕"是一种推己及人的道德原则，"己欲达而达人"，"己所不欲，勿施于人"，凡事设身处地地为别人着想。《儒林外史》提倡礼让、忠恕，以作为医治功名富贵之病的药方，大写虞博士为表侄、门生着想，践行礼让、忠恕之举。上举两件事都正是这位“圣人之徒”礼治德化的实践。作家是诚心诚意要以此来颂美虞博士的，歌颂犹恐不够，遑论“讽刺”！你看，他还特地让肯定性人物余二先生赞叹道：“看虞博士那般举动，他也不要禁止人怎样，只是被了他的德化，那非礼之事，人自然不能行出来。”（小说四十七回）从今人的观念看，虞博士的举动也许有点是非不分，那倒不是吴敬梓有意讽刺他，而是作者所赞美的“礼让”本身，就存在着因矫枉过正而近于可笑的成分，连天目山樵都评曰：“仁而近愚。”

吴敬梓是熟悉淳于恭事迹的，他在《移家赋》中慨叹世风、家风颓堕时说：“淳于恭之自箠不见。”此事也见于《后汉书·淳于恭传》：“恭兄崇将为盗所亨，恭请代，得俱免。后崇卒，恭养孤幼，教诲学问，有不如法，辄反用杖自箠，以感悟之，儿惭而改过。……后州郡连召，不应，遂幽居养志，潜于山泽。”淳于恭避征召潜于山泽，使人想起吴敬梓写的王冕也是如此，可见吴敬梓欣赏的都是有让德——淡泊功名富贵——辞却功名富贵——具有隐逸情结的人物。

（二）“儒道互补”的文化心态

虞博士常被视作体现儒家精神的“真儒”。细察这个“真儒”已非只有儒家的基因。隋唐以降，儒、道、佛三家既相互排斥，又相互影响、相互融合，以儒为核心形成三家合流、三位一体的文化共同体，融汇并流淌于士大夫的文化血管。通过士大夫心灵而创造出来的文化艺术作品，特别是文化意蕴浓厚的作品，其中往往既有儒家的元素又不乏道家和佛（禅）家的元素。

从所持主张说，儒家是入世的，道、佛两家或避世或出世，与儒家轨辙异趋。但三家都越来越表现出“内在超越”的倾向，越来越重视“修心”，将外在的修养向内转化。唐以后在士大夫中盛行的禅宗，改变了早期佛教那种用外在的戒律叫信众出世苦行的禁欲方式，强调“本心即佛”，引向从现实生活中实现超越现实的目的。道家改变了自放陵薮才算隐逸的观念：着重追求精神上的自由，神放重于形放，心隐重于身隐，流行“大隐”“小隐”之说。由此，突破了“入世”与“出世”、“仕”与“隐”的外在对立，为三家的合流拆除了外在的有形的藩篱。

虞博士身为执掌教化的学官，信奉儒家的“礼乐仁政”理想，人格修养虽仍以儒家为主，但这并不妨碍其具有道家的超脱情愫。小说中以作者为原型的人物杜少卿说虞博士为：“襟怀冲淡，上而伯夷、柳下惠，下而陶靖节一流人物。”这道出了作者设计这个理想人物的范型，是理解这一人物的关键。

在《孟子·万章下》里，伯夷和柳下惠便与伊尹、孔子共享“圣”名。从汉代扬雄开始，“夷惠”就并称，指“不屈其意，不累其身”（《法言·渊骞》）的清高廉洁之士。“柳下惠，圣之和者也”（《孟子》），是圣人中比较随和的人，奉事不好的君主也不以为羞耻，只做小官也并不在乎；既已出仕为官就遵循原则，不遗余力地发挥贤能；不被选用而遗佚也不埋怨，身处困厄也不发愁，襟怀宽大，随遇而安。“伯夷，圣之清者也”（《孟子》），是圣人中以清高自持不作权变的人，周武王灭商后，伯夷不食周粟，采薇充饥，最后饿死首阳山。这样彻底的隐士，毕竟少有，对于以中庸为准则的大多数士大夫来说，最好既能保持心灵自由，又能衣食充裕，不必逃遁陵薮，于是他们更认同柳下惠。西汉东方朔《诫子诗》表现了这种选择，并说这是本于“中庸”思想：

> 明者处事，莫尚于中。优哉游哉，与道相从。
> 首阳为拙，柳惠为工。饱食安步，以仕代农。
> 依隐玩世，诡时不逢。

弃伯夷之拙，取柳下惠之工，饱食以当肉，安步以当车，以出仕代农耕，谋取衣食，依隐玩世，优哉游哉。

晋人王康琚的《反招隐诗》，明确提出“大隐”“小隐”之说：

小隐隐陵薮，大隐隐朝市；伯夷窜首阳，老聃伏柱史。

突破了“朝市”与“陵薮”、“仕”与“隐”的外在对立，以修心为上，认为“隐陵薮”“窜首阳”的伯夷不过是低层次的“小隐”，像老聃那样，以“朝市”为栖身之地，身“仕”而心“隐”，“隐”从属于“仕”，同化在“仕”中，入世而又超脱，这才是高层次的“大隐”。值得注意的是，此诗以做东周柱下史的道家鼻祖老子代替东方朔诗中的柳下惠，可见此二人至少在此问题上气韵相通，否则岂能互相取代？在后世看来，柳下惠就是既出仕做官，谋得衣食，又能相对保持人格自立，是心灵自适的身“仕”而心“隐”的高士。传统上“夷惠”并举，实际上虞博士更像柳下惠。

陶渊明私谥“靖节”。他通过自己的诗，把恬淡自适、真率无拘的精神气韵表现得真淳而饱满，在阮籍等竹林名士之外成为魏晋风度的另一范型的代表。他出仕是因为“亲老家贫”，只好以“仕”代“耕”，但心境是恬淡的。陶渊明汲取了道家尤其是庄子的人格独立、个性舒张的积极内核，扬弃了刻意惊世骇俗而显得乖违人情的外部特征，表现得素朴真淳、智慧澄明、平淡冲和，成为唐宋以后士大夫心仪的一种人格范型。陈寅恪说他“惟求融合精神于运化之中，即与大自然为一体……实外儒而内道”（《陶渊明之思想与清谈之关系》），李泽厚说他“是典型的儒道互补和交融”（《华夏美学》）。在他这里，“庄子的反异化、超利害、对人世一切的否定性的负面命题，转化为出污泥而不染的超脱、独立等肯定性的正面价值，即是说，道家的否定性论断和超世形象转化成为现实生活和文艺、美学中的儒家的肯定性命题和独立人格”“找到了生活快乐和心灵慰安的较为现实的途径”（《美的历程》）。冯友兰先生则以陶渊明为魏晋风流中“境界最高”者：“超越自我的人，站在一较高的观点，以看‘我’，则个人的祸福成败，不能使他有哀乐。”“无哀乐便另有一种乐。此乐不是与哀相对的，而是超乎哀乐的乐。陶潜有这种乐，他的诗：‘结庐在人境，而无车马喧。问君何能尔，心远地自偏。采菊东篱下，悠然见南山。山气日夕佳，飞鸟相与还，此中有真意，欲辨已忘言。’这诗所表示的乐，是超乎哀乐的乐。这首诗表示最高的玄心，亦表现最大的风流。”“在东晋名士中渊明的境界最高。”（冯友兰《论风流》）

虞博士形象确是按柳下惠、陶渊明的范型来塑造的，其出仕的态度尤其如此。小说四十六回，在南京任满进京时，杜少卿单独送他上船，两个知己互诉衷肠，他说：

> 少卿，我不瞒你说，我本赤贫之士，在南京来做了六七年博士，每年积几两俸金，只挣了三十担米的一块田。我此番去……多则做三年，少则作两年，再积些俸银，添得二十担米，每年养着我夫妻两个不得饿死，就罢了。子孙们的事，我也不去管他……我要做这官怎的？

作者很看重这番话，特别又写杜少卿郑重其事地将这些话转告余大先生，又让余大先生叹道：“难进易退，真乃天怀淡定之君子。我们他日出身，皆当以此公为法。”其所以重视，是因为这番话体现了“大隐”的思想：只求以“仕”代“耕”，没有功名热望，入仕而超脱，身“仕”而心“隐”，将道家精神渗透于儒家生涯中，以不执不拒对待世俗，极富“大隐”的真精神。小说第八回还写南昌太守蘧佑“在风尘劳攘的时候，每怀长林丰草之思”，衙门里尽是“吟诗声、下棋声、唱曲声”，反映了“大隐”的一种生活情调，正可与虞博士形象相映衬。

儒道佛三家合掺互补，实际上是封建时代士大夫精神上的生态平衡学。儒家思想作为中国传统文化的主干，支配着士大夫的政治观念和伦理观念。而道、佛两家所宣扬的，以自我精神解脱为核心的适意人生哲学，以及像闲云野鹤一般自然恬淡、无拘无束的生活情趣和清净虚明、无思无虑的心理境界，对封建社会后期的士大夫有着巨大的吸引力。他们常常以老庄哲学与禅宗中的相对主义、虚无主义为基础，寻求精神上的超越和解脱，通过修心、养气等方法提高涵养，以克制、忍让求得内心世界的平衡，保持感情与心理的和谐稳定。就个体来说，这确是养生之道。内在心性上的澄澈虚净、澹泊寡欲，就会表现为外在风度上的雍容大度、宽厚谦和，与人无争、怡然自乐，汰尽浮躁、归复天然。“天怀淡定”的虞博士形象反映了这样的文化人格追求，所以为士大夫所推崇。

前述两桩异事，道、佛两家也不难用可以与儒家相融通的那部分观念来诠释。

道家理想的人格要达到超世间、超物累的境界，齐生死，一寿夭，万物无足以撄其心，人人自成仁义道德，却不自居于仁义道德之中，和光同尘以超越道德。虞博士外在风度上和光同尘，“大道不称，大辩不言”（《庄子·齐物论》），内心则虚净澄明，胸襟“澹兮其若海”，“胜物而不伤”（《庄子·应帝王》），来而不迎，去而无系，旧屋被拆，考生作弊，何足介怀，连最可气的事他都不动气，如齐省堂本所评“养气到家”，能容纳一切浊流而不为所污，洞彻世态而优游人间，不为外物所役而获得在超脱基础上的宁静安详。这种“天怀淡定”、自然“浑雅”，已经与道家的人生境界相通了。

佛家一方面提倡“心”要如“地”一样具有博大深厚之德，能任运随时，行所无事，浑然无知，寂然不动；能生一切物、载一切物、容一切物；而且是大小兼收，净秽一体，而无取舍分别之见；听人污秽毁訾，寂然不动，而无厌拒嗔恚之念。同时又认为万事皆需求得本心的清静恬淡，人生的理想境界是心理的平衡，任凭风浪起，“君子之心，静如止水”。为此，主张退让第一，躲避人世间的矛盾斗争，“忍气饶人祸自消”，任何事都以旷达、放任的自然态度对待，不管多么难忍的事，都要“随缘即应，不留胸中”，得糊涂处且糊涂。虞博士凡事不气，貌似糊涂，涵养庶几达于佛家的要求。

光明日报 1998年3月26日 星期四 第七版

就《〈儒林外史〉里的儒道互补》给李汉秋的信

■ 张岱年

汉秋同志：

近日拜读您发表于《文学遗产》第一期的大作《〈儒林外史〉里的儒道互补》，十分高兴。大作写得极好，有重要意义，我很钦佩！您认为：“《儒林外史》反映了儒道互补的思想潮流，塑造了一些兼具儒士、名士特色的理想人物。”我完全同意您的见解。

大作对于儒道两家的基本观点与主要倾向作了深刻的阐述，认为“儒道两家都重视士的心灵和人格理想。儒家重视人伦，强调个人对社会的义务，主张在社会中确立个体的价值。道家重视个人的自由，以逍遥无为作为人生理想，主张在超逸社会中确定个体的价值。”这是十分恰当的，确实指出了儒道两家的基本精神。

《儒林外史》对于一些儒生、一些举人、进士以及一些假名士做了辛辣的讽刺，但是书中也描写了一些值得敬佩的人物，其中最主要的是庄征君、虞博士和杜少卿。这三个人都是有所指的。庄征君的原型是程绵庄，虞博士的原型是吴蒙泉，杜少卿的原型是作者吴敬梓自己。程绵庄和吴蒙泉是吴敬梓所敬佩的人。庄征君虽应了征召，但辞官不做；虞博士虽已入仕，但胸怀淡泊；杜少卿是不应科举的名士，但仍然重视仁义礼乐。这三个典型人物都是既有匡世济民的愿望；又有超逸世俗的品格，都表现了中国传统文化儒道互补的风貌。

大作说：“在《儒林外史》的正面形象群里，真儒士的政治理想与真名士的超逸风流是互补相渗的。从某种意义上说是在小说人物形象中体现了儒道互补协调的中国传统文化的趋势。”我认为这是完全正确的，是非常深刻的。

《儒林外史》是一部文学名著，其价值绝不在四大古典小说之下。我喜读《儒林外史》。《儒林外史》讽刺了许多假儒生、假名士，这是容易了解的。您的这篇文章对于正确了解《儒林外史》中的正面形象，有非常重要的帮助。

年衰力短，不能多写，请原谅！匆匆。

祝

近安

张岱年

1998.2.24

书简

张岱年与作者书信谈《儒林外史》的儒道互补

（三）天人合一，乐天知命

虞博士的人物形象体现了中国传统的宇宙观和人生观。他从十四岁就开始坐馆教书糊口，后来：

> 到三十二岁上，这年没有了馆。娘子道："今年怎样？"虞博士道："不妨。我自从出来坐馆，每年大约有三十两银子。假使那年正月里说定只得二十几两，我心里焦不足，到了那四五月的时候，少不得又添两个学生，或是来看文章，有几两银子补足了这个数。假使那年正月多讲得几两银子，我心里欢喜道'好了，今年多些'，偏家里遇着事情出来，把这几两银子用完了。可见有个一定，不必管他。"（第三十六回）

齐省堂本于此评曰："悟到此理便是学问已深。"天评曰："非貌为旷达，实体验见道理。""可谓乐天知命矣。""悟到""体验见"什么"理"呢？先从乐天知命说起吧。

传统观念中的"天"，同时兼有主宰、命定，以及自然、自然规律两种涵义。认为天所命于人的就是"性"，"性"之内就有一份"天"，人与天本来就是相通的。孔子说自己五十岁才能"知天命"，可见天命是需要人下功夫修养然后才能"悟到""体验见"的，其中包含宇宙人生的规律，亦即无法抗拒和违反的必然性。人在这种客观必然性面前，既要顺应，又不能完全消极无所作为。"知天命"不是叫人消极地"听天由命"，而是要"尽人事听天命"：要竭尽全力把应当和可能做的都做了，至于结果达到何种程度，只有听凭客观必然性——"天命"的许可了。虞博士也在不断"尽人事"，除了学诗文，还要"学两件寻饭吃的本领"，提高生存的能力，为此还去考秀才，二十四岁成了秀才后，每年馆金可得三十两银子，而周进没有秀才方巾前每年馆金只有十二两银子。“谋事在人，成事在天”，首先要努力“谋事”，至于成败利钝，那就“在天”了，这是对客观条件的限制保持一种旷达的态度，其中包含顺应必然性而不丧气。孔子就是这样，他一生都为实现自己的抱负而东奔西走，周游列国长达十四年之久，经历了无数的艰难挫折，“知其不可而为之”，绝不消极听天由命。有次经过匡，误被匡人围困多日，随行弟子们很紧张，他却泰然地说：“天之未丧斯文也，匡人其如予何？”（《论语·子罕》）他的“知天命”中含有一种自知自信。虞育德的乐天知命中也含有“天无绝人之路”的旷达和自信，同时又不对现实作超过客观可能性的过高要求，只把自己的欲愿限制在必然性许可范围内，从而获得一定的自由感觉。这也就是能动地适应、遵循自然和社会规律而不作非分之求。

这种“虞育德精神”跟与吴敬梓差不多前后脚“两代人”的歌德笔下西方资本主义上升和发展时期“浮士德精神”很不一样。

浮士德是永不满足、不断追求：

他野心勃勃，老是驰骛远方，
也一半明白到自己的狂妄；
他要索取天上最美丽的星辰，
又要求地上极端的放浪，
不管是人间或天上，
总不能满足他深深激动的心肠。……
（歌德《浮士德》第一部《天上序幕》）

浮士德厌弃了中世纪的知识，就去追求尘世的官能享受；与小市民少女幽会酿出悲剧，他就去追求宦途的成功；未得到皇帝的器重，他就去寻求古希腊的美女；海伦化为云气而去只留下衣裳，他就去辟土、贸易……一种欲望既偿，就唤起新的欲望；一种要求达到，就萌生新的要求。这种外向的人生追求，其生命的支撑点不在生命自身之内，而在生命自身之外，其终极目标不在某种满足，而在无限地追求，如果停止追求就是生命的终结。浮士德正是以自己的永不满足作标的，与魔鬼打赌：什么时候他满足了，灵魂就输给魔鬼。可见满足就会转化为空虚、失败，人生的意义只在无尽止的过程中，永远不能有宁止，当然也就永远不知道什么叫乐天知命、知足常乐。

虞博士则不把生命的支撑点偏向外面去，他有遥远的向往，但同时也可以做到当下即是。其生命途程是无限的，但同时也可以随时随地宁止，由自敛而求得自足安谧，无往而不自得。幸福的境界不是夺取得来，也不在遥远的将来或虚幻的天堂、来世，只在当下的现实，知足常乐，安享眼前分内的安乐。钱穆称中国传统的人生观是一种现前享福的人生观，认为西方文化精神是富强动进，中国文化精神是安足静定。西方是外倾型的，主斗争、征服，富而不足，强而不安；中国是内倾型的，主协调、融和，足而不富，安而不强。（见钱穆《人生十论》和《文化学大义》）在笔者看来，浮士德与虞育德正好分别体现了中西两种不同的文化精神。

虞博士的乐天知命是以“天人合一”宇宙观为基础的，是“天人合一”的成果，是“天人合一”落实到心态上的表现。所以虞博士被赞为“天怀淡定”。近代西方的宇宙观是天人对立，人与自然是对峙、冲突、征服的关系。在中国传统宇宙观里，包括人在内的整个宇宙是一个有机的生命过程，人的生命是构成宇宙生命过程的一个有机部分，是天地化生为人，而不是上帝造人。人与天应当相协调、相契合、相融通、相一致。从最终意义上说，人的自我实现就是人与天完全合一的实现。孔子“五十而知天命”是追求“天人合一”的境界。孟子提出“性天同一”“知性知天”说。《中庸》提出“尽性参天说”:“唯天下至诚，为能尽其性；能尽其性，则能尽人之性；能尽人之性，则能尽物之性；能尽物之性，则可以赞天地之化育；可以赞天地之化育，则可以与天地参矣。”不是征服天地，而是“赞天地之化育”，达到“天人合一”的最高理想境界。

宋儒正式提出“天人合一”（张载《正蒙·乾称》）的理论。他们是把伦理作为本体与宇宙自然相通而合一。人世应当遵循的伦常就是宇宙规律的必然，个体通过心性修养，提高从内部体验自然的能力，尽性知天，穷神达化，从而使个体体现出伦理本体的必然，超越自身有限感性的物质存在，从心理主观上与天地合德，与万物同体，达到属伦理又超伦理的本体境界。这被看作是人的最高存在。

沟通天人的重要关键是诚。心诚则灵。前引《中庸》的话提出这样的公式：至诚——尽己之性——尽人之性——尽物之性——赞天地之化育。在诚的基础上，人与天方能融通合一。诚，既是君子追求的道德境界，又是达于“天人合一”的天地境界，诚是虞博士拥有的重要秉性：小说三十六回，在山东巡抚衙门做幕宾时，恰逢天子求贤，同僚尤资深劝他求巡抚举荐，此属古今士人之常事，虞博士却认为求人举荐是没品行。尤资深说：“老师就是不愿，等他荐到皇上面前去，老师或是见皇上，或是不见皇上，辞了官爵回来，更见得老师的高处。”虞博士严肃地说：“这便求他荐不是真心，辞官又不是真心，这叫做甚么？”五十岁中了进士，别的年岁偏大的人都少报年龄，只有他如实填写，明知因此会不被重用也在所不惜。到南京国子监任上，储信、伊昭劝他：“老师该做个生日，收他几分礼，过春天。”卧评曰：“到处皆然，至今此风犹在。”虞博士却回答：“我生日是八月，此时如何做得？”伊昭道：“这个不妨。二月做了，八月可以又做。”虞博士道：“岂有此理！这就是笑话了！”他一秉真诚，诚以待人待己，光明正大，决不使乖弄巧，决不走歪门邪道。

“孔颜乐处”被理学家当作“天人合一”人生境界的代表。周敦颐《通书·颜子第二十三》中进一步论述：

> 夫富贵，人所爱也，颜子不爱不求，而乐于贫者，独何心哉？天地间有至贵至富可爱可求而异乎彼者，见其大而忘其小焉尔。见其大则心泰，心泰则无不足。

周敦颐所说的“至贵至富可爱可求”的“大”就是“道”，相形之下世

李汉秋八旬戏扮虞博士

俗所追求的功名富贵只是“小”。“见其大”就会超乎功名富贵，达到与道为一的包罗万象的和谐。“孔颜乐处”就乐在这种天人合一的精神境界所带来的内心高度的充实、平静和快乐。这不是某种具体感性的愉悦，而是一种内心享有的精神的和乐，物质上的相对匮乏不足以影响这种高级的精神享受，它已是一种准宗教式的体验。四十余岁中举前，虞育德曾过着乡村塾师的清苦日子，妻子有病，他的“馆钱不能买医药，每日只吃三顿白粥”。他安贫乐道，心泰无不足而安详和乐，颇有“一箪食，一瓢饮，在陋巷……而不改其乐”的“孔颜乐处”意味。前述评点家说虞博士“体验见道理”，“悟到此理便是学问已深”，指的就是这种修心养性通达性天的精神状态和修养功夫。这也是作者为超越世俗功名富贵、超拔士人灵魂而探求的一片精神家园，如果能像虞博士这样人格自足，就自然不会为追求功名富贵而发疯发痴甚至丧廉失耻了。

（四）极高明而道中庸

在“天人合一”宇宙观和人生境界理想的基础上，中庸之道成为至高的人生准则和方法论原则。这也是虞博士性格的核心。

朱熹《中庸章句》对中庸的解释具有经典性：“中者，不偏不倚、无过不及之名。庸，平常也。”“中庸者，不偏不倚，无过不及，而平常之理。”中庸首先尚“中”，要求准确适度，不偏不倚，保持无过无不及的尚中境界。“中”已成为人生处世的最佳方式，情绪感发的最佳状态，艺术表现的最佳形式。“过犹不及”，凡事不执一偏，不走极端，“惠而不费，劳而不怨，欲而不贪，泰而不骄”（《论语·尧曰》）。前引东方朔《诫子诗》，选择“大隐”，就是尚“中”精神的体现。

虞博士也是这样，他既不像周进、范进那样热衷科第，又不像杜少卿那样对时文士嫉之如仇。他不以科名介怀却始终不放弃举业；他不追慕做官，又不拒绝做官，只是“以仕代农”，欲而不贪；他既无傲慢的进士气，又无狂妄的名士气，既非图权牟利的禄蠹，又无不食人间烟火的仙风，他只是襟怀冲淡，真实本色。

虞育德救起因无钱葬父而跳水的农民，悯其孝心，给予资助。他既不像吝啬鬼一毛不拔，也没有杜少卿式地倾囊以付、不暇后顾的豪举，他是量力行善，并且老老实实地告诉被救的农夫：“我这里有十二两银子，也是人送我的，不能一总给你，我还要留着做几个月盘缠，我而今送你四两银子。”既告诉人家因知他未倾囊相助，更不夸张吹嘘自己如何倾其所有，他做得适中，“惠而不费”，无过无不及。人家询问姓名，他也照实回答，压根儿没想要造就“施恩不留名”的阴德或美誉。一切都做得非常安详自然，仿佛至性所至，毫不经意。

这种清醒冷静、情理交融、灵肉合一的中庸心理，不纵欲，不狂暴，不分裂，不惨厉，缺少崇高和悲剧精神，也缺少冲破平衡宁静、发奋追求的内在动力，与西方文化传统所哺育的个体人格精神相比，二者的长短形成鲜明对照。例如莎士比亚笔下的奥赛罗，秉强大的性格，具有摇撼山岳的人格力量；但容易走极端，要爱就把苔丝狄蒙娜视为“精美绝伦的造化极品”，要恨就亲手把她掐死，“把光明熄灭”。他非爱即恨，不上天就入地，不怒则已，一怒冲天，从一个极端跳到另一个极端，感性多于理性，感情的爆炸力可以摧毁一切理性的堤坝，使其迷失本性，变得疯狂。他飞出去是鹏程万里，撞下来是雷霆万钧，极富悲剧的崇高性。这种文化性格，通过极端的折磨、痛苦和巨大的分裂、冲突，才获得灵魂的洗涤和精神的超越，而不是像虞博士那样，在人生的平宁快乐中，安安稳稳地寻求超越。

“中和”是中庸的又一核心内容。“喜怒哀乐之未发，谓之中；发而皆中节，谓之和……致中和，天地位焉，万物育焉。”（《中庸》）喜怒哀乐等感情未发固符合“中”的原则；发而中节，符合礼度，恰如其分，处于和谐状态，谓之“和”。以天地自然的生命节律来控引人的欲愿、情感，追求自然、社会、个人相和谐的“中和”理想。一旦达到“中和”，则天地得其位，万物得其化育，臻于“天人合一”的境界。虞育德与范进在得知中举时的情感表现就是鲜明的对比：范进喊着：“噫！好了！我中了！”感情偏于一执，失去平衡而发疯，与“中和”恰恰相悖；虞育德听到报喜：“虞相公，你中了。”他非常平静，“和娘子商议，拿几件衣服当了，托祁太公打发报录的人”。既没有不屑一顾，也没有欢喜得失去平衡和谐。遇到最可气的事他也不动气，遇到最可喜的事他也不大喜，“纵浪大化中，不喜亦不惧”（陶渊明诗）。他以理制情，不亢不馁，永远保持精神的平宁安详，犹如深澈明净的井水，没有一点波澜。

要保持心理的平衡，就要保持人际的和谐，人与作为环境的外在自然的和谐，人与作为身体、情欲的内在自然的和谐。“和”的观念成为中国传统文化精神的一个结穴，这是在农耕自然经济形态之上的氏族血缘关系的文化观念及其延续。西方外向型经济形态之上的开放型文化性格，是在个体自由发展前提下，人与社会、人与自然尖锐对立中展开的。人与社会、人与自然的冲突，是西方文化精神的底蕴。由此产生了冲突不和的悲剧精神，这从古希腊悲剧到莎士比亚的悲剧中都表现得淋漓尽致。著名的《哈姆雷特》里的丹麦王子，从周围的罪恶中发现“丹麦是一所牢狱”；世界呢，世界是一所大牢狱；大地呢，“只是一个不毛的荒岬”；天空呢，“只是一大堆污浊的瘴气的集合”。认为“这是一个颠倒混乱的时代”，整个乾坤颠倒、邪恶横行，而“倒霉的”他独自一人却“要负起重整乾坤的责任”！他要报复简直就报复不完，他内心失衡，感情失控，行为失常，虽未能找到通向理想的道路，但他还是投入不断的斗争，“全身每根微细的血管都变得像怒狮的筋骨一样坚硬”，哪怕牺牲了生命，遭受毁灭，仍在斗争中显出了正义的光辉。正是这种悲剧性冲突，迸发出生命力和崇高感。而虞博士所表征的文化精神，持中贵和，让人把胸中块垒搓碎揉平，以理统情，自我节制，没有奥赛罗、哈姆雷特或陀思妥耶夫斯基笔下人物的内心冲突、痛苦、紧张和激荡，一切都消融在安宁平静的超越之中，永远保持情与理、灵与肉、身心与自然的中和统一及稳定、和谐，但却缺少内在的爆破力、冲击力和崇高感。

达到虞博士的境界也就达到《中庸》所要求的“极高明而道中庸”：虽有宏深的认识，而表现出来并没有矫异之处，寓高明于平常之中。所以朱熹说中庸是“平常之理”，但一般人又很难做到。以虞博士而言，表面看来，一切都很平常，既无奇功伟业，又无特言异行，小说只把他放在平凡的现实“伦常日用”中，以非常平实的笔调叙述他平凡得不能再平凡的经历。第三十六回他的传记，“文字无峭拔凌驾处”（卧评），用的几乎都是极简短的陈述句:“就进了学”“就娶了亲”“就去到馆”，笔调与人物性情一致，一派顺乎自然的安详气韵。所选的一些细事，都围绕着他的“天怀淡定”，没有耸动视听的情节。最具“英雄”色彩的，大约就是救那跳水的农夫了，作者也故意写得很平淡，不渲染他如何动了恻隐之心，不夸张他如何奋不顾身救人，只写他“忙叫船家把那人救了起来”，把难得可以表现一番的机会还让给船家，而且，还只是一笔带过。写他与被救者的谈话，又是没有一点豪爽气概，显得那般平常，一切都以平淡处之。这种只从日常细微轻易处下手的写法本身，契合于传统文化的精神：不离开伦常日用的人生去追求超越，只要对生活有高度的觉解，平常的事就有不平常的意义。虞博士的平凡人生，蕴含着不平凡的内涵，他平凡却非浅薄，寓高明于平凡之中，是修养到家而不见修炼的痕迹，是汰尽浮华归复天然，是达到“极高明”与“道中庸”的统一。像卧评所说，非“读书十年、养气十年”，不能及此。难能固难能矣，只可惜老人气颇重，缺少刚猛精进的朝气和锐气。

虞博士形象积淀着传统文化的许多优点和弱点、积极因素和消极因素，需要作两重性的剖析。“虞博士精神”大体上可以说：利于矛盾的统一，不利于矛盾的斗争；适于维护稳定发展，不适于激励竞争拼搏；适于协调群体和谐，不适于激发个体奋进；适于保养身心康泰，不适于激扬刚猛蹈厉。简言之，在推进社会变革、个体进取等方面，它缺少驱动作用，显得保守；而在抑制贪欲、促进和谐、讲求德性、平衡身心等方面，它有可汲取的合理养分，所以吴敬梓以之为镜，来照射功名富贵场狼奔豕突奔竞之徒。这个人物形象，植根于传统文化的土壤中，在传统社会里是容易被体认的，于今显然已生疏，但在今人的客厅里，还常见到“淡泊以明志，宁静以致远”“难得糊涂”之类的格言，宴席上也常听到“平平淡淡总是福”之类的“高”论，它们难道就没有“虞博士精神”的血统？

出现精神危机的年代总会有文化的觉醒者。吴敬梓对清代官定的功名富贵体制机制的危机有清醒的认识，出色地塑造了一批沉迷者的形象加以揭露批判，对理学作为官学的流弊也有觉察，通过王玉辉的悲音加以揭示。对礼乐文化的式微也已感到无可奈何，通过泰伯祠的凋敝加以显示。这是《儒林外史》的杰出艺术成就。出路安在哉？他在努力探求。传统文化中，他越出儒家门槛寻找到儒道互补；他与时代的进步思潮同步，发展名士的传统讲求人格自立精神自适。他又把希冀的目光拓展到市井和下层民间，表现出宝贵的人民性。凡此都需要有敢于冲破旧体制、旧习俗、旧思想的勇气。吴敬梓还只是朦胧的觉醒者，但他已在呼唤敢于破茧而出的嵚崎磊落的奇人豪杰！

奇人精神解脱的破茧之「狂」

中国封建社会发展到十八世纪，各种矛盾累积愈久，愈益严重，引起广大人民的不满和反抗；不合理的功名富贵体制机制、八股科举制度的流弊、理学的弊端，激起有识之士的不满，有一部分更从封建牢笼内部分化出来；传统文化中蕴藏的民主性的思想传统和现实主义的文学传统，也随着时代的发展而发展，并在文学上展露出来。在《儒林外史》里，民主性的思想成分虽还没有形成新的社会理想、提炼出鲜明的思想旗帜，但“形象大于思想”，却已在嵚崎的奇人形象中氤氲生长着，我们要辨识其中新的思想因素。

吴敬梓自觉的批判精神，与其时代的思潮紧密相关。明代中叶后在思想解放和市民文学的潮流中育出了世情小说，但它的现实主义一般来说尚未具备“批判的武器”的性质。随着知识界群体的、批判的意识的觉醒，吴敬梓从士林入手，对民族文化的深层心理结构进行了大规模的解剖，封建文化中某些积淀很深的腐烂因素，被他发露无遗，遭到坚决的扬弃。这样的批判不仅直接体现在对否定性人物品性的描写中，而且弥漫于对肯定性人物人格特征的描写里。在时代危机意识的感召下，明代唐伯虎式的风流才子，变为杜少卿式的狂狷名士。按照孔子的解释“狂者进取，狷者有所不为也”（《论语·子路》）。杜少卿等人的“狷”就是不与当权的统治者同流合污，对封建统治者采取了躲避和抵拒态度，对自己的时代表现出深沉的失望和抵触情绪。而他们的“狂”则表现为某种异端倾向、叛逆精神，表现为尊重自我人格，追求精神自适，挣脱统治功令和封建陋俗的束缚，从而闪烁着星星点点民主思想的火花。

但这样的火花毕竟太微弱了，远没有燎原之力。总的来说，这时的思想界还没有形成先进的思想体系，吴敬梓一方面赞同通过礼乐教化伦理道德来改善现实政教，同时又感其无力无效无奈，但他既提不出新的道德规范，也提不出新的政治理念，他所继承的儒家原始人道主义精神，可以用作进行思想批判的武器，却不可能自然地转化为近代民主主义，在当时的中国，这种转化还缺少必要的历史条件，吴敬梓也不得不在近代思想的历史大门前停下脚步。但其《儒林外史》里展露的近代民主思想的曙光，却直融入以后的时代，蔚为万道霞光。吴敬梓不仅属于他自己的时代，而且也属于后来的时代，这正是一个伟大作家的过人之处。

激而为怒的虞华轩

小说第四十六、四十七回集中写五河县世风和虞华轩其人。第四十六回的回目“三山门贤人饯别，五河县势利熏心”前后对举具有深意。南京泰伯祠大祭后礼乐事业未能振兴，诸贤人于秋风萧瑟之际在三山门洒泪饯别主祭人虞博士，大家都感到有“无所依归”的悲凉，犹如秋风里的黄叶，被吹得四散飘零。回目中前后对举，既是对照，又表明因果关系，正因为以礼乐化俗的努力未能奏效，所以五河县更加“势利熏心”。写到小县城的势利之风，全书蕴藉简淡的笔调骤然一变，嬉笑怒骂，极情尽致，深恶痛绝之情溢于言表，作者显然是把早年受窘于故乡全椒的深切感受和对势利恶俗的切齿痛恨，倾泻笔尖。虞华轩这个出身于没落世家的不发秀才，对趋炎附势的势利之风有着特殊的敏感，嫉于薄俗，故为矫激之行，因而狷介傲俗，他确实如作者所说，是对势利恶俗“激而为怒”的产物。天目山樵说他不及虞博士、庄绍光、杜少卿之浑厚，指出:“盖世运愈衰而贤者亦不免与化推移也。”刘咸炘《小说裁论》则说他为“少卿之流而加露”。其实这个形象是作者早年在故乡愤世嫉俗、满腹块垒的受伤心灵外射的投影。

虞华轩“曾祖是尚书，祖是翰林，父是太守，真正是个大家”。厅上的一对料丝灯，还是“曾祖尚书公在武英殿御赐之物”，真正是“故家乔木”（此华贵家世与吴敬梓相似）。说到他本人，“经史子集之书，无一样不曾熟读，无一样不讲究，无一样不通彻”“一切兵、农、礼、乐、工、虞、水、火之事，他提了头就知到尾，文章也是枚、马，诗赋也是李、杜”。但是，“无奈他虽有这一肚子学问，五河人总不许他开口”。为什么呢？唐二棒椎和成老爹都直言不讳当面对他说：“你虽世家大族，你家发过的老先生们离的远了，你又不曾中过”“三十年河东，三十年河西”“而今彭府上、方府上，都一年盛似一年”，大家趋炎附势，因此冷落了虞华轩。彭家中了几个进士，选了两个翰林，是新贵，阖县人同去奉承他；徽州方家在五河开典当行盐，是暴发户，一些乡绅人家贪陪赠，也争与联姻。五河县人是“非方不亲，非彭不友”“非方不心，非彭不口”。作者一般不发议论，于此却破例愤激地议论道：

> 五河县的风俗，说起那人有品行，他就歪着嘴笑；说起前几十年的世家大族，他就鼻子里笑；说那个人会做诗赋古文，他就眉毛都会笑。问五河县有甚么山川风景，是有个彭乡绅；问五河县那个有品望，是奉承彭乡绅；问那个有德行，是奉承彭乡绅；问那个有才情，是专会奉承彭乡绅。却另外有一件事，人也还怕，是同徽州方家做亲家；还有一件事，人也还亲热，就是大捧的银子拿出来买田。（第四十七回）

这段议论可与吴敬梓在《移家赋》里抨击全椒陋俗的一段韵文对读，可谓异曲同工。虞华轩恰恰是这等恶俗的受害者和反抗者，是由恶俗反激出来并作为其对立面的形象。他的反击集中体现在对兴贩行行头成老爹的戏弄上。

成老爹与“范进中举”中的胡屠户，二人堪称反映市侩心理的双绝。也许正因为他们浅薄，市侩心理表现得淋漓尽致。对胡屠户，范进无力反击，由作者以嘲弄之法讥笑他滑稽；对成老爹，虞华轩愤而反击，以戏弄之术惩创他的陋劣。吴敬梓是喜剧艺术的多面手，绝不仅于讽刺，幽默、滑稽、嘲弄、戏弄……他都擅长。单纯鞭挞假恶丑的讽刺手法不能满足作者的需要，而戏弄是由戏弄者和被戏弄者双方作配，不仅藉此挞伐了否定性人物，而且褒扬了肯定性人物。

五河县势利风的主要表现是奉承彭、方二家，成老爹也胡诌方六房十八日要请他吃饭，用以标榜身价，吓唬别人。虞华轩摸透了他的脾性，打听确了那日方六房不请客，于是设下戏弄的圈套：一方面派人大买肴馔，让成老爹知道十八日虞家有好吃的；一方面假冒方六房向成老爹下请帖，请他十八日赴宴。成老爹满心欢喜道：“我老头子老运亨通了！偶然扯了谎，就扯着了，又恰好是这一日！”到那日他兴冲冲奔赴方家，在方老六面前左奉承，右谄媚，人家也没有留饭的意思，只好讪讪退出，心想：“虞华轩家有现成酒饭，且到他家去吃再处。”这就落入虞华轩“圈套”之中：此时虞华轩正与几个客人大吃大喝，见成老爹来，虞华轩故意说：“成老爹偏背了我们，吃了方家的好东西来了，好快活！”以此封住成老爹的嘴，又不容对方分辩就叫人：“快拿一张椅子与成老爹那边坐，泡上好消食的陈茶来与成老爹吃。”果然，盖碗陈茶左一碗右一碗送过来，成老爹越喝越饿，肚里说不出来的苦！眼睁睁地看着虞华轩等人当着他的面“大肥肉块、鸭子、脚鱼，夹着往嘴里送，气得火在顶门里直冒。他们一直吃到晚，成老爹一直饿到晚”。晚上在床上还直气了一夜。虞华轩做局引诱对手，把愚蠢的对手戏弄于股掌之上，终获喜剧性的胜利。由他的性格推动的喜剧场面，风趣横生，既具一目了然的明朗性，又有引人入胜的新奇性；也生动反映出作家的个性，怪不得其故乡全椒长期流传着这种性格的吴敬梓故事传说。

虞华轩戏弄市侩的压舱底资本是：可以拿出一些银子来买田。他运用这一点，搬出三十锭大元宝来，往桌上一掀，“那元宝在桌上乱滚，成老爹的眼就跟这元宝滚”。虞华轩还答应田买成后给中介人成老爹五十两一锭的元宝作回扣。到了成交那天，成老爹带着卖主、中人来了，虞华轩又故意在厅上“捧着多少五十两一锭的大银子散人”，然后突然宣布：“那田贵了！我不要！”让成老爹“吓了一个痴”，“气的愁眉苦脸”。虞华轩不是“求田问舍”的人，买田只是故作恶作剧，惩创一下市侩，寻求报复的满足，出一口胸中的恶气。

然而，他根本无法挽救没落世家的颓运，也无计稍挫新贵和暴发户的炎威。在节孝入祠的仪典上，虞华轩和余大先生想纠合五河县的这两个世家大族，与新贵暴发户较量一番。虞、余两族有三位节孝入祠，方家只有一个。虞华轩对余大先生道：我们“两家绅衿共有一百四五十人。我们会齐了，一同到祠门口，都穿了公服迎接当事，也是大家的气象”。他以为这回一定可以显示一下世家大族的气派。谁知到了虞、余两家同方家的节孝亭子对阵的时候，虞、余两族人却纷纷倒戈，虽然“余、虞两家的举人、进士、贡生、监生，共有六七十位”，“余、虞两家的秀才也有六七十位”，竟都恭恭敬敬甚至慌慌张张地站到方家的队伍里去了！作者用调侃的反讽写道：

> 那余、虞两家到底是诗礼人家，也还厚道，走到祠前，看见本家的亭子在那里，竟有七八位走过来作一个揖，便大家簇拥着方老太太的亭子进祠去了。（第四十七回）

虞华轩、余大先生惨败下来，看着“方盐商大闹节孝祠”，只有恨恨地咒骂：“我们县里，礼义廉耻一总都灭绝了！”无可奈何地回忆大祭泰伯祠的盛典，感叹：“若是放在南京虞博士那里，这样事如何行的去！”

卧闲草堂本评得好：“薄俗浇漓，人情冷暖，乌衣子弟触目伤心。”

五河县的势利薄俗，激出虞华轩这个乌衣子弟的愤怒和感伤。虞华轩乌衣情浓，但他的愤懑不平还缺乏推动社会前进的积极意义。假如他不能像作者那样，后来接受时代先进思潮的影响，放眼于更大的社会不平，则很难跻身于进步人物行列。可以说，虞华轩是青年吴敬梓逆反性格的简单投影，到了杜少卿的形象，就丰富多了。

杜少卿的“真”“奇”和“狂”

士的理想人格，儒家称为贤人、圣人，道家称为真人，更注重“真”的品格，“至人之用心若镜”（《庄子·应帝王》），像明镜似的显示其本真。关于人格上的“真”：首先，表现为在与自然契合、合规律性的前提下，获得一定的自由，臻于一种逍遥之境，是一定程度上的自由人格。“真”的对立面，一个是“伪”，如伪道学之王德王仁；一个是“矫”，如矫名士杜慎卿，都以各自的特征对照出杜少卿的“真”。

其次，“贵真”就会尊重人格的个性。士之人格个性，常与求奇、求异相伴，这实与“人的觉醒”、士之个体自觉相关。士自觉为具有独立精神之个体，便不欲混同、淹没于庸常。同时道家理想人格的境界之一也具有某种超世的品质，带有不同于世俗人的特征。崇尚老庄的魏晋名士就形成一种观念：有高名之士必当有异行。于是名士竞求特立独行以超迈凡庸，标奇立异、企慕奇人异行遂成为名士的传统。到明代中叶后，封建社会内部出现了早期启蒙思潮，个性解放是其重要主题之一。从泰州学派到李贽，晚明士风表现出一种倾向：从自然人性论出发，主张冲决某些封建束缚，自由地发展人的天性，以人文觉醒对抗伦理异化，崇“真”尚“奇”蔚为风尚。清初的士林，傅山张扬个性自由解放最力，顾炎武等呼唤“豪杰”和“豪侠”精神，黄宗羲强调学者要具有不为权势和流俗所左右的学术个性。凡此都充实和发展了“奇”的内涵。

最后，继承这种传统，吴敬梓也把真名士杜少卿以及与他气质相近的人称为“奇人”。小说三十四回，迟衡山说：“少卿是自古及今难得的一个奇人。”迟衡山是赞赏他的“奇”，更多的人是不能理解，甚至鄙夷他这种“奇”。杜少卿尚未出场，他的堂兄杜慎卿便轻蔑地介绍说：

> 伯父去世之后，他不上一万银子家私，他是个呆子，自己就像十几万的。纹银九七他都认不得，又最好做大老官。听见人向他说些苦，他就大捧出来给人家用。（第三十一回）

随着杜少卿出场，訾议越来越多，家仆王胡子道：

> 我家这位少爷也出奇！一个娄老爹，不过是太老爷的门客罢了，他既害了病，不过送他几两银子，打发他回去。为什么养在家里当做祖宗看待，还要一早一晚自己服侍？（第三十一回）

对这些非议，作者都不予置评，甚至还让这种口气融进作者的叙述笔调里，在叙述杜少卿游览姚园时这样写：

> 这日杜少卿大醉了，竟携着娘子的手，出了园门，一手拿着金杯，大笑着，在清凉山冈子上走了一里多路。背后三四个妇女嘻嘻笑笑跟着，两边看的人目眩神摇，不敢仰视。（第三十三回）

这里“竟”字的语调似乎在说：光天化日，众目昭彰，竟然如此，成何体统！

如此笔调让人想起《红楼梦》对贾宝玉的写法，一出场就有两阕《西江月》说他“富贵不知乐业”“有时似傻如狂”“行为偏僻性乖张”“莫效此儿形状”云云，表面看都是贬斥，骨子里却是褒扬。已故黄岩柏教授说这是寓赞于嘲“反笔为颂”的写法，真是一语中的。

吴敬梓和曹雪芹两个同时代的伟大作家，都写自己钟爱的人物不被庸众所理解，且都以“反笔”颂扬他们，可见这是有深刻时代根源的历史现象。在杜少卿和贾宝玉形象里，确实透露出若许新鲜的气息和出奇之处，在不被社会认同的情况下，作者以“反笔为颂”达到“一石双鸟”的效果：既颂扬了奇人，又批评了庸众。

冯友兰先生论魏晋风流：“晋人常说超越……超越是超过自我……无我则个人的祸福成败，以及死生，都不足以介其意。”（《论风流》）杜少卿作为真名士的真风流，继承发展了魏晋名士风度，他鄙弃琐屑的世务、外在的功名富贵，追求超逸的风貌、内在的才性，表现出纵心肆志、恣情任性的意趣，反映了个体人格的觉醒和追求。

前引杜慎卿所讥议的“钱财散尽”，正是杜少卿“平居豪举”之一端。他清高脱俗，遗落物务，对钱财持超脱的潇洒态度。古今都有人訾议杜少卿接济人时贤否不明，其实被接济者之或“贤”或“否”哪里是杜少卿所屑于一顾的呢？对于钱财，他像打发土芥似的，谁要谁拿去就是了，何须考察是贤是否。他体现的是慷慨超脱不为物累的名士风度，作者用了反笔似乎在讥笑世俗之人：“俗人怎么得知！”（虞博士语）杜少卿既不汲汲于富贵，也不戚戚于贫贱，家财散尽后，布衣蔬食，心里淡然，安于山川朋友之乐。这是一种“通脱”“豪放”，一种不为外物所役的超拔，一种始终以主体为本体的人生觉醒境界。

杜少卿在纵心肆志、任真任性的魏晋风度表现形态里，注入了更多个性解放的自由思想成分，吹进些明清时代人文思潮的新鲜气息。一般士人把膺荐举、受征辟当作最高荣誉，他却坚决谢绝李巡抚的荐举和朝廷征辟，理由是：“麋鹿之性，草野惯了。”设法辞掉“爵禄之縻”后，杜少卿高兴地说，从此要“逍遥自在，做些自己的事”——这简直可以视为他要求尊重个性、发展个性的宣言。为此他既摆脱了钱财俗务的羁绊，又冲破八股举业的牢笼，超越了功名境界，热衷于在逍遥自在的人生境界中体验着自己的真实生命。小说三十四回，杜少卿妻子问他："为什么妆病不去做官。"他道："你好呆！放着南京这样好顽的所在，留着我在家，春天秋天，同你出去看花吃酒，好不快活。为甚么要送我到京里去？"

但要在南京"做些自己的事"，还得要有一股蔑弃礼法、横对陋俗的劲头才行。杜少卿虽不是那种以自己的历史主动性和英勇行为揭开新时代序幕的完整意义上的"新人"，但他是敢于傲视庸众的非议做走自己的路的探索者。游览姚园，他"竟携着娘子的手"，当着两边看的人，大笑着，情驰神纵，遗世忘俗地走了一里多路，在当时这确是惊世骇俗的带有明显挑战意味的举动。季苇萧说这是杜少卿的"风流"。诚然，风流是名士的重要表现，所谓"是真名士自风流"。其特异行为唐突了那个时代行之已久的原则规范，嘲弄了庸众的普遍信念，背离了"从来如此"的生活方式。"竟"敢如此？就是敢如此！杜少卿敢于对某些封建权威和封建礼俗提出大胆的挑战，表现出离经叛道的可贵勇气。当朱熹对经书的注释被钦定为标准答案的时候，他敢于挺身说只依朱注是"固陋"。小说三十四回，杜少卿写了一部《诗说》，竟敢与朱熹唱反调，朱熹的《诗集传》说《溱洧》是"淫奔者自叙之词"，他反驳说："《溱洧》之诗，也只是夫妇同游，并非淫乱。"这不是在追寻一点微小的学究式的胜利，而是在批驳理学教条，捍卫自己的行为方式，表达自己的生活观念。他对《女曰鸡鸣》的解释，似在辩说"郑声"不"淫"，宣示着一种弃却功名富贵、怡然自乐的"儒道互补"的生活态度。

杜少卿不但尊重自己的个性，而且也尊重别人的个性。小说三十三回，他初搬到秦淮河房，与友朋聚会的情景，就很有自由放恣的气氛："将河房窗子打开了。众客散坐，或凭栏看水，或嚼茗闲谈，或据案观书，或箕踞自适，各随其便。"既然尊重别人的个性，待人接物也就颇有平等的色彩。他"不喜欢人叫他老爷"，也不以老爷自居，像前引王胡子所不解的那样，把门客娄焕文"当作祖宗"亲自服侍；平素"和尚、道士、工匠、花子都拉着相与"。杜少卿的妇女观也较开明，对纳妾风之猖獗很不满意。沈琼枝不甘为妾，逃到南京，自谋生计，庄非熊说她“奇”，武书也说她“奇”，都心存猜疑不解。杜少卿也称她“希奇”，却认为“可敬的极了”，非是怜悯，而是出于尊重，赞扬的不是她的姿色和才情，而是她蔑视富贵豪华、不畏权势、不可亵玩的“豪侠”精神。沈琼枝也钦佩杜少卿“是个豪杰”。真是“惺惺惜惺惺”，他们互相引为知己，表现了奇人之间精神的投契。杜少卿的朦胧的平等意识也曾推衍到社会资源的分配上。他说娶妾的事“最伤天理，天下不过是这些人，一个人占了几个妇女，天下必有几个无妻之客”。他是从社会资源的合理配置着眼，反对一个人占有多妻妾，致使有人无妻。所以迟衡山叹道“宰相若肯如此用心，天下可立致太平！”——举一反三，将平等观念引申到治国平天下的高度。

杜少卿一面追求超世脱俗的格调，一面充满愤世嫉俗的情怀，表面上洒脱风流，内心里悲愤苦闷，因此，他的恣情任性带有狂诞不经的色调，透露着内心的愤激和痛苦，表现出激而为怒、愤世嫉俗的“狂”的特征。这使他的名士风度有了深刻的一面，被赋予不满封建黑暗的叛逆内涵。“狂”是强烈的不满在受压抑情况下的爆发形态，是一种喷射式的宣泄。杜少卿和作者本人一样“独嫉时文士如仇”，愤激填膺，一触即发。一提到县里的秀才，他就骂他们是奴才。臧荼对他谈举业的好处，他骂道：“你这匪类，下流无耻极矣！”小说四十回中，人家议论为子孙发富发贵要找好风水迁祖宗的坟墓，他发作道：“那要迁坟的，就依子孙谋杀祖父的律，立刻凌迟处死！”凡此种种都露出他“狂”的面目，卧评第三十二回有言“少卿之狂”，以“狂”字概括其特点。

现实生活中的吴敬梓也以“猖狂”“佯狂”的阮籍自比。他的亲朋好友说他“酒酣耳热每狂叫”，说他“狂憨”“狂疾不可治”，都不讳言其“狂”。曹雪芹笔下的贾宝玉亦“似傻如狂”。这都不是偶然的。明万历年间，中国早期启蒙思潮进入飞跃发展的时期，出现了标志人物李贽及其学说。李贽本身就是狂人，汤显祖《寄石楚阳》说：“卓吾虽未必是圣人，可肩一‘狂’字，坐圣人第二席。”（《玉茗堂全集》尺牍卷一）朱国桢《涌幢小品》谈到李贽学说时说：“今日士风猖狂，实开于此。”晚明个性解放的思想，更滥觞于对王阳明提倡“狂者胸次”学说的改造和发挥。泰州学派创始人王艮也是一位“狂者”，三十八岁那年，戴着纸糊的五常冠，穿着自制的奇装异服（《儒林外史》里的王冕也自制奇异衣冠），到南昌去见巡抚王阳明，招摇过市，轰动全城。王阳明的另一高足王畿，青年时代就放浪不羁，“宁为狂狷，毋为乡愿”，极力提倡“狂”，在《与阳和张子问答》中他说：“夫狂者志存尚友，广节而疏目，旨高而韵远，不屑弥缝格套以求容于世。其不掩者虽是狂者之过，亦其心思光明特达，略无回护盖藏之态，可几于道。”在文士中，不愿受封建习俗约束的“才子”加“浪子”式的人物出现得更多，很多颇具叛逆色彩。前引曹雪芹提到的唐寅、祝允明，与文徵明、徐祯卿合称“吴中四才子”，四人被视为“狂逸不羁”，表现了吴中的狂诞士风。徐渭、郑板桥等都珍重自己的人格和真性情，傲世抗俗，藐视权势。徐渭被视为狂人，当道官僚求他一字而不可得。郑板桥自称“青藤门下走狗”，崇拜徐渭至极。郑板桥提出“学者当自树其帜”，并说自己“束狂入世犹嫌放”（郑板桥《自遣》），同样不肯为“天下安享之人”作书画。他们的书画艺术“不受前人束缚，自辟蹊径”（张维屏《松轩随笔》），表现了独特的创作个性和才能。当时就有人把郑板桥比作阮籍（郑方坤《郑燮小传》），这些人构成了明清时代具有早期启蒙特征的“狂人”谱系，他们鄙夷权威，挣脱禁锢，言行狂狷，但尚不成熟，犹如血气方刚的青少年郎，为超逸封建罗网而狂吼长啸，但还来不及磨砺好武器。他们比魏晋名士已经前进了一步，为中国的名士传统增添了时代的新内容。作为小说人物形象，杜少卿、贾宝玉之狂，程度不同地分别注入了更多的时代新质素，表现出一些与社会环境不协调、为庸众所不解的“奇”和“狂”。一直到“五四”时期，鲁迅还把标志新文学诞生的重要作品称为《狂人日记》，仍然以“狂”作为被社会不容的最突出特征，这并非偶然的。

儒者庄绍光接到征召之旨，立即晋京，他自觉地意识到：“我们与山林隐逸不同，既然奉旨召我，君臣之礼是傲不得的。”后来证实“我道不行”，是为践履儒家“出处”之大节，才辞爵还家；即使如此，也要恳得皇帝的“允令还山”之旨后才启行。真名士杜少卿则不同，他不把自己纳入什么“君臣之礼”中，自称“麋鹿之性，草野惯了”，为了要“逍遥自在，做些自己的事”，竟冒欺君之罪，装病辞征辟，根本不去。并且从此连秀才籍都抛弃掉，再不参加科举的各类考试，鄙弃八股功名，不守家声祖业，背离了科举世家和封建阶级所期许的人生道路，从而被高翰林视作“杜家的第一个败类”。如果说“贤人”的两只脚还站在儒家传统的大门之内，那么，“奇人”却已有一只脚跨出儒家传统的门槛，表现出与封建环境不协调的异端倾向，闪烁着某些民主思想的火花。如果说“贤人”的活动尚不过多触忤世俗，那么，“奇人”的叛逆就或多或少对封建秩序起着离心和瓦解的作用，因而常为御用文人所不容。高翰林就像发现瘟疫病源一样，立即向社会敲起警钟，戒饬青年：“不可学天长杜仪！”恨不得把这个祸胎剿灭。但这正像迟衡山说的：高翰林“分明是骂少卿，不想倒替少卿添了许多身份”——从反面证明这些悖逆者刺痛了封建统治阶级的神经，是逆子贰臣。如果说虞博士是书中体现优秀传统文化（以儒为主而儒道互补）的第一人，那么，杜少卿是书中开始试图走出传统藩篱的第一人。他所憧憬的性情解放、人格自立、精神自适，都向近代靠近。

《儒林外史》所写的一组组人物，一个个场景，从褒贬对比的结构框架深挖下去，我们可以发现吴敬梓是在对文士的命运作深沉的历史反思。通过反思，他对士的文化——心理结构中一些沉淀很深的糟粕，进行大胆的扬弃，形象地揭示出封建社会后期精神道德和文化教育（如八股科举、程朱理学流弊）的腐朽糜烂；同时又认真检验了民族文化——心理结构中有价值的因素，对诸凡原始儒家、道家和魏晋风度、晚明士风与明末清初的实学思潮以及乾隆朝甫兴的经学考据等，他都熟悉，在反思的基础上试图进行整合，企图从中提炼出健康的元素，改造士林的素质，建构新的士林。

吴敬梓最关注的是“士”的人格，核心是“义”与“利”的关系，这是人类社会的永恒课题。任何文化，一旦沦为获取功名富贵的敲门砖，便要丧失原有内在精神。士人一旦成为追逐功名富贵之徒，便要被异己力量所同化，以致丧失人格与自尊。面对以功名富贵牢笼士人的朝廷功令，吴敬梓要造就的是士人的独立人格和学问，以品行学问抵制功名的异化；面对扼杀人格、人性的统治哲学，他要争取的是士人精神的自适和舒展，以合乎自然的原始民主与人道精神，抵制过苛的理学教条。吴敬梓要“成就出些”既能制礼作乐、讲究文行出处，又能尊重人格、看重自由的人才，进而“助一助政教”——最终落实到改造腐败的政治和社会风气上。由于当时无法接触新的思想文化体系，吴敬梓还只能在传统的思想文化体系中搜寻抉剔，对于符合他理想的优秀文化因素，不论源自儒家还是道家，都择优汲取，注入自己的思想理念中，陶熔出一个个肯定性的“真儒”“贤人”和“名士”“奇人”形象，寄托自己的理想和探求。

近代社会的进入，是以“人”的觉醒为标志的。“五四”新文化运动的重大功绩之一在于“人的重新发现”，其内涵就是尊重每个人的人格、权利和意志。这对于只强调君权、父权、夫权、族权而不尊重个人权利的封建观念来说，是价值观上的巨大变化，是人文精神现代化的重要标志。1920年，胡适在《吴敬梓传》中说，吴敬梓的用意是：“叫人觉得‘人’比‘官’格外可贵，学问比八股文格外可贵，人格比富贵格外可贵。”他强调的正是“人”和“人格”。同年，在陈独秀、钱玄同分别写的《〈儒林外史〉新叙》中，陈独秀称吴敬梓“思想已经和当时的人不同了”；钱玄同说吴敬梓“在当时是一个很有新思想的人”。“五四”新文化运动的三位重要倡导者都从人文精神现代化的视角，异口同声地高度评价吴敬梓及其《儒林外史》，可见吴敬梓的努力是朝这个方向前进的，虽然受到历史的限制，同我们的认识有很大距离，但他为建构健康的民族灵魂而辛勤探索的精神与实践，却永远值得我们崇敬。

奇女子沈琼枝

“奇”女子沈琼枝被扬州的盐商宋为富骗娶为妾，她不甘“伏低做小”，逃奔南京。小说四十一回，作者借杜少卿之口，重点还是从视富贵如土芥的角度赞扬她：“盐商富贵奢华，多少士大夫见了就销魂夺魄；你一个弱女子，视如土芥，这就可敬的极了！”

19世纪挪威杰出戏剧家易卜生的《玩偶之家》，着重写娜拉不甘在家庭中当玩偶，为追求妇女的独立解放而出走。出走以后怎样？成为“五四”前后中国人讨论的问题。《儒林外史》则着重写沈琼枝只身出走到人地生疏、人海茫茫的大城市南京以后，凭手艺和文才，靠刺绣

沈琼枝与二差人（程十发绘）

和卖诗，自谋生计，并仗武术防身自卫；什么礼教的清规，妇道的戒律，庸众的不解，人言的中伤，喇子的讹诈，官府的迫害，等等；她都夷然不顾！她的出现像一道闪电划破封建夜空，闪烁着追求妇女解放的思想锋芒。

真是个奇女子。对此新鲜事，历来有不解之处，如：她既已觉察盐商宋为富是娶妾的做派，这是她不能同意的，为何还要大大咧咧地进入宋府？黄小田和天目山樵的评批都认为此举是“荒谬”的。当今也有专家认为这是“败笔”（陈美林《儒林外史人物论》）。周月亮则认为：沈琼枝的特点是“不怕”，一副“明知山有虎，偏向虎山行”的脾气，她之赴宋府，既像成婚，又像是兴师问罪，有些孙悟空式的“以战为戏”的气派，她有实力敢于冒险，自信能够扭转乾坤。作者赋予了她独立生存下去的力量，是自己保卫自己的豪宕的“侠女”（李汉秋、周月亮等著《儒林外史鉴赏辞典》一书中的“沈琼枝”条）。

现在可以补充的是：沈琼枝的身份多少也受原型人物的拘牵。2014年郑志良于《八表停云录》中发现吴敬梓的《后新乐府》八首，其四《茸城女·伤仳离也》，写茸城女沈珠树和她的小姑张宛玉二人共抗盐商的遭遇。《儒林外史》将姑嫂二人融合为沈琼枝形象，张宛玉原为盐商家的“逋妾”，在封建社会中，“逋妾”的命运实际上是很悲苦的，吴敬梓从中捕捉住、提炼出积极的抗争精神，再融入沈珠树的才艺，加重亮色，塑造出具有侠气的理想女奇人形象。

“市井四奇人”和鲍文卿

吴敬梓移家南京几年后经济情况愈加困窘，甚至“日惟闭门种菜，偕佣保杂作，人不知故向者贵公子也”（顾云《盋山志》卷四）。正由于自己的经济地位已平民化，所以能写出“灌园葆贞素”的诗（《左伯桃墓》），能写开小香蜡店的牛老儿与开小米店的卜老爹之间鱼水相依的真情实意，能写出甘露僧对牛布衣的温煦之气。作为反映，小说第三十四回也写高翰林说杜少卿平素“和尚、道士、工匠、花子都拉着相与”。堂表兄金两铭《为敏轩三十初度作》称他“老伶小蛮共卧起”，现存吴敬梓长诗《老伶行——赠七十八叟王宁仲》可证他与伶人间的友谊。吴敬梓从伶人们中体悟到优良品格，塑造出鲍文卿的形象。

鲍文卿和倪霜峰，同是市井贫民，危难相助，温情可掬。更重要的是鲍文卿与向鼎：第二十五回中，戏子鲍文卿在安庆知府向鼎衙门作客，有两个书办托他为一桩讼事说情并许诺送他五百两银子，他立即严正拒绝说“须是骨头里挣出来的钱才做得肉”，并告诫他俩“凡事不可坏了太老爷清名”。向知府对季守备介绍他时说：

> 而今的人，可谓江河日下。这些中进士、做翰林的，和他说到传道穷经，他便说迂而无当；和他说到通今博古，他便说杂而不精。究竟事君交友的所在，全然看不得！不如我这鲍朋友，他虽生意是贱业，倒颇多君子之行。（第二十六回）

吴敬梓借向鼎之交友选择，把目光投向儒林之外的底层百姓，借向鼎之口说出操“贱业”的底层人物比那些进士、翰林更多“君子之行”，更可以寄托希望。吴敬梓写知府与戏子超越身份和等级结下真诚友谊，表现了他自己的平民感情，但吴敬梓肯定性地写鲍文卿那么知“礼”守“礼”，反映出他尚未全脱世家文士的局限。

吴敬梓时代的南京、扬州等城市相当繁荣，《儒林外史》第二十四回写南京：

> 这南京乃是太祖皇帝建都的所在，里城门十三，外城门十八，穿城四十里，沿城一转足有一百二十多里。城里几十条大街，几百条小巷，都是人烟凑集，金粉楼台。城里一道

河，东水关到西水关足有十里，便是秦淮河。水满的时候，画船箫鼓，昼夜不绝。……大街小巷，合共起来，大小酒楼有六七百座，茶社有一千余处……茶社里坐满了吃茶的人。

手工业也很发达，最重要的丝织业主要集中在聚宝门一带，有千数百家，甚为繁盛，《儒林外史》第二十四回写道：

这聚宝门，当年说每进来有百牛千猪万担粮，到这时候，何止一千个牛，一万个猪，粮食更无其数。

从事手工业的市民之多，可见一斑。

扬州处在南北向运河与东西向长江的交叉点上，隋唐时就已成为中国最繁华的大都会之一，明清时是中国漕运、盐运的中心，在当时世界50万以上人口的十大城市中排名第六。在经济发达的基础上，文

扬州博物馆中“扬州十五家”塑像群

化繁荣，著名的“扬州八怪”“扬州十五家”，其中不少吴敬梓的熟人，如李葂就是吴敬梓好友，并被作为小说中季苇萧的原型。

同时，扬州人才荟萃，善书法的、善弈棋的都有，钱泳《履园丛话》、李斗《扬州画舫录》就记载有国手范西平、施本庵屡败于民间棋手的事情。

吴敬梓的目光也移到市井人物身上。小说第五十五回开头说：

> 那南京的名士都已渐渐销磨尽了。……花坛酒社，都没有那些才俊之人；礼乐文章，也不见那些贤人讲究。论出处，不过得手的就是才能，失意的就是愚拙；论豪侠，不过有余的就会奢华，不足的就见萧索。……就是那贫贱儒生，又不过做的是些揣合逢迎的考校。那知市井中间，又出了几个奇人。

寻找希望的目光从士林拓展到“市井中间”，对于当时的文人作家，这是个突破。会写字的季遐年、卖火纸筒子的王太、开茶馆的盖宽、裁缝荆元，合称“市井四奇人”，他们身份微贱，为世俗所轻，因而激为狂狷。王太去看下围棋，被富贵大老官鄙夷轻贱，他偏要杀败不可一世的“大国手”，把富贵大老官惊得目瞪口呆，他认为这才是天下最大的“快活”。季遐年不修边幅，傲视富人，施乡绅请他写字，他仰着脸大骂道：“你是何等之人，敢来叫我写字！我又不贪你的钱，又不慕你的势，又不借你的光，你敢叫我写起字来！”傲岸狂狷其实是一种扭曲的反抗性格。“不贪你的钱（富），又不慕你的势（贵）”，还是从不贪慕富贵开始，他们遂能恣意自由发展自己的性情。季遐年写字“不肯学古人的法帖，只是自己创出来的格调，由着笔性写了去”；请他写字要看他高兴，“他若不情愿时，任你王侯将相，大捧的银子送他，他正眼儿也不看”。这些方面与“楔子”里的王冕同调，都反映了历史上的“狂”书画家徐渭、郑板桥的某些特征。荆元要做同自己

“性情相近”的事，认为裁缝职业并不玷污读书写字，他很以自己的职业自得：“吃饱了饭，要弹琴，要写字，诸事都由得我；又不贪图人的富贵，又不伺候人的颜色，天不收，地不管，倒不快活？”同样强调“不贪图人的富贵”。连生活在20世纪并深谙西方自由平等观念的胡适都称赞：“这是真自由，真平等。”（《吴敬梓传》）

“市井四奇人”名为四人，实际上共同表达了一种生活情趣，都是吴敬梓性情的投影。他们的人生境界有几个要点：第一，不屑功名富贵，傲视富贵者，维护平民的人格尊严；第二，有文化素养、文化情怀，也就是王冕所说的“文行”，以寄情“琴棋书画”、讲求内在精神的自足，与追求功名富贵的外在显赫者大异其趣；第三，他们都有独立营生的能耐，能够自食其力，不依赖别人，自己找到安身立命的支

弹一曲高山流水（程十发绘）

点，过着自以为快的日子。正是由于没有依附性，所以可以人格自立、精神自适地发展。此中盖已渗入了由商品经济发达生发的城市市民的意识，至少是其萌芽。

这种生活情趣具有摆脱封建束缚、抵制权钱异化、冀求人的全面自由发展的积极因素。从中国本土生长出来的自由平等思想正在脱茧而出！此回的回目叫“添四客述往思来”，季遐年的取名又有“冀（希冀）遐年”的寓意，吴敬梓这是寄希望于未来呵！

杜少卿以及“市井四奇人”、奇女子沈琼枝的形象，都是《儒林外史》奏出的从传统迈向现代的前进音符。篇末荆元和于老者（“余老者”的谐音）“弹一曲高山流水”，在“凄清宛转”中期盼着知音！

卓越的艺术　开创性进展

感而能谐，婉而多讽的讽刺艺术：喜剧性与悲剧性相融合

（一）小说讽刺溯源

宋人“说话”四家中已明确的三家：“讲史”“说经”“小说”，此三家是宋元明小说主要的三类：“讲史”发展出历史演义小说如《三国演义》，英雄传奇如《水浒传》实是历史小说的一支，“说经”发展出神魔小说如《西游记》，“小说”中取材于现实世情世态的部分，到明代则发展出长篇的世情小说如《金瓶梅》。

世情小说的题材和表现方法也越来越多样化，以至于不得不再将世情小说分为若干类，才能概略地反映已经繁衍分枝的世情小说的多样面貌。世情小说细分类的标准，大部分仍按照传统的题材分类法，把其中描写婚恋家庭生活为主的称为“人情小说”，描写侠义为主的称为“侠义小说”，描写公案为主的称为“公案小说”，等等。作品一多，就有可能出现变异，会有个别小说采取了某种特别的写作态度和表现方法取得了突出成就，即指其从众多世情小说中脱颖而出的主要不是题材有什么特异，而主要是对现实的态度和表现方法有了特异之处，在这种情况下就只好以其独特的态度和方法作为立类的名称了。《儒林外史》的情形盖即如此。在乾隆朝众多的世情小说中，它以批判的态度和讽刺的方法而独标一帜，这一特异之处被鲁迅所体察，于是将其

从众多的世情小说中特拈出来，标以“讽刺小说”之名，以引起对它的创作特点的注意和重视。

由此可知，所谓“讽刺小说”主要是以对现实的态度和表现方法为帜志，而不是从传统的题材分类法着眼的。当然一定的创作态度和方法总要选择适合于自己的题材，两者是有联系的，但联系不等于混同，创作态度、方法与题材毕竟分属于两种完全不同的范畴。“讽刺”特征既然主要是属于创作态度、方法的范畴，那么，我们追溯这种小说的源流时也必须着眼于考察这种态度和方法的来龙去脉，而不能像近年国内有些论著那样从题材的角度追溯讽刺小说的源流，混淆了范畴，把“讽喻小说史”的内涵和外延都搞乱了。

如鲁迅所说，“神魔小说”和“世情小说”是明代小说的两大主流。既然“讽刺小说”同“世情小说”“神魔小说”不是从同一标准分的类，而是从它们中孵化出来的，则容易理解它同后二者之间不是分疆而治、互相排斥的关系。

在小说中运用讽刺手法源远流长。鲁迅《中国小说史略》说“寓讥弹于稗史者，晋唐已有”，晋人“志怪小说”，于说神鬼之中就不乏对风俗、人品的讥砭。唐人“传奇”中更出现了一些相当完整的颇富于喜剧意味的讽刺，如李公佐《南柯太守传》、沈既济《枕中记》，都对热衷功名、眷恋权势者投以辛辣的讥讽。

广义的讽刺方法有两种，一种是寄寓性讽刺，主要从“神魔小说”中孕育出来。在清代以前，小说讽刺主要采取寄寓的艺术表现手法，它们写的是非现实的神鬼妖魔的故事，从总体上说其立意并不是以讽刺为基础，但在作品的某段情节和某些艺术形象中却寄寓着浓厚的讽刺意图，寄寓着对假、恶、丑现象的讽刺。由于作者所写的“神魔皆有人情，精魅亦通世故”（鲁迅语），读者自然而然由其联想到现实社会中的人情世态，发挥出讽刺的艺术效果。这是意蕴上的寄寓。还有一种是情节上的寄寓：神魔故事的某些情节和场境提供了讽刺的契机，于是作者随机借题发挥，信笔引申，穿插上对现实的讽刺。明中叶前后，出现了一大批以讽世为主要特色的小说、戏剧、诗歌。寄寓性讽刺手法的运用至此也臻成熟，这突出地表现在吴承恩的《西游记》中。到明末清初，出现了一批继承《西游记》寄寓性讽刺传统的小说。如：董说的《西游补》要“讥弹明季世风”（鲁迅语），无名氏的《后西游记》，清初刘璋的《斩鬼传》;《聊斋志异》四五百篇中，总有二三十篇可以称得上是讽刺短篇，例如《司文郎》等。这些小说里挟带着寄寓性讽刺的成分、片断以及情节，为清代“讽刺小说”提供了营养和借鉴。

另一种是写实性讽刺，主要从“世情小说”中孕育出来。“世情小说”的发展直接孕育了清代的“讽刺小说”。狭义的讽刺指这一种，当鲁迅说《儒林外史》几乎是唯一的“讽刺小说”时，他用的是狭义的严格概念。

其实，真正标志着明中叶后小说新发展的，正是“世情小说”。它以现实世界的社会生活为描写对象，社会生活是五光十色的，世情小说发展的结果必然要繁衍出许多分支，其中以两宗为大：偏重写情侣离合和家庭兴衰的，发展为清代的“人情小说”；偏重写世态炎凉的，就包含着较多的批判和讽刺，逐渐孕育着清代写实性“讽刺小说”的兴盛。

（二）“讽刺小说”的典范

鲁迅说“迨吴敬梓《儒林外史》出……说部中乃始有足称讽刺之书”，的确，讽刺派小说之能成派，端赖《儒林外史》一书。

《儒林外史》鲜明地树起了社会批判的思想旗帜，奠定了我国小说的批判取向。这与时代思潮紧密相关。明中叶后在思想解放和市民文学的潮流中出现了“世情小说”的代表作《金瓶梅》，但它的现实主义一般说还处在对现实暴露的阶段，尚未具备“批判的武器”的性质。经过明清易代的社会巨变和清初的血腥镇压、文化钳制，封建社会固有的各种矛盾更加尖锐，腐朽性暴露得更加充分，顾炎武、黄宗羲、王夫之、颜元等思想家曲折地继承和发展了晚明思想解放的一些积极成果，从士林内部形成一股社会批判的思潮。封建社会的危机感随着空前深刻的社会批判，成为一种心理积淀，知识分子的忧患意识发展成为浓重的危机意识，不免对民族的命运作深沉的历史反思。正是这样的时代思潮加深了艺术家的思辨能力，对于丑恶的现实，吴敬梓并非单纯停留在展览和暴露上，而是凝聚了整个时代的智慧和力量，自觉地进行深入本质的批判，他冷峻地刮剔着社会机体的脓疮和溃疡，对封建社会后期上层建筑的某些方面作出清醒的否定和批判。小说清醒、严峻的现实感和批判精神，标志着古代文学的现实主义迈入了新的阶段，萌生了近代现实主义的某些特征。

比起其前的短篇小说和长篇世情小说来，《儒林外史》开始自觉地将全社会纳入自己的视野之内，对现实的社会问题进行大规模的分析和呈现，在广阔的背景上完成了一幅18世纪中国儒林的巨幅历史画卷，并且把批判倾向贯彻于全书，成为整部小说的基调。以往具有批判成分的小说虽也揭露了一些社会问题和矛盾，但其结局往往是好人好报，恶人恶果，只把社会制度问题归因为个人品德问题。《儒林外史》则打破传统的思想和写法。它显示出：否定性人物的恶德恶行是统治制度和社会的产物，制度不改变，他们不一定会受到“恶报”；而肯定性人物却恰恰与社会环境格格不入，他们不再是始困终亨、否极泰来，而是蹭蹬失意、幻灭悲伤。吴敬梓通过对不同人物命运遭际的描写，总是把批判的锋芒指向社会，他井然有序地解剖着社会的肌体，深入地探查病源，细致地分析病因，其小说就是一份社会病理解剖分析报告，而吴敬梓的总诊断无疑是给病入膏肓的古老封建制度写了一份病危通知书。

《儒林外史》把我国古典小说的讽刺艺术发展到了最高峰，它的讽刺服从于客观、真实再现现实生活的原则，服从于严肃的社会批判的任务。作者充分运用讽刺手法以加强批判揭露的力量，同时也就将讽刺艺术提高到近代现实主义美学的高度，极大地扩展了讽刺的美学功

吴敬梓塑像（全椒县吴敬梓纪念馆）

能，为讽刺艺术在我国小说中的发展作出了卓越的贡献，同时丰富了世界讽刺艺术的宝库。

对《儒林外史》的讽刺艺术，鲁迅概括为“感而能谐，婉而多讽”八个大字。“能谐”是说吴敬梓能在生活中发现喜剧性因素，并巧妙地表现出来，使《儒林外史》的讽刺艺术具有鲜明的喜剧美学特征。如果说《红楼梦》着重于对现实作悲剧性的批判，那么，《儒林外史》则主要通过喜剧性的讽刺进行批判，两位现实主义小说家感受生活的审美气质和进行心灵外射的审美方式是各具其妙的。

《儒林外史》的喜剧艺术突出地表现为塑造出一大批具有讽刺意味的喜剧人物，这在讽刺派小说的发展上具有空前的成就。《儒林外史》中的一系列喜剧人物形象，已不像在过去的小说中那样以“庸人”的面目来“衬托俊士”（鲁迅《中国小说史略》），他们的审美价值主要取决于自身的真实与深度：他们本身就是主角。这些喜剧人物已成为独立自主的小说主体，已成为作家精雕细琢的重要审美对象，已成为作家艺术创造的重大目的，已成为作家评判生活、展示美与丑的重要艺术载体。这样一大批独立自主、富于讽刺性的喜剧形象的出现，正是《儒林外史》作为讽刺小说取得的重大美学成就，也是讽刺派小说在艺术上完全成熟的重要标志。

（三）喜剧性讽刺的艺术表现

《儒林外史》中人物性格的喜剧性主要表现在以下几方面：

首先是本质与现象不一致。“丑”的本质是内在的空虚和无意义，但它却要自炫为“美”，或是丑而假装为美，或是丑而自以为美。

“丑”而假装为“美”的喜剧人物自知丑陋空虚，但他们却不安其位，试图以一个“美”的假象来掩饰自己“丑”的本质，竭力显示自己不但不是“丑”，而且是难得的“美”。结果总是弄巧成拙，越是掩饰，就越是露马脚。他们不但暴露出其“丑”的真相，而且还常常大吃苦头，遭到生活应有的惩罚。例如匡超人本是个以选政混饭吃的宵小，却偏偏要吹嘘自己的选本已远传外国，吹嘘山东、山西等五省的读书人家，家家供着“先儒匡子之神位”，结果被人当场拆穿；成老爹地位卑下，却攀高结贵，趋炎附势，仿佛自己也是一个什么尊贵的大阔佬，夸耀彭乡绅请他吃饭，作者给予的惩创是：让他空着肚子在酒筵旁吃“消食的陈茶”，饿至客人走后才吃了一顿水泡饭；万里假冒中书到处“打秋风”，可惜好景不长，一次正在秦中书家看戏饮酒，猝然被一条锁链锁去；严贡生正吹嘘自己从不占人寸丝半粟便宜之时，却碰上他的小厮来报邻居来讨被他霸占的猪。这些人也知道自己是丑的、不合理的、无价值的、虚妄的，但他们却偏偏要强装出一副自己是“美”的、合理的、有价值的、真实的样子。而作者既毫不留情又十分巧妙地一一撕毁他们“美”的假象，把他们“丑”的本质暴露于光天化日之下，充分展示出他们的荒唐可笑。

“丑”而自以为“美”的喜剧人物，他们虽然是“丑”，却并不自觉。相反，他们倒是用盲目的自我确信，替自己虚构出一副“美”的假象，从而沉醉在自以为美的幻觉之中。如支剑锋以名士自居“衣锦夜行”，口吐狂言，妄自尊大，结果被当场锁去；胡屠户地位卑微低下，却自视甚高，把自己摆到平头百姓之上，认为连范进中举也是由他“带挈”的；高翰林颟顸无知，仅仅因为会写几篇八股文，便自以为才绝一时，自负得很；马二先生也是不自觉地把已失去时代价值的八股举业当作神圣事业。这些人一般都真诚地相信自己是“美”的，因而他们总是自然地甚至天真地让自己的本性显露出来，但正如柏格森所说：对丑的“‘心不在焉’的程度越深，喜剧的格调也就越高”(《笑——论滑稽的意义》)。

其次是性格的片面的畸形发展。每一个性格都是一个世界，是极其丰富复杂的。黑格尔说得好：“人不只具有一个神来形成他的情致：人的心胸是广大的，一个真正的人就同时具有许多神，许多神各代表一种力量，而人却把这些力量全包罗在他的心里，全体俄林波斯都聚集在他的胸中。”(《美学》第一卷）如果人物的某一特征无限制地向前发展，成为这一人物身上君临一切的、决定其言行举动的唯一性格枢纽，远远超出人们的情理逻辑时，它就自然引起人们喜剧的兴奋。例如严监生临终前因为两茎灯草，总不肯咽气，在生命的最后关头，依然是锱铢必较，对微末之物的爱惜竟然盖过了他的棠棣之思、戚友之情！吝啬这一性格特征压倒了性格的其他方面，严监生的人物性格骤然显得失去了常态的平衡，造成了人物的荒谬与可笑，产生了强烈的喜剧效果。

周进、范进几十年一直在作八股求功名的道路上踽踽而行，功名富贵是他们全部的生活理想。正因如此，尚未考上秀才的周进会悲哀得寻死觅活，涕泪纵横，突然中举的范进则欢喜得痰迷心窍，以至失魂发疯。强烈的功名欲占据了整个心灵，成为他们唯一的欲望，这已完全超出了常情常理，因此尽管面对着他们的眼泪与疯态，读者仍不免感其畸形而哑然失笑。

再次是形式与内容的矛盾。“美”必定是形式与内容的和谐统一。形式与内容的对立，不论孰强孰弱，都必定是不“美”的乃至是“丑”的。对这种丑，《儒林外史》也常常给予喜剧性的描写。如写鲁小姐的闺房：闺房，顾名思义，是小姐们的独有天地，那里本应是一个脂红香浓的秀雅地方，但鲁小姐的闺房却别有一番景象：“晓妆台畔，刺绣床前，摆满了一部一部的文章；每日丹黄烂然，蝇头细批。”倘若是其他文章倒也不坏，可以显现小姐的博雅，而偏偏这里所摆设的却是八股文！把“须眉浊物”们用以博取功名的“俗学”八股文摆满在小姐的闺房里，显得是那么不伦不类、极不协调！内容与形式的冲突极富于喜剧情致；马二先生游吴山，把看到的御书（内容）当作皇帝（形式），并取出自己的扇子（内容）充作笏板（形式），扬尘舞蹈，拜了五拜。内容与形式的脱节表现出人物形象的迂腐和迷幻；迎亲排场照例应有吹打，渲染喜庆的气氛，但严贡生为儿子娶亲，又要“臭排场”又不想给钱，结果迎亲的仪仗队居然没一个吹手，只有四个戴红黑帽子的一递一声地喝道开路。形式与内容不符，看完也令人忍俊不禁。上述对人物环境和行为的喜剧描写都是紧扣着人物性格的喜剧性来进行的，是为表现喜剧性格服务的。

最后是动机与效果的脱节。喜剧性格往往不顾主客观条件，盲目自信地费力去追求不可能实现的虚幻目的。结果他们越是积极、认真地投入行动，就越见出动机与效果的不协调，二者形成尖锐的喜剧性对比。娄氏兄弟就是这样的两个喜剧人物。他们两人因科名蹭蹬，在京师深感无聊，便返归故里。他们不甘寂寞，“广招俊杰”，几经访贤问能，先后延揽杨执中、权勿用、张铁臂等人居于相府，连同这时形影不离的蘧公孙、牛布衣、陈和甫，似乎是人才济济，颇具规模，俨然有“战国四公子”之遗风。但是好景不长，他们先是被张铁臂虚设人头会，骗去五百两银子；不久权勿用又因涉嫌奸拐女尼，被差人一条链子锁走。娄氏兄弟孜孜以求的效法古代名公子“蓄士养望”的一场美梦就这么破灭了。他们耗费那么大的心血精力，那么多的银钱财物所换来的不过就是这样一个不尴不尬的结局，这不能不令人感到可笑。牛玉圃一心一意要讨好东家盐商万雪斋，胡诌万雪斋的前主人程明卿是自己的“拜盟的好兄弟”，其效果却与动机恰恰相反，不但达不到目的，反而被万氏斥为“为人不甚端方，又好结交匪类”，予以疏远。杜慎卿到神乐观一心要渔猎“飘逸风流”的“男美”，但找到的却是一个“一副油光光的黑脸，两道重眉，一个大鼻子，满脸胡须”的肥胖道士。对牛玉圃、杜慎卿，作者是鄙夷的，他借动机与效果的脱节，给他们开了个不大不小的玩笑。

（四）感而能谐——悲剧性与喜剧性融合

《儒林外史》讽刺艺术的特色不仅在于“能谐”，即通过种种笑声来揭示喜剧性格的种种矛盾、滑稽，展露丑的真实面目，而且这个“谐”（喜剧性）常常与“感”（悲剧性）水乳交融，浑然一体。普希金说：“我们看出，崇高的喜剧不是只依靠嘲笑，而是依靠性格的发展，并且这种喜剧往往接近于悲剧。”（《普希金全集》）《儒林外史》也是“喜剧往往接近于悲剧”。

吴敬梓生活的时代，封建社会已进入晚期，疮痍满目，败象丛生。特别是经过清初诸大家的广泛思想批判与社会批判，时代的悲凉之雾笼罩士林，这时忧患意识乃至危机意识已不可避免地成为清醒者的群体意识乃至社会意识。吴敬梓身处这悲剧性的氛围里，作为敏感的思想者，呼吸而领会之，作品中很难单纯地呈现出明朗的、纯净的笑。他嘲笑丑的、不合理的事物，却又找不到出路，看不到希望，于是难免失望与悲凉。及至他用笔描摹士林人物的喜剧性格时，总是直击到隐藏于其中的悲剧性的生活本质。柏格森说：“过分深入人格，将外部效果和过分深植的内因结合起来，就将损害外部效果的可笑之处，最后将使可笑之处荡然无存。”（《笑——论滑稽的意义》）对于一般的喜剧作家，这不失为一个很有价值的忠告。但吴敬梓并不甘心只博取读者一笑，他解剖生活中的可笑事物，正是要揭示产生这些可笑事物的社会造因，岂能未达目的便止步不前呢？诚幸，作家的进一步开掘并没有导致喜剧效果的“荡然无存”，反倒向人们提供了一种新的审美对象，这就是悲喜融合的艺术形象。这种悲喜融合的艺术形象在反映生活上达到一个新的层面，在审美欣赏上，则给读者提供了更为丰富的美感享受。

在《儒林外史》中喜剧性与悲剧性往往是形影不离，相互融合。周进寻死觅活，嚎啕痛哭，固然可笑，但只要我们追根溯源，想一下：周进考了几十年，不要说中举，就连考举人的贡院也没资格进；联想一下他一碟老菜叶、一壶白开水的贫困落魄生活；联想一下他在梅玖、王惠等秀才、举人面前所受到的羞辱等情节，我们的笑就不得不掺入一股怜悯的涩味；范进疯疯癫癫，狼狈不堪，自然也使人发笑，但想一想这么个本来忠厚、本分的寒儒，被社会的大石挤压得如此渺小、麻木、愚昧，我们的悲悯之情不是油然而生了么？小说的深刻之处正在于，几乎在每一个最富于喜剧性的人物及其情节里，都含着悲剧性的因素，范进的疯笑、周进的痛哭、王玉辉的强笑……那些瞬间的可笑是以他们整个生命的可悲为底蕴的，那最匪夷所思的举止恰恰是最令人惊悚的痛点，作家总是迫使读者在笑声中把思绪从喜剧性转向造成这种可笑的社会环境，领会卷首“一代文人有厄”终于一语成谶，品味认同作者对人生、对生活、对社会的深刻思虑。

马二先生也是作者笔下悲喜交融的一个成功的艺术典型。作家一方面着重表现他迷信八股的迂腐气：他至虔至诚地礼赞八股，诚诚恳恳地奉劝别人栖心举业，虽身处佳山丽水之中，犹一心系在功名富贵、八股刻本之上，沉迷陷溺不可自拔。同时，作品也刻画了他古道热肠的君子风。慷慨倾囊，主动为朋友消灾泯祸；奖掖后生，馈银赠言，温煦之气直拂人面。这两个性格侧面在马二先生形象中不是割裂乖背的，而是不可分割地融为一体。作者通过其君子风捕捉其迂腐气，通过其迂腐气来托衬其君子风。君子风说明他本来是可以有价值的，迂腐气则说明他已无价值。呈现其迂腐气是喜剧性的，这嘲讽了八股的毒害，君子风的被贬损则是悲剧性的，这也批判了八股制。正是在否定八股制对人性的戕害这一点上，马二先生形象的喜剧性与悲剧性高度融合，凝为一体。这样一个悲喜交融的艺术形象给人的审美感受是双重的，显然要比单纯的喜剧性丰富得多。

如果说，《儒林外史》前半部（第三十一回之前，“楔子”除外），是以喜剧形象世界为主，潜藏着悲音；那么后半部，基本上是一个悲剧形象世界，这就是作者用悲剧的笔调写出的贤人们风流云散和奇人们的穷途失路的悲凉。而且，这份悲凉意识正是作者臧否人物潜在的评判标准，也是其创作心境，这是《儒林外史》喜剧深刻别致的原因之一。果戈理曾说自己的作品有个看不见的主人公是“笑”，《儒林外史》的这个主人公则是又笑又哭，前半部笑里藏哭，后半部基本上是哭。没有这个“哭”，便很难“公心讽世”，之所以能“感而能谐，婉而多讽”，正是因为这部喜剧巨著深层的支配性的底色是悲剧。

（五）公心讽世，婉而多讽

与“感而能谐”相辅相成的是“婉而多讽”。

鲁迅很赞赏吴敬梓的“公心讽世”，他以唐初的传奇《补江总白猿传》为例，说明“假小说以施诬蔑之风，其由来亦颇古矣”。明代有讽刺倾向的小说中，仍不免有“私怀怨毒，乃逞恶言，非于世事有不平，因抽毫而抨击”者，到吴敬梓，“乃秉持公心，指擿时弊”（以上几则皆出《中国小说史略》），使讽刺小说同“泼秽水的工具”划清了界限。“公心讽世”者有着为人生的动机，怀着真、善、美的理想，去否定假、恶、丑，“他的讽刺，在于希望他们改善”，倘“毫无善意，也毫无热情，只使读者觉得一切世事，一无足取，也一无可为，那就并非讽刺了”（鲁迅《什么是“讽刺”？——答文学社问》）。可见吴敬梓的“公心讽世”是他写出“足称讽刺之书”的基础，也是“感而能谐，婉而多讽”的先决条件。

鲁迅很赞赏《儒林外史》作为讽刺小说的“旨微而语婉”，他批评明末清初的神魔小说《钟馗捉鬼传》:“词意浅露，已同谩骂，所谓‘婉曲’，实非所知。”他又批评清末之谴责小说“辞气浮露，笔无藏锋”(《中国小说史略》)，达不到含蓄蕴藉。在他看来，《儒林外史》做到这一点，所以“足称”讽刺小说，而那些小说则近于谩骂。

作为讽刺小说总不免要用夸张，但过分“张大其词，又不能穿人隐微”，便会“失实”，“失了文艺上底价值”，因此鲁迅特别强调“讽刺的生命是真实”，“非写实决不能成为所谓讽刺”，在他看来，“用了精炼的，或者简直有些夸张的笔墨——但自然也必须是艺术地——写出或一群人的或一面的真实来，这被写的一群人，就称这作品为讽刺”(《什么是“讽刺”？——答文学社问》)。

吴敬梓就是这种现实主义讽刺的圣手，他以讽刺家的心态对现实生活有深刻而独特的体察和感受，从现实生活中特选了富有喜剧性讽刺意味的“或一群人的或一面的真实来”，用白描的手法似乎纯客观地把它们摹写出来，既不张皇，又不议论，更不谩骂，而结果却使那些长久“行下来了，习惯了，虽在大庭广众之间，谁也不觉得奇怪”的可鄙可笑现象，“现在给它特别一提，就动人”(同上)。这种“动人”的讽刺效果，是读者从作者所提供的艺术形象中自己咀嚼体味出来的，作家反映生活愈真实愈深刻，就愈耐人咀嚼，令人回味不尽，达到了“婉而多讽”的高水平，鲁迅赞扬说:“无一贬词，而情伪毕露，诚微辞之妙选，亦狙击之辣手矣。”(《中国小说史略》)

迈向近现代的小说艺术

随着人类认识社会、表现社会能力的发展与提高，现实主义小说在文明发展的某一阶段要成为小说创作的主流。欧洲小说的这一阶段与资本主义的兴起和发展相联系，中国古代小说的这一阶段则与大都市商品经济的兴起和发展相联系。现实主义首先要求按照生活的本来面目真实地再现生活。明代小说中，世情小说最富有现实主义的质素，明中叶后迅速发展，成为最有生命力的小说。迨至清代，历史演义小级、神魔小说都走下坡路，唯独反映现实人生的世情小说蓬勃发展，成为小说界的主流。《儒林外史》和《红楼梦》是其代表。

现代小说巨匠茅盾在《谈我的研究》中说：

> 至于《红楼梦》，在我们过去的小说发展史上自然地位颇高，然而对于现在我们的用处会比《儒林外史》小得多了。如果有什么准备写小说的年轻人要从我们旧小说堆里找点可以帮助他“艺术修养”的资料，那我就推荐《儒林外史》……

茅盾以小说家的慧眼，一眼看到在古代小说中《儒林外史》与现代小说的观念最为接近。《儒林外史》确实表现了从古典形态向近代形态的历史进展，展露出近代现实主义的曙光。

（一）从传奇性到现实性，进一步接近现实人生；
生活化描写中又有一些奇特的情事，继承了传奇性的优点

在瓦舍说书基础上发展起来的历史演义、英雄传奇、神魔小说，从总体上说，主要写超群人物的奇异故事，对世俗人生日常生活的描写还不充分，传奇色彩很浓。明代中叶后，小说的新观念开始胎动，《金瓶梅》发展了宋元短篇话本描写市井生活的传统，开创了长篇世情小说，它和“三言”“二拍”所展现的已经不是一片古典式的明净天地，而是近代式的世俗人生，古典小说开始了向近代小说的发展。与此相呼应，叶昼评点《水浒传》，认为混天阵等“说梦、说怪、说阵处”尽管离奇热闹，却因“假了，费尽苦心亦不好看”。而《水浒传》第十回中的“李小二夫妻两人情事”，尽管平凡琐屑，却因写出真实的“人情物理”（《水浒传》第九十七回回末总评），比那些奇异的情事要好得多。凌濛初的《拍案惊奇序》反对从“耳目之外，牛鬼蛇神”索

谲构幻，提倡从“耳目之内，日用起居”提炼情节。睡乡居士的《二刻拍案惊奇序》批评世人但“知奇之为奇，而不知无奇之所以为奇”，主张写真实无奇的世俗生活。这种以常人常事为主要审美对象的呼声，反映了中国古代小说从古典形态向近代形态发展的历史要求。

《儒林外史》继承发展了这种新观念、新倾向，作品把关注重心从奇人异事转向现实社会普通人日常的真实生活，客观地、精确地“摹绘世故人情”（《惺园退士序》），正如闲序所说，它继承《水浒传》《金瓶梅》“摹写人物事故，即家常日用米盐琐屑，皆各穷神尽相”的传统，而又“出其右”，它写的是儒林的现实生活，“迥异玄虚荒渺之谈”，写的是平常的真实人物，使“其人之性情心术，一一活现纸上，读之者无论是何人品，无不可取以自镜”。卧评云“古人云‘画鬼易，画人物难’。盖人物乃人所共见……非如鬼怪可以任意增减也。”（第三十六回）。《儒林外史》写的是“世间真事”，有如“铸鼎象物”，深刻地反映了现实的某些本质方面，与那些“所记之事皆在情理之外，并不能行之于当世”的“俗笔稗官”比起来，悬隔不啻天壤（卧评第三回、第六回）。黄小田、惺园退士、黄安谨、天目山樵、徐允临也都高度赞扬这种“所记大抵日用常情，无虚无缥缈之谈”“描写世事，实情实理”的现实主义艺术，说它“摹绘世故人情，真如铸鼎象物，魑魅魍魉毕现尺幅”，具有巨大的现实意义和认识价值。它所写的儒林人物，多中下层社会的芸芸众生，围绕儒林这个中心，还描绘了富商巨贾、贩夫屠户、帮闲清客、戏子乐工、媒婆妓女、喇子篾片、医卜星相、和尚尼姑、官吏衙役、总甲保正…… 三教九流声态并作，鄙行俗态纷然杂呈，卧评就引友人的话说：“慎毋读《儒林外史》，读竟乃觉日用酬酢之间无往而非《儒林外史》。”在当时就被当作照见世态人情的一面镜子。

现实主义偏重于描摹现实生活的精确图画，更贵在传神。我国文学传统的白描手法很好地体现了这一特色。卧评经常阐释吴敬梓的白描艺术，第三回评周进衡文说：“周进之为人本无足取，胸中大概除墨卷之外了无所有，阅文之如此钝拙则作文之钝拙可知。空中白描出晚遇之故。”第四回张静斋、范进、汤知县驴唇不对马嘴地胡扯刘基的故事，卧评说：“三人侃侃而谈，毫无愧怍，阅者不问而知此三人为极不通之品。此是作者绘风绘水手段，所谓直书其事，不加断语，其是非自见也。”第七回评王惠教唆荀玫匿丧不报，却以“王员外立朝敦友谊”回目，重又指出这是“直书其事，不加论断，而是非立见”，对白描手法的特点作了很好的说明。这种不动声色地精确描绘人物言行，让思想倾向从场面和情节中自然流露出来的“绘风绘水手段”，表明吴敬梓运用白描手法已经达到炉火纯青的境地，卧评二十三回情不自禁地称赞作者：“真李龙眠白描手也！”

《三国演义》《水浒传》《西游记》固然也有一些动人的细节描写，但总的说还是用大笔触粗线条地勾勒。《儒林外史》对日常生活细节的描摹，细腻逼真到了近乎琐屑的地步。第二十一回写牛老儿为牛浦郎办婚事：牛老儿腾出房间的后半间给牛浦郎作新房，“又匀出一张小桌子，端了进来，放在后檐下有天窗的所在，好趁着亮放镜子梳头”。因为是新房，所以需要有给新娘“放镜子梳头”的地方，因为是房间的后半间，所以要“在后檐下有天窗的所在”才有亮光。结婚那天，“到晚上，店里拿了一对长枝的红蜡烛点在房里，每枝上插了一朵通草花”。把平常百姓的生活环境和婚俗写得如此细腻真切，连蜡烛上插的通草花都写出来了，无怪乎黄评一再赞叹“细极”，“是芜湖风俗”，表现出社会风俗画的逼真风格。

中国古典小说在情节上很讲究“奇”。对吴敬梓影响很大的《世说新语》，就记述魏晋名士文人的奇特言行。唐代小说径称“传奇”，作意“搜奇记逸”。传奇传奇，非奇不传，成为传统。其后的“说部”，像《三国演义》里的“空城计”“草船借箭”，《水浒传》里的“武松打虎”、鲁智深“倒拔垂杨柳”等情节，都有奇耸之处。

卧评说：“世间惟最平实而为万目所共见者，为最难得其神似也。”（第六回）。人所共见的平实生活和人物并没有特别能耸动视听的外部形态，需要独具只眼才能从平凡中发现并加工为具有典型意义能体现其内在精神特征的特异情事，“写出其人之骨髓”（第七回），这确是平庸作者所无法胜任的。在宋人“小说”基础上产生的短篇“话本”和“拟话本”，更多从社会现实生活中提取近情却耸听的情事，加以铺演渲染，以一个传奇性的情节作为核心来演绎故事，吸引读者。文学艺术要达到感动人、教育人的目的，先要引人入胜，有“抓人”的力量。短篇小说像《杜十娘怒沉百宝箱》《卖油郎独占花魁》，题目就标示出一个传奇性的故事，紧扣中心情节，藉以传播。近现代的欧洲短篇小说，倾向于平淡无奇的情节，把故事性、传奇性冲淡了。中国的古典小说发展到《儒林外史》，既能把非常生活化的现实情事写得逼真、很有味道，同时又继承传奇的传统，努力在平淡的日常生活中，搜寻出人物最有文化意义和生命意义的“奇”的言行加以凸显，写的虽然只是瞬间，却是以人物的整个生命为潜台词并且含有丰厚的文化内蕴。

《儒林外史》的高明之处更在于：把非常平淡无奇的生活化描写和一些奇特的情节结合得特别好，融通无痕，使读者不觉出那些“奇”很突兀。范进因中举而发疯，需被打一巴掌，喜得出奇；周进那么一大把年纪的塾师，当着众人撞号板，“满地打滚”嚎啕痛哭，“直哭到口里吐出鲜血来”，悲得出奇；马二先生游西湖，一路叙来颇平实，但到了御书碑前却像小孩玩过家家似的，行起叩拜皇帝的大礼，迂得出奇；王玉辉见亲生女儿活活饿死的惨剧，却大呼：“死的好，死的好！”浑得出奇。此外，诸如严监生临终竖两指、严贡生装病讹船家、鲁小姐制义难新郎、娄公子虚设人头会、杜慎卿访美却遇丑、杜少卿妆病辞征辟、虞博士替丑行遮耻、沈琼枝逃南京卖文、虞华轩戏弄成老爹……在在具有奇特的意趣，但是在大量生活化的描写中，又不觉得它有什么离谱。事出常轨之外，却在情理之中。《儒林外史》照生活本来的样子来摹写生活，又有从生活中提炼出来的奇特情节，平实中有奇崛，意料外蕴情理，这两者融通无迹，浑然一体。

儒林外史邮票（六枚）

（二）从故事小说型到性格小说型——小说艺术发展到更高层次

如果说生活故事化——人物性格化——心灵审美化，是小说发展史上已经先后出现的三种特征形态，那么《儒林外史》已经从以生活故事化为特征形态的审美层次，跨入以人物性格化为特征形态的审美层次。这主要有两方面表现：

第一，故事淡化。在说书基础上发展起来的小说，有丰富完整的故事情节，以故事进展的时间顺序为线索进行叙述，事件本身的逻辑性很强，生动而完整地把它自然正常的逻辑进程表现出来，就完成了结构的主要任务。《儒林外史》既没有完整的主干故事，又没有贯穿始终的中心人物，不以它们的自然进程作小说结构的中心线，作家是按照自己的创作意图，描绘和展出种种儒林世相，建构起一组组情节单元。每一单元甚至每一人物之间，往往缺乏外显情节的自然联系和故事完整性，但却具有着深隐意蕴的必然联系和内在统一性。表层情节缺乏自然的逻辑联系，完全靠作家把它们排列组合起来，构成有机的序列，涵蕴创作意图，这样的作品特别需要结构的功力。

在写一个人物时，吴敬梓描写的重心既不在于写出其故事，也无意于叙写其一生的完整传记。例如范进这样重要的人物，也只是截取他一生中的一个阶段，让他在第三回“周学道校士拔真才”中出场，在中举打秋风以后就基本上退场，前不介绍他的家世、出身、经历，后不交代他的升沉、寿夭、归宿，只是从中举如何决定他的命运这个角度加以刻画，其他都舍弃不取。就在人物一生的某个阶段中，吴敬梓也只是撷取几个典型场面，把它们组合衔接起来，犹如“拼贴画”，不同场面间跳跃的跨度较大，其外显联系无意多顾，前后的因果关系也比较沉潜，需要读者品咂体味。如周进，主要写三个场面：薛家集开馆宴上梅秀才对他的奚落挖苦；村学中王举人在他面前作威作福；贡院中他撞号板死去活来。前两个场面是他几十年屈辱酸辛的缩影，犹如树木横断面的年轮显出他几十年的生长历程，但当时周进的心情，作者并不明白写出，直到后一个场面才揭示他的痛苦。后一个场面与前面的因果关系作者也不直白交待，而是让读者自己去体味。作者是从周进几十年的酸辛写出他此刻痛哭的原因，又从此刻的痛哭写出几十年酸辛的程度。没有郁结极深的痛苦，就不会爆发出如此强烈的痛哭；从如此强烈的痛不欲生反衬出薛家集宴席上强咽下的苦酒是何等痛心彻骨。《儒林外史》的拼贴画，似断实连，画面之间仍有人物故事的联系，基本上仍按时序进行，很少倒叙、插叙，这不同于打破时空界限的现代小说。

第二，冲突隐化。故事型“说部”，情节多戏剧化，讲究尖锐紧张的矛盾冲突，激烈的交锋，以难解难分的斗争，形成火爆的戏剧性情节。《儒林外史》却写的是日常的平凡生活，只是淡淡写来，没有激烈冲突，没有紧张情节，不追求戏剧化效果。它既写了否定性人物，也写了肯定性人物，但却不是让二者正面交锋，在戏剧化的冲突中表现双方。杜少卿自始至终没有跟坏人斗争过，三十四回中，杜少卿不在场时，高翰林骂他是“杜家第一个败类”，迟衡山从侧面为他辩护，但也没有与高翰林形成冲突。高翰林走后迟衡山说：“方才高老先生这些话，分明是骂少卿，不想倒替少卿添了许多身分。”马二先生道：“方才这些话，也有几句说的是。”季苇萧道：“总不必管他。他河房里有趣，我们几个人，明日一齐到他家，叫他买酒给我们吃！”三种不同的声口表现出三种不同的思想性格，小说中像这样精确地刻画出性格差异的精彩描写比比皆是，但也只停留在写出差异，没有进一步让差异发展成冲突。《儒林外史》不是以正反面人物的冲突构成情节的主线，而是让他们互为参照系，在两个互相反照的世界里，各自以人物思想性格的内在含义来组成情节和承载容量，这就更有审美深度，而且进一步发挥了小说不同于戏剧的功能。这是吴敬梓的创造和贡献。像马二先生游西湖，写他对湖光山色全无会心，专被吃食吸引了去，看到书店就问八股选本的销路，看到御书碑就赶忙扬尘舞蹈，看到丁仙祠就想问功名富贵……小说虽未写他与谁发生冲突，却已写活了“八股迷”的灵魂。吴敬梓不是靠情节的戏剧性吸引读者，而是着力开掘人物思想性格的内在含义，把对儒林命运的反思深入到儒士性格灵魂的层次，把一个时代的危机提炼为儒林的精神危机，以情节蕴含的深刻内容和生活意蕴去启发读者。在全书的构架上，让两类人物的思想灵魂进行互相反照，互相映衬，互相对比，形成中心对称的基本结构框架，从而突出了中心创作意图。

（三）从古典人物形态到近代人物形态
——小说人物更切近人的真实状貌

马克思说：“我们越往前追溯历史，个人，也就是进行生产的个人，就显得越不独立，越从属于一个更大的整体。”（《〈政治经济学批判〉导言》）与此情况相适应，古典美学崇尚众美皆备或众恶兼具的类型化人物。在说书基础上写成的人物，往往成为某种道德品性的范型或某种才能气质的范本。近代随着资产阶级兴起，反对封建专制，要求个性解放。于是强调个性化，对人物个性的突出重视，成为近代现实主义小说的根本特征之一。《儒林外史》与此走向相一致，它的人物不再是某种性格类型或某种品德禀性的规范，而是活生生的“这个”。继《金瓶梅》等小说之后，在人物塑造上发生了一系列突破性的变化。

1. 人物行状从非凡到平凡而有性格

《三国演义》写的多是高于平凡人物的超凡人。平凡人物在《水浒》中仅仅是配角（如武大郎、潘金莲），不占主要地位，而在《金瓶梅》中则开始变为占主要地位的人物。《儒林外史》以平凡士绅为写作对象却能写出许多鲜明的性格，活色生香。张乡绅带新中举的范进到高要知县处打秋风，恰逢汤知县下乡，只好在关帝庙里喝茶。这时冒出个人，一走进来“就叫把茶盘子撤了”，他的“家人掇了一个食盒来，又提了一瓶酒，桌上放下，揭开盒盖，九个盘子，都是鸡、鸭、糟鱼、火腿之类。严贡生请二位老先生上席，斟酒奉过来”，这位严贡生初次见面，就以一段“奇遇”来自我吹嘘：

> 老先生，人生万事，都是个缘法，真个勉强不来的。汤父母到任的那日，敝处阖县绅衿，公搭了一个彩棚，在十里牌迎接。弟站在彩棚门口。……却又出奇，几十人在那里同接，老父母轿子里两只眼只看着小弟一个人。那时有个朋友，同小弟并站着，他把眼望一望老父母，又把眼望一望小弟，悄悄问我：“先年可曾认得这位父母？”小弟从实说：“不曾认得。”他就痴心，只道父母看的是他，忙抢上几步，意思要老父母问他甚么，不想老父母下了轿，同众人打躬，倒把眼望了别处，才晓得从前不是看他，把他羞的要不的。次日，小弟到衙门去谒见，老父母方才下学回来，诸事忙作一团，却连忙丢了，叫请小弟进去，换了两遍茶，就像相与过

几十年的一般。（第四回）

凭空编造出一个故事，有起笔，有顿挫，有过渡，有衬托，是编谎能手！卧评第四回赞曰："关帝庙中小饮一席话，画工所不能画，化工庶几能之。"赞赏吴敬梓不仅像画工那样描画出人物的言谈举止，做到形似，而且能巧夺造化之工传写出人物内在的情状，达到神似。这也就是闲序说的"穷神尽相，画工化工合为一手"；惺园退士序亦赞吴敬梓写人物能"窥其肺腑，描其声态，画图所不能到者，笔乃足以达之"。

超凡人物难于以生活中平凡真实的人物作模特，多取材历史传说中的非凡人物；而平凡人物则可以以现实生活中的平凡人物为模特，《儒林外史》中有文献可稽考的人物原型已逾六十个（详后），学习《儒林外史》的近代小说多具有这一特点。

2. 人物特征从单纯到丰富

普希金在《漫话》一文里说："莎士比亚创造的人物，不像莫里哀的那样，是某一种热情或恶行的典型，而是活生生的、具有多种热情、多种恶行的人物，环境在观众面前把他们多方面的多种多样的性格发展了。莫里哀的悭吝人只是悭吝而已，莎士比亚的夏洛克却是悭吝、机灵、复仇心重、热爱子女，而且锐敏多智。"《儒林外史》里也有严监生很悭吝，临终竖两指不肯断气，但他不是像莫里哀的阿尔巴贡那样只有悭吝一种感情，不复顾及人的复杂万端的七情六欲；他更接近莎士比亚的夏洛克，具有由他的社会关系所决定的多种多样的情感：对贪兄严贡生的防范，对幼子前途的操心，对妾赵氏的迁就，对妻王氏的悼念，是个软善可欺、郁闷孤僻、多愁多忧的活生生的人。马二先生也不是单纯的八股迷，他古道热肠，疏财仗义，赤心待朋友，是个有意气、有担当的人物。

3. 人物形象从整一到复杂

鲁迅《中国小说的历史的变迁》说《三国演义》"写好的人，简直一点坏处都没有；而写不好的人，又是一点好处都没有"。这与追求和谐整一的古典审美心理是相适应的。近现代创作意识是要把人当作“真的人”“活的人”刻画，人都是有缺陷的，不完美的。继《金瓶梅》等小说作者之后，吴敬梓对“人”的观念也已发展，能够打破传统的写法。卧评第六回把那种“凡写一可恶之人，便欲打欲骂欲杀欲割，惟恐人不恶之”的简单化写法与《儒林外史》作对比，赞许吴敬梓没有一味地把否定性人物写成“毒蛇猛兽”，而是按照人物所处的特定情景，写得恰如其分，符合真情实理，否定性人物常常也有可取之处；有的人物就很难简单归于“好人”或“坏人”。他写的肯定性人物也不是毫无缺点，三十三回卧评云:“衡山之迂，少卿之狂，皆如玉之有瑕。美玉以无瑕为贵，而有瑕正见其为真玉。”不是以理想的“善”作为最高原则，而是以真实作为艺术的最高原则，纵观全书几无完美的人。

4. 人物的情与理从朴素统一到复杂矛盾

古典审美要求以理节情，通过情理统一和情理均衡的途径，实现和满足和谐美的要求。近代小说突破了美在整一和谐的古典观念，常能写出人物心理的全部复杂性。《儒林外史》深入到人物的情感世界，写出情感与理性的矛盾冲突。程朱理学的弊端在于曲解“存天理，灭人欲”，鼓吹为了实现“三纲”，应当主动灭绝正常人的欲望，使内心秩序自发适应封建秩序。这给儒生的精神发展带来严重后果，使他们陷入无休止的内心分裂和自我虐待。王玉辉就是这种心态的典型，他努力用封建伦理道德规范自己，鼓励女儿绝食殉夫，但情感和良知又难以和封建礼教取得和谐一致，造成严重的内心分裂，不断痛苦地自我虐待。他力图掩饰矛盾和痛苦，但“仰天大笑”的矫饰仍然遮掩不住内心的痉挛，眼泪终于漫上了强装的笑脸。这是一个观念和情感不断搏斗，礼教和良心激烈冲突的复杂形象。

吴敬梓还深入到人物的潜意识层。前文已分析，小说第十四回，马二先生游西湖，一会儿写他看女人，一会儿又写他不看女人，这使得有些评点家困惑不解。其实那正是作者写出了人物的非理性、不自觉的潜意识与理性、自觉的显意识之间的分裂与矛盾。作者说，马二先生看是看了，且都细细“看了一遍”，然而却“不在意里”，只是他的感官对外界刺激的一种本能的反应。作者甚至写他看“船上女客在那里换衣裳”，但却没有写他有什么邪念，那只不过是马二先生潜意识的活动。及至她们走到跟前，马二先生“低着头走了过去，不曾仰视”，自觉地恢复了理性意识，践行“非礼勿视”“理念”（理学观念）了。礼教只能规范他的显意识，潜意识领域还受“食色性也”这种本能的支配。

5. 人物性格从稳定到流动

《三国演义》等小说中的人物性格，往往一出场就定型了，以后随情节的发展从不同方面去丰富既定的人物性格。《儒林外史》中每个人物活动的过程并不长，但在有限的情节里却常常能写出人物性格的发展，有时候变化的幅度还相当大。匡超人从纯良孝顺的青年蜕变为丧尽天良的新贵，牛浦郎从勤劳上进的后生堕落为吹牛撒谎的无赖，前后都判若两人。范进中举后与张静斋沆瀣一气，装腔作势，很快失去拙朴的本性。荀玫中进士后与王惠“同寅协恭”，贪赃枉法，很快失去寒士的本色。吴敬梓不仅写出他们的变化，而且写出促使他们变化的社会环境。匡超人、牛浦郎如何由白被染成黑，范进、荀玫为何沉沦迷陷，作者都是从环境对于人物性格、命运的决定性影响中进行刻画，从人物和环境的有机统一中写出典型环境中的典型人物，这表明作家对社会的认识能力极大地提高了。

6. 人物肖像从脸谱化到性格化

《三国演义》等小说，往往用骈俪的文句描绘人物的肖像，用类型化方法画出的人物脸谱，说的是“面如冠玉，唇若涂脂”“一点樱桃，两行碎玉”之类的套话，直到《红楼梦》仍未汰尽此习，如写贾宝玉还是“面如敷粉，唇若施脂”。《儒林外史》注意摆脱脸谱，刻绘实像，使肖像描写成为刻画人物性格的有效手段，用简洁的白描手法写出人物的不同身份、职业、习惯及个性，揭示人物的典型性格和思想本质。周进出场时，“头戴一顶旧毡帽”，说明还不是秀才，“身穿元色绸旧直裰，那右边袖子同后边坐处都破了”，突出了坐冷板凳的穷塾师的衣着特点。作陪的梅玖“戴着新方巾”，正是新进学的秀才。一场攻守战就围绕着“新方巾”和“旧毡帽”展开，表现了各自的性格特征。小说五十五回中，季遐年的特征是“靸着一双破不过的蒲鞋”，有钱的朋友请他换鞋进屋，要他写一副字换取新鞋。他拂袖而出大嚷道：“我这双鞋就不可以坐在你家？我坐在你家，还要算抬举你！我都希罕你的鞋穿！”肖像的特征与狂狷的性格融为一体。小说第二回中，夏总甲则是“两只红眼边，一副锅铁脸，几根黄胡子，歪戴着瓦楞帽，身上青布衣服就如油篓一般；手里拿着一根赶驴子的鞭子，走进门来，和众人拱一拱手，一屁股就坐在上席”。身份、经历、教养、性情，通过这一副尊容已跃然纸上。这样的肖像描写范式已全然是近代型的了。

（四）从说书人的评述模式到隐身人的叙述方式
——小说形象更贴近读者

说书体小说由说书人直接出面陈述、诠释、评论，“看官听说”如何如何，说书人仿佛玩傀儡戏的艺人，对上场的傀儡进行摆布和介绍。吴敬梓在很大程度上摆脱了这种模式，尽力把自己隐蔽起来，形成第三人称隐身人客观观察的叙述方式，从而大大缩短了小说形象与读者之间的距离，不使叙述人横亘其间，作者只是给读者提供一个观察角度，由人物形象自己呈现在读者面前。第二回正文一开始，立即把读者引进薛家集观音庵，让读者亲见亲闻申祥甫如何指责和尚，指挥众人，夏总甲如何胡乱吹嘘，急于在村里人面前摆“大人物”架势。他们的身份地位，思想性情，不是由“说书人”——叙述者临场介绍，而是让读者身临其境，通过字里行间自己体味出来。人物进出场之间的转递，不再由说书人出来“按下”一边，“另表”一头，而是小说情节自然发展的结果。

周进当了广东学道，此人物的意蕴已发掘殆尽，就在他眼里出现范进；马二先生游过西湖，葬过神仙，邂逅匡超人，小说情节自然而然转到匡超人，如行云流水没有断裂、焊接的痕迹。第三十八回郭孝子的故事告一段落，就转递到老和尚、萧云仙，黄评曰:“顺手复递到老和尚，其实是借老和尚递到萧云仙，却又不用‘按下慢表’、‘且说老和尚’云云俗套。故笔墨雅饬，大异寻常小说，俗目何尝得知。”这正道出小说叙事艺术的进步。说书人的评叙模式是与表现艺术的特征相适应，隐身人的客观叙述方式是与再现艺术的特征相适应。《儒林外史》向叙事艺术的客观性和真实性迈进，正是近代现实主义艺术的发展趋势和要求。

吴敬梓仿佛有意识地在限制自己作为叙述者“全知全能”的功能，只是客观地写出人物的言谈举止，而不强作人物内心的剖白。周进受梅秀才奚落挖苦时心里是什么滋味？作者不作视觉形象之外的心理分析，只写视觉所见:“把周先生脸上羞的红一块白一块。”我们或许会为作家没有大步跨进人物心理领域而感到可惜，而吴敬梓却把它当作描写的客观性和真实性的要求加以恪守。这也是对史传文学和笔记小说叙述传统的继承。

既要限制叙述者全知全能的功能，又要丰富和加强叙事艺术的表现力，吴敬梓已经能够把叙述角度从叙述者（作为隐身人的作者）转换为小说中的人物，通过不同人物的不同视角和心理感受，写出对象化了的客观世界，这样的形象既具备一定的客观特征，又渗透着观察者的个性色彩，一石二鸟，既写出被观察者，又写出观察者，同时也大大拓展了小说的叙述角度。广东学道周进看见老童生范进，十二月还穿着朽烂扯破的麻布直裰，不由得“看看自己身上，绯袍金带，何等辉煌”。堂上堂下冠服之比同心理感受今昔之比相融合，把两个人物的内在联系点示了出来。而此时胡屠户眼中的范进，是“尖嘴猴腮”的“现世宝穷鬼”，不像“文曲星”那样“方面大耳”有福相，突出的是胡屠户的势利和愚昧。

吴敬梓还善于选择“外来者”为视角，使被审视的对象产生“新奇化”的效果，以构成讽刺和幽默。小说十七回中，杭州的景兰江等斗方名士，陶醉在“做诗”的风雅里，已经习以为常，但在外来者匡超人眼中却很新奇，听见景兰江吹嘘“诗友”的势力，“不胜骇然”；听见他们经过一番争论得出的结论：名士“比进士享名多着哩”“才知道天下还有这一番道理”；看了一本《诗法入门》也做出诗来，才知道那些诗人还不如自己。匡超人是个被同化者，他的新奇感是短暂而有限的，潘三这个异路人就不客气地向匡超人揭示那些诗人是“有名的呆子”，使讽刺的意味进一步显豁。

匡超人从小地方到大地方，以纯朴的观察眼光看世界，正可反映出被观察对象的可笑；娄三、娄四公子则从大地方到小地方，以故作高深的眼光歪曲地反映被观察对象杨执中，把一个“老阿呆”幻想成“高贤”，恰表现了观察者本人的可笑。两者都是有意运用观察与被观察之间的错位，构成喜剧性，表现了作家独特的创作个性。

可见，隐身人叙述的客观性和真实性，绝不意味着作家创作个性的减弱或泯灭，恰恰相反，作为独创，《儒林外史》所表现的作家个人风格之强烈，在中国小说史上是空前的。艺术的真实性是历史真实性和主体审美心理逻辑的融合，近代现实主义小说在加强叙述的客观性、真实性的同时，更加充分地发挥了文学的主体性，每一部成功之作都是作家的独特感受和独特创造。吴敬梓不用“说书人”的评述模式，这只是表明他对主体感受的表达更加娴熟了，他可以不通过明显的表白，而借助整个叙述结构的要素和文体的技巧，在更深的层次上表达出来。例如前述，由作家撷取几个场面组接成“拼贴画”，比起按照事件本身的逻辑进程进行描述，作家主体感受的独创性起的作用就更大。

当然，近代现实主义小说并不排斥作家的直接议论，《儒林外史》也并不拒绝这种表现手段，比起以前的小说，吴敬梓的诠释、评价溶入于客观叙述的基本方式之中，与小说的客观形象紧紧粘合并为之服务，或拓展其内容，或加重其色泽。第十一回开头对八股才女鲁小姐的特征性的介绍，就为她的“制义难新郎”作了有力的铺垫。

对于景物、环境，说书人常用诗词骈赋进行描写，缺少独特的视角和感受。吴敬梓摒弃了程式化骈俪化的韵语，运用口语化的散文，

芜湖识舟亭

对客观景物与环境作精确而不落俗套的描绘，把描绘性文字与叙述性文字统一起来，写出自己独特的感受。我们只要对比一下《水浒传》第七十二回对东京的程式化铺陈和《儒林外史》第二十四、四十一回对南京的诗意描写，后者的进步自见。小说三十三回，吴敬梓写芜湖识舟亭江景："太阳落了下去，返照照着几千根桅杆半截通红。"以"返照"取镜；四十二回写秦淮河夜色："那新月已从河底下斜挂一钩，渐渐的照过桥来。"以河底下斜挂的新月取镜；都似随手拈来，却都有独特的角度，精心的构图，巧妙的设色。

吴敬梓又将自然景物、环境同人物的心性联系起来，使它成为人物性格的补充和衬托，或者从特定人物的视角来描写，使它成为人物思想性情的延伸和反映。王冕眼中的七泖湖清新脱俗、诗意盎然，马二眼中的西子湖却平庸"可厌"、了无意趣。在作者看来，只有王冕那样不被名缰利锁拴套的人，心灵才有余裕领受自然美。这样，王冕眼里的自然景物也就渗透着王冕的审美情趣，不可能以程式化的套话来充数。

（五）从相沿加工到作家独创——小说作者的个性空前加强

以往以《三国演义》《水浒传》《西游记》为杰出代表的长篇说部，其基本事件多有历史事实和记载作凭依，说书人衍为故事后，师弟之间口耳相传，后来又几经文人加工写定，在一定意义上可以说是民间说书人与文人相结合的集体创作。《金瓶梅》走向作家独创。《儒林外史》则完全是个人独创，是作家自己对社会生活积极观察、体验、感受，进行审美再创造的产物，深深烙上作家审美个性的印记，个人风格鲜明突出。

宋明以来的长短说部，包括“三言”“二拍”中的优秀之作，总是把生活的进程，人物的命运，用因果报应的模式来套，有的把人物的伦理道德事件说成是因果报应，上天仿佛是善恶功过的精密计算器：有功必赏，有过必罚，善有善报，恶有恶果。“因果报应”的佛教世界观和儒家纲常伦理观念相辅相成，强行把仪态万千的现实生活和本应自由的作家思想都纳入旧辙，限制着文学主体性的发展。即便是说书人——作者在发表议论评说，也不过是沿着上述轨道，一再重复俗世所认可的传统理性，最津津乐道的还是“因果报应”和纲常伦理，如“曹操奸雄世所夸，曾将吕氏杀全家。如今阖户逢人杀，天理循环报不差”（《三国演义》第十回）、“忠义英雄迥结台，感通上帝亦奇哉！人间善恶皆招报，天眼何时不大开”（《水浒全传》第七十一回）、“魏吞汉室晋吞曹，天运循环不可逃。张节可怜忠国死，一拳怎障泰山高”（《三国演义》第一百十九回）、“李逵迎母却逢伤，李鬼何曾为养娘。可见世间忠孝处，事情言语贵参详”（《水浒全传》第四十三回）。这里所举的两部杰作，因其形象本身具有极为丰富的意义，“形象大于思维”，这些落套的诠释尚掩盖不了它们的光辉，而在等而下之的其他说部中，陈腐的观念往往弥漫全书，贯穿首尾，甚至对全部形象起了统摄作用。

吴敬梓在《儒林外史》一开头，就对“老生常谈”表示厌弃，他异军突起，一扫旧习，摆脱了老旧世界观的羁绊，跳脱了“因果报应”的套路，笔下的多数人物都是按照自己的性格逻辑行动的人，而不是受传统模式摆布的木偶。一个个有血有肉的生命，通过自己独特的命运遭际显示出：否定性人物的恶德恶行是统治制度和政策的产物，只要制度不改变，他们是不一定会受到惩罚的；而肯定性人物却恰恰与社会环境格格不入，他们的命运，不是始困终亨、否极泰来，而是蹭蹬失意、幻灭悲伤。基于社会现实的新逻辑，终于战胜了“好人好报、恶人恶报”的俗模式。

吴敬梓以自觉的创作精神，从自己吸纳生活和感受生活的独特角度，对亲历的生活进行审美的观照和心灵的外射，作出遵从自己审美感受的选择和反映，从而进入独特的艺术构思和具体的创作过程。正如小说卷尾词所言:“江左烟霞，淮南耆旧，写入残编总断肠！”吴敬梓是蘸着自己的眼泪和血液写下《儒林外史》的。他笔下有血有肉的人物，不管是以特定的亲朋故旧做模特，还是“杂取”多人的特征而创造，都有着其独特的审美发现，都有他心灵外射的投影。

有的人物更直接熔铸着作者自己的思想性格和情趣理想，在这方面，杜少卿系吴敬梓“自况”，已为人所熟知。其实，在虞华轩和盖宽形象里，亦可见吴敬梓身世和性格的某些侧面：虞华轩也是没落的世家子弟，也是以作者表兄金榘为原型的余大先生的表弟，他的儿子从余大先生问业也犹如吴敬梓长子吴烺从金榘学习，他所生活的五河县“势利熏心”“礼义廉耻一总都灭绝了”，他“生在这恶俗地方因此就激而为怒”，表现出对本地市侩势力、官商暴发户和趋炎附势的没落世家子弟的无比愤激，这些都与吴敬梓在《移家赋》里对全椒的抨击性描绘如出一辙；如果说虞华轩主要表现了作者早年在故乡愤世嫉俗、满腹块垒的遭遇，那么盖宽则主要反映了作者晚年在贫寒落魄中熨平块垒、通脱悲凉的面貌，杜少卿则是在此二者之间的吴敬梓投影。他们都是创作主体精神世界在某一人生阶段的具象化。

在屈指可数的几处议论诠释里，也已经汰尽人云亦云的老生常谈，表现的是作者独立的观点和独特的感想，例如第二回用称侍妾为“新娘”比喻称老童生为“小友”，不伦不类的比喻显露着对科举制度的嘲讽，诠释里有鲜明的个性，表现了作者的灼见卓识。

（六）从半文半白到“模范国语”——语言艺术的巨大进步

晚清以来，《儒林外史》的语言备受称赏。1919年上海民权出版部印本《古今小说评林》中，南社小说家张冥飞说：“纯粹之白话小说，以《儒林外史》为最，盖其他之书，无不有文言及俗语、官话夹杂其中者也。”

“五四”时期致力于提倡白话文的钱玄同，在《〈儒林外史〉新叙》中，系统回顾了我国白话文学的发展后，既认同胡适说的“《水浒传》是中国白话文学完全成立的一个大纪元”，更强调指出《儒林外史》又有发展，“是中国国语的文学完全成立的一个大纪元”，可以“列入现在中等学校的‘模范国语读本’之中”。

以画作比拟，如果说《水浒传》主要是大笔触的轮廓画，那么，《儒林外史》可比简劲的钢笔画，与其相应的语言是精准简劲、生动传神。

《儒林外史》的人物语言声态并作，活色生香。卧评第七回评就惊叹：“写山人便活画出山人的口声气息，荒荒唐唐，似真似假，称谓离奇，满口嚼舌。”小说第四十五回，写迷信风水的愚昧儒生，你看选坟地的余殷的语言：

> （余殷）把这桌上的盘子撤去两个，拿指头蘸着封缸酒，在桌上画个圈子，指着道：“大哥你看，这是三尖峰。那边来路远哩！从浦口山上发脉，一个墩，一个炮；一个墩，一个炮；一个墩，一个炮；弯弯曲曲，骨里骨碌，一路接着滚了来。滚到县里周家冈，龙身跌落过峡，又是一个墩，

一个炮，骨骨碌碌几十个炮赶了来，结成一个穴情。这穴情叫做‘荷花出水’。”

墩、炮是风水术语，指地面上隆起的土丘，高些的叫“墩”，低些的则是“炮”。摇头晃脑，活灵活现，呼之欲出。

同是文人，各人声口又各具个性。第三十四回杜少卿移家秦淮河房，托病辞征辟后，几个熟人议论他，高翰林说他：

“……和尚、道士、工匠、花子，都拉着相与，却不肯相与一个正经人！……学生在家里，往常教子侄们读书，就以他为戒。每人读书的桌子上写一纸条贴着，上面写道：‘不可学天长杜仪。’”……“……他果然肚里通，就该中了去！”又笑道：“征辟难道算得正途出身么！”……迟衡山道：“方才高老先生这些话，分明是骂少卿，不想倒替少卿添了许多身分。众位先生，少卿是自古及今难得的一个奇人！”马二先生道：“方才这些话，也有几句说的是。”季苇萧道：“总不必管他。他河房里有趣，我们几个人，明日一齐到他家，叫他买酒给我们吃！”余和声道：“我们两个人也去拜他。”

迟衡山虽是儒者却与奇人同声相应同气相求，与高翰林针锋相对。科举迷马二先生讲“有几句说的是”，显然是指“中了去”才是“正途”。季苇萧是帮闲文人，只不过骗吃骗喝。

同样是假名士，也各人有各人的声音笑貌，决不雷同，卧评十七回评：“上文如杨执中、权勿用等人，绘声绘影，能令阅者拍案叫绝，以为铸鼎象物至此真无以加矣；而孰知写到赵（雪斋）、景（兰江）诸人，又另换一副笔墨，丝毫不与杨、权诸人同。建章宫中千门万户，文笔奇诡何以异兹！”

令人惊讶并叹服的是，小说写三教九流俱能声口毕肖。小说三十回中，写媒婆沈大脚给杜慎卿（十七老爷）纳妾说媒：

十七老爷把这件事托了我，我把一个南京城走了大半个，因老爷人物生得太齐整了，料想那将就些的姑娘配不上，不敢来说。如今亏我留神打听，打听得这位……姑娘十二分的人才还多着半分……

写秀水县衙门的差人：小说十三回和十四回蘧公孙家的丫头双红跟家仆宦成私奔，差人奉命追捕，无意中知悉蘧公孙“交结钦犯”的“钦赃”在双红手里，于是心生一计，先对宦成说：“你这呆孩子……放着这样一注大财不会发，岂不是‘如入宝山空手回’？”又言：“我指点你，你却不要‘过了庙不下雨’。”然后他又去讹诈蘧公孙的朋友马二先生出钱销赃，说“公门里好修行，所以通个信”，“钱到公事办，火到猪头烂，只要破些银子”“我也只愿得无事，落得‘河水不洗船’，但做事也要‘打蛇打七寸’才妙”。马二出价少了，差人恼了道：“这个正合着古语，‘瞒天讨价，就地还钱’。我说二三百银子，你就说二三十两，‘戴着斗笠亲嘴——差着一帽子’。怪不得人说你们‘诗云子曰’的人难讲话。这样看来，你好像‘老鼠尾巴上害疖子——出脓也不多’。倒是我多事，不该来惹这婆子口舌！”“我也不问是你出，是他出，你们原是‘毡袜裹脚靴’，但须要我效劳的来。老实一句，‘打开板壁讲亮话’……”满嘴市侩味的熟语、俚语、歇后语，一席话互相吞吐，活脱脱一个老于公门的猾吏。

综上所述，《儒林外史》确是最接近现代的古典小说。

纪历性特点与人物原型

清代乾嘉以降，考据学大兴，影响所及，在《儒林外史》的序跋评点中，关于人物原型和情节来源的考证也占了很大的比重，代表人物是金和、天目山樵、平步青。

金和本以诗名，不是考据家，但他母亲是吴檠的女孙，同治八年（1869）苏州群玉斋本《儒林外史》开雕时，由薛时雨请他写跋，这就是后来影响很大的“金跋”。他把“闻于母氏”的吴敬梓情况，特别是《儒林外史》人物的原型，加以论列，成为后来考据人物原型的基础。

天目山樵即张文虎，字啸山，南汇（今属上海浦东）诸生，尝读惠栋、江声、戴震、钱大昕诸家书，慨然叹为学自有本，致力于注疏、训诂，考证源流，尤长校勘。同治五年（1866）两江书局开，为校《史记三家注》，成《校刊史记集解索引正义札记》五卷，为时所称，被曾国藩誉为“大江南北惟此一人”。他在为《儒林外史》写的识语、评语里，熔评论、考据于一炉，做了大量考证源流的工作。

平步青字景孙，浙江绍兴人，同治十一年（1872）辞官后长期居家校辑群书，继承乾嘉朴学、浙东史学的传统，博闻强识，治学谨严。《霞外攟屑》卷九《小栖霞说稗》专门考据小说戏曲，广征博引，论证其源流演变，于《儒林外史》用力尤多，主要以金和跋和天目山樵评为基础，或补充发挥，或正讹纠谬，是从事《儒林外史》考据的学者。

在考证人物原型方面，金跋指出有名有姓的角色原型有吴敬梓本人（杜少卿）、吴檠（杜慎卿）、吴蒙泉（虞博士）、程廷祚（庄尚志）、冯粹中（马纯上）、樊圣谟（迟衡山）、程文？（武正字）、年羹尧？（平少保）、甘凤池（凤四老爹）、朱草衣（朱布衣）、是镜？（权勿用）等十一人；只知其姓的生活原型有十七人（余家兄弟、娄家兄弟各算两人）。又说“《高青丘集》即当时戴名世诗案中事”。光绪年间上海徐允临从好斋辑校本题跋引金和之子金遗语，称金和作跋后记起“季苇萧即李筱村”。

在金跋的基础上，天目山樵和平步青又指认以下生活原型：荀玫为卢见曾、向鼎为商盘、沈琼枝为“松江女子”张宛玉、汤奏为杨凯、高翰林为郭长源（？）、娄氏兄弟为史奕环、太保公为张廷玉、云晴川为杜诏、严贡生为庄有恭（？），并说庄濯江为程晋芳。蒋瑞藻《小说考证》所引《缺名笔记》说匡超人为汪中（？）。

诸人的指述，大部分是有根据的，有一些现在还看不出其理由（如庄有恭之与“严贡生”），有一些明显是错误的（如吴敬梓逝世时，被指为“匡超人”原型的汪中年仅十岁，显然不可能），但从总的说，《儒林外史》人物多有原型的立论和考证，只要经过科学的阐释，确实可以帮助我们加深理解《儒林外史》的创作方法和艺术构思。

塑造典型形象是现实主义文学的中心课题。现实主义艺术家在塑造艺术典型时，一般都或此或彼地有生活原型作依据，鲁迅在《中国小说史略》中说“小说也如绘画一样，有模特儿”，“《儒林外史》所传人物，大都实有其人”，也就是说，有生活中的真实人物作为创造艺术形象的模特，这是吴敬梓塑造人物的重要特点，后来为晚清的许多小说所继承。当然，生活原型只是艺术创造的基础和对艺术构思的启发，作家必须在广阔的社会背景上观察和分析，从大量的类似人物中进行艺术概括、集中、典型化，对原型进行改造加工，才能创造出既具有鲜明独特的个性，又具有深刻典型意义的艺术形象。经过作家典型化创作的艺术形象与最初据以进行艺术构思的人物原型之间，已经不能画等号了。金和等人把二者混同的表述，当然是不严谨欠科学的，对此，齐省堂本《例言》就说：“空中楼阁正复可观，必欲求其人以实之，则凿矣。……即使果有其人，而百年后亦已茫然莫识。”《儒林外史》所写人物，虽多有其实际生活中的原型，但正如天评所说：“不必确指其人，而遗貌取神，皆酬接中所频见。”即是说他们已具有某种程度的典型性，因此能够做到“借一张铁臂，引起无数张铁臂”（卧评第十三回），表现了文学典型的巨大概括力。但天评的表述也有“粘滞”的情况，对此，平步青指出小说人物“事本子虚”，不可“粘滞”。黄安谨《儒林外史评序》说得更好：“所指之人，盖都可得之，似是而非，似非而或是。”很好地道出了典型和原型的关系。

不同的生活原型所体现的典型意义是有差异的。作家塑造形象的成功，不仅同生活原型的选择有关，而且取决于作家的立意和生活积累。在塑造范进、马二先生、严贡生等艺术形象时，吴敬梓立意深刻，从生活中选择具有典型意义的人物原型，删汰不符合创作意图的素材，并在丰厚的生活积累中撷取能够反映典型本质的素材，通过想象虚构，熔铸出“典型环境中的典型性格”，为我们提供了成功的经验。

有些正面人物的思想性格虽然已与其生活原型不完全一样，但吴敬梓还是在他们形象里保留了原型的基本身世、经历和某些事迹的大致轮廓，这在以作者及其亲朋为原型的杜少卿、庄绍光、迟衡山、虞博士、杜慎卿、余大先生、马二先生、季苇萧、武书等形象里表现得最明显，小说中凡写他们及其相互之间交往的情节，基本上是按照生活中原有的时间顺序安排的。笔者认为：在写杜少卿和与他相关联的情节里，多按原型人物生活的顺序，使这部分带有自传体小说的特色。从这方面考察，为了解《儒林外史》的特色和结构增加了一个重要的观察点。

按原型资料，自吴霖起1723年逝世后，吴敬梓“素不习治生，性复豪上，遇贫即施，偕文士辈往还，饮酒歌呼穷日夜，不数年而产尽矣”（程晋芳《勉行堂文集》卷六《文木先生传》）。小说的第三十一回、三十二回在“杜少卿平居豪举”里曲折反映了这种情况。

按原型资料，吴敬梓1733年移家南京秦淮河房，小说第三十三回写杜少卿移家南京秦淮河房。吴敬梓常来往的友人之一怀宁人李葂（字啸村），有才，擅诗画，是“扬州十五家”之一，“客游金陵、维扬间数十年，当道重其才，争礼之，然卒落拓无所遇”（《怀宁县志》卷十九《文苑》），落魄于士绅间充诗友、食客、帮闲。小说所写常与杜少卿交往的季苇萧，就体现了李葂这个原型人物的情状。

按原型资料，吴敬梓乾隆元年（1736）春应博学鸿词荐，曾赴安庆参加预试，回南京后未赴京廷试。小说第三十三回杜少卿经历了这个过程，到第三十四回开头则表现了其后“不赴廷试，亦自此不应乡举”“且并脱诸生籍”的情形。

按原型资料，吴敬梓的“至契”程廷祚（“庄绍光”的原型）1736年秋膺博学鸿词荐至京师，“有要人慕其名，欲招致门下，属密友达其意曰：‘主我，翰林可得也。’先生正色拒之，卒不往，亦竟试不用，归江宁”（程晋芳《勉行堂文集》卷六《绵庄先生墓志铭》）。所以小说在杜少卿不赴廷试之后，紧接着就在第三十四回、三十五回写庄绍光应征辟赴京，拒绝大学士“太保公”招致而“辞爵还家”的经历。

按原型资料，吴敬梓“所至敬服者”吴蒙泉（“虞博士”的原型）于1738年抵任上元县学教谕，所以小说写“庄征君辞爵还家”后，第三十六回就为书中的“上上人物”南京国子监虞博士立传，回溯他的成长史，到这回末了就与第三十五回末相衔接，写他抵任南京国子监博士，会见杜少卿、迟衡山诸人。

按原型资料，迟衡山的原型樊圣谟“究心礼乐”（程廷祚《青溪文集续编》卷四《与友人樊某书》）、“于古人礼乐车服，皆考核而制其器”（《续纂句容县志》卷九·人物·文学》），小说第三十四回“议礼乐名流访友”就写迟衡山找杜少卿商议修复泰伯祠行古礼乐。吴敬梓于1740年前后“鸠同志诸君，筑先贤祠于雨花山之麓，祀泰伯以下名贤”（金和《儒林外史跋》），小说第三十七回杜少卿就同迟衡山、虞博士、庄绍光诸人大祭泰伯祠。

按原型资料，吴敬梓在1745年同“窃赀以逃”“居可疑之地”的“茸城（今上海市松江区的古称之一）女士”有交往，吴敬梓好友宁楷是小说人物“武书”的原型，与吴敬梓一起会见她（宁楷《修洁堂初稿》卷八《避雨文木山房赠茸城女子歌》）。小说第四十一回写了杜少卿与武书一起，会见并赞扬和支持从盐商家里挟赀逃宁的“茸城女子”沈琼枝。

按原型资料，1745年春，吴敬梓的从兄吴檠考取进士，分发作刑部主事；同年冬吴敬梓的从表兄金榘赴休宁任县学训导；1746年十月吴蒙泉教谕任满“入都谒选”。小说只稍作更动，第四十六回写“三山门贤人饯别”虞博士，饯别前数日汤镇台向杜少卿道：“令兄已是铨选部郎了？”杜少卿道：“正是。”饯别后第四十八回开头就写杜少卿的表兄余大先生于冬天赴任徽州府学训导。

按原型资料，1745年之后，“余大先生”的原型金榘，在徽州知悉汪洽闻女绝食殉夫事。小说第四十八回就写“徽州府烈妇殉夫”。

按原型资料，吴蒙泉1747年到京后放了浙江的县官，吴敬梓遂有浙江之行。小说第四十八回末，余大先生介绍王玉辉到南京时，“虞博士选在浙江做官，杜少卿寻他去了”。

按原型资料，1749年樊圣谟应聘回句容修县志，小说第四十九回写迟衡山“因修学宫的事往句容去了”。

当然写小说不是写年谱或自传，作者总是按照主题思想和结构的需要来安排情节，吴敬梓只是在写杜少卿和与他相关联的情节里，按照原本生活的顺序，使这部分带有自传体小说的色彩；有些部分就不完全按照生活原型的时间顺序，例如岳钟琪及其部将平定青海、杨凯攻打苗寨以及甘凤池的任侠活动，都是雍正朝的事，作者却把以他们为原型的人物“平少保”和其部将“萧云仙”以及“汤镇台”“凤四老爹”的活动夹在乾隆朝的事件中来写，把这些人物和事件后移，移在泰伯祠大祭之后，如前所论，这是为了表现礼乐事业的挫败和贤人的失落。若说虞华轩形象映射了青壮年吴敬梓的性情，那么，五河县的虞华轩聘余大先生教自己儿子之事，应在吴敬梓移家南京之前（在全椒时）。但同样旨在表现礼乐事业的挫败，把“五河县势利熏心”调在“三山门贤人饯别”之后，以显示虞华轩所愤疾的势利熏心，正是贤人的礼乐事业不能兴行的后果。

从情节素材到小说情节

把吴敬梓创造的艺术形象同其原始素材相对照，我们可以获得一个观察创作过程的观察室，来分析作家如何对素材进行审美改造和典型制作。与人物原型研究一样，这对于追溯和理解《儒林外史》的典型化过程和创作方法是很有意义的。

在不同的小说中，题材、情节的作用是很不一样的。有一类小说是直接从题材、情节中生发出意义来，题材、情节本身与意义（主题思想）是密不可分的，仿佛从胃中分泌出的必然是胃液。茅盾的《子夜》便属此类。

另一类小说只是借题发挥，借某一题材或情节写一种生命状态、社会现象、精神状态，如解剖一种性格、人性（国民性），其意义并非只从属于某一特定的题材、情节，不一定非从某一特定题材、情节生发出来不可，鲁迅的《阿Q正传》即属于此类。更典型的是俄国的果戈理，他经常要求母亲和朋友们提供“奇谈逸事”，在写《钦差大臣》之前他构思很久却难于下笔，遂写信给普希金说：“劳驾给个情节吧。随便什么可笑的或者不可笑的，只要是要纯粹的具有俄国故事情节的就行。……只要给我一个情节，马上写出一本五幕喜剧，我发誓，写得可笑极了。”（《果戈理书信集》）他说得那样自信，说明心里的生活感受和素材积累已像堆满屋子的干柴，只待一粒火种点燃，就可以立即燃烧起来，他在急迫地寻求火种。普希金告诉了果戈理一个官场逸事——给了他火种，《钦差大臣》很快就在艺术思维的熊熊火光中诞生了。果戈理写作《死魂灵》时也有类似的情况。魏列萨耶夫说《钦差大臣》和《死魂灵》两个题材都是普希金给果戈理的。并称：“在题材荒诞不经并且极不真实的《鼻子》里，果戈理简直嘲弄对待题材的严肃态度了，只要人物刻画得精彩，不论用什么题材来展现他们的行为不都一样吗？”（《果戈理是怎样写作的》）

吴敬梓的创作个性决定他也是奇谈逸事的嗜爱者，他也经常采撷社会和书本上的趣闻逸事，作为自己小说的情节素材。拙著《〈儒林外史〉研究纵览》在前辈学者搜讨的基础上辑得50余条，《儒林外史研究资料集成》又继续辑至66条之多。综观这66条情节素材在小说中的运用，大致有四种情况：

首先，多数作为小说情节或细节的一般组成部分。例如，宋代贾似道《悦生随抄》曾记一种焚香法：

谭振言：蔡京当国，一日感寒，振与数亲客问疾，见之后堂东阁中。京顾小鬟令“焚香”，移顷鬟不至，振颇疑其忘之耶。久之，鬟复至，白京云：“香已满。”京云：“放。”鬟即去。闻近北有若人卷帘声者，方至坐北一帘，其香蓬勃满室如雾。京谓客曰：“香须如此烧乃无烟气。”

这则随笔流传很广，《五朝小说大观》《宋人百家小说》《宋人小说类编》等都有收录，《说郛》卷十二注明引自《漫堂随笔》，而《漫堂随笔》的作者宋朝人吴幵，字正仲，是全椒人。小说第十回，吴敬梓也据此素材写娄公子书房焚香法：先由公子吩咐一声“焚香”，过一个时辰，管家把暖帘卷上，香气满室，三公子说：“香必要如此烧，方不觉有烟气。”——几乎就是蔡京说话的翻版。

其次，有一部分情节素材很鲜明独特，在小说中成为某种性格、形象的鲜明标志，如前述严监生临终竖着两个指头不肯咽气。又如戏曲家袁于令（1592～约1674）在清初任荆州知府，十年不见升迁，署中终日只闻弈棋声、唱曲声、骰子声。上司讽之，他说上司署中只闻天秤声、算盘声、板子声。上司大怒，劾之落职。此事在文人中盛传，《顾丹五笔记》、尤侗《艮斋杂说》卷五、褚人获《坚瓠集》癸集都有记载。吴敬梓把它用作蘧景玉讽刺王惠，以吟诗声、下棋声、唱曲声象征蘧佑衙门的讼简刑清，以戥子声、算盘声、板子声暗示王惠对百姓的盘剥、苛毒，并且让王惠“不知这话是讥诮他”，构成加倍的讥诮。

再次，有一部分情节素材经加工改造后嵌入小说情节中，具有了深刻的含意。例如，明朝天顺年间，吴与弼应征聘朝见皇帝，英宗问其大略，他默然无应，惟曰：“容臣上疏。”出来后，除下头巾，发现里面有蝎子，觐见时蛰得他疼痛难忍，所以不能对答。此趣闻流传很广，明代郎瑛的《七修类稿》卷四十三《恶虫有数》、陈洪谟的《治世余闻》下篇卷三、谢肇淛的《文海披沙》卷二《穷困有命》都有记载，周清源的《西湖二集》卷三《巧书生金銮失对》就已经把它铺演为小说，末云："吴与弼此一螫……晓得命运不济，终是山林气骨，次日遂坚辞了左春坊左谕德之命。天顺爷又命李贤再三挽留，吴与弼具疏三辞。天顺爷知挽留不得，赐敕褒美，命有司月给米二石，遣行人送归乡里。"

吴敬梓采撷这则逸闻用以塑造"庄绍光"形象，庄也是因蝎子螫顶不能奏对、后来"恳求恩赐还山"的，情节颇似前文中《西湖二集》记叙。但吴敬梓加写庄绍光拒绝大学士"太保公"罗致，从而招致太保公进谗，天子允令还山；并写庄绍光把蝎子比作"臧仓小人"，由此悟道："看来我道不行了！"因而决心"辞爵还家"。这样就赋予蝎子以深刻的象征意义——迫于当时的封建文化专制政策，吴敬梓写权臣太保公向皇帝进谗害贤时颇为含蓄温和，不敢骂他们是"臧仓小人"，遂把憎恶之情发泄在蝎子上，而蝎子实际上正象征着那班以太保为代表的朝廷权贵。吴敬梓以此象征手法曲折地表达了对朝政的批判。

最后，有一些情节素材经作家吸收改造，或明或隐地构成题材核心。这类情节具有非凡的吸引力和蕴含量，既能激发作家的创作灵感，成为作品的情节核心，又能作为情节的磁力线，把作家平素积贮的生活体验和形象素材凝聚起来，组合起来，使主题思想具象化。《儒林外史》所采素材中真正能成为情节核心和磁力线的并不多，"中举发疯"可以算一个。前文已叙述，刘献廷《广阳杂记》卷四记载的明末高邮神医袁体庵运用中医"五志相克""恐胜喜"原理，成功医治某"喜极而狂"新科举人"心疾"的故事，即可视为"范进中举发疯"的原型素材。

这类科场逸闻当然不是范进故事唯一的素材来源，作家在创作里放进了自己对八股儒生可怜可悲生活的大量观察和思索。吴敬梓出身科举世家，又与文人广泛交游，自己也亲身饱尝了科场的苦辣，对八股制度的腐朽有深刻的认识和体验。

"中举发疯"，作为情节支柱的这一事件，从上述袁体庵那则逸闻汲取来是因为这一题材核心具有巨大的潜在容量，能够容纳典型的生活内容。要使这潜在的可能性变为艺术的现实性，需要深刻的思想，需要概括和典型化的创作能力，需要作家重新熔铸素材。逸闻没有展示发病的社会原因，重心放在表现“神医”袁体庵“心病须用心药医”的高明医术上。而吴敬梓的成就恰恰在于：用现实主义的精准图画，展现八股士子晦暗的社会环境和悲剧性的生活命运。举业上的失败者，连至亲骨肉也要在他心尖上剜一刀，在他心灵的伤口上撒一把盐。精神上的压力使他变痴变呆，物质上的困顿又把他逼到了绝路，举业之神把他按到深渊之后又突然抛到天上，范进如何经受得起这样的簸弄？其痴迷迂呆是受举业迫害所致，其疯狂失态同样是举业捉弄的结果。中举的范进是笑了，但笑得那样瘆人，笑声传到别人心中已经变成哭声，仿佛用绝望的哀嚎控诉八股对他的戕害。范进一笑，他母亲就哭了，他妻子也“哭哭啼啼”，都在埋怨：“中了一个甚么举人，就得了这个拙病！”这里已经分不清到底是喜剧还是悲剧了，而“八股摧残人”的主题却最生动地显现了出来。

治疯病的办法也受逸闻的启示，报录人讲的让范进“吃一唬”以便惊醒的道理，与袁体庵医生讲的如出一辙，只是将中医的病理分析改为普通百姓的语言。但在施以心理的惊唬之时还要添加上胡屠户的一巴掌，这巴掌却是天才的神来之笔。小说里的胡屠户取代了逸闻里的医生，医生只代表一种医理，胡屠户却集中体现了社会环境的某一特征，他对范进的态度典型地反映了当时社会环境与贫寒儒生的相互关系，传神地表现了当时社会中人与人之间相互关系的某些本质特征。胡屠户不会用温情脉脉的面纱遮掩势利的面目，人与人关系的实质在他那里通过赤裸裸的语言直截了当地表现出来，范进身价的变化他可以用猪肉斤两的数字精确地估量出来。然而正当新举人身价骤增，胡屠户急需加倍讨好举人老爷以偿还过去欠下的欺虐债的时候，人们反而要他用加倍的力气去打举人一巴掌，想巴结时却要他去得罪，如此尖锐的矛盾，怎不令他作难！喜剧的锋芒透过胡屠户直刺向那个逼人发疯的病态社会，趣闻逸事终于发展成为包容了深刻社会主题的出色小说情节。

描写范进中举后，吴敬梓又采撷明嘉靖时四川提学姜宝不识苏轼为何人的笑话（见钱谦益《列朝诗集小传》和周亮工《书影》），表现范进的不学无术。但不过随手拈来浅尝辄止，因这则趣闻缺乏潜在的容量，不足以发展成为新的情节核心。

俄国作家阿·尼·奥斯特罗夫斯基称“作家并不发明题材——我们所有的题材都是借来的，提供这些题材的是生活、历史、朋友讲的故事，有时是报纸上的新闻”（引自《译文》1956年8月号）。可见撷取逸闻作素材不独果戈理、吴敬梓为然。对于现实主义的作家来说，这样做，成败的关键在于：他是否有足够的生活积累和体验，从而能用自己的胃液消化逸事趣闻，把它溶入创作血液之中，成为自己作品艺术生命的有机构成部分。《儒林外史》中不乏成功的例子，《范进中举》一节即是一例。作家必须在社会生活中观察、体验、研究、分析，有了丰厚的生活积累，在这基础上撷取前人的记述，融入自己的创作构思之中，经过提炼、改造，“为我所用”，成为自己作品中的情节，才可能成功。如果作者自己没有生活体验，只简单“摭取他籍”加以编缀，那只能是苍白的赝品，不可能有艺术生命。

《儒林外史》的主要部分，充满强大的现实主义生命力，取得了很高的成就，但后半部中的一些片段，如以郭孝子、萧云仙、汤镇台为中心人物的一些章节，艺术质量比较差，这是为什么呢？

《儒林外史》前半部通过儒林的种种丑态，揭露封建精神道德和文化教育的危机。由于吴敬梓在这方面有深切的体验，生活积累很丰富，他创作的艺术生命是活生生有血有肉的，即使“摭取他籍”，也不是生搬硬套在自己的作品里，而是加以消化，把它们溶入创作血液之中，成为艺术生命的有机构成。到了写萧云仙青枫城奏凯、汤镇台野羊塘大战，作者根本不熟悉那样的生活，缺少实际的观察和体验，这时候“摭取他籍”就缺少消化的能力，由“摭取”来的情节拼凑起来的人物，不是活生生的机体，同前半部的成功创造相比，几乎如出另手。第三十八回，郭孝子在深山两次遇虎，基本上都是采用了笔记上的材料。第一次遇虎和独角兽，出自清人王槭《秋灯丛话》和钮琇《觚賸》。《秋灯丛话》卷六《虎为独角兽所戕》：

> 有樵子入深山，遥见虎衔一巨鹿来，急升大树匿焉。虎置鹿于树旁，径去。樵者下取鹿藏深草中，复登树以伺。顷，虎导一兽至，高二尺许，独角上竖，目闪闪如电，雄猛异常，即蹲踞树下。虎左右觅鹿不得，窘甚。兽长吼一声，响震山谷，虎觳觫叩首。兽复吼，虎长跪其前。兽以角剔虎胸，剨然中解，乃吸尽其血，徐徐而去。樵夫下树，负鹿虎归。

《儒林外史》里独角兽戕虎一段，几乎就是此文的白话翻译，同时兼取《觚賸》的记述，把鹿换成人。

第二次是喷嚏吓虎，出自唐人张鷟《朝野佥载》卷二，也几乎是该则笔记的白话转述。像这样离奇的情节，没有作者自己的实感，几同猎奇，天评就调侃说："山行的记着，须带搐鼻散，可以辟虎。"

既然没有这样的生活积累，作者为什么要生拉硬拽这些"摭来"的情节呢？从总体上来说，艺术家的吴敬梓是为思想家的吴敬梓作出了牺牲。《儒林外史》虽无贯穿全书的主干故事和中心人物，却有明确的中心思想和完整的艺术构思。第三十七回泰伯祠大祭是全书结构的顶点，也是贤人们礼乐事业的高峰，大祭后写郭孝子践履孝道，显示"以礼乐化俗"的实际功效。礼乐之外，作者还提倡兵农，所以又着重写出萧云仙般知书识礼、能养能教的人才，全面实践着"礼乐兵农"的理想。汤镇台虽有缺点，但在当时还是难得的有作为武官。萧云仙的失意和汤镇台的被黜正好印证杜少卿和庄绍光的判断："走出去做不出甚么事业。""我道不行！"礼乐兵农的理想无法实现。萧、汤二人终也加入贤人们的队伍，一起饯别礼乐事业的主持人虞博士。统观全局，作者写萧云仙、汤镇台等是为了表现理想及其幻灭，是为了表现主题思想的需要。

作为古代小说经典的巨大影响

明清社会世态人情的教科书

《儒林外史》自写就后，即以抄本传阅。据说初刻本是乾隆年间金兆燕在扬州刊印的，但迄无踪影，不知是否真有过。现存最早刻本是清嘉庆八年（1803）的卧闲草堂本（简称“卧本”），实为今见诸本的祖本。其后嘉庆二十一年（1816）的清江浦注礼阁本和艺古堂本为“卧本”复印本。嘉庆至咸丰间有苏州名宦潘世恩家的抄本（简称“抄本”），其时传播面都不大。同治八年（1869）苏州群玉斋活字本（简称“苏本”）曾复印过多次，是当时的通行本，黄小田的评批即书写于此种版本上，但其影响力停留在文人社会的上层。

“描写世事，实情实理”的现实主义艺术，具有巨大的反映现实的能力和认识价值。《儒林外史》在清代甫一问世就被视作剖析世态人情的教科书，卧评就引友人的话说：“慎毋读《儒林外史》，读竟乃觉日用酬酢之间，无往而非《儒林外史》。”优秀文学作品有时能起到“命名”的作用：习见的某种情景未有专名，经文学作品一描写，传播开后遂获得“专利权”——专名。上述“日用酬酢之间”的某种世态，经《儒林外史》的出色描绘，就被定格为《儒林外史》式的。曾被曾国藩称为“大江南北惟此一人”的学者张文虎（天目山樵）：“好坐茶寮，人或疑之。曰：‘吾温《儒林外史》也。’”他从《儒林外史》获得观察力，发现身边茶馆的世界就是《儒林外史》所描摹的世界。苏州世家潘世恩之裔孙潘祖荫，在读到小说第二十回匡超人胡吹自己备受读书人供奉的时候批道："丁守存亦尝如此说，其人号心斋，其八股刻本甚多。"他即由此发现了身边的匡超人式人物。沙沤《一叶轩漫笔》记载林则徐之婿沈葆桢喜读《儒林外史》，督两江时"智珠朗烛，物无遁情，判决得间处，往往出人意表而入人意中，说者谓公阅微之识，取资于是书者甚多。洴澼一方，善用者以之却敌，非必谓虞初家言，仅供日遣也"。所以东武惜红生《增补齐省堂〈儒林外史〉序》称赞《儒林外史》："凡世态之炎凉，人情之真伪，无不活见纸上，复以数贤人力振颓风，作中流砥柱，而笔墨之淋漓痛快，更足俾阅者借资考镜，如暮鼓晨钟，发人猛省。"（所引均出《儒林外史研究资料集成》）

《儒林外史》问世后被有些人视为谤世书，群起而攻之，而一些有识之士则加以反驳。黄小田就反复指出："是醒世之书，非骂世也。"（四十五回评）其子黄安谨也说："有以为形容刻薄，非忠厚之道……此实作者之意为醒世计，非为骂世也。"（齐省堂《增订儒林外史·例言》）徐允临曰："或视为谩骂之书而置而弗顾，此其人必有惮夫谩骂者而然尔，固不足与语此。"（《儒林外史》从好斋辑校本）这真是一针见血的痛快之论。正是因为士林魑魅魍魉的尊容被《儒林外史》暴露于睽睽众目，这才引起他们的嫉恨和惊慌。这样的社会效果，适足反映出这部现实主义杰作的巨大批判意义，也反映了作者创作态度的严肃、观察描写的深刻。金和跋说："盖先生（指吴敬梓）遂志不仕，所阅于世事者久，而所忧于人心者深，彰阐之权，无假于万一，始于是书焉发之，以当木铎之振，非苛焉愤时嫉俗而已。"揭露丑恶不是为了欣赏丑恶，也不是意气用事随意发泄求得一时的痛快，而是出于"忧世"，为了改造社会人心。晚清的小说理论家对此进一步加以发挥。邱炜萲《续小说闲评》说："《儒林外史》一书，意在警世，颇得主文谲谏之义。"天僇生把吴敬梓的创作动因归于"痛社会之混浊"，且是"深极哀痛"，"血透纸背"（《中国历代小说史论》）。这样严肃的创作态度、深刻的创作用心，是吴敬梓艺高一筹的首要原因。

总体来看，在中国近代文学史翻开之前，《儒林外史》尚未广传而登上经典小说的宝座。胡适在《五十年来中国之文学》中说："这部书是一种讽刺小说，颇带一点写实主义的技术，既没有神怪的话，又很少英雄儿女的话；况且书里的人物又都是'儒林'中人，谈什么'举业''选政'，都不是普通一般人能了解的，因此，第一流小说之中，《儒林外史》的流行最不广。"只是："在文人社会里的魔力可真不少！"

中国近代社会小说仰望的标范

在中国自1840年的鸦片战争为标志进入近代的头三四十年，诚如鲁迅所说，"到了清末，外交失败，社会上的人们觉得自己的国势不振了，极想知其所以然，小说家也想寻出原因的所在"(《中国小说的历史的变迁》)，于是《儒林外史》被"发现"了！身份地位很快飙升。

《儒林外史》的广泛传播，上海周边的《儒林外史》评阅群体和申报馆排印本功莫大焉。

在时代人文风潮的推动下，上海周边，包括南汇、松江等地，出现了以黄小田为肇始、以天目山樵为中心的评点和传播《儒林外史》的文人群体，天目山樵的评点（简称"天评"）未刊前就在沪上文人群体中传阅，他自己说先后借给雷谔卿、闵颐生、沈锐卿、朱贡三（疑是朱昌鼎之号）、杨古酝、艾补园过录，这些人又辗转传给徐允临（号石史）、华约渔、王承基等人过录或阅览。与这个群体有联系的还有金和之子金是珠、黄小田之子黄安谨等。

同治十三年（1874）上海申报馆以西方先进印刷术重新排印《儒林外史》，其第一版笔者见到的有两种以上，统称为"申一本"，该年九月版的卷末，载有天目山樵于同治十二年（1873）暮春写的识语，引王又曾的诗确证该小说的作者是吴敬梓，可能是由艾补园、石史提供给申报馆的。"申一本"销路很好，第二次排印前想刊入全部天评。

光绪丙子（1876）暮春天目山樵识语说："旧批本昔年以赠艾补园，

客秋在沪城，徐君石史言曾见之，欲以付申报馆摆印。予谓申报馆已有摆印本（秋按：指‘申一本’），其字形过细，今又增著批，不便观览，似可不必。今春乃闻已有印本发卖（秋按：指‘申二本’），不知如何也。”此语同石史的记述相合榫，“申二本”的天评盖由艾补园和石史提供。光绪七年（1881）上海申报馆第二次排印本《儒林外史》（简称“申二本”）刊行，就是采用天评作句中夹批和回末总评。“申二本”的印字比“申一本”大，行距也宽，评语作夹批而不作眉批，是采纳天目山樵意见的结果。

21世纪初笔者发现了“则仙评批”：就是手写在上海申报馆《儒林外史》的第一次排印本上，有则仙（朱昌鼎）的一百三十七条眉批和回末总评。近代大量社会小说都在上海出版，作者也多活动在上海及其附近，上海《儒林外史》阅评群体实为他们的先驱。从黄小田、张文虎，到石史、朱昌鼎，再到申报馆等近现代书报馆，其中有明显可见的轨迹。

《儒林外史》堪称中国近代社会小说的样板。19世纪末，伴随着甲午战败、戊戌变法不成、义和团被镇压……封建社会败象丛生，国家民族危亡迫近，而民族资产阶级能量在帝国主义侵略和封建压迫的夹缝中又有所发展。晚清小说理论家，首先都把小说看作改造社会人生的有力武器，大力提倡“写社会之恶态而警笑训诫之”的“社会小说”（《小说丛话》中侠人语）。在这种情况下，《儒林外史》被作为社会小说的楷模，受到空前的重视和推崇。

申报馆版的《儒林外史》很畅销，除印行外，还要征集《儒林外史》式新创作小说。光绪元年六月二十九日（1875年7月31日）申报刊载的一则“告白”声称：“鸿才硕彦好制说部，等书制成后，亦可寄来代印，但书之体裁必如《儒林外史》之一气相生而又无淫乱语者为佳。若逐篇逐段如《聊斋志异》者，概从割爱。”（姜荣刚《从儒林外史传播接受看近代小说的演变》，《文学遗产》2018年第1期）梁启超在《新小说》第一期发表《论小说与群治之关系》提出“小说界革命”，其主张包括注重小说的社会功能，要求广泛深入揭露晚清的社会现实。在这思潮中，《儒林外史》更备受推崇，光绪二十八年十月初一日（1902年10月31日）《新民丛报》第十九号登载《新小说社征文启》提出标范，称：“如《儒林外史》之例，描写现今社会情状，藉以警醒时流、矫正弊俗，亦佳构也。”效法之作如雨后春笋。1903年，晚清“四大谴责小说”的前三部《官场现形记》《二十年目睹之怪现状》《老残游记》同年开始出现，再过一两年第四部《孽海花》也将问世，顿然蔚为大观，成为近代小说创作的主潮。阿英的《晚清小说史》认为，揭露、抨击现实的“此类小说，在全数量中，所占至少在百分之九十以上”。

《儒林外史》被公认为“社会小说”的著名典范。光绪三十一年（1905）仲春忏绮词人在《梼杌萃编序》中说：“说部中之工于摹写世俗情状者，莫如《儒林外史》。”（诞叟《梼杌萃编》）光绪三十三年（1907）《时报》登载的《旅行述异》小说广告中说：“我国小说中能写社会情景者向以《儒林外史》为最。”（《中国近代小说编年史》第3册）陶祐曾在评论《二十年目睹之怪现状》时说：“吾国旧时社会小说，当推《儒林外史》为第一。诚以人情之险伪，世态之炎凉，惟该书纪述綦详，讽嘲有以，劝惩隐寓，大可为改良缺点之针砭。”（《中国近代小说编年史》第4册）《清朝野史大观》卷11《清代述异》总结当时的情况说：“近日社会小说盛行。如《孽海花》《二十年目睹之怪现状》《官场现形记》，其著者也。然追溯源委，不得不以《儒林外史》一书为吾国社会小说之嚆矢也。”包天笑回忆说：“当时写社会小说的人，最崇奉《儒林外史》一书，因此人人都模仿《儒林外史》。”（《钏影楼笔记》）可以为此论断作佐证的材料不少：韩邦庆《海上花列传·例言》自称“全书笔法自谓从《儒林外史》蜕化出来”；李伯元的朋友写《谭瀛室随笔》说《官场现形记》“其体裁仿《儒林外史》”；《枕亚浪墨·哑哑录》说《二十年目睹之怪现状》的作者“吴趼人……其为人绝类著《儒林外史》之吴敬梓”；曾朴在《〈孽海花〉修改后要说的几句话》里也承认他的小说受《儒林外史》影响而加以发展变化；姚民哀《箬帽山王》第一回说自己小说的写法“乃是脱胎于《儒林外史》”（《红玫瑰》第6卷第1期）；张恨水《斯人记·自序》说：“这种社会章回小说，从最远说，应该是以《儒林外史》为始祖。满清末年，这类作品，风行一时，直到‘五四’前后，其风未戢，我必须承认，是受了这个影响，并承袭了这个作风……我的《春明外史》，和这篇《斯人记》，以及《春明新史》、《新斩鬼传》，甚至最近所作的《牛马走》等篇，都走的是这一条路”；李铎《李涵秋〈广陵潮〉序四》说：“《广陵潮》直可媲美吴敬梓之《儒林外史》，刻划社会人物，描摩诡异形状，无不绘影绘声，惟妙惟肖，使之毫发无遗”；杨世骥《文苑谈往》说：“《文明小史》后《官场现形记》二年（1903）作。这是一部较《官场现形记》更浓厚地染受着《儒林外史》的作风的小说。在讽刺的笔调上，这部比较《官场现形记》还要大胆，在写实的技术上，这部比较《官场现形记》尤为进步。”

姜荣刚《从〈儒林外史〉传播接受看近代小说的演变》指出，在近代小说的出售广告或推介文字中常见“模仿《儒林外史》”“真《儒林外史》之遗”“不减于《儒林外史》”“与《儒林外史》殆相仿佛”“如读《儒林外史》”“纯脱胎于《儒林外史》”“仿照《儒林外史》”等语作标榜（见《中国近代小说编年史》）。可见此时的《儒林外史》确已登上经典小说的座席。

但是，当时人就已经看出来，这类小说虽然学习《儒林外史》，却又都望尘莫及。他们常常针对当时小说的弱点，以《儒林外史》为典范，阐述小说创作的一些基本原理。

对中国现代小说的深刻影响

（一）《儒林外史》在现代社会仍有深刻影响

首先，“五四”新文化运动倡导者的推赞和亚东版的传播功莫大焉。

五四运动是反帝反封建的爱国政治运动，同时也是一场伟大的新文化运动。早在1917年，《新青年》杂志就举起了“文学革命”的大旗，陈独秀、胡适、钱玄同等人发表了一系列文章和通信，倡导新文化。在反对旧文学提倡新文学、反对文言文提倡白话文的历史潮流里，《儒林外史》受到了一致推崇。最早系统地提出“文学改革”主张的文章——1917年1月《新青年》第2卷第5期上胡适的《文学改良刍议》，就一扫“鄙夷白话小说为文学小道者”的传统，奉白话小说为“文学正宗”。他认为当时白话小说的代表作家吴趼人等，“皆得力于《儒林外史》”等优秀小说。同年《新青年》第3卷第1期上钱玄同的《寄陈独秀》一文，赞同“小说诚为文学正宗”，认为“旧小说之有价值者”不过《儒林外史》《红楼梦》等六部（其《〈儒林外史〉新叙》里更称“中国近五百年来第一流的文学作品，只有《水浒》《儒林外史》和《红楼梦》三部书”）。同年《新青年》第3卷第4期胡适《再寄陈独秀答钱玄同》一文，认为“吾国第一流小说，古人惟《水浒》、《西游》、《儒林外史》、《红楼梦》四部”（这是当时公认的“四大名著”）。1918年《新青年》第4卷第4期胡适的文章《建设的文学革命论》，褒扬《儒林外史》是“有价值有生命的”“活文学”，是“模范的白话文学”；赞扬它的“写人物的画工本领。……书中的人物，如严贡生，如马二先生，如杜少卿，如权勿用……个个都是活的人物”。这是新文化运动的最初倡导者们，以新的眼光审视和重新评价古代文学时，对《儒林外史》的价值作出的判断。

“五四”新文化运动的开展，也向《儒林外史》的读者注入了批判封建主义、宣传民主主义的新鲜思想血液。以下故事可略见一斑。

蒋光慈（又名蒋光赤）（1901 ～ 1931）是我国早期无产阶级革命文学的倡导者、“太阳社”的主要代表作家。1920年，19岁的蒋光慈就读于芜湖的安徽省立第五中学，听语文老师高语罕（早期中共党员、《新青年》杂志撰稿人）说《儒林外史》把封建社会揭露得淋漓尽致。当天他就向高老师借来《儒林外史》，彻夜不眠直至读完。第二天正好是礼拜天，一大早他就夹着这部书找到书中第二十回至二十四回所写的芜湖甘露庵，循依甘露僧、牛布衣、牛浦郎的有关情节，并坐在大殿的台阶上，边读边背小说的这一部分。中午，他把书还给高老师，高惊讶："这么快就读完了？"他回答：不光读完了，写芜湖的几回自己都会背了，还写了首打油诗："世间事儿有假真，牛氏布衣两个人。若能辨出真和假，假的终假真归真。"

同年，经高语罕等介绍，通过陈独秀等人的关系，蒋光慈入上海外国语学社学习俄文，并加入中国社会主义青年团；翌年，与刘少奇、任弼时等赴苏联学习，次年加入中国共产党。1924年回国大力倡导"革命文学"，创作了《少年飘泊者》《短裤党》等小说。（据史挥戈、吴腾凰《蒋光慈与读书》）可以说，阅读《儒林外史》是蒋光慈思想及人生经历发生转折契机之一。

1920年12月，新文化运动的出版阵地上海亚东图书馆出版《儒林外史》，陈独秀、钱玄同分别写了新叙，胡适作的《吴敬梓传》也载于卷首。这集中地显示了新文化运动的倡导者们对《儒林外史》的重视，是《儒林外史》研究史上值得重视的一页，标志着该书研究的新起点——已经跨进现代的门槛。

亚东版《儒林外史》既有这些新文化运动闯将写的序文，又加了新式标点符号，每回分出段落，以崭新的面貌展现给读者，因而深受欢迎，两年内就印了三版，1922年第四版后增入胡适的《吴敬梓年谱》，再版次数达十余次之多，以实际行动把古典白话小说扶上"文学正宗"的座席。吴组缃先生在《〈红楼梦版本小考〉代序》中回忆说："那时新的白话小说还不为人所熟知。所谓白话小说，就指新文化运动提倡白话文因而声价十倍的明清小说名著。"吴当年是十几岁的中学生，拿到亚东版明清小说："得到一个鲜明印象：这就是'新文化'！""自然而然拜亚东本白话小说为师。"吴组缃认为它们实际上也是五四新文化运动的"构成部分"。的确，在"五四"时期，《儒林外史》已被作为提倡白话文学的范本和批判封建思想的武器。

由于《儒林外史》在现代文坛享有很高地位和很大影响力，一些小说家在为自己的小说取名时，就借助于它的名著效应。参照《儒林外史》命名的小说可以分为两种：一种是仍写“儒林”，只是对“儒林”的内容作了变化，如《儒林别史》（连载于1917年的《小说画报》）、《新儒林外史》等。《新儒林外史》同名的有几部，一部是顾佛影的《新儒林外史》，问世于1926年，在小说开首和结尾处明言此书是参照了吴敬梓的《儒林外史》，以记录现代学界中人光怪陆离的故事；一部张金寿的《新儒林外史》，产生在抗战时期的北方沦陷区，主要反映新闻出版界的种种丑行，据认为，这部小说引发了二十世纪40年代关于“小说的内容和形式问题”的那场重要讨论，具有文学史意义。另一种是《春明外史》《梨园外史》《留东外史》《新新外史》等，题目沿用“外史”二字，表明它们借鉴了《儒林外史》的模式，表现出同一类的创作倾向（参见张蕾《儒林外史的现代波澜》一文）。

（二）《儒林外史》对鲁迅等现代小说家的影响巨大而深远

它对中国现代文学的影响是更深入到精神内里，这里只讲几个受其影响有迹可寻的著名小说家。

鲁迅对《儒林外史》的现实主义本质有深刻独到的见解。“五四”时期，作为激进的革命民主主义者，鲁迅具有以小说参与历史发展进程的自觉性。他提倡为人生的、清醒的现实主义文学，反对“瞒”和“骗”的文艺，要求作家睁开眼正视现实，因此他看重正视人生的现实主义古典小说。鲁迅赞扬《儒林外史》“烛幽索隐，物无遁形……使彼世相，如在目前”（《中国小说史略》），这是对《儒林外史》现实主义艺术精义的精彩论述。鲁迅自觉运用小说狙击封建文化，批判旧制度、旧伦理、旧思想，因此他特别重视研究和运用讽刺手法。从他强调“讽刺的生命是真实”等言论来看，他推重讽刺实际上是在提倡清醒的、批判的、战斗的现实主义。在此思想指导下，鲁迅发现了《儒林外史》的现实主义讽刺艺术之高明，认为：“迨吴敬梓《儒林外史》

出……说部中乃始有足称讽刺之书。”(《中国小说史略》)鲁迅对《儒林外史》《红楼梦》的高度评价，正是对我国古典小说现实主义传统的体认。在鲁迅的小说创作中，这种传统与西方近代现实主义传统发生了自觉而又独特的交融，从而掀起了我国现代文学的创作主潮。

鲁迅的心与吴敬梓是相通的。在《中国小说史略》中，他以《儒林外史》为标范，对讽刺小说提出严格的标准。在创作思想上，他认为必须像吴敬梓那样“秉持公心，指擿时弊”，亦即“公心讽世”，这是“足称讽刺”的先决条件。从小说史上看，在《儒林外史》之前，并非没有“讥刺之切，或逾锋刃”的小说，但它们“每似集中于一人或一家，则又疑私怀怨毒，乃逞恶言，非于世事有不平，因抽毫而抨击”，所以仍不足称“讽刺”。从现实环境看，当时鲁迅等新文学家正为恢复小说的尊严而斗争，矛头主要指向之一是“黑幕小说”，鲁迅痛斥它们“有嫚骂之志而无抒写之才”，“丑诋私敌，等于谤书”，它们是谴责小说的堕落，又“每每能引读者的思想跟他堕落：以为小说是一种泼秽水的器具，里面糟蹋的是谁”(《孔乙己·后记》)。只有批判和摒弃了“黑幕小说”，才能划清新旧小说在人生观、文学观和作者人格上的界限，使新小说具有科学的、战斗的尊严。在这样的现实背景中，鲁迅以深邃的目光审视古典小说家的人格和创作思想，以富有历史感和闪烁着战斗锋芒的文字，赞颂《儒林外史》“公心讽世”，赞扬吴敬梓具有进步的创作思想和高尚的人格，这是鲁迅对吴敬梓的崇高评价。

在艺术上，鲁迅认为必须像《儒林外史》那样“慼而能谐，婉而多讽”，这是“足称讽刺之书”的基本条件。正因为吴敬梓“秉持公心”对时弊深极哀痛，所以本心是“慼”，但却以“谐”——喜剧性的讽刺出之，在喜剧性的内里潜藏着深深的悲剧性，这就使喜剧性的讽刺有了深刻的蕴含。这是《儒林外史》作为讽刺小说取得高度成就的标志。鲁迅认为“讽刺小说是贵在旨微而语婉的，假如过甚其辞，就失了文艺上底价值”。他赞赏第四回描写范进吃大虾元子“无一贬词，而情伪毕露”，赞扬《儒林外史》“婉而多讽”，同时批评其前的《钟馗捉鬼传》等“词意浅露，已同嫚骂，所谓‘婉曲’，实非所知”。其《清末之谴责小说》篇批评其后的《官场现形记》《二十年目睹之怪现状》等清末小说“辞气浮露，笔无藏锋”，“常张大其词，又不能穿入隐微”，所以，“《儒林外史》是讽刺，而那两种都近于谩骂”（鲁迅《清小说之四派及其末流》），只能“别谓之谴责小说”。

鲁迅以《儒林外史》为标范衡量小说作品，也以同样的追求从事自己的小说创作，甚至还一度“对友人表示：要写一部《儒林外史》式的小说，揭露绍兴社会生活的黑暗面”（鲍昌、邱文治《鲁迅年谱》）。他的小说确实深受《儒林外史》的影响，《呐喊》《彷徨》的大部分作品很有讽刺意蕴，和《儒林外史》一样，以冷隽、辛辣的讽刺笔刀，刺破光鲜的伪装，解剖社会的溃疡，表现出深广的忧愤。鲁迅描写知识分子的作品，如《孔乙己》《白光》《肥皂》《高老夫子》等，在某种意义上可视作“《儒林外史》式的小说”，里面的主角，庶几可以视作《儒林外史》某些人物的后代。当然，时代毕竟大大前进了，鲁迅不仅思想高度远非吴敬梓所能比，而且创作手法更是贯通中西非吴敬梓所能逮。鲁迅汲取了西方小说艺术的营养，他是将西方现代小说艺术同我国古典小说艺术相融合的我国第一个现代小说家，从而也就成为使现代小说与古典小说承接起来的伟大小说家。与此同时，鲁迅又是系统地整理、研究中国古代小说史的第一人，他的研究和创作是相得益彰的。

鲁迅在20世纪30年代的杂文里也时常论及《儒林外史》，例如《叶紫作〈丰收〉序》说：“《儒林外史》作者的手段何尝在罗贯中下，然而留学生漫天塞地以来，这部书就好像不永久，也不伟大了。伟大也要有人懂。”被鲁迅许以“伟大”的古典小说，除此之外似只有《红楼梦》。他为《儒林外史》“伟大之不被人懂”的抱不平里，何尝不包含着为自己作品之不被时人真懂的叹息。

另一位现代小说大师茅盾（1896～1981）也很重视《儒林外史》，在20世纪20年代就写过《〈红楼梦〉〈水浒〉〈儒林外史〉的奇辱》一文，驳斥当时出现的歪曲这三部古典小说名著的言论。20世纪30年代他在《谈谈我的研究》一文里说：

> 本国的旧小说中，我喜欢《水浒》和《儒林外史》……至于《红楼梦》，在我们过去的小说发展史上自然地位颇高，然而对于现在我们的用处会比《儒林外史》小得多了。如果有什么准备写小说的年青人要从我们旧小说堆里找点可以帮助他“艺术修养”的资料，那我就推荐《儒林外史》。

茅盾以小说家的慧眼，看出《儒林外史》是古代小说中与现代小说观念最接近的作品，因而对小说创作最有借鉴作用。事实上他自己的小说创作也多受《儒林外史》的艺术滋养。

张天翼（1906～1987）在20世纪30年代就以写讽刺小说而名噪文坛。和茅盾一样，在《读〈儒林外史〉》一文中，他觉得《儒林外史》比《红楼梦》更接近现代生活。《红楼梦》人物“……要是他们生在而今……就得拿别的情节来表现他们的性格”，而《儒林外史》“用以表现那些人物的种种情形，那可也不比《石头记》里所写的那么难商量”，假如吴敬梓“现在来重写这部书，那原有的故事多半不用另打主意”。因为书里所写的生活现在还相似，所以他觉得这部书“特别亲切”。

张天翼特别擅长刻绘知识分子及由其出身的灰色人物。1941年在《谈人物描写》里，他介绍自己“在小学中学里的时候怎样贪看小说……”，在那些书里面结识了“马二先生”等人物，“一经结识，就叫我忘不了”，“发生了一种很密切的关系”。1942年张天翼写了一篇别具一格的三万字长文《读〈儒林外史〉》，这是“五四”之后三十年里系统剖析《儒林外史》的最详尽的论著。张天翼以讽刺小说家特有的眼光和个性鲜明的幽默笔调，对《儒林外史》的人物性格、环境以及现代意义，作了独特的阐发。他说：

这部书里的那些人物，老是使我怀念着，记挂着。他们于我太亲切了。只要一忆起他们，就不免联想到我自己所处的这个世界，联想到我自己的一些熟人……似乎觉得他们是我同时代的人。后来越想越糊涂，简直搅不清他们还是书中的人物，还是我自己的亲戚朋友了。

张天翼跟踪作者的思路，对马二先生等全书形形色色人物作了广泛的评说，分析得鞭辟入里，可以说“进入”了这些人物角色，这些人物也就留在他心中，影响了他自己的小说创作。他所要描写的人物与《儒林外史》里的人物如此相似，以至于“搅不清”分不开了，无怪乎他笔下的人物多带一点《儒林外史》气，他的创作就这样潜移默化地接受了《儒林外史》的影响。张天翼的小说《砥柱》里的黄宜庵就像鲁迅所写《肥皂》里的四铭一样，是乡愿型的腐儒。而其《肥皂》如前所述，几乎可视为《儒林外史》的续篇。《在旅途中》的主角泼皮名叫“计三钻子”，命名同《儒林外史》里五河县的“唐二棒椎”一样妙。《中秋》里葵大爷邀请穷苦的小舅子来过节，故意让他看着桌上的饭菜而不让他入席，其中恶作剧的伎俩也似《儒林外史》里五河县的虞华轩戏弄成老爹。名作《包氏父子》里的包国维、《华威先生》里的同名主人公，仿佛都是《儒林外史》里被讽刺人物的子孙。

吴组缃先生（1908～1994）跟张天翼一样是20世纪30年代就成名的小说家，两位小说家是惺惺相惜的老朋友。吴组缃先生的名作《一千八百担》里的宋氏祠堂，如同《儒林外史》开头薛家集的观音庵：同是乡村地面的“议事厅”，在灰暗的氛围里聚集着该乡村的头面人物议决本乡公事。作者同样“分析刻画的还是社会形态”——人物面相，从形形色色人物的话语显现其思想性格意识形态，对灰蒙蒙的“统治势力”“投以痛快的嘲笑”（《吴组缃小说散文集·前记》）。1949年后，吴组缃先生任北大中文系教授，适值1954年以纪念吴敬梓逝世二百年为契机《儒林外史》研究的高潮掀起，吴组缃先生的长文《儒林外史的思想和艺术》成为彼时高水平研究论著的代表。

美国著名汉学家夏志清著有《中国古典小说史论》《中国现代小说史》，对古今小说都深有研究，他在后书中率先对钱锺书（1910～1998）的长篇小说《围城》作出极高的评价，认为这部描写知识分子的作品“作为讽刺文学，它令人想起像《儒林外史》那一类的著名中国古典小说”。田仲济等《中国现代小说史》说《围城》“在塑造人物和反映现实的方法上，与《儒林外史》很相似”“是现代的《儒林外史》”。

确实钱锺书是《儒林外史》的热烈爱好者，据说小说中的精彩片断他都能背诵，《儒林外史》之于《围城》，传承关系也是明显的。在《围城》问世的同年，1946年他发表了研究《儒林外史》的专文《小说识小》，称《儒林外史》为“吾国旧小说巨构”，并以他的博学为《儒林外史》的情节素材考索了六七条来源。（见《联合晚报》1946年4月17日及5月2日）。

1992年，今日中国出版社出版台湾著名作家寒爵（本名韩道诚）所著《儒林新传》，作品计一百二十万字，共五十二章，所反映的时代背景是20世纪60年代至80年代台湾社会政治、世态、道德、风尚的没落与沉沦，是一幅展现台湾社会生活的广阔画卷。书中重笔浓墨地描绘了一群知识分子的生活和精神状态，进而讽刺台湾官场的腐朽、污吏的昏聩。被认为是名与实皆可与《儒林外史》媲美的现代讽刺小说。

以上介绍了几位现代小说大家对《儒林外史》的喜爱和高度评价，所述虽只是挂一漏万，却已反映出《儒林外史》在现当代仍有重要地位和影响。作为古典小说经典，其精神和成就哺育着中国一代又一代的小说家。

名望渐隆的国际声誉

对于《儒林外史》的翻译，在世界各大语种，由片段到全译，越来越多：

英译文　第一种：片段英译文

甲、葛传槼译《儒林外史》一回片断原载美国芝加哥大学出版社1939年版《英文杂志》，后收入潘正英编《中国十大名著选译》中；

乙、Hsü chen-pin（徐真平）翻译的《儒林外史》的片段英译文，题目是《四位奇人：〈儒林外史〉之结尾》，载于上海、南京出版的《天下月刊》第十一期（1940～1941年版，178至192页）。所译内容即《儒林外史》最后一回（第五十五回）“添四客述往思来，弹一曲高山流水”；

丙、王际真翻译的《儒林外史》的片段英译文，题目是《两学士中举》，收入高乔治编写的《中国智慧与幽默》一书（189至208页）。此书由纽约科沃德—麦卡恩出版公司于1946年出版，纽约斯特林出版公司1974年再版（共347页）。所译内容为《儒林外史》第二、第三两回，即周进与范进中举的故事，译文非常引人入胜，在欧美获得好评；

丁、杨宪益与戴乃迭合译的片段英译文，题目是《吴敬梓—儒林外史》载于北京外文出版社出版的《中国文学》1954年4月号（5至68页）。所译内容为《儒林外史》的前七回，此七回译文1957年收入译者的《儒林外史》之全译本《儒林》一书。译文流畅而精确，能够传达原意；

戊、张心沧翻译的片段英译文，题目是《慷慨的年轻学士》，收入张心沧编译的《中国文学：通俗小说与戏剧》一书（329至381页）。此书由芝加哥阿尔定出版公司及爱丁堡大学出版社于1973年出版。所译内容为《儒林外史》第三十一、第三十二两回，即杜少卿的故事，译文被认为是高水平的，译者在译文后还作有注释。

此外，还有华人翻译家翟楚、翟文伯父子译的第五十一回“少妇骗人折风月，壮士高兴试官刑”，收入《中国文学宝库》（1965）一书。

第二种：英译全本

杨宪益、戴乃迭合译的《儒林》（Wu Ching-Tzu: *The Scholars*<trs. Yang Hsein-Yiet Gladys Yang>. Beijing: Foreign Language Press, 1957,

《儒林外史》英译本插图

2004; With a foreword by C. T. Hsia. Illus. by Cheng Shih-Fa - New York: Columbia University Press, 1992）是一部《儒林外史》之英文五十五回全译本，由北京外文出版社于1957年出版，共721页。此译本书前有当代著名国画家程十发（1921 ～ 2007）于1951年8月所作吴敬梓彩色画像一幅和现代中国著名作家、评论家吴组缃先生的“序言”一篇，书中还有程十发所作插图多幅，书后并附录“《儒林外史》所涉及的官制及科举制”一文。1963年和1973年，北京外文出版社推出了这个译本的第二版和第三版，这两版书前都增加“小说主要人物表”，第三版无序言，但在“附录”《〈儒林外史〉的官制及科举制》一文中增入汉文专有名词与译文相对照。美国纽约格罗西特与邓拉普出版公司于1972年也重印了这个译本，同时加入夏志清撰写的“导言”。

德译本 （Wu Ching-tzu: *Der Weg zu den weißen Wolken: Geschichten aus dem Gelehrtenwald*. Aus dem Chinesischen übersetzt von by Yang En-Lin und Gerhard Schmitt. Weimar: Gustav Kiepenheuer Verlag, 1962,

1976; mit einem Nachwort von Irma Peters, Leipzig, Weimar, München, 1989）由杨恩霖（Yang En-Lin）与格哈德·施米特合译，由诺亚·基彭霍伊尔与弗里德里希·明科维茨加工润色，是五十五回的全译本，1962年由德意志民主共和国魏玛古斯道夫·基彭霍伊尔出版社出版，共1 201页。此书译文非常严肃认真，它的再版精装本（831页）扉页有译者杨恩霖墨笔所题“儒林外史”四字。此两版书中都附有“小说人名表”“小说主要人物编年简介”以及德国汉学家伊尔玛·彼得斯所作长篇跋文。这篇跋文介绍了吴敬梓的生平、思想和著作情况，提到吴敬梓自幼受家庭和父亲的影响，后来又受前辈先进思想家顾炎武、黄宗羲、颜元等人影响的情况。伊尔玛·彼得斯写道:“吴敬梓是以正统的儒家思想作为他立身处世的准则，注重德行与操守，所以他轻视功名富贵，反对猎取功名富贵的八股文。”最后说:“尽管《儒林外史》的内容会使德国读者感到生疏而奇特，但它是一部有趣的书。在今天的中国，在人民掌权的条件下，书中描写的事情早已过去而成为历史陈迹了。然而，你读了它的许多故事，会帮助你比较容易地了解中国社会文化的历史变迁，会使你懂得这种变迁是多么重要，它的不少故事在今天的中国仍具有现实的意义。……这个译本对德国读者了解中国的文化是会起到一定作用的。”

法译文　第一种：片段法译文

甲、徐仲年翻译的《儒林外史》之片段法译文，题目是《范进中举》，收入徐仲年编译的《中国诗文选》一书（282至293页），此书由巴黎德拉格拉夫书局于1933年出版（共445页）。所译内容即《儒林外史》的第三回“周学道校士拔真才，胡屠户行凶闹捷报”，是根据上海亚东书局1922年版《儒林外史》排印本译出的。

乙、吴益泰翻译的《儒林外史》的法译文有两段，一段题作《马二先生》，一段题作《两学士——张静斋与范进》，收入吴益泰编译的《中国小说概论》一书（115至118页），此书由巴黎韦加出版社于1933年出版。两段内容分别为《儒林外史》第四回和第十四回的摘译。在这两段译文之前，吴益泰摘译了鲁迅《中国小说史略》中的一段评论文字："《儒林外史》所传人物，大都实有其人，而以象形谐声或瘦词隐语寓其姓名，若参以雍乾间诸家文集，往往十得八九。此马二先生字纯上，处州人，实即全椒冯粹中，为著者挚友，其言真率……至于性行，乃亦君子，例如西湖之游，虽全无会心，颇杀风景，而茫茫然大嚼而归，迂儒之本色固在。"

第二种：法选译本

贺师俊翻译的《儒林外史——文学小说》是一部《儒林外史》的法文选译本，由巴黎L.罗德斯坦书局于1933年出版，共207页。书中附有程晋芳《吴敬梓传》的译文，并附译者的研究文章，对《儒林外史》的作者、思想、故事情节及主要人物作了分析介绍。这个选译本是贺师俊的博士学位论文。

罗马尼亚译本（*Întâmplări din lumea cărturarilor*, roman de Wu Jingzi, secolul 13, 560 pagini, Editura Univers, 1978; reeditat în colecţia Biblioteca pentru toţi, numerele 1128 şi 1129, cu 318 şi 322 pagini, Editura Minerva, 1982）同上文所涉法译本一样，是为这部完全意义上的中国文人小说在现当代欧洲文化的直接畛域——罗马语世界贡献的又一个全译本。译者鲁博安（Constantin Lupeanu，1941～ ）是罗马尼亚著名汉学家，2016年第十届中华图书特殊贡献奖得主。

西班牙译本（Wu Jingzi: *Los mandarines: Historia del bosque de los letrados*, Laureano Ramírez Bellerin (Tr.). Barcelona: Seix Barral, 1991, 2010），译者劳雷阿诺·拉米雷斯（Laureano Ramírez Bellerin，1949～ ）。

俄译文 第一种：片段俄译文

甲、阿·伊文（A. A. Иванов，1885～1942）连载于《青年近卫军》（*Мелодая Гвалдия*）上的《儒林外史》前八回的俄译文，连载于1929年出版的《青年近卫军》杂志第18期（32至45页）、第19期（38至49页）、第20期（23至41页）、第21期（37至48页）。

乙、汉学家柯切托娃（С. М. Кочетова）收录于《文献》（*Реф. СБ*）1955年第12期上的第三回“范进中举”片段的俄译文。北京出版的俄文版《人民中国》1955年第三期（23至28页），也载有《儒林外史》第三回的俄译文，标题是《范进中举》。

第二种：俄译全本

苏联汉学家对中国古典文学名著的翻译一向十分重视，有人一生专门研究和翻译某一作家的作品。如德·沃斯科列辛斯基（Дмитрий Николаевич Воскресенский，1928 ～ 2017，汉名华克生，是专门研究吴敬梓和翻译《儒林外史》的著名汉学家。他所翻译的《儒林外史》（У Цзин-цзы：*Неофициальная история конфуцианцев* <Перевод，комментарии Д. Воскресенского>. М.，1959，переиздания 1999，2008）是五十五回全译本，由B·塔斯金校订，1959年由莫斯科国家文艺出版社出版（共631页）后又有重版。这个全译本书中有程十发所作插图，并有沃斯科列辛斯基所作长篇“序言”，介绍了吴敬梓的生平、清代的科举制度，也对《儒林外史》作了分析和评论，还提到

吴敬梓310周年诞辰时李汉秋陪外国学者参观全椒吴敬梓故居

他翻译《儒林外史》“曾得到中国文学家、北京大学教授吴组缃的帮助”，他对此深表感谢。1985年3月13日华克生给笔者写信，盛赞初版的《儒林外史研究资料》:“佳作！妙哉！”并说:“要提到其他译文：德文、匈牙利（匈牙利语译本出版于1966年）、捷克（捷克语译本出版于1962年）、波兰等，译者是我的朋友，我可以说到他们的译本特点。”2009年，华克生因“对发展中俄关系做出杰出贡献”，获颁中华人民共和国纪念勋章；2015年在首届“品读中国”文学翻译奖颁奖仪式上，他又因为对中国文学研究和中俄文化交流做出的贡献而获终身成就奖。

捷克译本 （Wu Ťing-c’: *Literáti a mandaríni: Neoficiální kronika konfuciánů*<překlad. Oldřich Král>. Praha: SNKLU, 1962；druhé vydání: Olomouc: Votobia, 1995, 2007）是最早的欧洲语言全译本之一，也是第一部中国长篇小说的捷译本。译者王和达（Oldřich Král，1930～2018），留学北京大学时亦受吴组缃先生的指导。他一生致力于中国典籍的捷克文译介，他将《儒林外史》定位为世情小说，认为这部小说同《金瓶梅》和《红楼梦》一道，构成认识中国古代世界的三个支点，这三个支点融摄儒释道三家，将古代中国社会的方方面面淋漓尽致地展现出来。在他看来，域外人士如要认知中国传统，不可不阅读这三部作品。

越南译本 越南文译本《儒林外史》由潘武及汝成合译，由河内文学院文化出版社于1961年出版。这是根据北京人民文学出版社1959年版《儒林外史》译出的，为五十五回全译本，共分三卷（卷一，283页；卷二，275页；卷三，278页）。书前有译者潘武和汝成合写的“序言”，对吴敬梓及其作品作了概括评述。“序言”中说:“1954年12月11日中国文艺界在吴敬梓逝世二百周年纪念会上，肯定施耐庵的《水浒传》、曹雪芹的《红楼梦》和吴敬梓的《儒林外史》为中国古典小说中最有价值的作品。……《儒林外史》有三个突出的特点：内容现实，思想民主，讽刺深刻。正是这三点，使我们今天重读它，也不觉为它的清新、奇特而惊讶！”

日译本 日本的全译本较早也较多。最早翻译《儒林外史》的译者是濑沼三郎，他所译的五十五回全译文连载于1935年4月2日至12月1日的《满洲日报》。

在日本流传较广的《儒林外史》五十五回的全译本，是由冈本隆三与稻田孝先后译出的。冈本隆三译全书的前二十六回，1944年东京开成馆将其作为译本的“上卷”出版；稻田孝继冈本隆三译完全书的后二十九回。1960年平凡社将冈本隆三与稻田孝的译文合为一书出版，列入《中国古典文学全集》。

稻田孝翻译的《儒林外史》全译本，1968年由东京平凡社出版，共800页，并附插图，列入“中国古典文学大系”之43。

此外，尚有日文选译：小田岳夫与冈本隆三合译的《〈儒林外史〉——王冕的故事》，载《日本与日本人》二卷十二期和三卷一至三期（1951 ～ 1952）;《中国语》杂志编辑部译《儒林外史》,《中国语》杂志四卷四、五、六期，1949年9—11月；木下彪译《儒林外史钞注》，载冈山大学法文学部学术纪要，1954年3月。

随着中华文化的伟大复兴，《儒林外史》必将以更大的声势力度走向世界。

世界各大百科全书 对《儒林外史》及其作者多有介绍和评介。《英国大百科全书》在“清朝时期的中国文学”条目中说:“吴敬梓（1701 ～ 1754）撰写的反映他所处时代现实生活的小说《儒林外史》，共五十五回，是一部杰出的讽刺文学作品。这部小说以封建社会的一个浪荡公子为中心，把许多故事贯串起来，无论对故事情节和人物性格的描绘，都远远超过了前人。”《法国拉鲁斯大百科全书》在“中国小说”条目中说:“《儒林外史》是一部最优秀的讽刺小说，它由一个个生动的短篇故事组成。作者吴敬梓具有深厚的文学修养，他通过小说尖锐地讽刺了由于官吏的僵化而造成的极端腐败的社会，这个社会充满了虚伪和出卖灵魂的人物。”《美国大百科全书》在“中国小说的发展”条目中说:“《儒林外史》由一个个精彩的讽刺故事组成，它对后来的中国讽刺文学产生了极大的影响。”《日本大百科事典》有小川环树撰写的关于《儒林外史》的专门词条，该词条中说:“《儒林外史》的结构仿效《水浒传》，是采取许多故事相连接的形式，这种形式直接影响了后来的以暴露社会现实为主题的小说。它的登场人物大半是读书人、名士、官吏、诗人、学者，也包括市井细民和非凡的人物，许多人物都有鲜明的个性。它的文笔看似平淡而满含讽刺，在一连串如波浪起伏的故事里，从各个侧面反映出十八世纪初的中国社会风貌。”

外文论著评述选粹 各评述择其荦荦大者引述如下:

《论儒林外史》，美国文学评论家亨利W.韦尔斯著，载《中国文学与外国文学之比较研究》1971年4月第十一卷。这是对《儒林外史》的综合评述，着重于小说内容的解释。他认为:《儒林外史》是一部极为出色的著作，为不争之实，其风格活泼生动，刻画中国文人阶级及广泛社会众生相，实无出其右者。全书充满浓郁之人情味，足堪跻身世界文学史杰作之林，它可与意大利薄伽丘、西班牙塞万提斯、法国巴尔扎克或英国狄更斯等人作品相媲美。《儒林外史》表面上是写实主义文学不二之圭臬，而本质实富诗意。……这是一部讽刺迂腐与卖弄的作品，然而却可称为世界上一部最不引经据典、最饶诗意的散文叙述体之规范。

《〈儒林外史〉中的“礼”及其叙述体结构》，美籍学者林顺夫著。收入安德鲁H.普莱克斯编辑的《中国的记叙文：评论文集》，1977年普林斯顿大学出版社出版。作者对20世纪初期中国学者关于《儒林外史》结构的评价进行了比较和评论，他认为《儒林外史》的结构是吴敬梓自觉地、有秩序地加以组织的，艺术水平并不低于西方任何一位著名小说家的作品。他说:“小说的结构不仅仅是一种适当的文学技巧——这是相当重要的，而且也是一种人们看待生活事件的方法。”“这本小说的性质是……用‘礼’当作小说结构的全部原则。”“《儒林外史》有三部分明显的结构。在这些结构关系中，‘礼’的成分是作为中心的完整的原则体现出来的。因为‘礼’不仅对小说的结构来说是中心，而且也是作者的道德观念。”“这部小说结构的顶点是祭泰伯祠的隆重仪式，书中一切理想化的优秀知识分子都尊崇泰伯，正说明这种梦想的重要意义。”

林顺夫指出：“第一部分（第二回至第三十回）集中讽刺了两类知识分子……有三个事件（按指莺脰湖大会、西湖诗会、莫愁湖大会）。”“第二部分（第三十一回至三十七回）集中于更为不寻常的优秀知识分子身上。”“整个第二部分集中在为到泰伯祠祭祀的完善的准备工作中。”“第三部分从内容上看显得零乱冗长……作者设计这种冗长的描写是在暗示本书的中心人物所珍爱的完善道德理想的彻底失败。因此，我们也许可以把整个第三部分看作与泰伯祀神圣礼仪是一致的整体。以泰伯祠祭祀作为分界线，能够看出由两个方面组成的《儒林外史》的三个重要部分。”

美籍华人学者夏志清著《中国古典小说导论》于1968年在纽约哥伦比亚大学出版社出版。作者在其书第六章“《儒林外史》”中认为：《儒林外史》乃第一部以儒家观点极清晰地写出来的讽刺小说，然而不同于历史小说中所表现之儒家英雄主义类型，其儒家思想糅合着政府无能、社会改革无望之悲哀……作者同意孔子“邦有道则仕，邦无道则隐”之格言，然对一刻意求好之人，则恐无“有道”之日。毫无疑问的，古典小说连《红楼梦》在内，就难得如《儒林外史》写出的白话那样纯粹，而代表中国人的语言。由于晚清及民初以来小说家的模仿，《儒林外史》的白话形式极有力地影响着现代散文作家。

夏志清认为，与《儒林外史》同时期的小说，无论它的个别成就如何，能具备像《儒林外史》那样重要的形式及技术上的改革，以及对中国小说发展深具影响力的，就绝无仅有了。

俄文《儒林外史》全译者和研究专家德·沃斯科列辛斯基

（1928～2017，汉名华克生），1957年在莫斯科大学亚非学院获得副博士学位后，作为苏联教育部首派中国的留学生，来到北京大学进修中国文学，曾与笔者同班听课，在吴组缃先生的指导下，他开始着手翻译《儒林外史》，完成了研究生毕业论文《伟大的讽刺小说〈儒林外史〉》，成为苏联在北大攻读中国文学学位的第一人；后来长期执掌莫斯科国立大学亚非学院汉学教席，在明清及现当代小说译介和研究方面成就卓著且久负盛名。

其毕业论文盛赞《儒林外史》之伟大，认为：

> 吴敬梓是可与中国历史上最伟大的作家并驾齐驱的。他曾写过许多诗歌，足以代表他的艺术成就的是讽刺小说《儒林外史》。这部小说是作家卓越天才的里程碑，直到今天它仍是中国古代文学的典范作品之一。
>
> 这部小说的内容很少离开作者本身的阅历，它的描写细腻而深刻。正像许多语言艺术大师一样，吴敬梓所提炼的文学语言是非常生动、鲜明有力的，他借助人物对话能够痛快淋漓地揭露人物的内心世界。比如……我们听到周进或范进的谈吐，能够从不同角度感觉到他们内心的空虚和渺小。吴敬梓广泛运用古代书面语言、口头语言以及谚语和俗语，刻画出不同人物的性格特征。所以他的小说虽是在两个多世纪之前写成的，今天仍然得到中国人民的普遍热爱。无疑，通过这部小说，苏联读者也可以更多地了解伟大中国人民过去的历史。

沃斯科列辛斯基研究论著很多，毕业论文之外尚有：《十八世纪吴敬梓的讽刺小说〈儒林外史〉的思想内容》《十八世纪中国讽刺文学家吴敬梓及其小说〈儒林外史〉》《十八世纪中国讽刺小说的人道主义倾向》《中国古代作家在情节和语言提炼上的成就》《科举制度与其主人公作为文学中的艺术表现的对象》《吴敬梓小说〈儒林外史〉及其与启蒙思想之关系》《人在科举制度之下，中国小说里的题材与文学主人公》等。

日本昭和时期著名的汉学家青木正儿（1887 ～ 1964），在1921年弘文堂出版的《支那学》第一卷七号上就发表了《读新式标点〈儒林外史〉》，后来受鲁迅《中国小说史略》的影响，十分重视《儒林外史》，对其表现形式与嘲世讽俗的批判精神给予很高评价，他说：

> （《儒林外史》）客观地描写了当时文人阶层的情况，也描写了作者自身及其周围文人的生活……其嘲世讽俗之深刻，书生气概之昂扬，却是他书所不及者。可与《红楼》并称为清代小说之双璧。清初李渔之后，多以《三国演义》、《水浒传》、《西游记》、《金瓶梅》并举，称为四大奇书；今时今日我们亦可在其上加入《红楼梦》《儒林外史》两本，一并称为六大奇书。（本文初次发表于1935年，收录于《支那文学概说》第五章“剧曲小说学”第四节“白话小说”。后收入《青木正儿全集》第一卷。）

瀬沼三郎《〈儒林外史〉とその作者》说：

> 吴敬梓与许多于我国（日本）文坛有重大贡献的世界著名的作家们——雨果、屠格涅夫、托尔斯泰、陀思妥耶夫斯基及福楼拜、莫泊桑、易卜生、左拉等相比，他早于他们一个乃至一个半世纪之前，生活在十八世纪的前半叶，在大诗人歌德诞生之时，《儒林外史》即已刊行初版。
>
> 仕宦阶层的腐败，儒林队伍的堕落，庶民社会的拜金现实的丑恶，凡此种种的社会现实，令作者非常愤慨。他抱着

为读者“指明人生正确道路”的满腔热情与坚定信念，决定编写这部小说。

他在作品里直白地表达了自己的人生观与社会观。可以看出作者乃是一个对人生有着铁石坚心之人。这是一种把儒家精神与老庄哲学融合在一起的独特的信念。

作者向读者呼吁：荣华不是人生的唯一目的、富贵也不是人生的唯一目的。人应该有更加崇高的精神世界。人的一生应该正直，只有在精神的世界里才能得到真实的心灵享受。

这部作品虽然充满人道主义精神，但并不同于中日旧文学时代所常见的那种惩恶扬善的小说。毋宁说，他站在了这些小说相反的立场。作者试图用白描的表现手法使读者更深刻地觉悟反省。这种尝试在这部小说里获得了充分的成功。此外，作家把活生生的社会事件、作品人物的言行举止描写得惟妙惟肖，因此活灵活现地描绘出了当时中国社会的真实概貌。……讽刺固然巧妙绝超，描写更是入木三分。

“只有正直地生活才是人生！”他抱着这样强大的信念并对此深信不疑，从作品中时常出现的临终、送别场面或者杰出人物的对话里，极其自然地流露出了作者所坚守不渝的人生哲学。读者恐怕也会为这漫溢而出的敬虔之念而自省其身吧！罗曼·罗兰说过：“某种意义上，《复活》就是托尔斯泰在艺术上的《圣经》。”这句话同样可以适用于《儒林外史》，可以说《儒林外史》就是吴敬梓在艺术上的《论语》。

瀬沼三郎还曾发表过一篇关于小说《儒林外史》的解说：

《儒林外史》是一部与《西游记》、《三国演义》、《水浒传》、《红楼梦》并称的中国小说。《西游记》、《三国演义》、

《水浒传》、《金瓶梅》在德川时代既已译为日文，广为人知。而《儒林外史》之所以流传不广并非由于其他原因，所谓淫色动人情，怪谲乱人心，恐怖惧人胆；自古以来，莫外如是。而《儒林外史》中不涉男女之事，猎奇、暴虐之文亦少见，所以在中国被称为模范的中学国语教科书。但这绝不意味着小说平淡无味，反而正是因为其妙趣横生，才能与以上那些情色怪谲之类的小说相抗衡而流行于世。

作者吴敬梓为一代之大学者、大文豪、大诗人，同时他也是个奇异乖僻之人。其族世代官宦，亦有高官显宦，文章大家。自身亦文采出众，但却不应科举，钱财荡尽，困于衣食。饮酒作诗，作文自娱，安然于陋巷之中。这部小说中他以自身及所见闻的文人官吏之事为本，尽吐胸中垒块。（转引李汉秋主编《儒林外史与中华文化》，百花洲文艺出版社2015年版）

随着国际文化交流的广泛和深入，像鲁迅所希望的那样，懂得《儒林外史》“伟大”的人将越来越多。

图书在版编目（CIP）数据

李汉秋讲儒林 / 李汉秋著 . 一上海：东方出版中心,2021.10

ISBN 978-7-5473-1877-5

Ⅰ . ①李… Ⅱ . ①李… Ⅲ . ①《儒林外史》一小说研究 Ⅳ . ①I207.419

中国版本图书馆CIP数据核字（2021）第190546号

李汉秋讲儒林

著　　者　李汉秋
责任编辑　裴宏江
封面设计　青研工作室

出版发行　东方出版中心
地　　址　上海市仙霞路345号
邮政编码　200336
电　　话　021-62417400
印 刷 者　上海盛通时代印刷有限公司

开　　本　700mm × 1000mm　1/32
印　　张　21.25
字　　数　257千字
版　　次　2021年10月第1版
印　　次　2021年10月第1次印刷
定　　价　72.00元